FIRE & ICE

Hors limites T1

REBECCA YARROS

Traduit de l'anglais
par Sophie Taam

Eden
New romance

Retrouvez tous les titres Eden :

www.city-editions.com/EDEN/

© EDEN 2024, un département de City Éditions, pour la traduction française
© 2014, Rebecca Yarros. Tous droits réservés.
This edition is published by arrangement with Alliance Rights Agency c/o Entangled Publishing, LLC.
Publié pour la première fois sous le titre *Full Measures, Fight and Glory, book 1*, par Embrace, une marque de Entangled Publishing, LLC.
Couverture : Shutterstock / Studio City
ISBN : 978-2-8246-2311-5
Code Hachette : 48 8493 5
Collection dirigée par Christian English et Frédéric Thibaud
Catalogues et manuscrits : city-editions.com

Dépôt légal : Février 2024

Avertissement

Violence, torture, armes à feu, comportements agressifs, violences sexuelles, langage explicite, consommation de substances illicites, traumatismes et stress post-traumatiques.

Pour Jason, qui mérite
ma dévotion pleine et entière
depuis toujours et à jamais.

1

Bon sang ! Qui pouvait bien frapper à la porte à 7 heures du matin ?

Trois petits coups contre la porte de ma chambre se firent l'écho de ceux, plus énergiques, au rez-de-chaussée. Maman allait faire passer un sale quart d'heure à ceux qui osaient la déranger dans sa routine matinale.

—Entrez ! criai-je en faisant défiler ma playlist sur mon iPod avant de lancer la synchronisation.

La musique rendait le footing plus acceptable. Un chouïa. Courir était atroce mais j'avais déjà calculé les calories à compenser pour les brownies de Noël que j'allais m'enfiler durant le reste de mon séjour à la maison. Le thermomètre extérieur indiquait une température de −10 degrés, et puisque je trouvais les sculptures de glace humaines surfaites, le Colorado à Noël signifiait direction le tapis de course. *Ouais, pour moi.*

Les boucles blond vénitien de Gus surgirent par la porte légèrement entrebâillée, encadrant un front barré par les lunettes de protection que je lui avais refilées, datant de mon cours de chimie élémentaire. Cela donnait à son petit visage de sept ans, plissé par la frustration, une allure de scientifique excentrique.

—Qu'est-ce qu'il y a, frérot ? lançai-je.

—Ember ? Tu peux ouvrir la porte s'te plaît ? demanda-t-il.

Je baissai le volume de la musique diffusée par mon ordinateur portable.

—La porte ?

Il hocha la tête, et faillit perdre ses lunettes. Mes lèvres se contractèrent, contenant le sourire sur mon visage tandis que je m'efforçais de ne pas éclater de rire.

—Je dois aller au hockey et maman refuse d'ouvrir la porte pour le covoiturage, dit-il.

J'affichai ma meilleure version d'un visage sérieux tout en jetant un coup d'œil au réveil.

—O.K., Gus, mais il n'est que 7 heures du matin et ton entraînement de hockey n'est pas avant cet aprèm, non ? Maman n'oublie jamais un entraînement.

Je savais de qui je tenais ma personnalité de type A.

Il lâcha un soupir d'exaspération.

—Et s'ils étaient *en avance* ?

—En avance de six heures ?

—Ben ouais ! souffla-t-il en me décochant un regard écarquillé qui me qualifiait de sœur la plus bête *au monde*.

—Bon d'accord, frérot.

Je cédai comme d'habitude. La façon dont il avait sangloté quand j'étais partie pour l'université l'année précédente avait donné à ce gosse un contrôle plus ou moins total sur mon âme. Gus était la seule personne pour laquelle je bouleversais mon emploi du temps sans sourciller.

Je jetai un dernier coup d'œil à Skype avant de fermer mon ordinateur, dans l'espoir de voir papa surgir sur l'écran. Il était parti depuis trois mois, deux semaines et six jours. N'allez surtout pas croire que je tenais un décompte.

—Il va t'appeler aujourd'hui, promit Gus, en enlaçant mes hanches. C'est sûr. C'est une règle, un truc dans ce genre. Ils ont toujours la permission d'appeler pour les anniversaires de leurs enfants.

Je me forçai à sourire et étreignis son corps chétif. Peu importait que je fête aujourd'hui mes vingt ans, je voulais parler avec mon papa. Les coups retentirent à nouveau.

—Maman ! appelai-je. La porte !

Je saisis un chouchou sur mon bureau et le coinçai entre mes dents tandis que je rassemblais mes longs cheveux en une queue-de-cheval rudimentaire.

—Je te l'avais dit, marmonna-t-il, collé à moi. Elle ne répond pas. On dirait qu'elle veut que je loupe le hockey, et tu sais que ça signifie que je serai toujours nul à chier ! Je veux pas que le coach Walker croie que je suis nul à chier !

—Ne dis pas « à chier », répondis-je en posant un baiser sur le sommet de sa tête.

Elle sentait l'orange, le shampoing Spiderman et les rayons du soleil.

—Allons voir qui c'est.

Il leva les bras en signe de victoire et se rua dans le couloir devant moi, empruntant l'escalier le plus proche de ma chambre. Il se faufila dans la cuisine en chaussettes, et je piquai une bouteille d'eau du réfrigérateur au passage. Les coups résonnèrent de nouveau et maman ne répondait toujours pas. Elle avait dû aller acheter un truc de dernière minute pour April, même si 7 heures du matin paraissaient vraiment très tôt pour ma sœur cadette.

Je traversai la salle à manger, dévissai le bouchon de la bouteille et pénétrai dans le salon, en face du hall d'entrée. Deux ombres se tenaient dehors, devant la porte, s'apprêtant à frapper de nouveau.

—Une minute, j'arrive ! criai-je, en enjambant d'un bond le destroyer *Star Wars* Lego abandonné par Gus en plein milieu du parquet.

Se prendre les pieds dans un Lego constituait un degré élevé de galère que seul un individu flanqué d'un petit frère pouvait mesurer.

—Ne réponds pas.

Le murmure étranglé de maman provenait de l'escalier principal, situé à quelques pas de la porte.

—Maman ?

Je contournai la rampe et la trouvai recroquevillée, se balançant d'avant en arrière. Ses mains couvraient ses cheveux, brun auburn comme les miens, tandis que ses doigts tortillaient et tiraient des mèches éparses. Il y avait quelque chose qui clochait.

—Maman, c'est qui ?

Je reculai d'un pas et regardai Gus en levant les sourcils. Il haussa les épaules en guise de réponse, avec un air de tu-vois-je-te-l'avais-bien-dit.

—Où est April ? lui demandai-je.

—En train de dormir, répondit-il.

Évidemment. À dix-sept ans, c'était tout ce que faisait April : dormir, faire le mur, et retourner dormir.

—D'accord.

Trois coups retentirent de nouveau. Ils étaient vifs, efficaces, et accompagnés d'une voix masculine aimable.

—Madame Howard ?

La voix nous parvenait assourdie par la porte, mais à travers le vitrail central, je vis que l'homme se penchait.

—S'il vous plaît, madame.

Maman releva la tête et ses yeux croisèrent les miens. Ils étaient morts, comme si la vie en avait été siphonnée, et sa bouche pendait mollement. Voilà qui ne ressemblait pas à ma mère, toujours tirée à quatre épingles.

—Qu'est-ce qui s'passe ? s'enquit April avec l'énorme bâillement d'une adolescente tirée du sommeil, s'affalant sur la marche supérieure en haut de l'escalier, en pyjama, ses cheveux roux en bataille.

Je secouai la tête et me tournai vers la porte. La poignée était chaude sous ma main. À l'école primaire, on nous avait appris à ne jamais ouvrir une porte dont la poignée était chaude en cas d'incendie. *Pourquoi est-ce que je repense à ça ?* Je jetai un autre coup d'œil à maman et pris une décision. Ignorant sa supplique, j'ouvris la porte comme au ralenti.

Deux officiers de l'armée en uniforme bleu des marines se tenaient sur notre perron, leurs chapeaux à la main. Mon estomac se souleva. *Non, non, non.*

Des larmes piquèrent mes yeux, brûlant mon nez avant même que les hommes ne prononcent un seul mot. Ma bouteille d'eau glissa de ma main, s'ouvrit en explosant sur l'embrasure de la porte et éclaboussa leurs chaussures cirées. Le plus jeune des deux soldats se mit à parler mais je levai mon index, le faisant taire, avant de fermer doucement le battant.

J'expirai un sanglot muet et reposai la tête contre la porte chaude. Je venais d'ouvrir à un incendie et il s'apprêtait à décimer ma famille. J'inspirai par saccades et forçai un sourire radieux sur mon visage en me tournant vers Gus.

—Hé, frérot, lançai-je en caressant sa petite tête si mignonne et innocente.

Je ne pouvais pas éviter ce qui nous attendait mais je pouvais lui épargner cela.

—Mon iPhone est sur ma table de nuit. (*Dans la pièce la plus éloignée de la porte d'entrée*, pensai-je.) Je t'autorise à aller dans ma chambre et à jouer à *Angry Birds* un moment. C'est pas pour le hockey, ce sont des trucs d'adultes, d'accord ? Va jouer jusqu'à ce que je vienne te chercher.

Ses yeux brillèrent et je parvins à élargir encore mon sourire. Combien de temps s'écoulerait avant que je revoie cette expression dans ses yeux ?

—Génial ! cria-t-il en grimpant l'escalier principal en trombe, passant devant April en chemin. T'as vu, Ember me laisse jouer avec *son* téléphone ! la taquina-t-il en se ruant vers ma chambre.

—Qu'est-ce qui s'passe ? demanda April.

Je ne répondis pas et me tournai vers maman.

Je m'agenouillai sur la marche à côté d'elle et la recoiffai d'une main.

—Il faut les faire entrer, maman. Nous sommes tous là.

Je lui décochai un sourire grimaçant à travers le flou qu'était devenue ma vision.

Elle ne réagit pas. Il me fallut une minute pour me rendre compte qu'elle ne le ferait pas. Elle n'était simplement… plus là. April descendit l'escalier en trottinant et s'assit à côté de maman. J'ouvris de nouveau la porte et faillis perdre mon sang-froid en apercevant la pitié qui envahissait les yeux du jeune soldat. L'autre, le plus âgé, commença à parler.

—June Howard ?

Je secouai la tête.

—Je suis Ember… December Howard. June, c'est ma mère, dis-je en m'étouffant et en la désignant derrière moi.

Je me plaçai à côté d'elle et passai la main à travers la balustrade pour la poser sur son dos.

Il était peut-être blessé. Juste blessé. Ils venaient frapper à la porte en cas de blessure grave. C'est ça, juste blessé. On pouvait gérer ça.

Les soldats hochèrent la tête.

—Je suis le capitaine Vincent et voici le lieutenant Morgan. Pouvons-nous entrer ?

Je leur fis signe de s'avancer. Sur l'épaule, le capitaine portait le même écusson que mon père. Ils franchirent le seuil de la maison, leurs chaussures mouillées couinant sur le carrelage, et refermèrent la porte derrière eux.

—Vous êtes bien June Howard, épouse du lieutenant-colonel Justin Howard ? s'enquit-il.

Elle approuva faiblement, mais garda les yeux baissés sur le tapis tandis que le capitaine Vincent pulvérisait mon monde.

—Le secrétaire d'État des Armées m'a chargé de vous informer, à son plus grand regret, que votre époux, Justin, est mort au combat, à Kandahar en Afghanistan, tôt en ce matin du 19 décembre. Il a été tué à l'hôpital par des balles d'armes à feu de petit calibre lors d'un incident *Green on Blue*[1], des forces afghanes neutres contre les armées alliées. L'attaque est en cours d'investigation. Le secrétaire vous adresse ses plus sincères condoléances, à vous et à votre famille, pour cette perte tragique.

Mes mains tâtonnèrent vers la balustrade pour me maintenir, et mes yeux se fermèrent tandis que les larmes ruisselaient sur mon visage. Je connaissais la procédure.

Vingt années en tant que fille de militaire m'avaient enseigné que l'armée disposait d'un délai de quelques

1. *Green on Blue* fait référence à des codes militaires : bleu pour les forces alliées, vert pour les forces neutres, rouge pour les forces ennemies. *[N.d.l.T.]*

heures pour nous informer après l'avoir identifié. Des heures. Il y a quelques *heures* encore, il était vivant. Je n'arrivais plus à respirer, je ne parvenais pas à aspirer dans mes poumons l'air d'un monde dont mon père ne faisait plus partie. C'était impossible. Tout s'écroulait sous mes pieds, et une douleur bien au-delà de ce que j'avais connu jusqu'alors fracassa chacune des cellules de mon corps, explosant en un sanglot irrépressible. Le hurlement d'April emplit l'atmosphère, me fendant en deux. Bon Dieu, comme ça faisait mal. Ça faisait tellement mal.

—Madame ? fit le jeune lieutenant. Pouvons-nous appeler quelqu'un pour vous aider ? L'Assistance aux victimes devrait bientôt arriver, mais en attendant ?

Victimes. Mon père avait été tué. Mort. *Green on Blue.* Quelqu'un portant un uniforme afghan lui avait tiré dessus. Mon père était médecin. Médecin ! *Qui, bon sang, peut bien tirer sur un médecin ?* Ils devaient se tromper. Papa était-il armé, déjà ?

—Madame ?

Pourquoi maman ne répondait-elle pas ?

Elle restait muette, les yeux fixés sur les motifs du tapis recouvrant les marches de l'escalier, refusant de répondre.

Incapable de répondre.

Quelque chose bascula en moi ; le poids de la responsabilité se plaça sur mes épaules, démantelant un peu de la douleur, si bien que je parvins à respirer. Je devais être l'adulte de la situation puisque personne d'autre n'en était capable actuellement.

—Je m'occuperai d'elle jusqu'à ce que l'Assistance aux victimes arrive, réussis-je à prononcer d'une voix tremblante, couvrant les cris d'April.

—Vous êtes sûre ? demanda le capitaine Vincent, les traits de son visage inconnu déformés par l'inquiétude.

Je hochai la tête.

—Ils gardent un dossier, juste pour le cas où…

Je portai mes jointures à ma bouche et y mordis aussi fort que possible pour contenir le gémissement qui voulait en sortir. Je me redressai et aspirai une goulée d'air. Pourquoi était-il aussi difficile de respirer ?

— Pour le cas où le pire arriverait… Et c'est arrivé.

Papa croyait fermement que rien de mal ne pouvait arriver à des gens préparés. Cela lui déplairait terriblement de savoir qu'il s'est trompé.

Le capitaine opina du chef. Il présenta un formulaire et me fit vérifier que les informations écrites de la main de papa étaient correctes. C'était notre adresse, notre numéro de téléphone. Il y avait aussi nos noms et nos dates de naissance. Le lieutenant tressaillit.

—Bon anniversaire, December, murmura-t-il.

Le capitaine Vincent le fusilla du regard en silence.

—Nous sommes vraiment navrés pour cette tragédie. L'Assistance aux victimes va arriver d'ici une heure, et l'équipe de soutien est prête si cela vous convient.

J'approuvai. Je connaissais le refrain, et ce dont maman avait besoin.

La porte se referma derrière eux, laissant notre monde en miettes.

Durant l'heure suivante, maman resta assise en silence sur la marche d'escalier tandis qu'April sanglotait sur mon épaule. Ce n'était pas vrai. Ça ne pouvait pas être vrai. J'avais beau l'étreindre aussi fort que je le pouvais, cela ne suffisait pas pour qu'elle s'arrête. L'équipe de soutien arriva plus ou moins au moment où les sanglots d'April refluaient en reniflements. Je leur fis signe d'entrer. Armées d'yeux compatissants et de plannings de repas, les trois femmes membres du groupe de bénévoles qui appartenaient aux familles de l'unité de papa exécutèrent les tâches du quotidien restées en suspens. La vaisselle du petit déjeuner fut lavée, la lessive, rangée, les céréales renversées par Gus plus tôt ce matin, nettoyées du sol de la cuisine. Je savais bien qu'elles étaient là pour nous aider – elles allaient faciliter les choses jusqu'à ce que Granny nous rejoigne – mais je ne pouvais m'empêcher de nous sentir envahis, pris en charge comme si, d'une certaine manière, nous étions incapables de faire cela nous-mêmes.

Mais de qui me moquais-je ? Maman était toujours recroquevillée dans l'escalier. Nous étions effectivement incapables de nous prendre en charge. L'une des bénévoles de l'équipe apporta un goûter à Gus et m'assura qu'il était toujours plongé dans son jeu d'*Angry Birds*. Je ne pouvais pas le lui dire. Je ne pouvais pas le faire.

L'officier de l'Assistance aux victimes frappa doucement à la porte une heure plus tard et je le fis entrer. April accompagna maman jusqu'au canapé et la fit asseoir, la calant avec des coussins pour qu'elle tienne droit. Ses yeux passèrent des motifs du tapis d'escalier à l'écran éteint de la télévision au fond de la bibliothèque. Elle refusait de regarder, nous, quiconque. J'ignorais si elle était en mesure de comprendre ce qui venait d'arriver. Du reste, je ne savais pas si j'étais en mesure de comprendre ce qui venait d'arriver, moi non plus, sauf que je ne pouvais pas me payer le luxe de sombrer dans la catatonie.

—Je suis le capitaine Adam Wilson, dit-il en guise de présentations.

Il portait l'uniforme bleu des marines, exactement comme les officiers qui nous avaient informés, mais semblait mal à l'aise dans le rôle qu'on lui avait confié. Je le serais à sa place, indubitablement. Sa carrure remplissait quasiment la causeuse placée en face du canapé où était assise ma mère, et il tira la table basse vers lui, éraflant légèrement le tapis au passage.

—Souhaitez-vous que quelqu'un prenne des notes ? demanda-t-il en jetant un coup d'œil à maman. Pour quand elle se sentira prête ?

—Je m'en occupe, dit doucement l'une des femmes de l'équipe de soutien, déjà équipée d'un stylo et d'un carnet.

Le capitaine Wilson rassembla une pile de papiers de son attaché-case en cuir, et tira sur sa cravate, la réajustant discrètement.

—Il y a un autre enfant, n'est-ce pas ? dit-il en farfouillant parmi quelques feuilles avant d'en extirper un formulaire. August Howard ?

—Gus est en haut, répliquai-je en m'asseyant juste à côté de maman, au plus proche du capitaine Wilson.

J'agrippais le dossier noir que j'étais allée chercher dans le bureau de maman. C'était le tout dernier dans l'armoire des classeurs, exactement comme me l'avait dit papa avant de partir.

—Je ne le lui ai pas encore dit.

—Souhaitez-vous que je le fasse ? demanda doucement le capitaine Wilson.

Je considérai cette option pendant quelques secondes. Maman n'était absolument pas en état de discuter de cela avec lui et le capitaine Wilson avait sans doute reçu une formation pour livrer ce genre d'informations.

Cependant, je ne pouvais pas faire ça, laisser un inconnu chambouler l'univers de mon petit frère.

—Non, je vais m'en charger moi-même.

April se remit à pleurer mais maman resta assise, impassible, vide, pas vraiment avec nous.

—Je veux lui accorder autant de temps que possible avant cela. Son monde est resté normal. Il ne sait pas que plus rien ne sera jamais comme avant pour lui, ajoutai-je en réprimant un sanglot. Il n'a que sept ans, et tout ce qu'il a toujours connu vient de prendre fin. Alors, je pense que je vais lui accorder encore quelques minutes.

Avant de le déchiqueter en mille morceaux. Je rougis tandis que de nouvelles larmes affleuraient dans mes yeux. C'était sans doute ainsi que se passeraient les choses pendant quelque temps. Il fallait que j'apprenne à les repousser plus efficacement.

Le capitaine Wilson se racla la gorge et hocha la tête.

—Je comprends.

Il expliqua son rôle auprès de nous, dit qu'il nous servirait de guide dans le processus du décès de papa. Il nous aiderait pour la partie administrative, la cérémonie, les choses que personne n'avait prévues. D'une certaine façon, il était un intermédiaire, envoyé chez nous comme tampon entre notre deuil et l'armée américaine. J'éprouvais envers lui de la reconnaissance tout autant que je détestais sa simple existence.

Il resterait auprès de nous jusqu'à ce que nous lui disions que nous n'avions plus besoin de lui.

Après qu'il eut fini ses explications, le flot de questions commença. April s'excusa, disant qu'elle devait s'allonger. D'ici quelques minutes, la nouvelle serait sans doute publiée sur Facebook. April n'était pas du genre à souffrir en silence.

Les questions commencèrent et j'ouvris le dossier noir. L'écriture manuscrite de papa couvrait les pages de son testament, sa police d'assurance-vie et ses dernières volontés, tous les papiers soigneusement organisés pour ce moment précis. Savions-nous où il souhaitait être enterré ? Quel genre de cercueil il voulait ? Désirions-nous une personne particulière auprès de nous ? Le RIB du compte en banque était-il correct afin qu'y soit transféré l'argent de l'assurance-vie ? Avions-nous envie de prendre l'avion jusqu'à Dover pour veiller son cadavre tandis que l'armée le préparait pour les funérailles ?

Dover. C'était l'équivalent de la traversée du Styx dans le monde militaire.

Maman restait silencieuse, les yeux braqués sur la télévision éteinte, tandis que je trouvais les réponses aux questions du capitaine Wilson. Aucune d'elles n'arrivait à la tirer de sa torpeur, aucune caresse sur sa main, aucun murmure de son nom ne parvenait à la ramener là où je voulais à tout prix qu'elle soit. Cela devenait de plus en plus évident que j'étais seule à bord.

—Y a-t-il quelqu'un que nous puissions appeler pour aider votre mère à prendre ses décisions ? demanda-t-il, les lèvres pincées, en jetant un coup d'œil discret vers elle.

J'ignorais combien de veuves en état de choc il avait vues au cours de sa carrière, mais en ce qui me concernait, maman était la première.

Granny vivait loin, il lui faudrait au moins un jour pour nous rejoindre. Puisqu'elle était la mère de papa, je savais que l'armée l'avait officiellement informée, comme elle l'avait fait pour nous. Elle était à coup sûr en route vers notre maison, mais jusqu'à ce qu'elle arrive, il n'y avait personne d'autre. Les parents de maman étaient décédés. Son frère n'avait pas été très présent dans nos vies et je ne voyais pas l'intérêt de l'y amener maintenant.

—Il n'y a que moi, répliquai-je. Je prendrai la responsabilité des décisions jusqu'à ce qu'elle en soit capable.

—Ember ?

La petite voix de Gus venait des marches de l'escalier, où il se tenait.

—Que se passe-t-il ?

Je remis la main de maman sur ses genoux. Du reste, elle n'avait même pas remarqué que je la tenais. Après l'inspiration la plus longue de ma vie, je m'avançai vers mon petit frère. Je m'assis à côté de lui sur l'escalier et répétai, dans le langage d'un petit garçon de sept ans, tout ce que nous savions, c'est-à-dire pas grand-chose, en fait. Mais je devais lui dire la seule chose dont nous étions certains.

—Papa ne rentrera pas à la maison, Gus.

Ses petits yeux bleus s'emplirent de larmes et sa lèvre inférieure se mit à trembler.

—Est-ce que les méchants l'ont eu ?

—Oui, mon trésor.

Je l'étreignis et le berçai dans mes bras, d'avant en arrière, comme je l'avais fait quand il était nourrisson, le bébé miracle de nos parents. J'écartai ses cheveux de son front et l'embrassai.

—Mais c'est ton anniversaire.

Ses larmes chaudes trempaient mon tee-shirt de footing et se glaçaient immédiatement tandis que je l'enlaçais de toutes mes forces. J'aurais fait n'importe quoi pour enlever sa souffrance, pour retirer ce que j'avais dû lui dire. Mais je ne pouvais pas retirer la balle de papa.

Gus pleura tout son soûl tandis que le capitaine Wilson restait assis, observant patiemment ma mère et sa non-réponse. Je me demandai combien de temps allait s'écouler avant que ne soient prononcés les mots « traitement médicamenteux » et « psychologue ». Ma mère était la personne la plus forte que je connaissais, mais elle s'était toujours dressée sur les fondations que représentait mon père.

Une fois que le petit corps de Gus ne fut plus convulsé par les sanglots, je lui demandai ce dont il avait besoin, si je pouvais alléger un peu sa peine de quelque manière que ce soit.

—Je veux que tu aies ton gâteau et une crème glacée, répondit-il en relevant la tête de ma poitrine et en agrippant ma main. Je veux que ce soit ton anniversaire.

La panique me submergea, mon rythme cardiaque s'emballa et les larmes piquèrent mes yeux. Quelque chose de féroce et terrible étreignait mes entrailles, exigeant une délivrance, exigeant une reconnaissance, exigeant d'être ressenti. Je fis une grimace plus qu'un sourire et hochai la tête avec exubérance, prenant le doux visage de Gus entre mes mains. Je braquai le regard sur le capitaine Wilson.

—Pourrions-nous faire une pause de dix minutes, je vous prie ?

Le capitaine hocha lentement la tête, comme s'il sentait que j'étais sur le point de craquer, son seul interlocuteur stable dans une maisonnée de femmes et d'enfants endeuillés.

—Puis-je faire quelque chose pour vous ?

—Pourriez-vous appeler Granny, ma grand-mère, et voir comment elle va ? Elle a perdu son mari au Vietnam…

Ce fut tout ce que je parvins à prononcer. Je n'étais plus qu'à quelques centimètres du hurlement irrépressible qui bouillonnait dans mon corps.

— Je m'en charge.

Je posai un baiser sur le front de Gus, saisis mes clés, me précipitai dehors avant de ne plus avoir la force de tenir debout. Je me jetai sur le siège du conducteur de ma Volkswagen Jetta, le cadeau de mes parents pour mon diplôme du lycée. Papa voulait pour moi un véhicule fiable afin que je puisse rentrer en toute sécurité de l'université de Boulder le week-end. Dommage que lui-même n'ait pas bénéficié d'une semblable sécurité en Afghanistan.

J'insérai brutalement la clé dans le contact, fis démarrer le moteur et reculai de l'allée trop rapidement. Je descendis la route de la colline à toute berzingue, fonçant dans les virages, me fichant de ma sécurité pour la première fois depuis que j'avais obtenu mon permis de conduire. Devant le supermarché, le feu passa au rouge et je pris conscience du frisson qui s'insinuait en moi, envoyant des fourmillements dans mes doigts. Le tableau de bord indiquait une température extérieure de −8 degrés, et j'étais toujours habillée comme pour aller faire du tapis roulant à la salle de sport. Je n'avais pas pris de manteau. Je garai la Jetta et pénétrai dans le supermarché, appréciant la sensation ankylosante dans mes bras et mon cœur.

Je trouvai le rayon de la pâtisserie et croisai les bras. Gâteau. Gus voulait un gâteau, donc j'allais lui en acheter un. Chocolat. Vanille. Fraises. Glaçage à la chantilly. Glaçage à la crème au beurre. Il y avait trop de choix. C'était juste un satané gâteau ! Pourquoi avais-je besoin d'autant de choix ? Qu'est-ce que ça pouvait bien foutre ? Je m'emparai de celui qui était le plus près de ma main et me dirigeai vers le rayon des glaces où mon autre main attrapa, en pilote automatique, un litre de crème glacée aux cookies et au chocolat.

J'étais à mi-chemin de la caisse lorsque je tombai sur une famille. Une famille ordinaire : papa, maman, un garçon, une fille. Ils riaient en se demandant quel film ils allaient louer pour la soirée, et la petite fille l'emporta, demandant *Le Père Noël.* Comment se pouvait-il que ces gens aient une journée si normale, une conversation si normale ? N'étaient-ils pas au courant que le monde venait d'exploser ?

—Tu sais, ils peuvent écrire un prénom dessus si tu veux.

La voix masculine interrompit mon flot de pensées. Je levai les yeux et aperçus une paire d'yeux marron vaguement familiers sous une casquette élimée de Colorado University. Je le connaissais mais je ne me souvenais plus d'où. Il m'était familier d'une façon douloureuse. Évidemment, j'aurais remarqué un gars aussi canon que celui-ci. Mais dans une université avec quarante mille autres étudiants, on croisait toujours quelqu'un qu'on avait l'impression de connaître et, hormis pour une petite poignée d'entre eux, j'avais oublié leur nom, voire les circonstances de notre rencontre. Avec un corps et un visage comme celui-ci, cependant, j'aurais dû me rappeler ce mec, même dans mon état de choc actuel.

Le type attendait que je dise quelque chose.

—Ah oui, le gâteau.

Mes pensées étaient embrouillées, et je m'accrochais désespérément à ce qu'il en restait. Je hochai la tête et marmonnai « Merci » en retournant vers le rayon de la pâtisserie. Dieu merci, mes pieds bougeaient indépendamment de ma volonté.

La femme corpulente derrière le comptoir tendit les mains pour attraper le gâteau et je le lui donnai.

—Pourriez-vous écrire « Joyeux anniversaire », là-dessus ?

—Bien sûr, ma belle. C'est la journée spéciale de qui, alors ?

Journée spéciale ? Journée maudite, oui. Je me tenais là, devant le comptoir du supermarché, avec un gâteau dont je me foutais éperdument, et me rendis compte que c'était assurément la pire journée de ma vie. Peut-être aurais-je dû en éprouver un certain réconfort, sachant que si c'était la pire journée de ma vie, les choses ne pouvaient que s'arranger. Mais… et si ce n'était pas la pire journée de ma vie ? Et si demain m'attendait au tournant, prêt à bondir et me jeter encore plus bas ?

—Mademoiselle ?

Mes yeux se focalisèrent de nouveau sur le visage de la pâtissière.

—Quel prénom puis-je marquer sur le gâteau ?

—December.

—Oui, madame, on est en décembre, mais quel nom voulez-vous sur le gâteau ?

La même panique obscure menaçait de monter en moi, étranglant ma gorge.

—C'est le mien. Je m'appelle December.

Une cascade de gloussements ébranla la pâtissière.

—Mais madame, ce sont des Tortues ninjas mutantes. C'est un gâteau pour un petit garçon !

Quelque chose péta en moi. Le barrage avait explosé, le torrent ravageait tout sur son passage, ou une métaphore de ce style.

—Je me fous du genre de gâteau que c'est !

—Mais vous préféreriez sans doute…

C'en était trop.

—Non, je ne préférerais pas. Vous savez ce que je préférerais ? Je préférerais retourner me coucher, et que rien de tout ce qui est arrivé n'arrive. Je n'ai aucune envie d'être au milieu d'un supermarché, en train d'acheter un gâteau débile pour que mon petit frère puisse faire semblant que notre père n'est pas mort ! Alors, oui, je me fiche pas mal de savoir si c'est un gâteau Tortues Ninja, ou bien Barbie, ou Bob l'éponge et ses foutus pantalons carrés !

La lèvre de la femme se mit à trembler et des larmes brillèrent dans ses yeux.

—Joyeux… Anniversaire… December, dit-elle en déplaçant lentement la douille de glaçage sur le gâteau vert et bleu, tandis qu'elle traçait mon prénom.

Elle me présenta le dessert avec des mains tremblotantes et je le pris en la remerciant d'un signe de tête.

Je fis volte-face et aperçus le gars de CU en train d'attraper un paquet de muffins à la myrtille, mais ses yeux étaient braqués sur moi, écarquillés par le choc.

Je ne pouvais pas lui jeter la pierre ; j'étais choquée par mon éclat, moi aussi, horrifiée d'avoir pété les plombs en plein milieu du supermarché.

Les larmes ruisselaient sur mes joues sans que j'y prête attention tandis que j'attendais à la caisse que la jeune fille enregistre mon gâteau et ma glace.

—Trente-deux dollars et dix-neuf cents, me dit-elle.

Je tendis la main vers ma poche arrière, où je gardais normalement mon petit portefeuille, mais ne palpai que l'élasthanne lisse de mon short de footing.

—Zut, murmurai-je, fermant les yeux sur ma défaite. Pas de manteau. Pas de portefeuille. Organisation optimale.

—C'est pour moi.

Le type aux yeux marron glissa un billet de cinquante dollars sur le tapis roulant vers la caissière.

Je n'avais même pas remarqué qu'il était derrière moi.

Je me retournai pour le regarder, abasourdie par son immense carrure. J'atteignais à peine ses clavicules. Le volte-face brutal me fit chanceler et il me rattrapa, soutenant mes bras de ses mains puissantes.

—Merci.

Je balayai mes joues du revers de mes mains, essuyant les larmes de mon mieux, et lui tendis sa monnaie. Quelque chose en lui me semblait très familier… Mais quoi ?

—Tu as besoin de moi ? s'enquit-il gentiment alors que la caissière scannait sa bouteille d'eau vitaminée.

—Pardon ?

Je n'avais aucune idée de ce dont il parlait.

Il rougit.

—Tu as besoin d'un coup de main pour porter ça dehors ? Ça a l'air drôlement lourd, acheva-t-il lentement, comme si lui-même n'arrivait à pas croire ce qu'il venait de dire.

—C'est juste un gâteau.

Ce devait être le type maladroit le plus canon que j'aie jamais rencontré.

—D'accord, répondit-il en attrapant son sac et secouant la tête comme s'il tentait de se clarifier les idées. Alors laisse-moi au moins te raccompagner jusque chez toi.

Waouh ! Il avait décidément mal choisi son jour pour me draguer.

—Je ne te connais même pas. Je ne crois pas que ce soit approprié.

Un doux sourire fendit son visage.

—Tu es December Howard et je suis Josh Walker. J'ai eu mon diplôme du lycée trois ans avant toi.

Josh Walker. Nom d'un chien. Le lycée. Les souvenirs se fracassèrent dans mon esprit, mais il était impossible que ce Josh Walker du lycée soit le gars qui me parlait. Non, c'était un type tatoué, roulant à moto, un aimant à pom-pom girls, rien à voir avec le gentil jeune homme américain bien propre sur lui qui me faisait face.

—Josh Walker. O.K. J'avais une photo de toi scotchée sur la porte de mon placard ; elle date de quand toi et ton équipe, vous avez gagné le match fédéral.

Merde. Qu'est-ce que je venais de dire ? Ses sourcils se haussèrent de surprise, et je poursuivis mentalement : *Et je l'ai toujours mais peu importe.*

—Si je me souviens bien, ajoutai-je, tu avais la tête trop coincée dans ton casque de hockey pour prêter attention aux élèves des classes inférieures.

Mais moi, je lui avais prêté attention, comme toutes les autres filles du lycée. Mes yeux se plissèrent tandis que je scrutais les traits harmonieux de son visage devenus, avec l'âge presque adulte, plus anguleux et sexy en diable.

—Et tu avais beaucoup plus de cheveux.

Son sourire dévastateur coupa net à travers le brouillard de mon cerveau, faisant diversion à ma souffrance pour un moment de grâce. Comment un joueur de hockey sur glace pouvait-il avoir des dents aussi impeccablement alignées ?

—Tu vois, je ne suis pas un inconnu.

Il me tendit le gâteau, et son sourire disparut, remplacé par un éclair de… souffrance ou pitié ?

—Ember, je suis vraiment désolé pour ton papa. Je t'en prie, laisse-moi te ramener jusque chez toi. Tu n'es pas en état de conduire.

Je secouai la tête, arrachant mes yeux de son regard si compatissant. J'avais presque oublié, l'espace d'un instant. La culpabilité m'assaillit. Je venais juste de me laisser distraire par un beau visage, distraire de… eh bien tout, et tout revint brutalement, me laminant à l'intérieur. Qu'est-ce que je foutais, à penser ainsi à lui ? J'avais un petit copain, et un père mort, et pas de temps pour ça. Mort. Je fermai les paupières de toutes mes forces contre la douleur.

—Ember ?

—Il faut que je le fasse. Il faut que je sache que j'en suis capable.

Je le remerciai une dernière fois d'avoir payé et replongeai dans la réalité.

Je me glissai sur le siège glacé de ma voiture et restai assise, perdue dans le silence, pendant un moment. Comment quelque chose d'aussi simple que revoir Josh Walker avait-il pu réparer un petit morceau de mon âme alors que le reste avait été tellement fracassé ? Le contact froid du siège traversa le tissu de mon legging de footing et chassa l'image pleine de chaleur de Josh. Le gâteau sur le siège du passager avant semblait me narguer avec ses tortues d'art martial béates. Gus allait adorer. *Faites* que Gus l'adore. Bon Dieu, qu'allait-il faire sans papa ? Qu'allions-nous faire, chacun d'entre nous ? La panique se déchaîna dans ma poitrine, monta dans ma gorge avant d'exploser en un cri qui sonna étranger à mes propres oreilles. Comment étais-je censée prendre soin de maman sans papa ? Comment pouvais-je m'y employer alors que j'avais envie d'une seule et unique chose : me rouler en boule et tout nier ?

Ma façade de maîtrise s'effrita et je me mis à sangloter contre le volant, pendant exactement cinq minutes. Puis je me redressai sur le siège, séchai mes larmes et cessai de pleurer. Dorénavant, je ne pouvais plus me permettre de pleurer ou de m'effondrer. Je devais m'occuper de ma famille.

2

Ce n'était pas mon premier enterrement militaire, mais lors du précédent, j'étais gosse et le décès d'une connaissance adulte de mes parents ne m'avait pas particulièrement émue. L'enterrement de papa me déchira lentement, au rythme de chaque larme que je retenais. Chaque fois que quelqu'un me prenait dans ses bras ou me présentait ses condoléances, une partie supplémentaire en moi se refermait, comme si mon seuil maximal de souffrance avait été atteint.

Riley, mon petit ami depuis trois ans, délicat et parfait, avait interrompu ses vacances dans le chalet familial de Breckenridge et sauté dans sa voiture pour être avec moi. Je doutais parfois qu'il soit effectivement avec moi, cependant. Il était plutôt *avec* son téléphone portable ces derniers jours, et il n'était pas encore arrivé. Je ne pouvais pas lui en vouloir. Ce n'était pas franchement une sinécure d'être dans mon entourage en ce moment. Depuis la notification la semaine dernière, Noël était passé comme dans un songe, le Nouvel An était imminent, et maman n'avait toujours pas réagi à… quoi que ce soit. Heureusement, Granny avait débarqué, avec son tempérament bien trempé de femme du Sud et sa chevelure argentée, et elle avait gardé les loups à bonne distance de notre porte. Personne n'avait menacé de mettre maman sous traitement médicamenteux. Jusqu'à présent.

La chapelle de la paroisse se remplit rapidement. Des gens de ma connaissance ainsi que de nombreux soldats que je n'avais jamais vus prirent place en chuchotant. Nous avions demandé que la cérémonie serve également de commémoration pour l'unité de papa. Je doutais qu'aucun de nous ne puisse supporter de revivre cela une seconde fois. April était assise, entourée d'une nuée d'amis, qui la réconfortaient en masse tandis qu'elle pleurait, et une pointe de jalousie s'immisça en moi. April avait le droit de s'écrouler. Un luxe que je ne pouvais pas me permettre, plus me permettre.

—Oh, Ember.

Sam, ma meilleure amie du lycée, m'attira à elle et m'étreignit au fond de la chapelle tandis que j'attendais Gus. Je me laissai aller légèrement contre elle, acceptant qu'elle porte un peu de mon fardeau.

—C'est trop nul.

Elle avait toujours les bons mots.

—Je suis contente que tu sois là, dis-je, parlant sincèrement pour la première fois de la journée.

—Où est Riley ? s'enquit-elle tandis que sa peau parfaite, teinte café-au-lait, se plissait sous la pression de ses sourcils froncés.

J'affichai un sourire faux.

—Je sais pas trop, mais il a dit qu'il venait.

Ses sourcils se froncèrent encore plus intensément, et j'aperçus un éclair illuminer ses pupilles noisette avant qu'elle pousse un soupir.

—Et Kayla ? C'est toujours ta colocataire, n'est-ce pas ?

—Elle est à Boston chez ses parents, mais elle revient en avion dans quelques jours à Boulder.

Je retins mon souffle, dans l'attente d'une remarque narquoise typique de la part de Sam. On ne pouvait pas dire que le courant passait bien entre Sam et Kayla, et cela ne s'était pas arrangé depuis que Sam et moi avions pris des chemins différents l'année précédente. J'étais partie pour Boulder et avais pris un appartement avec Kayla, et Sam était restée ici pour aller à l'université de Colorado Springs. J'adorais toujours Sam, mais il était difficile de maintenir une amitié avec des vies si différentes.

—D'accord.

L'orgue retentit et Sam pressa mes mains.

—Il est temps de s'installer. Ember, tu sais que je suis là pour toi, si tu as besoin de quoi que ce soit.

—Je sais, Sam.

Elle m'adressa un faible sourire et se dirigea vers sa mère, qui avait été une très bonne amie de papa. C'était sans doute normal, vu qu'ils avaient passé des années ensemble et partagé deux missions à l'étranger.

—Ember ?

Je me retournai et aperçus Mme Rose, dont l'époux avait été tué dans l'attaque en même temps que papa. Sa mise était soignée, avec un tailleur noir tout simple et des souliers assortis. Son brushing était élégant, son maquillage, parfait, et il ne coulait pas. Ses deux jeunes garçons, Carson et Lewis, étaient habillés impeccablement de petits costumes noirs.

—Bonjour, madame Rose. Merci d'être venue, dis-je au nom de toute ma famille. Comment allez-vous ?

Ses mains effleurèrent les épaules de ses fils, comme si elle voulait s'assurer qu'ils étaient toujours là.

—On fait aller. Et ta mère ?

—Elle a beaucoup de mal, répondis-je en rougissant.

Mme Rose hocha la tête.

—Nous avons tous une façon différente de vivre le deuil. Elle va le surmonter.

Elle sourit à ses garçonnets.

—Allons nous asseoir.

Ils descendirent l'allée et un sentiment obscur s'insinua en moi, embrasant ma température corporelle. Comment pouvait-elle assurer ainsi ? Par quel miracle était-elle aussi parfaitement maîtresse d'elle-même alors que ma mère s'était effondrée ? L'injustice de tout cela me pesait terriblement. Je voulais que maman se ressaisisse comme l'avait fait Mme Rose.

Mon Smartphone vibra, m'indiquant la réception d'un nouveau texto.

Riley : Suis en route, mais arriverai en retard.

Ember : À tout à l'heure.

Je remis mon iPhone dans mon sac à main tandis que Gus sortait des toilettes. Son costume le faisait paraître plus âgé qu'il ne l'était, encore un truc qui lui volait son enfance. Il triturait les bouts de sa cravate qui pendaient, et dont le nœud avait dû se détacher tandis qu'il était aux toilettes. Gus n'avait que deux cravates et mon père les avait pré-nouées avant de partir en mission. Nous faisions coulisser les nœuds pour les élargir et les resserrer, et les passer autour du cou de Gus quand nous allions à l'église, mais nous veillions toujours à ne pas les détacher entièrement. Aucune de nous, les filles de la maison, ne savait refaire un nœud de cravate. Cela ne nous avait jamais vraiment dérangées.

—J'ai pas fait exprès, dit-il tandis que les larmes lui montaient aux yeux, court-circuitant les miennes.

Je m'appliquai à afficher un sourire sur mon visage, ce qui devenait de plus en plus facile, quoique très légèrement, chaque fois que je devais le faire.

—Ne te tracasse pas, frérot.

J'essuyai doucement ses larmes et concentrai toute mon attention sur la cravate. Une vague de deuil m'assaillit. C'était le job de papa. C'était lui qui était censé apprendre à Gus comment faire un nœud de cravate, conduire une voiture, draguer une fille. Comment Gus allait-il grandir sans le modèle de papa ? D'accord, je ne descendrais pas l'allée de l'église au bras de mon père le jour de mon mariage, il ne tiendrait jamais mon premier nouveau-né, ni le deuxième, d'ailleurs. Mais je l'avais eu dans ma vie pendant vingt ans, jusqu'à un âge de femme quasiment adulte. Papa était étroitement entrelacé à la trame de mon être. C'était injuste que son fils ne l'ait eu que pendant sept ans.

Mes doigts s'escrimaient sur la cravate mais je n'arrivais pas à comprendre comment la nouer. Une paire de mains robustes surgirent entre nous, et je levai les yeux. De choc, je faillis tomber sur mes fesses en voyant Josh Walker s'agenouiller près de moi. Un sourire triste se dessina sur son visage.

—Hello Gus, puis-je t'aider avec ça ?

—Hello, coach Walker. Bien sûr.

Coach ? Ah oui, Gus me l'avait dit, mais je n'avais pas fait le lien. Le Josh Walker dont je me souvenais n'aurait pas pris le temps d'entraîner qui que ce soit, et encore moins un groupe de gosses turbulents. Qu'est-ce qui l'avait autant transformé en quatre ans ?

Gus m'adressa son beau sourire et je me retins d'enlacer Josh pour l'avoir suscité.

—Ember, c'est mon coach de hockey.

—Nous nous sommes déjà rencontrés, Gus.

J'ébouriffai ses cheveux et me relevai lentement, veillant à garder l'équilibre sur mes talons.

—Je suis allé au lycée avec ta sœur, petit gars.

Josh rajusta prestement la cravate de Gus, formant adroitement une boucle puis insérant l'extrémité du tissu à l'intérieur jusqu'à ce que le nœud ressemble à celui de mon père. Un élan de gratitude m'ébranla. Josh avait rattrapé les choses et sauvé la journée de Gus.

L'aumônier pria l'assistance de s'asseoir et nous prîmes place. Gus était assis à côté de moi, puis venaient maman, Granny, et April. L'un après l'autre, les orateurs montèrent à la tribune, livrant leurs meilleurs souvenirs de papa. Il avait sauvé tant de vies, tant donné de lui-même à ceux qui en avaient besoin. Il m'avait toujours profondément inspirée. Inspirée en tout, sauf sa mort. Il avait été tué d'une façon absurde, en aidant des gens. Quel était le sens, la justice, dans tout ça ? Un rire hystérique bouillonna entre mes lèvres et Granny tendit la main par-delà maman pour la poser sur mon épaule. Comme si j'allais réussir à appréhender le sens de la vie et de la mort avec le cul sur ce banc… Ridicule. Personne ne comprenait le sens qui se cachait derrière la guerre. C'était hilarant de croire que la réponse me serait révélée juste parce que j'avais perdu un être cher. Mon professeur de psycho aurait probablement adoré m'examiner, telle une souris de labo, à cet instant.

Au milieu de la messe, une main familière pressa mon épaule, cette fois-ci provenant de l'arrière. Riley était enfin arrivé. Au lieu de me sentir réconfortée, j'étais plutôt irritée et en colère. Pour quelqu'un qui décrétait m'aimer, je ne figurais décidément pas en haut de la liste de ses priorités, en particulier dans un fichu jour pareil. Il devait néanmoins avoir une très bonne excuse, comme un chat coincé dans un arbre ou un inconnu en rade avec un pneu crevé.

Un officier rejoignit la tribune et commença l'appel traditionnel. *Oh mon Dieu, ça y est.* Lorsqu'il énonçait le nom des soldats présents, ceux-ci se levaient parmi l'assemblée, signifiant leur présence. Tout autour de moi, des silhouettes en uniforme bleu émergeaient comme autant de diables à ressort, sains et saufs. Je pensais être prête à l'entendre. Après tout, je savais que c'était prévu. L'officier de l'Assistance aux victimes avait fait plusieurs répétitions avec nous. Ils allaient prononcer le nom de mon père, mais il ne répondrait pas.

C'était le but de la manœuvre.

—Lieutenant-colonel Howard ?

La voix de l'officier résonna dans l'église silencieuse. Chacun de mes muscles se contracta en moi et je serrai les dents.

—Lieutenant-colonel Justin Howard ?

Le gémissement suraigu d'April rompit le silence et les larmes brûlèrent mes joues. Je n'étais même pas capable de lever la main pour les essuyer. *Bon Dieu, arrêtez donc de l'appeler. Je vous en prie.* Mais il n'arrêta pas.

—Lieutenant-colonel Justin A. Howard ?

Encore une fois. Je devais tenir encore une fois.

—Pourquoi appellent-ils papa comme ça ? demanda Gus.

Pour prouver qu'il n'est vraiment plus là.

Je ne pouvais pas lui répondre ; mes cordes vocales étaient paralysées de peur, peur de ce qui éclaterait si je parlais. Je le serrai contre moi.

—Lieutenant-colonel Justin August Howard ?

Ils continuèrent à discourir, mais je n'entendais pas. Je m'étais réfugiée dans mes souvenirs, je revoyais papa s'agenouiller devant Gus, âgé de quatre ans, pour qu'il puisse mettre le galon de lieutenant-colonel sur ses épaulettes. Nous étions tous si heureux et fiers. J'imagine que nous aurions également dû être fiers aujourd'hui, vu qu'il avait donné sa vie pour quelque chose de bien plus grand que lui. Mais ce que les gens ne comprenaient pas, c'est qu'à mes yeux, il n'y avait rien de plus grand que mon papa, rien qui vaille le prix de sa vie.

La mélodie d'*Amazing Grace* retentit dans l'église, jouée par les cornemuses. À côté de moi, ma mère parla enfin, murmurant le nom de mon père d'une voix suppliante et brisée.

—Justin ?

J'enfonçai les dents dans ma lèvre inférieure pour m'empêcher d'éclater en sanglots, déchirant la chair tendre jusqu'à ce que la douleur que je m'étais infligée parvienne à contrebalancer celle du deuil qui me submergeait.

Une fois la messe terminée, j'eus envie de me féliciter d'avoir survécu, mais je devais encore tenir pour l'enterrement. Nous descendîmes l'allée sur les traces de l'aumônier, sortant de la chapelle par la porte principale devant laquelle nous attendait une limousine noire. Granny tira ma mère à l'intérieur. April la suivit peu après avec son petit ami, Brett. J'attendis dehors avec Gus, car je savais que Riley voudrait venir avec nous.

Il sortit et descendit l'escalier, impeccablement habillé dans un costume que sa mère avait dû choisir pour lui. Une raie sur le côté séparait ses cheveux blonds et ses yeux bleus ressortaient sur le noir de son costume. Je fus prise d'un élan de fou rire. Riley était une version vivante de la poupée Ken. Il m'attira dans ses bras familiers, m'enveloppant de l'odeur de l'eau de Cologne qu'il portait depuis notre année de terminale. Il s'écarta pour m'embrasser et ses yeux brillèrent.

—Euh, ma chérie ?

Il recula, comme si je le dégoûtais.

Josh surgit à côté de moi, reposant Gus qu'il venait de soulever dans ses bras. Il sortit un Kleenex et me tamponna juste sous la lèvre. Le mouchoir ressortit rouge, taché par le sang que j'avais fait jaillir en me mordant. Il me décocha un faible sourire et fit quelques pas en arrière, comme s'il était conscient d'avoir dépassé une limite. Waouh. Je passai la langue sur ma lèvre et sentis l'endroit que j'avais maltraité.

Riley écarquilla les yeux avant de se rendre compte de qui il s'agissait.

—Josh Walker ! lança-t-il en tendant sa main, que Josh serra. Ça fait un bail, mec. Tu entraînes mon petit frère et Gus, maintenant, n'est-ce pas ?

Josh approuva de la tête.

—Rory est un chouette garçon. On se voit plus tard, Gus.

Gus me saisit la main et la tira.

—Est-ce que mon coach Walker peut venir avec nous, s'il te plaît ?

Riley répondit avant moi.

—Gus, la limousine est réservée à la famille.

Gus sourit.

—Eh bien, dit-il, tu ne fais pas partie de la famille. Et puis, si April et Ember ont le droit d'amener quelqu'un, alors moi aussi.

Je ne pouvais pas contrer la logique de Gus.

—Tu es le bienvenu si tu veux monter avec nous, dis-je à Josh en évitant son regard.

Ces vingt minutes en limousine furent les plus embarrassantes que j'aie jamais passées dans une voiture. Sur ma gauche, Riley mettait à jour son statut sur Facebook. Que pouvait-il bien écrire ? « En route pour les funérailles du père de ma petite amie ? » Il ne gérait pas bien le stress, et je ne lui en voulais pas. C'était simplement l'un des aspects de sa personnalité que je comprenais et que j'essayais de compenser du mieux possible. Après tout, notre complémentarité faisait partie de notre plan, et expliquait pourquoi nous allions si bien ensemble. Je m'emboîtai dans ses creux.

—Ah bordel, soupira-t-il.

—Qu'est-ce qu'il y a ? demandai-je.

Il secoua la tête, faisant défiler l'écran de son Smartphone.

—Ils ont avancé notre journée de présentation académique d'une semaine.

Je ne me donnai pas la peine de répondre. De toute façon, il n'attendait pas de commentaire de ma part. Granny était assise, stoïque, ses cheveux argentés relevés en un chignon, son rang de perles parfaitement aligné. Elle dégageait toujours un air de dignité, mais la façon dont elle gardait sa contenance suite au décès de son fils était époustouflante. Ses mains agrippaient le petit cadre, posé sur ses genoux, contenant une photo de papa durant un entraînement.

—À quoi penses-tu ? me demanda Josh, assis à ma droite.

Son téléphone était hors de portée ; il l'avait donné à Gus qui s'affairait à détruire des petits cochons dans la version *Star Wars* d'*Angry Birds*.

Je désignai discrètement ma grand-mère.

—Mon grand-père est mort au Vietnam, dis-je en secouant la tête. Elle en a déjà bien bavé ; ça ne semble pas très juste.

Il garda le silence pendant une minute, comme s'il s'appliquait à choisir ses mots.

—C'est probablement très dur pour elle, pourtant elle est sans doute la personne la plus à même d'aider ta maman dans cette épreuve. Après tout, elle est déjà passée par là.

J'observai Granny qui tendait la main pour saisir celle de maman, lui caressant la peau du pouce. Josh avait raison. Si quiconque était en mesure de l'empêcher de dégringoler dans l'abîme devant lequel elle se tenait, c'était Granny. Elles étaient deux femmes aussi têtues, aussi fortes et aussi pleines de ressources l'une que l'autre.

—Elle finira par s'en remettre, dis-je en pensant à maman.

—Et toi aussi.

Il pressa gentiment ma main avant de la retirer prestement, en faisant attention de ne pas effleurer la peau de mon genou qui dépassait de ma jupe.

Riley glissa son Smartphone dans sa poche tandis que nous arrivions au cimetière. Nous descendîmes de voiture et traversâmes le terrain gelé jusqu'à l'emplacement que papa avait choisi. À l'époque, j'avais trouvé cela morbide, de préparer son propre emplacement pour être enterré. Maintenant, je lui en étais reconnaissante. C'était un choix de moins à faire, et je savais que celui-là le satisfaisait. Tandis que nous étions assis au premier rang, en face du cercueil de mon père, les gens défilaient. Ils serraient nos mains. Ils se baissaient pour nous étreindre. Ils nous adressaient leurs condoléances. Ils ne pouvaient se représenter notre chagrin. Ils voulaient savoir ce qu'ils pouvaient faire pour nous. Je dis « Merci » tant de fois que cela ne sonnait plus comme un mot. J'avais juste envie, égoïstement, qu'on ne me touche plus.

Riley s'installa dans le siège derrière le mien, maintenant ses mains sur mes épaules, m'ancrant dans le sol comme il l'avait fait ces dernières années. Il me rappelait que j'allais m'en sortir ; les choses reviendraient à la normale et nos plans se dérouleraient comme prévu. Du moins, cette « nouvelle normalité » qui m'attendait et dont je n'avais aucune idée.

—Est-ce que tu peux t'arranger pour qu'ils arrêtent de me prendre dans leurs bras ? me demanda Gus en saisissant ma main.

Je posai un baiser sur son front adorable.

—Tout à fait, frérot.

Je me postai devant lui jusqu'à ce que tout le monde soit enfin installé.

L'aumônier, une fois de plus, parla de devoir et de sacrifice. Je luttai contre l'envie irrépressible de bondir de ma chaise et de taper du pied par terre, en me rappelant que je n'étais plus une adolescente fougueuse. Qu'est-ce qu'ils y connaissaient, en matière de devoir ? Le devoir de mon père était d'être ici, à la maison. Désormais, quelqu'un d'autre devait endosser son rôle, et déterminer ce que nous étions censés faire. Ce n'était pas juste.

Le drapeau américain enveloppait le cercueil argenté. J'avais envie de le voir, de vérifier de mes propres yeux qu'il était vraiment mort. Mais lorsque son corps était arrivé de Dover, il était accompagné d'un petit mot sans équivoque : « Nous déconseillons vivement la vue de cette dépouille. » Lorsque j'avais pris le capitaine Wilson à part pour lui poser des questions, il avait louvoyé jusqu'à ce que je finisse par obtenir ma réponse. Les balles avaient atteint papa à la tête, à la poitrine et aux jambes. L'enfoiré s'était tellement acharné qu'il ne restait quasiment plus rien à voir du visage de papa.

Une petite partie en moi, la plus puérile, se demandait s'il était vraiment là-dedans, ou s'il y avait eu un méli-mélo digne d'un roman. Peut-être que le pauvre diable allongé dans ce cercueil appartenait à une autre famille, et que papa gisait ailleurs, blessé, incapable de prononcer son propre nom. Mais je n'étais pas Gus. Je connaissais la vérité : nous étions en train d'enterrer mon père.

Le drapeau glissa du cercueil dans les bras de la garde d'honneur en faction. Ils le retirèrent avec une précision militaire. Ce drapeau l'avait accompagné depuis l'hôpital, en Afghanistan, où on l'avait déclaré mort, jusqu'à Dover où on avait préparé son cadavre et ajusté son uniforme, jusqu'ici, dans le Colorado où nous l'enterrions.

Les pistolets retentirent, tuant le silence et faisant tressaillir mon cœur. La garde d'honneur tira trois salves, me glaçant chaque fois davantage et me laissant un peu plus morte. Trois salves pour les pistolets. Trois balles pour mon père. Sacrément poétique. Gus éclata en gros sanglots pathétiques. Je tendis la main vers lui tandis que la garde d'honneur repliait le dernier coin du drapeau en un triangle. Josh se pencha en avant, attrapa Gus et l'assit sur ses genoux, le berçant comme un bébé. Je le remerciai d'un signe de tête. Par-dessus la chaise vide, je tendis la main vers April. Elle l'agrippa dans une étreinte aussi glaciale que la mort. Ses doigts étaient gelés. Nous avions oublié nos gants.

Un colonel posa un genou à terre devant maman, tenant le drapeau replié. Elle releva la tête et haussa le menton, dans un geste qui m'évoqua l'ombre de son esprit si fort.

—Au nom du président des États-Unis et d'une nation reconnaissante, dit-il avec révérence en tendant le drapeau vers les mains tremblantes de maman.

Elle croisa les bras sur le drapeau et le pressa sur sa poitrine, baissant la tête contre ses replis comme si elle pouvait sentir l'odeur de papa sur le tissu. Puis elle gémit une mélopée macabre, un son grave, horrible, comme si son âme avait été démantelée.

Je réussis à me maîtriser jusqu'à ce que le clairon entonne *Taps. Le jour est parti, parti le soleil.* Je l'avais tellement entendu dans les parages des bases militaires où nous étions installés. Il y avait quelque chose de familier, réconfortant, à l'entendre jouer, même si les paroles de la chanson disaient que cet événement atroce était terminé. Le pire moment était derrière nous, nous ne pourrions jamais tomber plus bas. *Dieu est avec nous.*

Granny tremblait de chagrin de l'autre côté de maman. Elle avait vraiment donné tout ce qu'elle avait à ce pays. Elle enveloppa maman d'un bras, l'attirant vers son épaule ; toutes deux avaient perdu la personne qu'elles aimaient le plus au monde.

Tandis que chacun s'apprêtait à quitter le cimetière, ma famille s'entassa dans la limousine, mais je n'arrivais pas à partir, pas encore. La garde d'honneur tendit à Riley une pile de drapeaux pliés, un pour Granny, un pour April, un pour Gus et un pour moi. Comme si nous avions besoin d'un rappel. La guerre était vraiment une salope méprisante ; elle prenait tous ceux que nous aimions et nous rendait en échange un drapeau replié, prétendant que l'honneur de leur sacrifice constituait un prix juste et équivalent. C'était faux.

L'une des cinq missions de papa avait commencé peu après la naissance de Gus. Au beau milieu de la nuit, je l'avais regardé faire ses valises tandis que maman berçait mon frère en pleurs pour qu'il se rendorme. J'avais treize ans, mais cela ne me dérangeait pas de m'asseoir encore sur les genoux de mon père. Il avait enlacé mes membres dégingandés et posé un baiser sur mon front comme seuls les pères savent le faire.

—Je veux que tu veilles sur ta maman pendant mon absence, avait-il exigé. Sois gentille avec elle ; ça va être dur et il faut que tu sois la jeune fille de la famille. Pourras-tu faire ça pour moi ? Peux-tu veiller sur ta maman, sur April, et sur Gus ?

Bien entendu, j'avais acquiescé. J'aurais fait n'importe quoi pour faire plaisir à mon père, comme lui l'aurait fait pour moi. Il aurait fait n'importe quoi, sauf rester.

Tandis qu'ils abaissaient le cercueil dans la terre gelée, je me ruai dans sa direction.

—Attendez !

Les employés du cimetière se figèrent, laissant papa à seulement quelques centimètres du sol. Je trébuchai vers l'avant, mes talons s'enfonçant dans les rares brins d'herbe encore apparents. Mes genoux atterrirent devant le métal glacé qui marquait l'entrée de la tombe de mon père. Je plaçai la main droite sur la surface froide du cercueil et, de la gauche, étouffai mon sanglot.

—Je t'aime.

Cela était sorti en un souffle brisé.

—Tu me manques, et je ne sais pas ce que je vais faire sans toi, sanglotai-je en aspirant l'air polaire dans mes poumons. Mais ne t'inquiète pas pour eux, pour Granny, maman, April ou Gus. Je veillerai sur eux, je te le promets.

Les bras familiers de Riley m'enveloppèrent, me soulevant du sol jusqu'à ce que je sois redressée. Je fis un petit signe de tête aux employés du cimetière. Ils recommencèrent à descendre mon père dans la terre, de plus en plus profondément.

—Je te le promets.

3

— Ember.

Gus me secouait pour me réveiller avant que mon alarme habituelle de 7 heures ne se déclenche. Dormir était génial. Lorsque je dormais, tout était normal, et la réalité était le cauchemar, mais ensuite, ce fichu réveil retentissait et je me retrouvais face à ma « nouvelle normalité ».

—Hmmmmm ? marmonnai-je en écartant mes cheveux de mon visage et en m'efforçant de focaliser mes yeux en manque de sommeil.

—J'ai faim.

Gus rampa plus près et posa sa tête sur mon oreiller, à quelques centimètres de mon visage. Il ne s'était pas brossé les dents.

—Tu as tout le temps faim, dis-je en l'attirant à moi, tandis que ma main palpait un jean au lieu du tissu doux de son pyjama auquel je m'attendais. Tu es déjà habillé ?

—Je dois aller à l'école aujourd'hui. Le bus arrive dans une demi-heure, à 7 h 30.

Cela me réveilla complètement. Je bondis hors du lit, domptai mes cheveux en bataille avec un chouchou et formai un sourire.

—Petit déj, c'est parti, mon gars.

—On n'en a plus.

Il fila devant moi, empruntant l'escalier secondaire en direction de la cuisine.

—Plus de quoi ?

Les grandes fenêtres ouvertes de la cuisine laissaient entrer la lumière matinale et le carrelage était froid sous mes pieds. *Du café. Ce serait top de boire du café.* J'allumai la cafetière Keurig et inspectai le garde-manger tandis que la machine se réveillait en grognant. *Ouais, moi non plus j'ai pas envie de me lever.* Gus avait raison ; nous n'avions plus de céréales, plus de flocons d'avoine et plus de bagels.

Nous n'avions plus rien.

Quand cela s'était-il produit ? Je sortis un dernier paquet de pain de mie et jetai un coup d'œil sur le calendrier en me dirigeant vers le réfrigérateur. Cinq janvier. « Rentrée des classes » était inscrit de la main de maman sur le tableau presque vide. Une semaine plus tard s'affichait un message alarmant : « Ember retourne à CU pour le semestre. »

Je ravalai ma panique et, au lieu de penser à ma date de départ, plongeai la main dans le réfrigérateur pour en extirper des œufs et du lait. Il était étonnamment vide. À quel moment la nourriture avait-elle cessé de nous être livrée ? Le service des repas allait et venait si fréquemment dans la maison que l'idée ne m'avait même pas traversé l'esprit de prendre la voiture et de faire des courses au supermarché.

Je demandai à Gus d'aller voir où en était April et il monta en trombe, heureux de reprendre sa routine matinale. Une assiette d'œufs brouillés et de toasts plus tard, je saisis cinq dollars dans le bocal de monnaie réservée au déjeuner de Gus, et nous étions sortis. À l'arrêt de bus, les parents me traitèrent avec sollicitude. Après tout, nous étions désormais des gosses sans père, mais les autres mômes se comportaient avec Gus normalement, comme avant que ne bascule notre monde. Il n'était pas le Gus-sans-père, il était juste Gus, et c'était génial.

Je déposai un baiser sur son front et lui souhaitai une belle journée. Après avoir refermé la porte d'entrée, dans la maison chaude, j'aperçus April, affalée, toujours en pyjama, en face de la télévision.

—Mais qu'est-ce que tu fous ? demandai-je. Tu devrais déjà être au lycée.

—Je cherche un truc sympa à mater.

Elle n'avait manifestement pas l'intention de bouger.

—Il y a école aujourd'hui, dis-je, incrédule.

Elle avait intérêt à se bouger les fesses sinon elle arriverait en retard à son premier cours. Je savais par expérience qu'il fallait compter dix-sept minutes entre le lycée et chez nous.

—Je n'y vais pas.

J'arrachai la télécommande de ses mains et la plaçai sur la table basse la plus éloignée d'elle. Si elle voulait se battre contre moi, elle serait du moins obligée de se lever.

—Mais si ! Et comment, que tu vas y aller !

—Tu n'es pas ma mère.

Sans blague, venait-elle vraiment de me servir sa logique d'adolescente ? Peut-être qu'aujourd'hui, j'allais payer pour tout ce que j'avais fait baver à ma mère quand j'avais son âge.

—De toute façon, ajouta-t-elle, c'est seulement une demi-journée. On n'est pas vraiment obligés d'y aller.

—Eh bien, moi, je suis ta grand-mère et tu vas te rendre à l'école aujourd'hui.

Les mains de Granny ajustaient la dernière barrette de son chignon lorsqu'elle surgit dans la pièce, déjà habillée et parée de son collier de perles. Granny était convaincue que la classe ne prenait jamais de repos. Quand April commença à argumenter, elle la coupa net d'un froncement de sourcils.

—C'est ton père qui est mort, pas toi. Va immédiatement t'habiller, prends ton sac et dépêche-toi d'aller à l'école.

April ne tenta même pas de s'opposer à Granny. Nous savions toutes deux que ça ne servirait à rien. À la place, elle se prépara puis fila à travers la cuisine, piquant un autre billet de cinq dollars dans le bocal tandis que je versais une bonne dose de crème dans ma tasse de café.

—Passe une belle journée, ma chérie, lui lançai-je d'un ton espiègle.

Elle me fit un doigt d'honneur en guise de réponse et claqua la porte d'entrée en point final.

Granny attrapa le sucre et s'en servit généreusement dans son café.

—Granny, je crois qu'on n'a plus rien à manger.

—Et que comptes-tu faire pour y remédier ?

Elle avala une gorgée de café et alla regarder les informations à la télévision. La question était réglée pour elle ; j'étais assez grande pour gérer ça.

Cinq minutes et environ cent inspirations profondes plus tard, j'entrebâillai légèrement la porte de la chambre de ma mère.

—Maman ? appelai-je doucement, ne voulant pas l'inquiéter.

Quoique, actuellement, pas grand-chose n'en soit capable. Désormais, elle parlait, mais seulement quand on lui adressait la parole. Elle ne lançait jamais la conversation, et ne se préoccupait de personne autour d'elle. La plupart du temps, elle dormait. Si elle faisait le même genre de rêves que moi, dans lesquels papa apparaissait et lui disait que tout irait bien, je pouvais la comprendre. *Moi aussi, je préférerais dormir.*

Je m'agenouillai près de son lit. Elle ne ressemblait plus à rien. Peut-être qu'aujourd'hui, j'arriverais à lui faire prendre une douche ou à obtenir qu'elle se coiffe.

—Maman ? répétai-je en lui touchant le poignet qui, dans son sommeil, s'était retourné, offrant sa paume ouverte comme un enfant.

Ses yeux marron s'entrouvrirent furtivement. Elle était là, avec moi. Cela dura une fraction de seconde, plus brève qu'un battement de cœur, puis je perçus l'instant où elle se souvint qu'il était toujours parti, que c'était la vraie vie, et ses yeux s'éteignirent.

—Maman, je dois aller faire des courses au supermarché aujourd'hui. Il n'y a plus rien à manger dans la maison et April et Gus sont retournés à l'école.

Je voyais qu'elle comprenait ce que je disais, mais elle ne réagit pas.

—Je crois que Gus a hockey cette semaine, mais je n'en suis pas sûre. Le calendrier mural n'est pas rempli pour le mois de janvier.

Normalement, ses calendriers étaient complétés avec minutie, chaque rendez-vous, consigné.

Il fallait que j'essaie encore. Il fallait qu'elle réponde.

—Maman, je ne sais pas si je dois utiliser ta carte de crédit ou la monnaie qui traîne à la maison, mais il me faut faire les courses aujourd'hui. Puis-je te rapporter quoi que ce soit ?

—Dormir, murmura-t-elle. Je veux juste dormir.

Ses yeux se fermèrent, et elle s'absenta dès qu'elle eut prononcé ces mots. Mes ongles s'enfoncèrent dans la paume du poing que j'avais formé. J'avais envie de lâcher un cri assourdissant, mais ç'aurait été puéril. Aussi puéril que la jalousie dévorante qui me serrait l'estomac. Moi aussi, je désirais cette douce fuite qu'elle s'octroyait.

Je retirai son sac à main de la patère dans le vestibule et le vidai sur le comptoir de la cuisine. Son portefeuille, ses lunettes de soleil, ses clés, et l'agenda noir géant qu'elle appelait avec affection « Le Cerveau », tout s'offrit à mes yeux. J'ouvris Le Cerveau à la page de janvier et vis que Gus reprenait ses cours de hockey en début d'après-midi. Je survolai distraitement les autres dates de l'agenda, puisque je ne serais plus là. April avait intérêt à se mettre au parfum rapidement.

Encore une semaine. Encore une semaine dans cette maisonnée écrasée par le deuil et je pourrais retourner à la fac. Kayla était déjà revenue à Boulder après avoir passé les vacances chez ses parents dans le Massachusetts. J'allais retrouver les fêtes étudiantes, les activités et les cours. Je n'aurais plus à m'inquiéter qu'April aille ou non au lycée, ou que ma mère ait ou non avalé quelque chose dans la journée. Je pourrais être auprès de Riley.

Il n'avait pas été très présent. Il se confondait en excuses, mais je savais que le malaise qui régnait dans cette maison n'était pas pour lui, même s'il faisait désormais partie de la famille depuis plus de trois ans. Il voulait que tout soit normal, comme ce l'était à Boulder, et comme moi d'ailleurs. Le seul problème, c'était que « normal » n'était plus une option pour moi, mais comme il n'avait pas été dans les parages ces deux dernières semaines, il n'était pas au courant.

Je n'étais pas certaine que la normale reviendrait avec mon retour à Boulder.

—Tu n'as qu'à prendre sa carte de crédit, commenta Granny derrière le comptoir.

J'étais tellement absorbée dans mes pensées que je ne l'avais même pas vue s'approcher.

—Tu sais mieux que moi ce dont vous avez besoin dans cette maison, alors il vaut mieux que tu ailles faire les courses.

Je pris ma douche, m'habillai, me séchai les cheveux, attrapai mes clés et le portefeuille de maman au passage.

Tandis que j'ouvrais la porte d'entrée, Granny me lança :

— Ah, December, je t'ordonne d'appeler ton petit ami et de sortir ce soir. Sans discussion.

L'esprit ailleurs, j'émis un grognement en guise d'assentiment.

*

Le supermarché était plutôt vide alors que je balançais un sachet de pommes rouges dans le chariot et me mettais à la recherche des grenades qu'April adorait. Je continuai vers la crème pour le café de maman et ajoutai les cookies préférés de Gus. Article après article, le chariot se remplit jusqu'à ce que je sois obligée de le pousser de toutes mes forces pour le déplacer, et je devais encore caser le lait.

Ouais, ça devrait suffire, car plus rien ne tiendrait. Mon téléphone vibra.

Kayla : J'ai trop hâte de te revoir la semaine pro !

C'était réciproque. En dix minutes à peine, elle serait capable de me faire oublier tout ce qui clochait. Elle était magnétique, super vive, et ma meilleure amie à Boulder.

Ember : Bordel, j'en ai trop besoin ! Dis-moi si tu as le temps de passer à Co Springs avant la rentrée. Sinon, je te rejoindrai là-bas.

Kayla : Pas de souci. Câlins !

Ember : Câlins !

Les câlins, c'était le truc de Kayla.

Je réglai les courses, le sourire aux lèvres en revoyant Josh en train de payer pour le gâteau d'anniversaire. J'avais envie de le revoir, mais Riley n'apprécierait pas du tout. Il était au courant du béguin que j'avais eu pour le Josh de terminale. Bah, c'était le cas de toutes les filles du lycée. Josh était interdit, inaccessible, et légèrement dangereux, à en juger par les rumeurs courant sur lui et ses virées infernales dans les rues. On disait qu'il avait été expulsé de son lycée précédent à cause de courses à moto avec de la racaille, on parlait de son harem de filles raides dingues de lui, et la légende que constituait Josh Walker était rarement remise en question. Bah, comme si je devais me soucier de Josh, de toute façon ; on ne pouvait pas dire qu'il m'avait prêté attention. Pas une seule fois.

Mais il prêtait attention à plein d'autres filles. Je le voyais tous les jours avec une fille au bras, et il en changeait souvent. Si Josh s'intéressait à une lycéenne, il ne pouvait y avoir qu'une raison. Même si je n'avais pas été avec Riley, aucune chance que je tombe dans les filets d'un séducteur comme Josh. Et puis, Riley et moi, c'était pour la vie.

Je mis les courses dans le coffre et conduisis jusqu'au Starbucks pour un petit shoot d'après-midi.

Pendant que la barista s'occupait de ma commande par la fenêtre du drive, j'ouvris le toit décapotable et inclinai le visage vers le ciel. L'air de janvier était frais mais les rayons du soleil caressaient mon visage d'une façon délicieuse.

C'était la première fois que j'éprouvais du plaisir depuis… eh bien, depuis la notification.

Un sourire envahit mon visage tandis que je humais l'odeur du *mocha* au caramel beurre salé qui emplissait l'habitable de la voiture pendant le retour à la maison. Peut-être que Granny avait raison ; j'avais besoin de sortir un peu et me rappeler que la vie continuait son cours dehors.

*

Après une bonne douzaine d'allers-retours, tous les sacs de courses étaient étalés dans la cuisine, leur contenu débordant sur le comptoir. J'entendis la porte s'ouvrir une fraction de seconde avant que Gus déboule dans l'entrée, puis une cacophonie de pieds se précipitant vers la cuisine.

—C'est cool ! cria-t-il en saisissant une compote aux fruits à sucer. Goûter !

J'ébouriffai ses cheveux et lui pris son sac à dos, ébahie qu'il soit déjà 15 heures.

—Tu as des devoirs ?

Son visage s'affaissa.

—Ouais, répondit-il en grimaçant comme s'il avait goûté quelque chose d'amer. Il faut vraiment que je les fasse ?

—Eh ouais ! Tu as hockey dans une heure, alors il faut t'y mettre tout de suite, répliquai-je en lui versant un verre de jus d'orange et en le posant sur le comptoir avant de ranger les courses.

Deux grimaces et trois crayons de papier brisés plus tard, Gus avait fini ses devoirs et moi, de préparer un sandwich.

—Eh, apporte donc ça à maman si tu as terminé.

—Faut que j'me magne !

Il saisit l'assiette au vol et se rua dans l'escalier dans un tourbillon d'énergie. Gus avait deux vitesses : plein gaz et endormi.

J'ouvris une bouteille d'eau et me félicitai pour l'expédition victorieuse des courses au supermarché.

La porte claqua, accompagnée par un cliquetis de talons sur le sol. April se déhancha dans la cuisine, jetant son sac à dos, son sac à main, ses clés et son téléphone sur l'îlot que je venais de débarrasser. Je me mordis la langue pour ne pas lui ordonner de foutre ses affaires ailleurs. *Eh, je n'ai jamais vu ce sac à main, est-il nouveau ?*

—Regarde qui j'ai trouvé dehors, pépia-t-elle en fronçant les sourcils dans ma direction.

Elle me prit la bouteille d'eau fraîche des mains et gravit l'escalier du fond.

Josh Walker se tenait dans ma cuisine, appuyé contre le comptoir, vêtu d'un jean et d'un sweat à capuche CU, une casquette noire à l'envers enfoncée sur le crâne. Il était vraiment à croquer. Comment avais-je pu ne pas remarquer qu'il était si canon les deux dernières fois que je l'avais vu ? Et que faisait-il dans ma cuisine ?

—Salut Ember, dit-il en souriant.

—Josh.

Je n'étais pas sûre de pouvoir ajouter un mot sans lui sauter dessus. Je me lançai néanmoins.

—Quel vent t'amène ?

Par mesure de sécurité – la sienne –, je plaçai l'îlot entre nous.

—Je viens juste chercher Gus pour l'entraînement.

Son sourire était mortel, une combinaison de charme juvénile et de sexe pur. *Sexe ? Comme si tu en savais quelque chose. Mais c'est quoi ton problème ? Tu as un fiancé !*

—C'est... hmm... très gentil de ta part.

—Je me suis dit que ta mère ne serait pas encore en mesure de le faire, et Gus avait hâte de revenir aux entraînements.

Sa compassion m'attendrit davantage. C'était une chose d'avoir envie de lui, mais bien autre chose de me retrouver... à l'apprécier en tant que personne, pas juste en tant que gabarit sexy. Au bout d'une minute environ, durant laquelle je le regardai en silence, il leva les sourcils d'un air interrogateur.

—Alors, qu'y a-t-il pour le dîner ? s'enquit-il en désignant la pile de sacs en kraft des courses.

—Hmmmm...

Mon esprit survola les ingrédients que je venais d'acheter. Qu'allais-je préparer ? Du poulet ? Je n'en avais pas acheté. Des *fajitas* ? Pas de viande. Je poussai un soupir exaspéré et souris :

— Des cookies.

Un rire s'échappa de ses lèvres.

—Pourtant, je te jure que je suis allée faire les courses ! dis-je en éclatant de rire et en prenant ma tête entre mes mains. J'ai acheté les trucs que tout le monde aime, mais rien dont nous ayons vraiment besoin !

J'étais secouée d'un fou rire qui faisait trembler mes épaules.

—On a de la crème spéciale pour le café, mais pas de café, des tortillas, mais pas de fromage.

Le rire de Josh se mêla au mien. Il s'avança et dégagea mes mains de mon visage en les pressant doucement.

—C'est chouette de te voir sourire, Ember.

Les terminaisons nerveuses de ma peau s'affolèrent là où il m'avait touchée.

Mon sourire s'évanouit. *Est-ce trop tôt ? Ai-je le droit de rire ?* Dans un timing parfait, Gus surgit du garage, trimballant un sac d'équipement plus grand que lui.

—On y va, coach Walker ?

—Certainement, mon petit gars, répondit Josh en retirant sa main de la mienne, avant de me décocher un sourire qui me fit oublier mon propre prénom. À plus, Ember.

Heureusement qu'il me l'avait rappelé. J'opinai de la tête, en m'efforçant du mieux possible de ne pas avoir l'air hypnotisée par lui.

—Tu attaches bien ta ceinture, Gus, d'accord ?

Josh ne se moqua pas de moi, ne fit aucune remarque désobligeante, mais hocha la tête à son tour.

—Tu as entendu, Gus ? Il faut mettre la ceinture.

La porte se referma derrière eux, et je me jetai sur mon Smartphone, en quête de mon ancrage et d'un rappel immédiat que je n'avais pas le droit d'avoir des pensées torrides au sujet de Josh Walker.

Ember : Salut, mon amour, qu'est-ce que tu as prévu pour la soirée ?

Riley : Rien de spécial, juste penser à toi, tu me manques.

Une tendre pression familière vibra dans ma poitrine.

Ember : T'as envie de sortir avec moi ce soir ?
Je crois que je suis prête à retrouver la civilisation.

Quelques minutes s'écoulèrent avant que mon téléphone notifie son texto.

Riley : Zut, trésor, si j'avais su,
je ne serais pas remonté à Breck.

Ember : Tu es rentré à Breckenridge ?

Riley : Suis ici avec des potes, on va peut-être faire la fête.

Je ne savais pas quoi répondre à ça, et me contentai d'attraper une autre bouteille d'eau. Au bout de quelques gorgées, mon téléphone vibra de nouveau.

Riley : Fête confirmée. Désolé, chérie, sinon je serais venu,
mais je peux pas laisser ces sauvages dans le chalet.

Riley faisait une fête de fraternité. Une fichue fête de fraternité.

Ember : T'inquiète.

Riley : Je t'aime !

Je secouai la tête et ne me donnai pas la peine de répondre. J'envoyai un bref message à Sam, mais elle était partie dormir chez sa mère à Denver.

Une fichue fête de fraternité. J'attrapai une éponge et me jetai, tête baissée, dans la pagaille qui jonchait la cuisine. Il était incapable de faire le moindre effort pour moi. N'étions-nous pas censés avoir une relation parfaite ? Sur le papier, tout devait être pur et blanc pour sa « future carrière politique ». Où était M. Parfait ce soir ? Le plan de travail de la cuisine fut attaqué à coups d'éponge javellisée puis je m'en pris aux placards avant de passer au sol, au réfrigérateur et même aux étagères du garde-manger. Aucune surface ne fut épargnée par ma fureur.

La sueur perlait sur mon front lorsque j'eus terminé, environ trois heures plus tard, et je balançai les éponges et les gants de ménage dans l'évier avec un peu trop de fougue. Je ne me sentais toujours pas mieux.

—Ça sent le citron, lança Gus dans une grimace, faisant couiner ses tennis sur le sol mouillé tandis qu'il apportait ses vêtements de hockey dans la buanderie.

Maman l'avait bien éduqué.

—Le citron et la pizza, lança Josh en posant trois énormes cartons de pizza sur l'îlot de la cuisine. Les cookies, c'est chouette, mais je me suis dit que cela ne couvrait pas le spectre complet des familles d'aliments.

Je soufflai sur une mèche égarée sur mon visage, son sourire était trop contagieux et dangereux pour ma propre sécurité.

—Et la pizza couvre le spectre complet des familles d'aliments ?

Il tendit la main et glissa ma mèche auburn derrière mon oreille, et ses doigts effleurèrent mon cou par inadvertance. Du moins, c'est ce dont je tentai de me convaincre.

—La pizza est l'exception à la règle.

Il ne recula pas, mais resta à quelques centimètres de moi, et chaque cellule de mon corps avait une conscience aiguë de sa proximité.

—Évidemment.

Nous nous tenions là, face à face, nous regardant mutuellement dans un silence chargé. Cela ne me mettait pas mal à l'aise de me taire en présence de Josh. Je n'éprouvais aucune pression de remplir le silence ou trouver quelque chose de spirituel à lancer, mais bon sang, l'atmosphère vibrait d'électricité.

—Ah, monsieur Walker ! dit Granny qui venait de pénétrer dans la cuisine, en lui tapotant l'épaule. Il faut que ma petite-fille sorte un peu de cette maison, et son petit ami ne peut apparemment pas se charger de l'y aider pour le moment.

Je crus entendre un « comme d'habitude » imperceptible s'échapper de ses lèvres.

—Pourriez-vous la traîner quelque part ailleurs qu'ici, pour me faire plaisir, je vous prie ?

Du sang me monta aux joues, symptôme de ma honte. Comme si elle savait qu'il m'avait plantée. À moins qu'elle s'y soit attendue ?

—Euh, madame ? fit Josh en détournant légèrement la tête, et en jetant un regard curieux vers moi.

—Sous peu, elle va se transformer en ermite, monsieur Walker. Une horde de chats peut surgir à la porte à tout moment. Je vous en prie, par amour de votre prochain, sortez-la.

—Où est Riley ? s'enquit Josh en pinçant les lèvres.

Double honte.

—À Breckenridge, il a organisé une fête de fraternité.

Oh, était-ce un soupçon d'amertume qui suintait dans ma voix ?

—Hmmm, soupira Granny.

Il hocha la tête, les yeux dans le vide.

—D'accord.

Une myriade d'émotions que je n'arrivais pas à déchiffrer traversa son visage, le transformant au gré d'une série d'expressions furtives.

—Tu veux lui faire une surprise ?

Une vague d'excitation m'ébranla. *Oh ! Faire une surprise à Riley !* Mais ma raison et la réalité reprirent le dessus.

—Il ne faut pas pousser.

Granny soupira.

—N'importe quoi. Josh, elle sera prête dans une heure avec des affaires pour passer la nuit. Je suppose que je ne vous reverrai que demain. Prends les clés et va dormir dans le chalet de tes parents.

Ce chalet était le cadeau de papa pour le quarante-cinquième anniversaire de maman ; une folie pour lui prouver qu'ils prendraient leur retraite là, et qu'elle ne serait plus obligée de déménager.

La nausée monta dans mon estomac à l'idée de m'amuser, comme si je trahissais papa. Je n'avais pas encore fait mon deuil ; je ne portais pas de noir ; je n'avais pas versé le nombre de larmes convenable.

—Je ne veux pas. Je ne suis pas encore prête.

—Ta sœur non plus ne l'était pas. Tu croyais vraiment que je serais moins dure avec toi ?

Elle leva les sourcils et se retourna vers la cuisine, me montrant son dos.

Bon, c'était donc réglé. Granny avait parlé. On allait s'incruster à la fête.

4

Deux heures plus tard, nous sinuions sur les routes de montagne dans la Jeep Wrangler de Josh. Il avait insisté pour conduire, mais me donnait carte blanche pour la radio. Vu la grimace sur son visage lorsque je mis de la country, j'estimai ma vengeance suffisante.

—Je suis contente que tu n'aies plus ta moto. Ça aurait été un cauchemar dans la neige.

Un petit sourire s'esquissa sur son visage.

—Qu'est-ce qui te fait penser que je ne l'ai plus ?

—C'est dangereux.

—C'est fun.

La Jeep s'inséra dans la voie principale, doublant une Subaru avec une plaque d'immatriculation du Texas. Je ravalai ma protestation quant à la vitesse qu'il avait atteinte pour ce faire. Il neigeait, bon sang, mais ça n'avait pas l'air de l'affecter. Il ralentit après avoir regagné la file de droite.

—C'est vrai ? demandai-je en l'observant à la dérobée. Ce qu'on racontait au lycée sur les courses illégales ?

Un muscle tressaillit dans sa mâchoire.

—J'ai laissé un tas de trucs derrière moi quand on a déménagé d'Arizona. C'est l'avantage de déménager.

On a une chance de recommencer et la personne que tu étais avant ne te définit plus, ou du moins, n'est plus censée te définir.

Comme si je n'étais pas au courant. Mes dix doigts ne suffisaient pas pour compter le nombre de fois où nous avions déménagé. Son téléphone vibra sur le tableau de bord entre nous, et un coup d'œil discret me révéla le nom « Heather ».

Ouais, en tout cas, en ce qui concernait les filles, ça n'avait visiblement pas beaucoup changé pour Josh. C'était un bon rappel.

—On dirait que tu es demandé.

Un sourire releva la commissure de ses lèvres.

—C'est clair, par celles qui n'en valent pas la peine.

Il ne s'efforça pas de lire le texto, ni ne me demanda de le lire pour lui. Il l'ignora.

Je lâchai un soupir d'exaspération.

—Pourquoi tu fais ça, au juste ?

—Sortir une jolie fille un vendredi soir ?

Ses mains se crispèrent sur le volant ; il savait parfaitement ce que je voulais dire.

—Conduire pendant deux heures pour m'emmener voir mon petit ami.

Purée, quand je l'énonçais de la sorte, je me demandais pourquoi diable il le *faisait*.

—Parce que c'est ce dont tu as besoin.

Ses yeux étaient braqués sur la route, aussi ne pouvait-il pas remarquer que j'étudiais son profil dans un silence émerveillé. Les angles ciselés de son visage évoquaient plutôt les Grecs, et moins le type américain à 100 % que je lui avais initialement attribué, mais cette bouche, cette bouche… Je secouai la tête pour me débarrasser des pensées que je n'aurais pas dû nourrir, en particulier avec un texto de Heather planté entre nous deux.

—Pourquoi es-tu avec Riley, au juste ?

Eh bien, voilà qui m'arracha sans conteste à ma contemplation de Josh.

Riley. Oui.

—Parce que c'est comme ça.

Une fois que les mots furent sortis de ma bouche, je me rendis compte à quel point ils sonnaient stupides.

—Je ne sais pas pourquoi j'ai dit ça. Ce n'est pas ce que je pensais.

—Serait-on quelque peu sur la défensive ?

Je replongeai le regard sur la route, seulement éclairée par les phares.

La neige qui tombait adoucissait le paysage, formant une bulle autour de nous.

—Ce que je voulais dire, c'est que nous avons un plan et que nous le suivons. Ça fait trois ans qu'on est ensemble et il nous en reste deux avant d'obtenir nos diplômes. Ensuite, Riley veut étudier le droit pour entrer en politique. Il veut qu'on se marie avant ses études de droit.

—J'entends beaucoup de Riley dans ce plan.

Une frustration ardente monta dans ma gorge tel de l'acide, et je serrai les poings entre mes genoux. Pour qui se prenait Josh Walker, à remettre ainsi notre plan en question ?

—Il y a aussi beaucoup de moi.

Aïe, ça sonnait vraiment défensif.

—C'est-à-dire que c'est moi qui veux qu'on se marie avant ses études de droit, parce que je ne peux pas concevoir qu'on continue des années sans s…

Je m'interrompis brutalement. Mes joues me brûlaient. La voiture était plongée dans l'obscurité, et il ne pouvait donc pas me voir, voir que j'étais aussi rouge que la carrosserie de sa Jeep.

—Sans quoi ? demanda-t-il.

Je ne répondis pas.

Il écarquilla les yeux vers moi, les sourcils haussés de stupeur.

—Tu veux dire que depuis trois ans, il n'y a pas eu de sexe entre vous ?

—Garde les yeux sur la route ! rétorquai-je.

Il réprima un rire et se concentra de nouveau sur la conduite. Mes mains se fermaient, se rouvraient, se refermaient, se rouvraient.

—J'arrive pas à croire ce que je viens de dire ! N'en parle à personne !

—Es-tu une fille du genre pas-de-sexe-avant-le-mariage ? s'enquit-il sans une once de raillerie dans la voix. Ce n'est pas un problème si c'est le cas, c'est juste que trois ans, c'est long pour un mec.

Je secouai la tête. J'en avais déjà trop dit de toute façon, autant continuer sur ma lancée... Du reste, ce n'était pas comme si on se croisait tous les jours sur le campus.

—Riley veut attendre le mariage. Il dit que c'est pour moi. Tu vois, bien propre et parfait. Il m'a promis que ça valait la peine d'attendre, et c'est important pour lui. Ça fait chier, mais tout doit être *impeccable*... Exactement comme nous l'avons prévu. C'est sans doute son côté conservateur.

—Toi, tu ne veux pas attendre ?

Ça, ça dépassait les limites de la bienséance, et je me contentai de secouer la tête en guise de réponse.

Ses yeux me détaillèrent brièvement.

—Riley doit être un sacré saint.

Je détestais que cette remarque me fasse autant plaisir. Les seuls compliments que je devais désirer étaient ceux de Riley, n'est-ce pas ? Je m'étais habillée avec soin ce soir ; après tout, j'avais mon plan à moi. C'en était fini de l'attente. À quoi bon attendre quand on ne savait pas de quoi serait fait le lendemain ?

Mon jean moulant était enserré dans mes bottes noires, et j'avais enfilé un body en dentelle sous un pull gris cintré et décolleté que Riley aimait bien. J'avais rapidement relevé ma chevelure volumineuse auburn en un chignon négligé mais je m'étais appliquée pour le maquillage. Je devais l'éblouir.

C'était Josh que j'avais ébloui. Je m'en étais aperçue quand je lui avais ouvert ma porte. La vision de ses yeux marron écarquillés animés d'un appétit flagrant avait allumé une petite flamme dans une partie de moi dont j'avais complètement oublié l'existence. Il me remarquait, me désirait, et si je n'y prenais pas garde, cette petite flamme menaçait de me consumer et de me réduire en cendres.

Je me raclai la gorge, espérant dissoudre la tension et le sujet.

—Alors, ça te plaît de faire du coaching ?

—C'est vraiment le truc le plus chouette de ces dernières années. Ces gosses, c'est quelque chose.

Ses lèvres remontèrent en un sourire inconscient.

Il y avait un truc qui clochait.

—Mais comment pouvais-tu être le coach de hockey de Gus l'an dernier alors que tu allais à CU ?

Les campus de Colorado University, à Boulder, et Colorado Springs étaient distants de plusieurs heures de voiture.

—Je suis en dernière année à Colorado Springs, pas à CU Boulder. J'ai arrêté quelque temps après mon transfert.

—Mais je croyais que tu avais décroché une bourse d'études pour le hockey à Boulder !

Il me lança un regard surpris.

—J'ai écouté les rumeurs qui couraient sur le célèbre Josh Walker quand j'étais au lycée. Alors pourquoi Co Springs ?

Ses lèvres se pincèrent.

—Certains trucs n'ont pas fonctionné.

Sujet clos. Message reçu.

Je sortis mon téléphone pour voir si Kayla avait répondu au texto que je lui avais envoyé en quittant Springs. J'espérais vraiment qu'elle pourrait venir ce soir. Pas de réponse. C'était nul. J'aurais bien eu besoin de ma meilleure amie.

Nous prîmes la sortie pour Breckenridge et traversâmes le centre-ville pittoresque en slalomant entre les piétons ivres. Les vacances de Noël amenaient des masses de skieurs sur les pistes et, en soirée, des fans de bière grouillant sur les bars en rooftop. Les gens qui n'avaient pas l'habitude de l'altitude s'en mordaient généralement les doigts le lendemain matin.

Nous roulions dans la ville et bifurquâmes à l'endroit où le chalet de Riley nous était indiqué par le GPS.

—C'est ici qu'il ha…

Ma phrase fut coupée en plein élan quand nous tournâmes au coin de la rue et fûmes assaillis par le spectacle impressionnant d'innombrables voitures garées des deux côtés de la route.

—Non, ça ne peut pas être pour la fête de Riley.

Tandis que nous roulions au pas et dépassions le chalet, il parut évident qu'ils étaient *tous* là pour Riley. Les gens traînaient sur la terrasse panoramique, et je reconnus quelques-uns de ses potes de fraternité.

—Tiens-toi, m'avertit Josh avant de monter sur un gros talus rocheux plat et de garer sa Jeep.

—Comme tu te la pètes ! dis-je sans pouvoir réprimer le rire couvant entre mes lèvres.

Il sauta hors de la voiture et m'ouvrit la porte avant que je puisse détacher ma ceinture de sécurité. Je baissai les yeux et vis ses bras grands ouverts pour moi. Vu comment il s'était garé, j'avais besoin de son aide pour m'extirper du véhicule.

Je balançai mes jambes à l'extérieur et il m'attrapa par les hanches, me serrant contre lui sans aucune ambiguïté pour me poser à terre, mais la conscience de son corps si proche me coupa le souffle. Aussi près de lui, j'atteignais à peine ses clavicules, qui étaient actuellement couvertes d'une chemise bleue boutonnée. Il bondit au bas du talus, léger, et tendit les mains pour m'y accueillir.

Un sourire envahit son visage avant que je me lance dans ses bras. Il me rattrapa avec un « humpf ! » et émit un rire radieux et sincère.

—Tu gardes Riley sur des charbons ardents, n'est-ce pas, Ember ?

Josh me porta sur la neige.

—Pas vraiment. Il n'apprécie pas particulièrement la provocation.

Il secoua la tête en me déposant sur le trottoir enneigé.

—Eh bien, il ne sait pas ce qu'il loupe.

La neige tombait dru comme un rideau blanc épais et Josh ramassa un flocon sur mes cheveux.

Je lui pris la main pour le guider vers la porte d'entrée. Je n'aurais pas dû avoir envie de le toucher, mais j'en avais envie. Je pressai furtivement sa main et la relâchai, me convainquant que cela ne me plaisait pas. *Menteuse.*

—Viens, je vais te présenter à…

Une fille éméchée vacilla dans l'escalier, rattrapée *in extremis* par ses copines.

—Aux gens que je connais, complétai-je.

Dave Matthews Band retentissait dans toute la maison. Les voisins les plus proches se trouvaient à quelques hectares du chalet, mais j'étais surprise qu'ils ne protestent pas. Nous dépassâmes les gens entassés dans l'escalier menant au perron.

À l'intérieur, la maison était aussi bondée que le perron, comme si quelqu'un essayait de battre le record du maximum d'étudiants de fac qu'on pouvait entasser dans une hutte de montagne en forme de A. Je me dirigeai vers le premier groupe où je reconnus un pote de fraternité de Riley et sa copine, qui avait une chambre au même étage de ma résidence étudiante.

—Hé, Charlotte ! criai-je alors qu'elle se jetait dans mes bras pour m'étreindre.

—Ember !

Sa bière se renversa de son gobelet en plastique mais je l'esquivai habilement avant qu'elle pourrisse ma tenue. Charlotte m'enlaça vigoureusement avant de se dégager.

—Ember, je suis vraiment désolée pour ton père.

—Ouais, Ember, balbutia Scott, assis sur le canapé, les yeux vitreux. C'est vraiment nul.

—Merci, répondis-je en refusant de me laisser affecter.

Je m'échappais du deuil ce soir ; je ne pouvais pas me permettre de le laisser me voler encore une partie de moi. J'avais besoin de quelques heures de répit.

—Je vous présente Josh.

Josh s'avança, serra la main de Scott et sourit à Charlotte, qui le déshabilla littéralement du regard. Je ne pouvais pas lui jeter la pierre ; c'était l'effet habituel de Josh sur les filles. Du moins, quand il était au lycée, et à mon avis, cela n'avait pas beaucoup changé depuis.

—Josh Walker !

Une fille dont les seins semblaient sur le point de s'échapper de son cache-cœur ventre à l'air agita la main au-dessus de la foule.

—Évidemment, il fallait que tu connaisses une fille ici, marmonnai-je vers lui.

Il me décerna un sourire.

—Oh, pas qu'une, Ember. Tu m'accordes une seconde ?

—Oui, bien sûr. Je vais chercher Riley.

Je le vis traverser la pièce et soulever la blonde en une gigantesque accolade. Un arrière-goût déplaisant de jalousie me piqua la bouche.

—Josh ? s'enquit Charlotte en connaisseuse, activant son mode d'évaluation des mecs.

—C'est un pote du lycée, répliquai-je.

—Miam, dit-elle en souriant, et j'eus envie de la gifler. Kayla sait-elle que tu es ici ?

—Non, je lui ai envoyé un texto pour voir ce qu'elle avait prévu ce soir mais je suis venue faire la surprise à Riley.

—Elle ne l'a sans doute pas eu car cet aprèm, elle a accidentellement donné un bain à son téléphone, dans le Jacuzzi. Il est mort.

—Vous êtes là depuis cet aprèm ? demandai-je au moment où une armoire à glace familière se pressait contre moi, ses mains se raccrochant à ma taille pour se stabiliser. Salut Drew.

Son haleine empestait terriblement.

—Riley est en haut, il a dit qu'il avait besoin de calme.

Je hochai la tête et tentai discrètement de me dégager de l'emprise de Drew. Il me suivit.

—Alors, comment était la route jusqu'ici ?

—Longue, Drew...

Josh s'interposa doucement entre nous, obligeant Drew à lâcher ma taille suffisamment longtemps pour que je m'échappe.

—Ça va ? me demanda Josh tandis que nous gravissions l'escalier.

—Drew est un peu tactile mais rien de bien méchant.

Il y avait encore plus de gens massés dans la mezzanine donnant sur la pièce principale. Sérieusement, la fraternité était-elle donc là au grand complet ?

—Ember..., murmuraient-ils tous, en me décernant leur regard du style « bon-sang-ta-vie-est-une-galère ».

Je leur rendis un sourire aussi radieux que possible. Je n'y pensais plus ce soir, mais de quelque côté où je me tourne, ceux que je connaissais me décochaient leur visage compatissant. Si j'arrivais à ne pas penser à papa, je n'étais pas en mesure de contrôler les autres.

—C'est qui, ta copine ? demandai-je.

—Ma cop... ? Ah, Whitney ? Juste une fille que j'ai rencontrée une ou deux fois.

Rencontrée. Couché avec, oui. La norme.

—Waouh ! Ember ! lança un autre type de la fraternité, Greg, en nous arrêtant dans le hall. Hmm, est-ce que Riley était au courant que tu venais ?

—Nan ! Je lui fais la surprise.

—Je vais lui dire que tu es là...

Il se déplaça pour se poster devant moi, me bloquant l'accès à la chambre où j'avais souvent dormi le week-end ces dernières années.

C'était fichtrement bizarre.

—Greg, c'est bon.

Je me faufilai, le contournai, et ouvris la porte de la chambre de Riley.

—Oh pardon !

Le choc me fit éclater d'un rire nerveux. Je venais de déranger un couple qui utilisait le lit de Riley et, à en juger par les mouvements de la fille qui menait les opérations, ils étaient indubitablement en train de coucher ensemble. Sa chevelure noir de jais tombait en cascade de sa tête renversée en arrière.

Ils étaient tellement immergés dans l'action qu'ils ne m'avaient pas entendue et la porte cliqueta doucement lorsque je la refermai en m'esclaffant.

—Oh… mon… Dieu…

Je me retournai et appuyai la tête contre la porte tandis que j'étais prise d'un fou rire, et cela me plaisait. Cela me plaisait de me lâcher et de trouver un motif de rire. Une fois que j'eus terminé, je remarquai le choc sur les visages de Josh et de Greg.

—Quoi ?

Greg rougit comme un coquelicot, ce qui détonnait avec ses cheveux blonds.

—Ember, je suis tellement désolé.

—Putain, je pourrais le tuer, grommela Josh d'une voix basse et grave.

La teinte de ses pupilles s'assombrit, passant de marron à presque noire, et une lueur féroce l'envahit.

—Mais quoi ? Pourquoi ? Qu'est-ce que ça peut bien foutre…

Soudain, cela me percuta. Une chevelure noire d'une teinte que, jusqu'alors, j'avais vue sur une seule personne. Ma coloc.

—Kayla.

Kayla était dans le lit de Riley.

Avec…

—Non, murmurai-je, secouant la tête en dénégation.

Je fis volte-face, ouvrant la porte aussi vigoureusement que possible. Cette fois-ci, je ne me donnai pas la peine d'être discrète. Kayla était au-dessus, son corps ondulant jusqu'à ce qu'elle entende le battant claquer contre le mur.

—Bordel, c'est quoi ? beugla-t-elle.

Elle se retourna, offrant aux gens dans le couloir une vision non expurgée de ses seins nus, qui faisaient facilement deux tailles de bonnet de plus que les miens. Je survolai sa silhouette pour voir la chose que je ne voulais pas voir.

Riley était sous elle. *En elle.*

Mes poumons se vidèrent d'un coup sec et désespéré, et Josh me rattrapa tandis que je sortais en reculant par la porte, chancelante, n'ayant qu'une idée en tête : partir d'ici. La douleur crue et suffocante m'enserrait les entrailles, déchiquetait ce qui restait de mon cœur, le laissant exsangue. Je réprimai le cri qui voulait frénétiquement s'échapper pour exprimer mon calvaire.

—Ember ?

Riley rampa du lit et je le vis nu pour la première fois depuis trois ans que nous étions ensemble.

J'étendis la main devant moi, comme si cela pouvait le repousser. Ce. N'était. Pas. Vrai.

—Ember ! cria Kayla, en s'enveloppant dans le drap de coton égyptien finement tissé que j'avais offert à Riley l'été précédent.

Le choc s'évanouit, remplacé par la fureur bouillonnant de rage et de trahison qui s'accumulait derrière mes paupières, puis se répandit sur ma peau.

—Ah, vous vous souvenez donc de moi ? dis-je aussi calmement que possible tandis qu'ils se rhabillaient fébrilement. Parfait, parce qu'à compter de cet instant, je vous oublie tous les deux.

Je claquai la porte et reculai dans le couloir, en inspirant profondément. Je fermai les yeux et comptai. Cinq. Quatre. Trois. Deux. Un.

Fini.

Je rouvris les yeux et hochai la tête. C'était passé. Je n'allais pas pleurer, ni m'effondrer, pas tant qu'ils pourraient me voir. Je ne serais pas *ce genre* de fille.

—Puis-je t'exfiltrer d'ici ? demanda Josh. Avant que je casse la gueule à ce trouduc ?

Je me tournai vers lui et souris.

—Oui, je t'en prie, si cela ne te gêne pas.

Il plissa les yeux tandis qu'il examinait mon visage, comme s'il escomptait qu'une fissure vienne craqueler ma maîtrise apparente. Cela ne se produirait pas. Il me prit la main et me guida à travers le couloir tandis que, cette fois-ci, les gens s'écartaient sur notre passage.

Greg se plaça devant moi.

—Hé, Ember, je suis désolé…

D'un geste fluide de la main droite, Josh le poussa contre le mur sans même ralentir notre progression vers la sortie. Gardant le menton relevé, je focalisai le regard sur les contours de la chemise de Josh, qu'il n'avait pas rentrée dans son jean, mais dont il avait roulé les manches. Greg ne tenta pas d'ajouter quoi que ce soit.

Mes yeux dérivèrent vers la mezzanine, où une foule composée de gars de la fraternité de Riley matait la pièce principale. La pitié émanait d'eux par vagues. Étaient-ils tous au courant ? Étais-je l'idiote de service ? La musique emplissait la maison par la chaîne stéréo du rez-de-chaussée et *#41* retentit. Mon cœur se brisa quand j'entendis ma chanson préférée de Dave Matthews.

Mais Dave avait raison, comme toujours. *J'entrerai par là et trouverai ma propre sortie par ici.*

Une fois que nous fûmes arrivés en bas de l'escalier, Charlotte accourut vers moi.

—Oh mon Dieu, Ember.

Sa pitié ne faisait qu'amplifier la fureur qui brûlait au tréfonds de ma poitrine.

—Depuis combien de temps ? lui demandai-je instamment.

Elle osa me fixer avec une expression de stupéfaction qui me donna envie de l'étrangler.

—Depuis combien de temps couchent-ils ensemble ?

J'avais haussé le ton et atteint un volume sonore embarrassant sans pouvoir m'en empêcher.

Elle ne cessait de ciller, ses yeux s'écarquillant de plus en plus.

—Je ne sais pas. Probablement un peu plus d'un an ? Lors du week-end de Thanksgiving où tu es rentrée chez tes parents.

—Et vous étiez tous au courant ?

Elle secoua prestement la tête.

—Non, seulement quelques-uns parmi nous. Ils essayaient d'être discrets.

Essayaient d'être discrets dans une fête privée géante ? Ouais, c'est ça.

La main de Josh se serra autour de la mienne, posant une question tacite.

—O.K., répondis-je, sentant un frisson me parcourir. On n'a plus rien à faire ici.

Josh fendit la foule, qui s'ouvrit spontanément devant lui. Cela aidait sans doute que le gars possède une carrure massive. Je suivis son sillage jusqu'à ce que l'air nocturne glacial fouette mes joues en feu. Les flocons de neige auraient pu grésiller en me touchant. Josh avançait à travers les fêtards groupés pour fumer dehors, me tirant gentiment derrière lui. Une fois que nous eûmes atteint le talus, il se tourna vers moi en levant les sourcils.

—Puis-je ?

Il n'était plus question de l'esprit joueur dont il avait fait preuve lors de nos contacts physiques à notre arrivée. Désormais, ses manières étaient courtoises et attentionnées, réservées.

—Je t'en prie, sors-moi d'ici, murmurai-je, presque brisée.

Ma maîtrise s'était peu ou prou évanouie, mais que je sois maudite si j'offrais à ces voyeurs le spectacle de mes larmes, sans parler de m'écrouler en sanglots hystériques comme j'en avais furieusement envie.

Josh me souleva et me porta, et j'enfouis le visage contre son cou, inspirant son eau de Cologne subtile qui sentait le bois de santal et la protection. Il s'appuya contre la portière ouverte et me posa sur le siège. Le tissu était encore chaud de notre trajet de l'aller. Ma vie avait explosé en moins de temps qu'il n'en fallait pour geler un pare-brise.

Riley se rua hors de la maison en jean et sweat-shirt, celui que je lui avais offert pour le Noël précédent, enjambant la balustrade pour court-circuiter la foule. J'espérais qu'il soit pieds nus et que ceux-ci gèlent au contact du bitume enneigé.

—Ember ! hurla-t-il en courant sur le trottoir.

Josh poussa un juron dans sa barbe. Il se pencha par ma portière ouverte, tendit la main au-dessus de moi pour mettre le contact.

—Je ne veux pas que tu aies froid.

Il me caressa la joue, puis attacha ma ceinture de sécurité et ferma la porte.

Je baissai la vitre, sachant pertinemment que Riley voudrait me parler.

Josh ne fit pas le tour de la voiture, pas plus qu'il ne bondit ni ne démarra le moteur. À la place, il s'appuya posément contre la Jeep, les bras croisés sur la poitrine, avec, comme seul indice de la température extérieure, la buée sortant de sa bouche.

Riley s'arrêta à quelques mètres de lui, sa poitrine haletant d'épuisement. Hé ouais, s'interrompre en plein coït pour se rhabiller en quatrième vitesse et courir hors de la maison après sa dorénavant ex-petite amie lui avait probablement coûté un peu d'énergie.

—Josh, mon pote, laisse-moi parler à Ember.

—Je ne suis pas son gardien, *mon pote*. Elle fait ce qu'elle veut.

Il ne bougeait pas, mais de son corps irradiait une tension contenue. Je gardai les yeux rivés sur la veine qui pulsait dans le cou de Josh, refusant de regarder Riley.

—Ember, laisse-moi t'expliquer, s'il te plaît !

Il s'avança d'un pas vers Josh mais un seul hochement de tête de celui-ci le fit reculer. Je ne voulais pas savoir à quoi ressemblait le visage de Josh à cet instant pour susciter ce genre de réaction de la part de Riley-le-téméraire.

—Je ne crois pas qu'il y ait grand-chose à rajouter, Riley, dis-je sans même lui accorder un regard.

Je n'avais que trop vu son visage déformé par le plaisir.

—Je crois bien que j'ai vu tout ce que je devais voir.

—Tu as été distante cette semaine.

Mais quelle excuse de merde !

—J'avais besoin de réconfort, et Kayla était là, et une chose menant à l'autre, ça s'est produit. Ça ne veut rien dire du tout pour moi !

Je forçai mon regard à s'éloigner de la nuque de Josh et rencontrai enfin les yeux de Riley. *Je ne pleurerai pas. Je ne m'effondrerai pas.*

—Depuis un an, Riley… ?

Ma voix dérailla à cause de la boule aussi grosse qu'une montagne qui s'était formée dans ma gorge.

—C'est fini entre nous ! crachai-je d'une voix étranglée en mordant ma lèvre inférieure pour sentir la douleur.

—Tu es au courant…, marmonna-t-il en secouant la tête et en reprenant sa tirade. J'avais besoin de quelqu'un, Ember ! J'avais besoin de quelqu'un qui soit là pour *moi* ! Où étais-tu ? Tu étais tellement absorbée par ta tragédie familiale que tu ne t'es jamais demandé ce qui se passait dans *ma* vie !

—Allons-y, Josh.

—Je t'interdis d'emmener ma petite amie où que ce soit ! cria Riley.

—Elle n'a pas vraiment l'air d'être ta petite amie, prononça Josh lentement.

Riley balança le bras mais toucha seulement la main de Josh qui avait bloqué son esquisse de direct.

Josh ne le rata pas. Son poing atterrit dans la bouche de Riley avec un *crac*, bruit écœurant, mais également consolant. Riley fut projeté en arrière et s'affala dans la neige. Josh se tenait au-dessus de lui, et secoua la tête quand Riley fit mine de se relever.

—Ne bouge pas.

Riley s'essuya la bouche, et du sang tacha l'arrière de sa manche couleur ivoire.

—Ah ouais ? T'as peur que je te mette minable ?

Josh esquissa un sourire ironique.

—Nan. Plutôt peur de finir en prison si je démonte ta jolie petite gueule.

Riley était-il devenu livide ? De là où j'étais, j'en avais l'impression.

—Comme l'a dit December, c'est fini, on se casse.

Une petite étincelle de satisfaction repoussa mon flux de larmes. Bon Dieu, heureusement qu'il y avait Josh !

5

J'écumai de colère pendant tout le trajet jusqu'au chalet de mes parents, ruminant en silence. Il nous fallut environ un quart d'heure pour arriver dans un quartier un peu excentré de Breckenridge, agréable, quoique légèrement moins que celui du chalet de Riley. Notre maison était un peu plus isolée, et l'avantage majeur, c'était que Riley n'y serait pas.

Comment avaient-ils pu faire une chose pareille, lui et Kayla ? Et comment n'avais-je rien vu de ce qui se passait sous mes yeux ? Ils couchaient ensemble, fréquemment, alors qu'avec moi, il ne descendait jamais au-dessous de la ceinture.

La nausée surgit dans mon estomac tandis que nous nous engagions dans l'allée montant au chalet. Mon estomac se révulsa et lorsque je sentis ma bouche saliver, je sus que ça venait.

—Je dois sortir ! criai-je en tâtonnant à l'aveugle, persuadée que la portière était verrouillée.

Josh fit le tour de la Jeep à la vitesse de l'éclair, ouvrit la porte et me posa par terre en un mouvement fluide.

La neige m'arrivait presque aux genoux, mais je m'éloignai de quelques mètres à travers la masse compacte avant de vider mon estomac. Par à-coups, je me courbai et expulsai mon dîner, ma bile et la dernière chose stable que je pensais encore posséder dans ce monde. J'eus le réflexe de me reculer de quelques mètres avant de m'écrouler à genoux et d'éclater en sanglots.

Je criai jusqu'à ce que ma voix s'enroue tandis que la neige fondait dans mon jean, trempant mes jambes en un rappel glacial que ce n'était pas un rêve. Finis, les rêves. Ils s'étaient gelés et brisés au moment où j'avais ouvert cette fichue porte. Tous nos plans soigneusement élaborés avaient disparu. Il ne restait plus rien de stable dans ma vie. Plus Riley. Plus papa. Même plus maman.

—Qu'est-ce que tu veux de plus ? hurlai-je à celui qui, en haut, ne m'écoutait pas. Je n'ai plus rien à donner ! Ça y est, tu en as fini avec moi ?

Je me recroquevillai dans la neige, couvrant mon visage de mes doigts frigorifiés en émettant des sanglots pathétiques et monstrueux.

Un manteau chaud m'enveloppa et l'odeur m'indiqua qu'il appartenait à Josh. Il me souleva sans peine dans ses bras et me porta en direction du chalet.

—Non, éructai-je avec mes dernières forces. Il faut que je marche.

L'espace d'un instant, ses bras se contractèrent comme s'il n'allait pas me lâcher, mais il me remit gentiment sur mes pieds.

—Je m'occupe des sacs.

J'entendis le bruit de ses pieds s'éloignant et crissant sur la neige.

Un pas après l'autre, je réussis à parcourir les dix derniers mètres qui me séparaient de la porte. La neige était compacte, recouverte d'une épaisse couche de verglas, mais je savourais la difficulté, car cela me rappelait que j'étais encore en vie, toujours en vie.

Ressentir cela, la douleur, le froid, la tension de mes muscles, était aussi nécessaire que respirer.

Je sortis les clés de la poche de mon sweat-shirt et déverrouillai la serrure. Lorsque j'appuyai sur l'interrupteur, le chalet s'offrit, paré de toute la ferveur de maman pour les bibelots de Pottery Barn. La porte s'ouvrit sur le petit vestibule où nos skis étaient toujours alignés dans leurs rangements muraux, depuis notre dernier séjour de Thanksgiving. Je traversai le séjour et augmentai le thermostat de la chaudière à une température raisonnable. Elle émit un *housh* dans son coin tandis que le propane jaillissait et que les flammes prenaient vie. Le pilote ne s'était pas éteint. C'était déjà pas mal, non ?

Le chalet comportait une cuisine, une salle à manger, un séjour, une salle de bains et trois petites chambres. Je passai la main avec affection sur la toile imprimée d'une photographie agrandie de notre famille sur les pistes l'an dernier. Je caressai le sourire de papa de mes doigts fourmillant, et je me sentis absorbée par le moment représenté, croyant entendre son rire, aussi réel que s'il se tenait ici, à côté de moi. Les yeux de maman brillaient intensément, amoureusement. Désormais, elle n'était plus que la coquille vide de la personne sur la photo.

—À quoi penses-tu ? demanda Josh en posant nos sacs sur le tapis du salon.

Je ne me forçai pas à sourire.

—Cet endroit était mon refuge, la promesse qu'il avait faite à ma mère qu'un jour, il ne serait plus dans l'armée.

Josh saisit un cadre d'une photographie de Gus et papa tout sourire, couverts de chocolat, prise lors d'une tentative commune de confection de brownies… ratés.

—C'est chouette que tu aies ça. Un autre endroit pour sentir encore sa présence.

Je secouai la tête.

—Les choses n'étaient pas censées se passer comme ça. Rien ne se déroule selon les plans. Tout s'écroule autour de moi en ce moment, dis-je en essuyant l'une de mes larmes, puisque ces foutus trucs ne voulaient pas cesser. Pourquoi ne pouvait-il pas être banquier ? Ou électricien ?

Il reposa le cadre à l'extrémité du buffet et ses yeux s'emplirent d'une intensité singulière.

—On avait besoin de lui, Ember. Il a sauvé beaucoup de vies.

—Ouais, plein de vies mais pas la sienne.

Le silence dans la maison me heurtait, flirtant avec la douleur. C'était d'habitude un endroit de rires et de comportements décontractés, où les règles de maman s'estompaient et où papa n'avait pas d'autre priorité que sa famille. C'était le lieu où tous deux s'enfermaient à clé dans leur chambre à coucher le dimanche matin et où nous avions appris à préparer notre petit déjeuner tout seuls. C'était notre havre de paix. *Était*. Pourquoi tout s'accordait-il au passé depuis quelque temps ?

Josh m'offrit une distraction opportune.

—Raconte-moi un truc à son sujet, un truc qui te fait sourire.

—Comme quoi ?

Il haussa les épaules.

—Un truc que tu aimais bien.

Il existait dix mille trucs que j'aimais bien à propos de mon père. Comment pouvais-je en choisir un seul ? Mais s'il y en avait un en particulier…

—Le journal.

—Le journal ?

Je souris en repensant à toutes les fois où je l'avais surpris installé devant son ordinateur.

—Il tenait un journal intime quotidien. Il le tapait sur l'ordinateur. Il disait qu'il était trop fainéant pour l'écrire à la main. Personnellement, je crois qu'il était juste incapable de relire sa propre écriture manuscrite. Elle était atroce, dis-je en riant à ce souvenir. Il gardait tout sur son ordinateur. Il me disait qu'écrire de la sorte lui clarifiait l'esprit, et lui permettait de s'attaquer au prochain obstacle. C'était son superpouvoir, cette faculté suprême à passer à autre chose par le simple fait d'en prendre conscience.

Je voulais cette faculté. Je voulais cette sérénité qui l'habitait constamment.

Mais je me rendis compte que, par-dessus tout, je voulais lire ces journaux, en particulier ceux des derniers mois. Je voulais avoir accès à ses pensées, ses peurs, ce qui, dans son boulot, justifiait qu'il perde la vie.

Je cillai lentement, comme si cela pouvait effacer tous les événements survenus ces dernières semaines et laisser l'ardoise vierge.

—Eh bien, puisqu'on a toute la nuit…

Je traversai la pièce et pénétrai dans la cuisine, grimpant vivement sur le comptoir pour atteindre le placard au-dessus du réfrigérateur. J'en extirpai une bouteille transparente ornée d'un ruban vert.

—Tequila, ça te dit ?

Un sourire s'esquissa lentement sur le visage de Josh et je faillis en lâcher ma précieuse marchandise. Cette arme sur ce type était mortelle. Il passa les doigts dans ses cheveux courts et j'aperçus le sang.

—Tu es blessé ? demandai-je en posant la bouteille sur le comptoir et en saisissant sa main meurtrie.

Il haussa les épaules à cette vision.

—Les jointures sont enflées, mais ce n'est pas mon sang.

Je l'emmenai jusqu'à l'évier du chalet et rinçai le sang de Riley de sa main, en contemplant les vrilles rouge délavé s'écouler par le siphon.

—Tu veux mettre de la glace ?

—Non, je t'assure, ce n'est rien.

J'examinai la partie enflée, passant les doigts sur sa peau. Quelle serait la sensation de ces mains sur mon corps ? Je levai le regard vers lui, me repaissant de la façon dont ses yeux s'assombrissaient tandis que la connexion s'aiguisait entre nous. Il suivit du regard la manière dont je mouillai mes lèvres devenues soudain sèches avant de lui rendre sa main.

L'oubli m'appelait et j'étais plus que prête à y répondre.

—Dans ce cas, va chercher les citrons verts dans mon sac, parce que j'ai besoin de m'enivrer.

—À votre service, lady, plaisanta-t-il en partant en quête des petits trésors verts.

Trois shots plus tard, la tequila commençait à faire effet, et la chaleur, à se lover dans mon ventre. Je jetai une autre tranche de citron vert à la poubelle et bondis sur le comptoir, les pieds nus et les jambes couvertes de mon bas de pyjama sec. Je m'étais débarrassée de mon jean trempé depuis un moment.

Josh était appuyé contre le comptoir en face de moi, tenant ma cadence, cul sec après cul sec.

—Tu te sens mieux ?

Je tendis le bras derrière moi, ouvris le placard à tâtons, et attrapai un paquet de chips aromatisées à l'oignon et à la crème fraîche. C'étaient les préférées de papa.

—Je doute qu'il soit possible de me sentir plus mal.

Je déchirai le sachet, enfournai une poignée dans ma bouche et lui offris le paquet.

—Assez parlé de moi. Fais-moi penser à autre chose.

—Comment ? demanda-t-il tandis que ses yeux se plissaient.

Embrasse-moi. Fais-moi oublier.

—Raconte-moi ce qui est arrivé à ce dur à cuire qu'était Josh Walker au lycée. Je me souviens que tu avais les cheveux qui t'arrivaient au menton…

—Hockey.

—Et ta moto noire…

—Dans un garde-meubles.

—Pourquoi ? Encore des exploits illégaux dont on ne peut pas parler ?

—C'était il y a six ans, December. De toute façon, est-ce que tu conduirais une moto en plein hiver dans le Colorado ?

—Bien vu.

Il roula le paquet de chips et le posa derrière lui sur le comptoir. Chacun de ses mouvements me fascinait.

—Tu es tellement différent aujourd'hui.

Il déplia ses mains sur le comptoir, étirant ses jointures livides.

—Comment ?

Je fermai les yeux et me replongeai dans l'esprit d'une fille de quinze ans.

—Tu étais populaire, un excellent athlète, et tu dégageais ce truc de *bad boy* qui n'en avait rien à foutre de rien. Mais désolée de te dire ça, tu étais un trouduc à ta manière.

La tequila m'avait sans doute délié la langue.

Josh s'étouffa et postillonna, m'aspergeant quasiment de la rasade qu'il était en train de s'enfiler, avant d'éclater de rire.

—Merci pour ta franchise.

—En fait, en temps ordinaire, tu étais ce mec vraiment canon, évidemment.

J'ouvris les yeux et croisai son regard, dans lequel je m'abîmai. Ses pupilles étaient devenues sombres, presque insondables.

—Mais pendant la saison de hockey, poursuivis-je, tu étais plus que ça. Tu étais un dieu. Toutes les filles voulaient être à toi et toi, tu… les laissais faire. Ça n'avait pas l'air de te déranger d'en changer plus vite que de ruban de hockey. Tu. *Étais.* Un. Trouduc.

Il balaya sa lèvre inférieure de la pointe de sa langue, captant le reste de tequila et mon attention pleine et entière.

—Et maintenant, quel est ton verdict ?

Je ne pouvais détacher les yeux de ses lèvres. Les miennes commençaient à fourmiller tandis que je me demandais ce qui faisait revenir toutes ces filles vers lui pour en réclamer davantage.

—Le jury est encore en train de délibérer.

Il avait toujours été bon avec moi, trop parfait, en réalité, mais je ne pouvais pas ignorer cette longue liste de filles dont il avait brisé le cœur.

—Fort bien, dit-il en passant les mains sur son front. Je suis arrivé dans ce lycée en classe de première et c'était pas facile.

J'acquiesçai. Je ne comprenais que trop bien. Notre établissement huppé n'avait certes pas accueilli une fille de militaire comme moi à bras ouverts quand j'étais arrivée en seconde mais lorsque Riley, le gars super-populaire, avait commencé à s'intéresser à moi en terminale et que nous étions sortis ensemble, tout avait changé. Putain de Riley.

—Le hockey m'avait donné un ticket d'entrée parmi les étudiants mais il ne faut pas oublier que j'étais précédé par des tonnes de rumeurs sur la raison de mon transfert dans ce bahut. C'est fou comme les casseroles qu'on peut traîner au lycée vous collent aux fesses si vous ne partez pas, hein ?

—Ça dépend. Tu continues à coucher avec tout ce qui porte un jupon ?

Comme Riley ?

Il posa la main sur son cœur.

—On cherche la baston, ce soir, on dirait ?

—La vérité fait mal, répliquai-je.

Surtout ces temps-ci.

Il fronça les sourcils et désigna mes vêtements.

—Eh, je pourrais faire une exception pour une fille qui porte un bas de pyjama Daisy Duck.

J'eus envie de rire, mais seul un sourire se dessina. Peut-être que je n'en étais tout bonnement plus capable.

—Cul sec ?

Il leva les sourcils en une expression du genre tu-te-fous-de-moi.

—Tu es sûre ?

Je me livrai à une brève évaluation. Je n'en étais pas du tout au stade d'être malade ou nauséeuse, mais seulement agréablement exaltée, donc c'était l'heure de la quatrième tournée. Lécher. Cul sec. Lécher. La tequila me brûlait agréablement la gorge, embrasant mes entrailles. J'aurais aimé qu'elle brûle aussi mon cœur et me rende incapable de ressentir quoi que ce soit.

—Je me souviens de toi aussi, tu sais. Tu étais mignonne.

Son verre à shot émit un *clic* perceptible quand il le reposa sur le comptoir.

—Tes cheveux étaient plus bouclés, laissés au naturel, comme si tu étais indomptable, sauvage. Tu étais discrète et tu ne me regardais jamais quand je te croisais dans les couloirs, mais moi, je te voyais, je savais qui tu étais. Il y avait un truc en toi, comme un feu intouchable.

Je baissai les yeux vers ses pieds nus.

—Ce feu est mort.

Il s'avança entre mes genoux, et sa chaleur se diffusa à travers la flanelle de mon pyjama. Il releva gentiment mon menton, m'obligeant à croiser son regard, et mon cœur s'emballa. L'intensité dans ses yeux était simultanément suffocante et effrayante.

—On ne peut pas tuer ce feu en toi. Au premier souffle que tu reprendras quand tu seras libérée de tout ça, il reviendra et s'embrasera de plus belle. C'est ça qui est sacrément magnifique en toi.

—Ce n'est pas ce que pensait Riley. Je lui ai demandé si souvent de me toucher, et il disait que ce n'était pas la peine de commencer s'il ne pouvait pas terminer. Mais en fait, il n'avait pas envie de moi ; je n'étais pas assez belle pour lui.

Si je n'avais pas bu, je n'aurais jamais dit cela. Les yeux me brûlaient et une larme roula sur ma joue. Josh l'essuya avec le pouce.

—C'est quoi qui cloche, chez moi ?

Josh secoua lentement la tête tandis qu'il déplaçait les mains pour encadrer mon visage. Son pouce effleura ma lèvre inférieure et ma respiration s'accéléra.

—Pas le moindre truc.

—Dans ce cas, pourquoi a-t-il couché avec elle alors qu'il ne voulait même pas me toucher ?

C'était pathétique et je m'en rendis compte dès que ces mots furent sortis de ma bouche, mais ils s'étaient juste carapatés.

—Parce que c'est un putain d'abruti.

Riley ne jurait presque jamais en ma présence, mais la façon dont Josh avait dit cela me fit quasiment l'effet d'une caresse, et c'était la chose la plus sexy que j'avais jamais entendue, m'extirpant de mon trip pathétique. Son regard se posa sur mes lèvres et, en réponse, elles fourmillèrent et s'entrouvrirent.

—Tu es la fille la plus sexy que j'aie jamais vue. Depuis le début.

Puis il m'embrassa. Il n'y eut pas de pause, pas de décision à prendre, pas d'approche au ralenti. Josh s'avança et sa bouche embrasa la mienne. Il avait le goût de tequila et citron vert… et autre chose plus doux, plus ténébreux. Sa langue balaya mes lèvres et je le laissai entrer, le suppliai d'entrer. Il emplit ma bouche, caressant les points les plus sensibles et se retirant pour mieux revenir ensuite.

Je ne pus réprimer le gémissement qui s'échappa quand sa bouche s'inclina à nouveau sur la mienne. Je m'arquai contre lui, plaçant la poitrine au contact de son torse, et il émit un son évoquant un grognement. C'était une sensation vertigineuse, ce pouvoir, et je savais que je ferais n'importe quoi pour l'entendre à nouveau.

Je lâchai le comptoir et enveloppai son cou et son dos de mes mains. Les muscles qui palpitaient sous sa peau m'affolaient par leur mouvement ondulant, et l'idée enivrante que j'avais Josh sous la pulpe de mes doigts. Je lui rendis son baiser avec tout ce que j'avais en moi, avide, avide d'être aussi près de lui que c'en était humainement possible. J'étais avide de sensations et Josh était plus que digne de sensations. Josh valait la peine de tenter l'expérience, même si c'était pour une seule nuit.

Il libéra mon visage et ses mains dérivèrent le long de mon dos jusqu'à mes fesses, qu'elles prirent en coupe, me soulevant contre son ventre hyper dur. Il fallait que je voie ce ventre, pour découvrir si son aspect était aussi incroyable que son toucher. Je retirai ma bouche assez longtemps pour ôter sa chemise en la faisant passer par-dessus sa tête. Il aspira une goulée d'air par ses lèvres entrouvertes et balaya mon corps des yeux. Il me voulait. Moi !

Je lui décochai un sourire séducteur, du moins l'espérai-je, et dévorai du regard chaque ligne de son corps. Grands dieux, ce type était sacrément gaulé. Des tatouages tribaux avec des symboles étranges s'enroulaient autour de son épaule droite et sinuaient sur la partie droite de son torse sculpté. Je passai les doigts sur ses tatouages. Sa peau était douce mais l'étau de ses muscles en dessous était délicieusement dur. Son ventre était un cran au-dessus de la tablette de chocolat, avec ces muscles appétissants en oblique glissant vers le bas, et continuant sous le ceinturon de son jean. C'était à cela que devait ressembler un homme, et pour le moment, il était à *moi*.

Je glissai les doigts dans son dos, sous la ceinture de son jean, et l'attirai à nouveau vers moi, collant mon corps contre le sien.

—Tu…, arrivai-je à peine à prononcer à travers le halètement qui m'avait assaillie. Tu es incroyable.

Un sourire retenu et sexy s'élargit sur son visage et un élan de désir pur jaillit au bas de mon ventre. De ma vie, je n'avais jamais rien ressenti avec une telle intensité.

—Ember, murmura-t-il contre mes lèvres, passant ses doigts dans mes cheveux qui cascadaient tandis qu'il en détachait les barrettes, avant de replonger dans ma bouche.

Oui. Oui. Oui. J'enroulai les jambes autour de sa taille, calant les chevilles dans le creux de son dos. Il alternait entre de longs baisers profonds et de légers mordillements, agrippant ma lèvre inférieure entre ses dents. Cela me rendait dingue. Mes doigts mouraient d'envie de le toucher, et c'est ce que je fis, écartant ses cheveux courts avant de redescendre le long de son dos massif, les plongeant dans les courbes et les creux de son échine. Sa peau était tendre et chaude au toucher, et je voulais savoir quel goût elle avait.

Je m'écartai de lui et inclinai sa tête sur le côté en un geste pas particulièrement doux. Son rire excité m'indiqua que cela ne le gênait pas. Le comptoir nous plaçait quasiment à la même hauteur, et j'attirai son cou vers moi puis fis glisser ma langue vers le haut en suivant sa veine qui palpitait. Il avait le goût du péché et du paradis, tout ça dans un seul homme. Il se vida de son air en un coup sec et je me régalai encore deux secondes de sa peau avant qu'il reprenne le contrôle.

Il saisit mes cheveux, renversant ma tête et exposant mon cou à la merci des doux mordillements de ses dents. Oh. Bordel. Il léchait et suçait, envoyant des électrochocs le long de ma nuque, me donnant la chair de poule jusqu'à ce que les frissons atteignent l'intérieur de mes cuisses et se muent en quelque chose de plus torride. Je m'accrochai à la taille de son jean, ayant désespérément besoin d'un ancrage avant de me liquéfier littéralement sur le foutu comptoir.

Il tira sur les manches de mon sweat-shirt et je cafouillai dans mon urgence de me débarrasser de ce truc. Je voulais sentir ses mains sur ma peau. J'étais avide de plus d'exaltation, ou de cette espèce de sensation que son contact physique déclenchait en moi. Il égrena ses baisers le long de mon cou jusqu'à mes épaules dénudées, puis poursuivit jusqu'à mon coude, dont il lécha le repli. Je n'avais jamais considéré ce point comme une zone érogène mais hmmm... *Oui, continue.*

Ses mains passèrent sur mes genoux et initièrent une attaque verticale, effleurant le dessus de mes cuisses. Tout en moi se contracta, dans l'attente du contact... qui ne vint pas. Il saisit l'ourlet en dentelle de mon caraco et s'écarta suffisamment longtemps pour juger de ma réaction. Je levai les bras au-dessus de ma tête ; j'étais tout à fait d'accord, bien plus que d'accord. Il le souleva lentement sur mon torse, mais s'arrêta quand les dentelles atteignirent mes yeux et, d'une main, bloqua les miennes contre le placard derrière moi. Mon souffle se figea l'espace d'une seconde avant qu'il couvre à nouveau ma bouche de la sienne. Purée, il savait embrasser. Avec mes mains entravées au-dessus de moi, je n'avais plus aucun contrôle. Je devrais me contenter de ce qu'il me donnerait.

Il me donnait tout. Il m'embrassa à en perdre haleine, jusqu'à ce que je gémisse et me cambre contre lui pour le sentir. Aveuglée par la dentelle, je ressentais chaque caresse plus intensément, chaque soupir semblait plus sonore. Puis il ôta mon caraco de mes yeux et le posa sur le comptoir avec mon sweat-shirt.

J'aspirai l'air par saccades dans mes poumons. Dieu merci, il était dans le même état. Je partis à l'abordage, tirant sur ses mèches courtes pour presser sa bouche, son corps contre le mien. Je voulais tout. Maintenant.

Il dégrafa mon soutien-gorge d'une main en berçant mon visage de l'autre, et l'attente de ses doigts sur moi s'apparentait à une torture. Il glissa ses deux mains sous mon soutien-gorge, les plaçant en coupe sur mes seins, et je me dégageai des bretelles. *Enfin.*

Le soutien-gorge atterrit avec le caraco, et ma tête heurta la porte du placard derrière moi tandis que je m'abandonnais aux mains de Josh. Il replaça ses dents dans mon cou, dessinant un couloir de baisers jusqu'à ma poitrine avant de lécher mes seins avec expertise, et je commençai à me désintégrer. J'étais incapable de maîtriser les gémissements qui jaillissaient de ma gorge, comme j'étais incapable de retenir ce que mon corps appelait de ses vœux à grands cris. J'agrippai sa tête, me dissolvant dans chaque sensation qu'il catapultait en moi.

Il se redressa, baisa ma bouche, une fois, deux fois, avant d'incliner son front contre le mien. Nous nous efforcions tous deux de reprendre haleine.

—Bon Dieu, Ember.

Je dis la seule chose à laquelle je pensais :

— J'en veux davantage.

Il releva mon visage et fouilla mes yeux comme s'il pouvait lire dans mon âme.

—Ce n'est pas ce que tu veux.

Je regardai ses prunelles s'assombrir tandis que j'enfonçais légèrement les ongles dans son torse lisse, suivant les contours de ses muscles.

—Si, c'est ce que je veux. Ne t'arrête pas, s'il te plaît.

Cette voix haletante, suppliante, était-elle vraiment la mienne ?

Il ferma les yeux et les muscles de sa mâchoire tressaillirent. Il luttait pour se contrôler. Ses mains descendirent en une longue caresse jusqu'à ma taille, la pressant gentiment. Puis il me lâcha et se cramponna au comptoir. Il se dégageait. Il n'était pas possible que ça s'arrête ! Alors que je me sentais si bien, si vivante.

—Je t'en prie, Josh, suppliai-je.

—Tu ne sais pas ce que tu demandes, dit-il en inclinant la tête comme s'il priait.

—Je suis une vierge mais pas une abrutie.

Vierge. Combien de filles ayant un petit copain en deuxième année de fac étaient-elles encore vierges ? Je bougeai légèrement mon assise sur le comptoir ; mes entrailles pulsaient violemment.

—Josh, s'il te plaît ?

Il laissa échapper un profond soupir, tandis que chaque muscle de son torse se contractait. Tous les mots me traversant l'esprit pour décrire à quel point il était incroyablement torride ne dépassaient pas six lettres. Waouh. Je voulais cette peau sur moi, autour de moi, en moi.

—J'ai besoin de tes mains sur moi, s'il te plaît.

Il émit un râle, un son animal, charnel, et attaqua, dévorant ma bouche et dérobant mon âme. Il me voulait ; je le sentis dans mon entrecuisse lorsqu'il releva mes fesses du comptoir. Je pressai les chevilles à l'arrière de sa taille et l'agrippai par le cou plus vivement tandis qu'il soulevait ma croupe et marchait en direction du couloir du fond. La force de ses bras était extraordinairement sexy, et s'il continuait à m'exciter comme ça, j'allais lui arracher son pantalon avant qu'on atteigne un lit.

—Laquelle est la tienne ?

—La deuxième sur la gauche.

Je m'empressai de l'embrasser à nouveau, enfonçant cette fois-ci la langue dans sa bouche. Il grogna et me serra encore plus vivement, en suçant ma langue. Sacrément. Torride.

Je sentis quelque chose de mou dans mon dos. Oh, le lit. Ouais, c'est ça. Son poids me recouvrit et c'était la pression la plus exquise que j'aie jamais éprouvée. Mon cou se renversa lorsqu'il posa les lèvres sur mes seins, tandis que ses mains parcouraient délicieusement mon corps de haut en bas, allumant des brasiers si ardents qu'ils allaient assurément me consumer.

Mes mains saisirent frénétiquement la couette, la tordant sans merci tandis que ma tête se projetait d'avant en arrière et que mes hanches se mettaient en mouvement, comme animées par leur propre volonté. Je voulais... j'avais besoin qu'il me touche.

—Josh...

—Je sais.

J'aurais pu crier de soulagement lorsqu'il tira sur mon bas de pyjama. Je soulevai les hanches et me débattis maladroitement pour m'extirper des jambes du vêtement mais ça m'était bien égal. Je m'en étais débarrassée ! Ses mains montèrent le long de mes mollets, caressant l'arrière de mes genoux puis le dessus de mes cuisses.

J'attirai son corps contre le mien, nos peaux glissant l'une contre l'autre en un frottement si délicieux que j'en eus des fourmillements. Nos bouches ouvertes se rencontrèrent en un baiser violent tandis que sa main descendait sur ma taille et enfin – enfin ! – se glissait dans ma culotte. Je plaquai les hanches contre sa main, le suppliant en silence, et il gémit contre ma bouche. Il inséra ses doigts dans ma fente, plongeant là où je me savais trempée.

—Putain, Ember.

Un son inintelligible m'échappa lorsqu'il frotta son doigt contre mon clitoris, et des étincelles jaillirent dans mon corps. Je m'accrochai à lui, mes doigts s'enfonçant dans la peau tendue de ses épaules et déformant le tatouage à droite. Le sentir sous mes mains, c'était tellement bon, tellement nécessaire.

Il me caressait sans relâche, jusqu'à ce que je ressente charnellement à quel point il avait envie de moi. Je murmurai son nom et il m'embrassa délicieusement en insérant un doigt en moi. Mes hanches se courbèrent, voulant plus... ayant besoin de plus. Il comprit ma supplique affolée et glissa un autre doigt, m'élargissant.

—Tu es tellement étroite. Sacrément parfaite.

Le plaisir affluait en moi, souterrain et profond, me bandant comme un arc jusqu'à ce que les muscles de mes cuisses se crispent et que tout en moi soit sous tension. Dedans, dehors, il touchait mon corps comme s'il jouait d'un instrument à cordes, sachant exactement à quel moment donner plus et à quel moment suspendre ses gestes.

Il laissa tomber sa tête à côté de la mienne, sa respiration saccadée résonna dans mon oreille tandis que de petits spasmes me parcouraient. Mes doigts griffèrent sa peau. J'avais besoin de quelque chose, n'importe quoi. Je n'allais pas survivre à ces flux et reflux tout en tension.

—Josh, je t'en prie...

Il embrassa ma joue tendrement, puis appuya son pouce sur mon clitoris tout en pinçant légèrement mon téton de son autre main. Je décollai en flèche.

La tension qui m'habitait explosa, pulvérisant tout dans mon monde, sauf lui. Il me caressa pendant mon orgasme et m'accompagna gentiment tandis que les secousses s'estompaient, me touchant savamment de manière à prolonger les ondes de plaisir.

Il me fallut une bonne minute avant de recouvrer mes sens.

—Oh purée, Josh, lançai-je en tournant la tête, l'embrassant entre nos halètements. Je n'ai jamais... c'était... je ne...

Le sourire le plus sexy que j'aie jamais vu sur son visage écarta ses lèvres, et le clair de lune pâle dans la chambre fit paraître ses yeux encore plus sombres, plus ténébreux.

—Ouais.

Ce seul mot contenait toutes les réponses à chaque question qui me traversait l'esprit.

Je tendis la main vers son ventre, et m'apprêtais à déboutonner son pantalon qui formait maintenant une protubérance sans doute incommode, mais il arrêta ma main, l'amenant à sa bouche pour déposer un baiser sur ma paume. Je fus parcourue de frissons.

—Ember.

Non ? Cela ne signifiait certainement pas non. Il n'était pas possible qu'il me donne le premier orgasme de ma vie puis me dise « non ».

—Qu'y a-t-il ?

Mon autre main suivit la ligne rigide de ses abdos si alléchants en direction de son bas-ventre jusqu'à ce qu'il l'attrape également.

—On ne va pas le faire ce soir.

Si je n'avais pas perçu sa détermination inflexible sur son visage, j'aurais tenté de le dévoyer. À la place, un tsunami d'humiliation déferla sur moi.

—Tu n'as pas envie de moi ? susurrai-je à grand-peine.

Je n'arrivais pas à croire ce qui se passait.

Il embrassa mes doigts et bougea les hanches de sorte que son érection s'enfonce presque en moi.

—Crois-moi, j'ai envie de toi. J'ai plus envie de toi que d'oxygène à ce stade.

—Alors, où est le problème ? demandai-je en enroulant ma jambe nue sur ses hanches.

Il siffla entre ses dents.

—Bordel, crois-tu que tu pourrais encore me compliquer la tâche ? grogna-t-il.

Je m'esclaffai.

—C'est le but, n'est-ce pas ?

Il laissa échapper un soupir d'exaspération et se démêla de mes membres, attirant mon dos contre son torse, en veillant à garder ses hanches à l'écart.

—J'en ai envie ; j'ai envie de toi, Ember. Mais ce soir, il s'agit de *toi*, pas de nous. Tu avais besoin de ça, et putain, j'ai été plus que ravi de te le donner, mais on ne va pas le faire.

Il pressa ses hanches contre ma croupe, et je gémis, le voulant à l'intérieur de moi.

—Jusqu'à ce qu'il s'agisse de nous et de personne d'autre.

Nous ? J'étais incapable de penser à ça. Il n'y avait plus aucune place dans ma tête. D'épuisement, mes paupières se fermèrent. Maintenant, je comprenais pourquoi les filles disaient qu'elles dormaient mieux après un orgasme. C'était du moins ce qu'avait dit Kayla. Passons. Je doutais sincèrement que Riley possède ne serait-ce qu'une once du talent que Josh avait démontré sur mon corps.

Josh tira la couette sur nous et avec le peu d'énergie qui me restait, je tendis le bras et glissai la main sur son dos et sous son jean pour sentir ses fesses magnifiques.

Son rire faillit embraser à nouveau mon désir. Il retira lentement ma main, la serra dans la sienne et enveloppa mon corps de son bras, me dorlotant.

—Arrête d'essayer de me pervertir, me taquina-t-il tandis que sa respiration s'apaisait.

Je m'endormis avec un grand sourire.

6

Les tranches de bacon qui grésillaient dans la poêle éclaboussèrent mon avant-bras de graisse, me brûlant.

—Zut.

J'essuyai mon bras et retournai une autre tranche avant que le bacon puisse gicler à nouveau. L'horloge murale indiquait dix heures du matin mais mon estomac annonçait plutôt : « Nourris-moi sinon tu vas crever. » La gueule de bois me donnait toujours un appétit d'ogre. Deux Doliprane et un verre d'eau en viendraient assurément à bout quand leurs effets se feraient sentir. Mais en attendant, je suppliais Dieu qu'ils daignent faire effet au plus vite. Bordel, ce que j'avais mal à la tronche.

Je saisis deux assiettes du placard et les garnis de bacon grillé avant de faire cuire les œufs. Le raclement en cadence *scratch scratch scratch* m'informait que Josh avait fini de déblayer la neige de la montée devant le garage et s'attaquait maintenant à l'allée piétonne. Évidemment, quand je m'étais réveillée seule dans le lit, je m'étais dit que le gars avait pris la poudre d'escampette parce que j'avais essayé de lui sauter dessus la nuit dernière.

La nuit dernière. C'était donc *ça* que tout le monde glorifiait lors de messes basses sur le sexe. Maintenant je comprenais. J'avais toujours voulu avoir des relations sexuelles. Je n'étais pas prude, mais Riley m'avait promis qu'on se rattraperait une fois que nous serions mariés. Pourquoi ne pas attendre jusque-là ? Prévoir de torrides premières années de mariage, cela me semblait un plan parfait, non ? *A posteriori*, embrasser Riley était chouette, il *savait* s'y prendre, mais embrasser Josh, c'était comme si un foutu feu m'embrasait et me consumait jusqu'à ce que je devienne une torche vivante. Ce n'était vraiment pas comparable.

Bon sang. J'étais en train de faire cramer les œufs. Je les posai sur les assiettes au moment où les tranches de pain de mie sautèrent du grille-pain. Un peu de beurre et à l'attaque. Comme si on l'avait appelé, Josh ouvrit la porte d'entrée à cet instant et la referma prestement derrière lui.

J'évitai son regard tandis qu'il se débarrassait de ses bottes sur le tapis du vestibule et accrochait son manteau à la patère. Je sortis le sucre et le lait en poudre du placard alors que le café finissait de passer. Eh, j'avais du bol qu'il y ait encore des œufs ; maman était justement venue avec Gus et April quelques semaines plus tôt.

— Tu veux du café ? demandai-je sans le regarder en me hissant sur la pointe des pieds, sans réussir à attraper les tasses trop hautes pour moi.

— Super, merci, répondit-il en se glissant derrière moi pour prendre les tasses.

Je m'écartai de lui et portai les assiettes vers la table, les couverts maladroitement coincés dessous. Je n'avais jamais connu de « lendemain matin », mais c'était sans doute ainsi qu'on appelait ce vague malaise. Que pensait-il ?

Était-il fâché à propos de la nuit dernière ? Aurait-il voulu davantage ? Aurait-il voulu moins ?

Je gardai la tête baissée tandis que je le contournais, en me concentrant sur les motifs du parquet en bois jusqu'à ce que j'atteigne l'endroit où Josh avait déjà posé le café. Du sucre, oui merci. Du lait, une bonne dose. J'aimais mon lait et mon sucre avec un nuage de café.

—Ember.

Il était juste derrière moi. La cuillère heurta le comptoir avec un tintement lorsque je la fis tomber par inadvertance. Grande inspiration.

—Tourne-toi, m'ordonna-t-il doucement.

J'avais fait des choses de grande fille la nuit précédente et ce jour-là, je devais me comporter comme une grande fille. Je me tournai, les yeux braqués sur son sweat-shirt qui enveloppait ses hanches splendides. Il s'avança vers moi, s'emboîta en moi, et la partie inférieure de mon corps – foutue traîtresse – s'empressa de se fondre en lui.

Il releva gentiment mon visage pour me regarder droit dans les yeux, comme il l'avait fait la nuit précédente. J'étais fichue. Le soleil filtrait par la fenêtre, illuminant ses iris de pépites dorées qui contrastaient vivement avec le noir de jais de sa coupe très courte.

—Bonjour, murmura-t-il.

Je lui décochai un sourire nerveux qui devait plutôt me donner l'air de montrer les crocs.

—Salut.

Il fouilla longuement mes yeux, intensément, en quête de réponses que j'ignorais comment lui fournir.

—Ouais, susurra-t-il comme s'il répondait à sa propre question.

Il posséda ma bouche en un baiser ardent, ma tête lovée entre ses mains, tout en faisant bouger sa langue au même rythme que ses doigts l'avaient fait la nuit dernière, à l'intérieur de moi.

Je me liquéfiai en deux secondes, montre en main. Il se retira avec un grand sourire, puis m'embrassa à nouveau tendrement. Une fois. Deux fois.

—Il n'y a aucune raison pour que ce soit embarrassant sauf si tu laisses la situation le devenir.

Ses sourcils relevés et son sourire me firent presque chavirer.

—Je ne laisserai pas la situation devenir embarrassante, poursuivit-il. Je te veux trop pour ça.

Mon regard s'enfuit. Le lendemain après avoir découvert mon petit ami, zut, mon ex-petit ami, au lit avec ma coloc ne semblait pas le bon moment pour me précipiter dans quelque chose de nouveau.

—Josh…

—Non, pas d'excuses. Je te veux, mais tu n'es pas prête pour moi. Tu n'es pas prête pour quoi que ce soit.

Il glissa derrière mon oreille une mèche de cheveux qui s'était échappée de mon chignon négligé.

Je secouai la tête, brisant le contact.

—La nuit dernière, je ne sais pas ce qui m'a pris. J'avais besoin de… j'avais besoin de me…

—Sentir vivante.

Mon regard se retourna vers le sien. C'était exactement cela, il avait mis le doigt dessus.

—Oui, et du coup, je t'ai, en quelque sorte… utilisé.

Je me sentis submergée de culpabilité tandis que la justesse de mes mots fendait le brouillard engluant mes pensées.

Il éclata de rire.

—Arrête. Tu ne crois pas que je le savais ?

—N… n… non.

Ce n'était pas comme cela que je m'étais représenté le déroulement de ce week-end.

Il s'appuya contre le comptoir de l'autre côté, et sa chaleur me manqua immédiatement.

—Tu avais besoin de te sentir vivante. Ton père vient de mourir, et je le comprends. C'est une réaction assez normale, à vrai dire, lança-t-il en se passant les mains sur le visage comme s'il se réveillait. Et après ce qui s'est passé avec Riley hier soir, je n'étais pas surpris que tu aies également besoin de te sentir désirée.

—Et donc tu m'as juste laissée…, répondis-je en fronçant les sourcils. Pourquoi ?

—Parce que tu en avais besoin. Tu es tellement occupée à prendre soin des autres que tu ne t'aperçois même pas que quelqu'un doit aussi prendre soin de toi. Alors, dis-moi juste ce dont tu as besoin, et je serai cette personne pour toi.

Je restai bouche bée. Bizarrement, le *bad boy* impénitent s'était transformé en cet… homme, et le gars sur lequel j'avais bavé pendant toute ma seconde s'offrait à moi. Je cherchai une réflexion sarcastique comme riposte, quelque chose pour déjouer l'honnêteté brutale qu'il m'envoyait à la figure, mais ne trouvai absolument rien.

—Je ne sais même pas ce dont j'ai besoin.

—Ce n'est pas un problème pour moi. Au moment où tu prendras conscience que ce n'en est pas un pour toi non plus, tu pourras commencer à te libérer de ce qui t'est tombé dessus. Il n'y a aucune pression.

Seulement quelques semaines plus tôt, je n'aurais jamais considéré Josh Walker comme une personne susceptible de veiller sur moi. C'était le job de papa, et de Riley. Je baissai la tête et me concentrai sur mon petit déjeuner.

Le silence était naturel, quoique chargé de tous les non-dits. Combinaison inédite pour moi.

—Alors, comme ça, Vanderbilt, hein ? fit-il en désignant du menton les lettres plastronnées sur mon sweat-shirt à capuche élimé préféré.

—Ouais, répliquai-je en remontant les manches déformées sur mes avant-bras.

—Dans le couloir, il y a une photo de toi avec ton père, où vous portez tous deux un sweat-shirt de Vanderbilt.

Sa voix restait en suspens, ne me pressant pas de fournir de réponse. Je le sentais curieux, mais pas intrusif.

—C'est l'université où mon père a obtenu son diplôme, celle où j'ai toujours rêvé d'aller. J'imagine que c'était notre truc à tous les deux, puisque je suis née pendant qu'il suivait des études de médecine là-bas. Je crois que ma première barboteuse était à l'effigie de Vanderbilt.

Je levai les yeux de mon assiette et surpris son regard. C'était encore surréaliste que Josh Walker soit dans mon chalet, en train de petit-déjeuner avec moi. Plus surréaliste que le fait qu'il m'ait embrassée. Touchée.

—Pourquoi n'y es-tu pas allée ?

Je ravalai la pointe d'amertume qui accompagnait toujours cette question, en particulier quand elle était posée par mon père.

—Riley a été pris à CU avant même de finir le lycée, et c'était là qu'il voulait aller.

—As-tu été admise à Vanderbilt ? demanda-t-il en se penchant légèrement vers moi au-dessus de son assiette vide.

Je reposai les yeux sur mes œufs presque engloutis.

—Je n'ai même pas envoyé ma candidature. Riley pensait qu'une relation à distance ne pourrait pas fonctionner.

—Et toi, qu'en pensais-tu ?

Je haussai les épaules.

—Visiblement, une relation au sein d'une même fac ne pouvait pas fonctionner.

—Penses-tu qu'une relation à distance puisse fonctionner ?

Je saisis mon assiette vide et me levai.

—Pourquoi me soumets-tu à cet interrogatoire, Josh ?

Il me fixa à travers ses cils et j'en oubliai presque ce que je lui avais demandé.

—J'essaie juste de te comprendre. Penses-tu que ce genre de relations puisse fonctionner ?

—Je crois que des gens qui s'aiment, d'un amour authentique, peuvent y arriver, oui.

Je me dirigeai vers la cuisine et crus l'entendre soupirer.

—Mais après avoir assisté à ce que maman a enduré, pendant si longtemps, je sais que ce ne serait pas mon premier choix.

Il se faufila derrière moi et me prit gentiment l'assiette de la main.

—Je comprends. Je ne me verrais pas attendre en permanence.

Je l'observai tandis qu'il lavait méthodiquement la vaisselle et je la séchai avant de la ranger de nouveau dans les placards pour notre prochaine visite.

—Ce n'est pas l'attente qui me pèserait le plus, j'ai l'habitude maintenant. Ce serait de ne pas savoir s'il va rentrer. Je ne pourrais pas vivre comme ça. Je ne pourrais pas tout mettre en suspens dans ma vie, comme elle l'a fait. Elle faisait tout tourner autour de papa, et maintenant, que lui reste-t-il ? C'est une épave.

Je me retournai et l'aperçus, appuyé contre le comptoir. Nous étions pratiquement dans la même position que la nuit dernière, quand nous avions commencé à nous embrasser. Je fermai les paupières, incapable de repousser les images qui affluaient.

—Désolée, je n'avais pas l'intention de m'épancher autant.

Il s'avança vers moi, réduisant l'espace qui nous séparait.

—Je t'ai déjà dit que tu n'as pas à t'excuser. Si tu as besoin de parler, je suis là pour t'écouter.

Il m'enserra dans ses bras, rendant la fuite, si je l'avais souhaitée, impossible. Je m'écartai suffisamment pour incliner la tête et le regarder.

—Tu ne me dois rien, dis-je tandis que le rouge me montait aux joues. Je suis tellement désolée pour la nu…

—Je t'interdis de finir ta phrase, me coupa Josh d'une voix assertive et sans réplique. Ne t'excuse jamais pour quelque chose dont j'avais tellement envie que je pouvais presque te sentir sous ma langue avant même qu'on ait quitté ta maison.

Il leva la main et glissa le dos de ses doigts le long de ma joue en une caresse légère, qui me donna la chair de poule.

Son regard s'abaissa vers mes lèvres et ce fameux sourire revint sur son visage, envoyant des signaux de réveil entre mes cuisses.

—Et, au fait, December ?

Il effleura mes lèvres des siennes, faisant réagir chacune des cellules en moi.

—À l'avenir, n'hésite pas à m'utiliser à tout moment.

7

Nous étions lundi matin et j'étais déterminée à faire des pancakes. Nous avions toujours des pancakes pour le petit déjeuner du dimanche mais jusqu'alors, je l'avais oublié. Nous l'avions tous oublié. Cela faisait maintenant trois semaines que papa était parti, et nous avions déjà laissé filer tant de choses. Certaines devaient revenir à… cette nouvelle normalité, quelle qu'elle soit. J'enfilai mon sweat-shirt Vanderbilt sur mon débardeur et me dirigeai vers la cuisine, prête à m'attaquer au petit déjeuner avant qu'April et Gus descendent pour aller à l'école. J'étais allée voir maman un peu plus tôt, mais elle semblait peu ou prou aussi apathique que quand je l'avais quittée le vendredi.

L'exemplaire du livre *Plaisir de cuisiner* de papa était corné à la page des pancakes. Elle était légèrement tachée de traces d'œuf et de lait. Il nous autorisait toujours à l'aider, sans s'offusquer le moins du monde de la pagaille que nous mettions. Je caressai ces bouts de papier séchés de la pulpe de mes doigts, comme si cela pouvait me permettre de replonger dans ces instants.

J'attrapai les œufs et le beurre dans le réfrigérateur, puis allai me laver les mains. Beurk. La vaisselle de la veille s'empilait dans l'évier. Je devrais m'en occuper plus tard, quand Gus et April seraient à l'école. Je remontai mes manches sur mes avant-bras, révélant le numéro de Josh inscrit au feutre indélébile. Je ne pus m'empêcher de sourire. Il avait pris le marqueur dans sa boîte à gants et délicatement gravé son nom et son numéro sur mon bras. Lorsque je lui avais demandé pourquoi – j'avais déjà son numéro par la liste des entraîneurs de hockey de Gus –, il m'avait décoché un regard irrésistible.

—Gus a mon numéro parce que je suis son coach. Toi, tu l'as parce que je suis ton homme à tout faire.

—Mon homme à tout faire ?

Il avait posé un tendre baiser sur mes lèvres et mon buste s'était spontanément incliné vers lui, en réclamant davantage.

—Ton homme pour faire tout ce dont tu as besoin, avait-il murmuré contre ma bouche.

Il avait ouvert la portière et porté mon sac en haut de l'allée.

—Ce n'est pas si facile de l'effacer, avait-il ajouté. Comme moi.

Mes joues rosissaient à ce souvenir, et je frottai l'inscription, hésitant à la laver au savon. Je criai en direction de l'escalier pour réveiller Gus et April. Pétard, on aurait dit maman. Je retournai fébrilement la spatule. Bien sûr qu'on aurait dit maman ; j'avais endossé son rôle matinal.

Gus dévala l'escalier en trombe, vêtu de son sweat-shirt favori *Star Wars* délavé, et je m'empressai de servir le petit déjeuner sur la table.

—Ember ! T'assures !

En quinze secondes montre en main, il était couvert de sirop d'érable.

April pénétra dans la cuisine, avec un brushing impeccable.

—Tu crois vraiment que je vais m'enfiler ces glucides au réveil ? balança-t-elle, sarcastique.

Je me mordis la langue pour me taire, ce qui exigea un effort flirtant avec l'insoutenable. Elle me dépassa à côté de l'îlot de la cuisine, habillée d'un jean moulant et d'un sweat-shirt. Elle avait maigri, trop pour son anatomie déjà frêle. Ouais, c'était tendance d'être un paquet d'os, mais cette gamine avait besoin d'un bon cheeseburger.

—Si tu manges des glucides maintenant, tu auras toute la journée pour les éliminer, suggérai-je.

Elle me tira la langue et je remarquai à cet instant sa nouvelle paire de bottes cavalières vraiment somptueuses.

—Cadeau de Noël ?

Elle haussa les épaules, attrapa au vol le jus d'orange dans le réfrigérateur et s'en servit un verre. Je saisis la boîte à déjeuner Obi-Wan de Gus et la remplis pour la journée, en tâchant de me souvenir comment faisait maman.

—Tu as ton classeur et tes devoirs ?

Il acquiesça, la bouche pleine.

—Super. Finis ton assiette et va te laver la figure, espèce de petit clown en sucre.

Je feignis de lui dévorer la joue et reçus un gloussement en récompense. On avait bien besoin de gloussements en ce moment.

Tandis que lui et April finissaient de se préparer pour la journée, je m'efforçai de penser à ce que maman faisait le lundi. C'était son jour spécial « venir à bout des trucs », voilà tout ce que je savais. J'extirpai Le Cerveau de l'étagère et consultai l'agenda. Gus avait hockey aujourd'hui. Je verrais Josh.

Chassant les papillons qui virevoltaient dans mon ventre, je feuilletai l'arrière du carnet, où elle notait ses listes. Voilà. Dieu merci, maman avait un emploi du temps bien calé. Le lundi, c'était le jour des courses, des bricoles à faire à droite et à gauche, la préparation de la semaine et les factures. Les factures.

Je me tournai vers la pile de courrier dont les enveloppes étaient restées fermées depuis trois semaines. Elle envahissait le plan de travail de la cuisine et ressemblait dangereusement à une pioche étalée d'un jeu de cinquante-quatre cartes. Ça promettait d'être barbant. Il était temps de m'y plonger.

Je commençai à trier les magazines, les catalogues, les prospectus, les factures, et les dizaines de condoléances qui nous avaient été massivement envoyées. Les factures étaient le truc le plus urgent. Je pouvais déjà préparer tous les montants, maman n'aurait plus qu'à signer, si elle en était capable. Je déchirai la première enveloppe contenant une facture de carte de crédit et la parcourus du regard. Cinq mille dollars ! Je n'étais même pas au courant que maman et papa avaient un crédit en cours avec leur carte.

Attends une minute. Les débits dataient tous de ces deux dernières semaines. Chez… le dégriffeur en ligne White House Black Market ? Le grand magasin Nordstrom ? La marque de fringues American Eagle ? Des restaurants, des chambres d'hôtel, la liste était longue. Tout ça depuis la mort de papa.

—C'est l'heure du bus ! cria Gus.

Je l'embrassai sur les joues et April entra nonchalamment avec – mais oui – un nouveau sac à dos Kate Spade sur les épaules.

—Je l'emmène à l'arrêt de bus, proposa-t-elle.

—J'ai trouvé le relevé de carte de crédit, dis-je à voix basse comme j'entendais Granny descendre l'escalier.

—Ah bon ?

Ses sourcils se haussèrent au-dessus de ses yeux de biche écarquillés.

—April, tu as dépensé plus de cinq mille dollars. Maman va être furax.

—Maman ne va rien remarquer du tout.

Et sur ces mots, elle eut l'aplomb de faire volte-face et de s'éloigner.

—Ce n'est pas bien, April !

Bon sang, depuis quand étais-je devenue Mme Moralisatrice, à courir derrière ma sœur ?

Ses yeux se plissèrent en une expression renfrognée.

—Rien n'est bien. Papa est mort. Maman est un légume, et j'ai juste tenté de me réconforter un peu en faisant du shopping. Où est le problème ? Nous avons l'argent.

—C'est du vol.

Elle ricana.

—Mais oui, c'est ça.

—Mais non, c'est pas ça !

Ma riposte se heurta à la porte qu'elle venait de claquer.

—À plus, Ember ! lança Gus en m'enlaçant par la taille avant de se ruer vers la porte tout en enfonçant sa casquette derrière ses oreilles.

J'attrapai un coussin à portée de main sur le banc du vestibule et le plaquai contre mon visage pour étouffer mon cri. Tout était tellement merdique.

—Une tasse de café, ma chère ? demanda Granny en tapotant le canapé à côté d'elle.

Je hochai la tête et pris la tasse qu'elle me tendait en m'affalant dans les coussins. Elle saurait ce qu'il fallait faire.

—Granny, tu vas rester encore combien de temps ?

Elle réfléchit une minute en silence.

—Je vais devoir rentrer chez moi. J'ai aussi ma vie, tu sais.

Je faillis en lâcher ma tasse. Elle ne pouvait pas partir. La maison ne tournerait plus. Maman n'était pas prête. Je n'étais pas prête.

—Je ne sais plus ce que je suis censée faire, ni quel genre de vie je dois mener.

Son bras délicat enveloppa mon épaule, m'attirant vers elle.

—Le deuil, par nature, est conçu pour nous vider de toute vie, parce qu'on désire plus que tout rejoindre notre défunt. Il est normal qu'il soit extrêmement difficile d'appréhender ce qu'il faut faire après, mais ce qui fait de nous des vivants, c'est précisément cet « après », pas notre défunt.

Son doux accent du Sud chantait sur chaque syllabe.

—Merci, Granny.

Qu'est-ce que *ça* pouvait bien vouloir dire ?

Elle s'esclaffa.

—Oh, ma December chérie, fais ce que tu peux de ta vie, ce qui est en ton pouvoir. Ni plus ni moins.

Faire ce que je pouvais. Ouais.

Le ménage de la maison accapara ma matinée. Je m'absorbai dans la vaisselle, l'aspirateur, la liste de courses, la lessive et les équipements de hockey. Installée à la table de la salle à manger avec Granny, je m'occupai de toutes les factures tandis qu'elle rédigeait des remerciements éloquents pour les innombrables repas préparés et livrés, qui nous avaient nourris.

Visiblement, le deuil était synonyme de travail acharné, et chaque fois que je remuais le poignet, j'apercevais le numéro de Josh qui me regardait. J'avais terriblement envie de le revoir, mais je savais également que je n'étais pas prête pour ce que cela impliquait. J'étais vraiment trop en vrac pour me gérer moi-même, alors ne parlons pas d'une quelconque relation pansement. Était-ce bien de cela qu'il s'agissait ? Mon premier élan me soufflait que non. Josh et Riley étaient deux événements bien séparés dans mon esprit, mais ils étaient trop proches et trop connectés.

Vers 15 heures, la sonnette retentit. Je ravalai ma bile, en me remémorant que papa n'était déjà plus là ; il n'y avait plus rien à craindre de la porte d'entrée. Lorsque je découvris, après avoir ouvert, la maman de Riley, je me dis que j'aurais dû écouter ma première intuition.

—Ember ! dit-elle en m'étreignant d'un bras, et en portant de l'autre un plat de lasagnes. J'espérais que June serait prête à avoir un peu de compagnie, maintenant. Je n'ai pas réussi à la voir depuis l'enterrement.

Avant que je puisse répliquer « Non », Granny s'interposa.

—Elle n'est vraiment pas en grande forme, Gwen. Cependant, je suis persuadée que tu pourras y faire quelque chose. Va donc lui rendre visite en haut, dit-elle en prenant le plat avec élégance. Et merci d'avoir pensé à nous.

Mme Barton enleva son chapeau, ses gants et son manteau, et les suspendit sur les patères, comme elle l'avait déjà fait à de nombreuses reprises depuis qu'elle s'était liée d'amitié avec maman. Son sourire bienveillant et son salut spontané m'indiquaient tout ce que j'avais besoin de savoir. Riley ne lui avait rien dit.

—Voyons si j'arrive à lui faire faire un brin de toilette. Oh, et Riley termine juste son coup de fil, il sera ici d'une minute à l'autre.

Purée. Merde. Putain.

Les yeux aiguisés de Granny perçurent ma panique.

—Va donc mettre le plat au réfrigérateur, Ember, roucoula-t-elle avec son accent.

J'acquiesçai et m'éclipsai. Qu'est-ce qu'il pouvait bien me vouloir, bordel ?

J'étais absolument certaine qu'après Breckenridge, il n'y avait plus rien à ajouter. Je glissai les lasagnes sur une étagère du réfrigérateur et j'entendis sa voix grave et pleine de remords derrière moi au moment où je refermais la porte.

—Salut, Ember.

—Riley.

Je me retournai lentement, me cramponnant au granit de l'îlot.

Son allure était parfaite comme d'habitude : ses cheveux blonds, bien coiffés, et le bleu de sa veste, assorti à ses yeux. Ses yeux mensongers, traîtres, dissimulateurs.

—Il faut qu'on parle.

—Je ne crois pas, non.

Il s'avança vers moi et j'esquivai vers la droite, mettant l'îlot entre nous.

—Je suis vraiment désolé, mon trésor. Je ne savais pas que tu viendrais.

—C'est ça, ton excuse ? susurrai-je entre mes dents serrées.

Pas la peine que Granny entende ça. Elle prenait Riley pour un parfait gentleman.

—Je ne voulais pas te faire de peine !

—Ah oui, tu ne voulais pas baiser ma meilleure amie pendant un an ?

Bon, voilà que je criais à présent. La tasse de café renversée sur le bar en face de l'évier m'apprit que Granny avait entendu. Un coup d'œil me le confirma et le rouge me monta aux joues. Je n'avais jamais prononcé de gros mots devant elle. Je ne répondais plus de rien.

Ses yeux passèrent de Riley à moi puis elle afficha un sourire courtois.

—Je pense que je vais aller à l'étage pour inspecter la salle de bains. Je viens d'apprendre qu'une poubelle doit être vidée.

Avec un regard appuyé à Riley, mais sans un mot supplémentaire, elle nous laissa seuls.

—Baisse d'un ton. Ma mère est en haut !

—Eh bien tant mieux, peut-être qu'elle apprendra que son fils est un vrai trouduc !

Il passa les mains dans ses cheveux, ébouriffant sa coiffure négligée-mais-pas-n'importe-comment.

—C'était un accident.

Je ricanai, mais il poursuivit.

—Si, je t'assure ! La première fois, tu étais partie, et tous les deux, on se sentait seuls, et on était bourrés, et ça s'est juste passé comme ça.

—Et ça a *continué* à juste se passer comme ça ?

À son tour de rougir.

—Ouais, poursuivis-je. Et tu sais le pire, dans tout ça ? Tu pouvais coucher avec elle, mais tu ne supportais pas de me toucher, pourtant ce n'était pas faute de te l'avoir demandé un paquet de fois ! Putain, comme je devais te paraître pathétique, et pendant tout ce temps-là, tu baisais Kayla !

Je me concentrais sur ma fureur, sur les battements accélérés de mon cœur, car si je regardais l'endroit où il était brisé et saignait, je m'écroulerais à coup sûr.

—Je…

Il frappa le plan de travail en granit de ses paumes.

—Bordel ! J'avais envie de coucher avec toi, mais je ne le pouvais pas ; ça aurait gâché mon plan… notre plan. Tu es la fille que je vais épouser. Ça devait être parfait !

Que je vais… mon cul, ouais.

—Et Kayla était parfaite ? Tu dis n'importe quoi.

—Kayla était facile, disponible, et une erreur. J'ai basé mon avenir sur toi, et toi seule. Je n'allais pas mettre ça en danger en couchant avec toi.

—Mettre en danger ? On n'est pas dans l'Angleterre médiévale. Le sexe ne gâche pas plus une fille pour le mariage qu'il ne t'a gâché, toi.

Il agrippa le plan de travail de l'îlot, et ses jointures devinrent blanches.

—Nous avions convenu d'attendre jusqu'au mariage.

—Tu ! *Tu* souhaitais attendre ! Je ne l'ai jamais souhaité !

—C'est donc de ça qu'il s'agit ? Parce que si c'est le cas, on monte dans ta chambre immédiatement si ça peut te satisfaire, fit-il en balançant les bras en direction de l'escalier.

—Si tu crois que je vais te laisser t'approcher de moi…

Le téléphone fixe sonna.

Le bruit me tira de ma spirale émotionnelle descendante.

—Que le dieu des télécommunications soit loué, murmurai-je en décrochant. Allô ?

—C'est June Howard ?

Oh zut, je connaissais cette voix. C'était Mme Angelo du bureau des absences du lycée.

J'endossai instantanément, dans la mesure de mes capacités théâtrales, le rôle de June Howard.

—Oui.

Maman n'était décidément pas capable de parler et je n'étais pas d'humeur à expliquer la situation à ce foutu lycée. Les choses étaient déjà suffisamment compliquées.

—Madame, c'est Mme Angelo du lycée de Cheyenne Mountain.

—Bonjour, madame Angelo.

—Je m'excuse de vous déranger à cette heure-ci, mais je voulais savoir si April reviendrait avant la fin du trimestre ?

—Pardon ?

Purée, j'avais probablement dérapé de mon rôle.

—Nous n'avons pas revu April depuis la rentrée. Est-elle prête à revenir ? Je vous présente mes plus sincères condoléances pour votre époux. Mais nous voulions avoir des nouvelles d'April, dit-elle d'une voix profondément empathique.

Zut. Zut et triple zut.

—Mais oui, tout à fait, je suis vraiment désolée. Je vous prie de l'excuser, en mon nom. Je vais m'assurer qu'elle revienne dès demain.

April allait passer un sale quart d'heure.

—Mais oui, pas de problème, madame Howard. Je vous souhaite une bonne journée.

Un déclic signifia la fin de la communication et je reposai le combiné sur le socle. Riley était toujours là, les yeux fixés sur moi, et comme par magie, mon humeur belliqueuse s'était évanouie.

—Je ne veux plus rien avoir à faire avec toi, Riley. C'est fini entre nous.

—Je t'aime, Ember.

Était-ce de la panique qui s'immisçait dans ses yeux ?

—Tu t'aimes, toi. Peut-être que tu m'aimais au début de notre relation, mais les choses ont changé entre-temps, et tu sais que c'est vrai. Si tu m'avais aimée, tu n'aurais jamais couché avec Kayla.

—Combien de fois devrai-je te répéter que je suis désolé ?

—Tu n'es pas désolé pour ce que tu as fait. Tu es désolé d'avoir été surpris.

—Je t'en prie, ne mets pas fin à notre relation.

Il se pencha vers moi et je me reculai.

—S'il te plaît, poursuivit-il. Nos frères sont dans la même équipe, nos mères sont amies. Nous avons un plan, Ember. Donne-moi une chance de reprendre le bon chemin. Je suis tellement désolé. Je me ferai pardonner.

Je levai les mains.

—Arrête. Arrête d'essayer de me voir, arrête de t'excuser, arrête de… d'être.

Il plissa les yeux, scrutant mon avant-bras dénudé.

—C'est quoi, ça, bordel ?

Je retournai le poignet vers moi et aperçus l'inscription en noir qu'il mentionnait.

—Le numéro de Josh.

—Eh bien, parfait. On se dispute et tu te jettes dans les bras du premier type venu. Je n'aurais jamais pensé que tu étais une pute.

Bonjour Mr. Hyde.

Il devait demeurer en moi des parties qui l'aimaient encore car elles explosèrent à cet instant, me laissant nue, dépouillée, et glacée.

—Maintenant, c'est fini pour de bon. Tu peux t'en aller.

Son visage se détendit, un soupir discret s'échappa de ses lèvres. Dr Jekyll était de retour.

—Je suis désolé, ce n'est pas ce que je voulais dire. J'ai juste vu ces chiffres… Je sais bien qu'il ne pourrait jamais rien se passer entre toi et Josh, dit-il en secouant la tête avec un sourire condescendant. Tu n'es même pas son genre, trop timorée. C'est sans doute pour le hockey, un truc dans ce style, n'est-ce pas ?

Mais qu'est-ce que ça voulait dire, bordel ? Trop timorée pour Josh ?

—Et si ce n'était pas le cas ?

J'avais besoin de lui faire mal, de lui faire ressentir une once de la détresse qui m'assaillait.

—Et s'il l'avait écrit après avoir passé la nuit avec moi à Breck ?

Ses yeux s'écarquillèrent une fraction de seconde avant de se focaliser à nouveau en un regard furibond, ramenant Mr. Hyde.

—Dis-moi que tu n'as pas baisé avec lui ! Dis-moi que ce n'est pas ce que tu as fait vendredi soir !

—Le soir où je t'ai surpris avec Kayla ? Mais quel hypocrite tu fais, Riley ! criai-je en ravalant les larmes qui menaçaient de couler. Trois ans ! Je t'ai donné trois ans de ma vie ! Je t'ai aimé, j'ai pris soin de toi, je t'ai soutenu ! J'ai renoncé à tous mes rêves et je t'ai laissé planifier nos existences selon ta conception débile du couple parfait pour que tu puisses entrer en politique dans dix ans, bordel ! Et tout ça pour quoi ? Pour que tu te tapes Kayla dans mon dos pendant un an ?

Cette fois-ci, *mes* mains s'abattirent sur le plan en granit, et la douleur jaillit dans mes doigts, remontant jusqu'à mes avant-bras.

On sonna à la porte d'entrée.

—Mais putain, on est où, ici ? À la gare centrale de New York ? lançai-je.

Il me regarda comme si j'étais devenue tarée, et c'était peut-être le cas.

—Entrez !

Je me fichais bien que Granny ait pu entendre que je n'accueillais pas un visiteur, ou que maman soit à l'étage, occupée à faire ce qu'elle faisait ces derniers temps, quoi que ce puisse être.

Six mètres et un îlot en granit me séparaient de Riley, avec qui j'avais prévu de passer le reste de mon existence, mais ça aurait tout aussi bien pu être trois kilomètres, ou trois millions de kilomètres.

—Mon ange, je t'aime. Je sais qu'on peut se battre pour surmonter ça. Je te promets de ne plus la revoir. Une fois qu'on sera revenus à Boulder, les choses redeviendront à la normale, j'en suis sûr. Je suis celui qu'il te faut.

Ses yeux me survolèrent et il eut un pas de recul avant de jeter un regard noir.

—Mais qu'est-ce que tu fous ici ? C'est pas un peu tôt pour le hockey ?

Josh s'avança à côté de moi, posa un gobelet en carton Starbucks étiqueté « Ember » sur le comptoir et croisa mon regard, dissolvant instantanément ma tension. Ma posture se décontracta tandis qu'il descendait la fermeture Éclair de son anorak noir, révélant un jean taille basse sur ses hanches ciselées, et un tee-shirt gris en coton à manches longues. Il était l'antithèse de Riley, avec son polo soigneusement choisi.

—Je ne suis pas ici pour le hockey.

—Eh bien, tu n'es pas le bienvenu pour autre chose dans cette maison, putain ! riposta Riley en contournant l'îlot. Tu ne la veux pas vraiment ! Je me souviens des filles que tu draguais au lycée et Ember n'est pas à leur niveau.

Pas à leur niveau ? Mais bordel, ça voulait dire quoi, ça ? L'homme que j'avais cru être le grand amour de ma vie ne me jugeait pas digne de l'attention de Josh Walker. Il m'estimait si peu. Comment ne l'avais-je jamais remarqué jusqu'alors ?

Je levai les yeux vers Josh.

—Mon homme à tout faire, hein ?

Il hocha discrètement la tête et je bondis. Je jetai mes bras autour de son cou et encastrai ma bouche sur la sienne. Je savais que c'était pour Riley, mais à la minute où les lèvres de Josh touchèrent les miennes, j'oubliai complètement Riley.

Josh m'agrippa sous les fesses, me souleva et me plaqua contre lui. Je m'abandonnai dans la sensation de sa bouche et le contact de sa langue tandis qu'il se penchait sur moi. Mon corps se souvint du sien, se fondant contre lui. Oh oui, je me rappelais exactement ce que son corps pouvait faire au mien, et j'en voulais encore.

—Pour de bon ?

Le cri de Riley brisa mon ravissement. Josh m'embrassa doucement, caressant ma bouche de la sienne une dernière fois avant de me reposer sur mes pieds.

Je dus rassembler ma concentration avant de me retourner vers Riley.

—Va-t'en. C'est fini, et c'est la dernière fois que je te le dis.

—On arrangera ça quand tu seras de retour à Boulder, Ember. Je ne vais pas baisser les bras si facilement. Je me fiche de ce qui s'est passé avec ce type, lâcha-t-il, le visage rouge comme une tomate. Souviens-toi qu'on a un plan ! Je sais que tu veux la même chose que moi.

Le téléphone fixe sonna de nouveau.

—Mais bon sang de bonsoir ! m'exclamai-je en arrachant le combiné du chargeur et en martelant la touche du haut-parleur. Allô ?

—Pourrais-je parler à December Howard, je vous prie ? demanda poliment une voix féminine.

—C'est moi.

Je n'étais vraiment pas d'humeur à gérer autre chose aujourd'hui. Josh et Riley se dévisageaient de chaque côté de l'îlot et je redoutais qu'une bagarre éclate à tout moment dans ma cuisine.

—C'est Mme Shaw du bureau des inscriptions, à l'université de Boulder Colorado. L'un de vos cours... (*On l'entendit farfouiller parmi des papiers à l'autre bout du fil.*) *Psycho 325 : Traumatisme infantile précoce* a été annulé. Désirez-vous le remplacer par une autre matière ?

—Annulé ?

—Oui, mademoiselle.

Josh se retourna, ses yeux s'adoucirent, et il s'avança d'un pas vers moi. Riley croisa les bras et se pencha sur l'îlot.

Il n'était pas question ici d'un choix entre eux deux. Je ne prendrais pas une décision aussi importante à cause d'un mec... n'est-ce pas ? Mais Gus avait besoin de moi, April partait en cacahuètes, et maman ne se remettait pas. Qu'étais-je censée faire, bon sang ?

Fais ce que tu peux. Granny avait raison. Je pouvais seulement faire ce qui était en mon pouvoir, et pour le reste, laisser filer. Mais ça ? Ça, c'était en mon pouvoir.

—Non merci.

—Vous ne souhaitez pas suivre un autre cours ?

Le passé *versus* l'avenir, mais confrontée à ces deux options, j'étais incapable de discerner à quoi correspondait chacune. Toutes deux m'étaient familières, toutes deux étaient en quelque sorte ma maison, mais il n'y avait qu'un endroit où l'on avait besoin de moi. Je croisai le regard mortifié de Riley.

—Non, madame, je ne vais pas retourner à Boulder. Mon père est décédé pendant les vacances de Noël et on a besoin de moi à la maison. Pourriez-vous me retirer de la liste de tous les cours ? Je vais faire transférer ma scolarité ici, à Co Springs.

Le visage de Riley devint livide et il secoua fébrilement la tête. Sa bouche s'ouvrait et se refermait comme s'il avait été un poisson privé d'eau.

—Toutes mes condoléances pour votre père, et désolée de vous perdre, December, dit l'employée avec compassion.

Je regardai le sourire qui se dessinait lentement sur le visage de Josh et répondis :

—Merci.

Je raccrochai, et songeai qu'elle avait raison : en ce qui concernait les gens de Boulder, Riley et Kayla, ils m'avaient perdue.

Cependant, je n'étais pas certaine que Josh ait gagné au change.

8

— Il n'y avait plus de place à la cité U, expliquai-je à April tandis qu'elle m'aidait à décharger les derniers cartons de la voiture.

Elle avait sauté sur l'occasion de voir mon nouvel appartement.

—De plus, ajoutai-je, la coloc de Sam n'a pas validé son dernier trimestre, donc tout se goupille à la perfection.

Cela faisait à peine une semaine et j'avais déménagé de Boulder, transféré mon inscription à l'université de Co Springs et réussi à éviter Riley… et Josh.

Je ne voulais même pas penser à l'un d'eux à l'heure actuelle. Je ne voulais pas être la fille qui avait changé de fac à cause d'un mec. Mais si on prenait papa en compte, j'étais effectivement ce genre de fille.

—Ça veut dire que je peux m'incruster pour dormir ici les week-ends ? demanda-t-elle en se jetant sur mon lit sans draps.

Je lui balançai un oreiller à la tête.

—Seulement si maman est d'accord. Cet appartement ne sera pas le lieu de tes rancards secrets.

C'était chouette de passer un moment où je pouvais me comporter comme sa sœur, et non comme sa mère.

Elle saisit une photographie encadrée de notre famille, celle de notre dernier après-midi au chalet de Breckenridge, en haut d'un carton ouvert.

— Si elle sort un jour de sa lobotomie.

Du pouce, elle caressa distraitement le sourire de maman sur la photo de famille. C'était la dernière que nous avions prise avant que papa ne parte en mission, ce qui en faisait la dernière tout court.

— Elle va s'en remettre, déclarai-je, promettant quelque chose que je n'avais aucun droit de promettre.

— Ouais. Elle n'a même pas conscience que tu as changé de fac, dit-elle en roulant des yeux avant de changer de sujet. Comment Kayla a-t-elle pris ton déménagement ?

Aïe. Je ne m'attendais pas à ce que ça fasse mal, mais c'était le cas.

— Je suis allée à l'appart pendant qu'elle était encore à Breckenridge et j'ai embarqué toutes mes affaires. C'est pas comme si elle n'en connaissait pas la raison.

— Riley est un connard.

Je ne relevai pas son langage.

Elle fixa le mini-frigo et la télévision que j'avais récupérés de notre studio partagé en cité U à Boulder.

— Tu as laissé quelque chose à Kayla, quand même ?

Un sourire espiègle illumina mon visage.

— Oui, toutes les photos de Riley et moi, avec un petit mot disant : « Il est tout à toi. Câlins ! »

— Oh, la vilaine !

Elle croisa les pieds, révélant une autre paire de chaussures neuves, et je ne pus m'empêcher de lui lancer :

— April, j'ai payé cette facture de carte de crédit, mais maintenant, tu dois me donner cette carte et maman doit être mise au courant. Ce que tu fais est illégal, et pas correct, et répréhensible…

—Bon sang, arrête de me faire la leçon.

Elle sortit la carte de crédit de sa poche arrière et la jeta sur mon bureau en bondissant du lit.

—Les toilettes ?

J'entrai dans le séjour et pointai la direction du doigt.

Cet appartement était parfait. Situé dans les quartiers nord de la ville, il était proche du campus, mais pas trop loin de la maison, le cas échéant. Je souhaitais habiter à la maison pour ce trimestre, car après tout, c'était la cause de mon transfert de Boulder, mais Granny ne l'entendait pas de cette oreille.

—Tu dois aller de l'avant, m'avait-elle assené. Pas reculer.

Je ramassai une photo de Sam et moi le jour de la remise des diplômes du lycée. Nous étions toutes les deux si heureuses, elle avec une expression méga-radieuse et les clés de sa nouvelle voiture, et moi avec un sourire ému et la bague de la promotion de Riley qui pendait à une chaîne autour de mon cou. Si cela signifiait aller de l'avant, pourquoi était-ce aussi étroitement lié à mon passé ?

La porte claqua et Sam débarqua avec un shoot caféiné post-déjeuner. Son corps de rêve se dévoilait sous sa minijupe bariolée et ses Ugg étincelantes.

Elle jonglait avec trois sacs de shopping du centre commercial et le même nombre de gobelets de café à emporter Pikes Perk calés sous le menton, tout en ouvrant la porte de sa chambre. Les sacs atterrirent sur le sol et elle revint en dansant dans le séjour.

—Ça va être génial ! dit-elle avec beaucoup plus d'enthousiasme que je n'en ressentais, me tendant mon café.

—On a tout déchargé et monté. Je dois juste défaire les cartons.

—Tu t'es déjà inscrite aux cours ? s'enquit-elle en s'affalant dans le canapé en microfibres.

—Ouais, c'est drôle de voir ce qu'ils arrivent à te dégotter quand tu leur annonces que ton père vient de décéder.

Ça avait été un vrai calvaire d'expliquer la situation au bureau des inscriptions sans m'effondrer, mais j'avais réussi.

—La plupart des super-cours sont déjà complets, continuai-je, mais j'ai réussi à avoir celui de l'histoire des États-Unis que je voulais absolument.

Sam lut exactement mon état d'esprit.

—Une fois que tu seras installée, les choses seront plus faciles.

Je hochai distraitement la tête.

—C'est pas l'heure d'aller chercher Gus et de rentrer à la maison ? demanda April en faisant irruption des toilettes.

—Si, dis-je en attrapant mes clés. Sam, tu veux venir ? On reviendra à temps pour aller courir après.

Elle acquiesça, le nez enfoui dans sa mousse de *latte*, avant de parler.

—D'accord pour vous accompagner, et définitivement pas d'accord pour aller courir. Tu fais une fixette sur ce truc.

Je scrutai alentour la masse de cartons et songeai qu'on serait debout toute la nuit si je voulais caser une séance à la salle de sport. Il ne restait plus que deux jours pour finir de ranger l'appartement avant le début des cours. Visiblement, une date d'expiration totalement prématurée avait été apposée sur ma période de deuil autorisée, après quoi je devais recouvrer un fonctionnement quotidien efficace.

*

Les gradins du stade World Arena se remplissaient à toute allure. Nous choisîmes des sièges en métal glacial, en attendant que Gus finisse son entraînement de hockey sur glace. Les silhouettes rembourrées des joueurs effectuaient une mêlée depuis cinq minutes et Gus était déchaîné. Il n'avait jamais été particulièrement enclin au sport, mais à la minute où papa lui avait enfilé une paire de patins à glace quelques années plus tôt, il avait trouvé son truc. Ce gosse adorait ça.

Mais aussi mignon Gus fût-il sur la patinoire, mes yeux étaient attirés par son coach. Josh était vêtu d'un simple pantalon de jogging, d'un tee-shirt et d'un casque, surmontant une paire de patins de hockey noirs qui ressemblaient à une extension de son corps.

Ses mouvements étaient puissants, vifs et gracieux, et terriblement hypnotiques. Je n'arrivais pas à en détacher les yeux tandis qu'il se déplaçait d'une ligne bleue à une autre, corrigeant les joueurs puis s'esquivant en un éclair pour ne pas les gêner. C'était drôle, mais quatre ans plus tôt, j'aurais pu être exactement à la même place, fascinée par Josh Walker sur ses patins.

—Allô allô Ember, ici la Terre ! lança Sam en agitant la main devant mon visage, me faisant tressaillir. Tu as besoin d'un Kleenex pour la bave ?

J'arrachai mes yeux de Josh et les braquai sur Sam.

—N'importe quoi.

—Cocotte, j'ai déjà vu cette expression. As-tu oublié tous ces matchs où on s'est incrustées pour que tu puisses baver sur Josh Walker ?

Je ne pus réprimer le rire qui s'échappait de mes lèvres, pas plus que je ne pouvais empêcher l'arrière de mes cuisses d'être ankylosé sur le banc.

—Tu te souviens quand tu te faisais passer pour ma mère pour qu'on puisse être dispensées de cours et aller voir les matchs dans d'autres villes ? lui demandai-je.

Sam imita brillamment ma mère, et nous nous esclaffâmes en chœur. April se retourna de son siège quelques rangées plus bas – elle aurait préféré se couper la main droite plutôt que d'être aperçue à mes côtés – et nous décocha un regard noir pour nous reprocher de nous donner ainsi en spectacle. Sam et moi nous étions peut-être éloignées au cours de ces derniers dix-huit mois, mais quelques heures passées ensemble suffisaient pour nous replonger dans l'année de terminale.

Une chaleur envahit mon cœur, dissolvant un fragment supplémentaire de cette couche de galères qui semblait s'être abattue sur moi.

J'essuyai les larmes de rire de mes yeux et me concentrai sur la patinoire, suivant Gus en train de prendre le palet et de le passer à l'un de ses coéquipiers. Il s'éclatait, et je lui enviais ces instants.

La seule fois où j'avais réussi à ne plus penser à papa était quand j'avais été avec…

Je levai les yeux et aperçus Josh en train de me faire un petit signe de tête et d'agiter la main dans ma direction. Mes poumons se vidèrent en ce qui sonnait trop comme un soupir.

—Qu'est-ce qu'il t'arrive ? s'enquit Sam en me donnant un coup de coude dans les côtes.

—Oh mon Dieu, couina la voix d'une fille juste derrière moi. Josh Walker a fait un signe de la main vers nous. Tu crois qu'il a remarqué que je me suis maquillé son numéro ?

Elle avait quoi ? Ma tête fit volte-face avant que ma volonté puisse intervenir pour garder mes yeux braqués vers la patinoire. Les filles étaient si canon que c'en était énervant, brushing impeccable, cheveux lissés atteignant la perfection des standards de sororité[1]. Et l'une d'elles avait le numéro 13 peint en bleu et or sur sa joue. Le numéro de Josh, s'il avait gardé le même qu'au lycée.

—Ça fait dix bonnes minutes qu'il regarde dans notre direction, dit l'autre fille.

Je chassai l'expression horrifiée de mon visage et me forçai à regarder la patinoire.

—Je vois que ça n'a pas changé. Le fan-club féminin et tout le tralala.

Je tentai de donner un ton léger à mon commentaire, mais n'y parvins pas. Je ne pouvais m'empêcher d'être déçue que les filles continuent à courir après Josh.

Je pariais qu'il aimait toujours autant être attrapé.

—Les choses changent, me susurra Sam de façon que les filles derrière nous n'entendent pas. Et mon petit doigt me dit qu'il ne regardait pas derrière toi.

Josh patina jusqu'au pan de Plexiglas devant nous, se retourna et souffla dans son sifflet, sonnant la fin de l'entraînement pour aujourd'hui. Sur leurs patins, les garçons se dirigèrent vers les vestiaires. Il fit volte-face, enleva son casque et braqua ses yeux vers les miens. Un lent sourire se dessina sur son visage et je ne pus m'empêcher de le lui rendre.

Il désigna la sortie du menton et j'acquiesçai de la tête avant qu'il s'éloigne en patinant. Les filles derrière nous laissèrent échapper un « Pffffff… » en chœur.

—Bon sang, murmura Sam. Tu lui as déjà sauté dessus ? Parce que sinon…

—Ta gueule, Sam.

---

1. Les sororités représentent le pendant féminin des fraternités dans les universités américaines. *[N.d.l.T.]*

Je me concentrai sur mes pieds tout en descendant des gradins. Me retrouver sur le cul n'était pas au programme de l'après-midi. Je dépassai la maman de Riley, qui attendait Rory, et lui décochai un demi-sourire. Elle sembla sur le point de me dire quelque chose, mais je n'étais pas d'humeur à l'écouter. Une fois que mes pieds se retrouvèrent sur le sol, je jetai un coup d'œil vers April, pratiquement assise sur les genoux d'un type qui n'était pas Brett. *Mais bordel, qu'est-ce qu'elle fout ?* Je fis de mon mieux pour l'ignorer et lui accorder l'intimité qu'elle désirait.

Longeant les baies en Plexiglas qui entouraient l'arène, j'atterris à la porte où attendait Josh, qui était en train de passer les doigts sur ses cheveux légèrement humides de sueur, mais toujours aussi incroyablement sexy.

—December, dit-il en souriant, figeant les pensées dans mon cerveau.

—Josh.

C'était tout ce que je pouvais prononcer sans avoir l'air d'une idiote, surtout sachant ce que je devais lui dire.

Il m'attira vers lui par la taille et je me révoltai contre mon instinct qui m'ordonnait de fondre et de céder. Je reculai d'un pas et secouai la tête.

—Je ne peux pas.

Ses yeux se plissèrent.

—Riley ?

—Oh non, sûrement pas.

Cela amena un autre sourire à couper le souffle sur son visage. Il traversa la distance qui nous séparait sans me toucher, et me susurra à l'oreille :

—Tu aimes quand je te touche.

Boum. Excitée. Merde. Ce type diffusait-il des phéromones ou bien était-ce simplement que, quand je le voyais, mon esprit pensait : *Oui, le sexe, c'est bon. Tout de suite.* Je ne pus réprimer un sourire qui envoya un signal ambivalent, mais je fis un pas en arrière.

—Ouais, et c'est bien ça, le problème.

—Que se passe-t-il ? Ai-je droit à une explication ? Ou bien est-ce de mauvais goût de désirer l'entraîneur de ton petit frère ? À mes yeux, la facette entraîneur est justement super-sexy.

—Sexy ? Tout en toi est sexy. C'est juste que…

Et zut.

En penchant la tête de la sorte, il exposait le côté de son cou. Je connaissais la sensation de ce cou sous mes dents, sa saveur. Je connaissais la saveur *de Josh.* Mes lèvres palpitèrent et s'entrouvrirent.

—Ne me regarde pas comme ça si c'est pour me dire non. Ce n'est pas juste, dit-il d'une voix légèrement tendue derrière la taquinerie.

Je plongeai les mains dans les poches de mon manteau pour éviter de les poser sur lui.

—Je viens juste de rompre avec Riley et de déménager ici, et il y a ma famille, et une nouvelle fac…

—Et donc, ce n'est pas une bonne idée d'y ajouter une nouvelle passion ?

Je rougis, malgré la température polaire à l'intérieur du stade.

—Il faut juste que je sache où j'en suis.

Purée, je ne viens tout de même pas de lui faire le coup du « c'est-pas-toi-c'est-moi-le-problème », si ? Je m'approchai de lui, en dépit du bon sens, et plaçai les pieds entre ses patins à glace. Ils lui conféraient une carrure démesurément géante, m'obligeant à lever encore plus les yeux qu'à l'ordinaire.

—Ce n'est pas que je ne veux pas de toi.

La peau de son cou appelait les caresses et je cédai, posant les mains sur sa mâchoire ombrée d'une barbe de quelques jours avant de suivre du bout des doigts la ligne de son cou.

—Car la vérité, c'est que je te veux plus que je ne le devrais.

Cet aveu susurré s'était échappé de mes lèvres avant que j'aie pu le retenir.

—Mais je ne veux pas t'entraîner dans le désastre impossible qu'est ma vie à l'heure actuelle.

Et je n'étais pas certaine de survivre si je me révélais être une énième fille lui courant après. Valait-il le coup de prendre ce risque ?

Il s'esclaffa, confus.

—Et donc, tu me dis quoi, exactement ? Lentement ? Ou non, carrément ? demanda-t-il en levant les bras et en s'appuyant des deux mains contre le pan de Plexiglas. Parce que là, tu es en train de me tuer.

—Je dois te dissocier, tentai-je de lui expliquer, en me focalisant beaucoup trop sur sa bouche pour ma propre paix intérieure.

Cette bouche avait été sur ma peau, partout sur mon corps.

—Dissocier de… ? demanda-t-il en gardant ses mains sur le Plexiglas comme si elles y étaient collées.

—Dissocier de tout ce bordel. Dissocier de ces merdes qui se sont passées depuis un mois.

Comment expliquer quelque chose que je ne comprenais pas moi-même ?

—Je ne veux pas de relation pansement ni d'un coup d'un soir dans une chambre de cité U.

—Je ne vis pas en cité U.

—C'est pas la question, Josh.

Ses pupilles étaient sombres. Je connaissais ce regard. Ce regard m'aurait fait me déshabiller dans la foule qui nous entourait.

—Oublie ma question, parce que je ne veux pas de réponse, dit-il d'une voix basse, en inclinant la tête vers moi. Je te veux, toi. Il ne se passe pas une minute sans que je meure d'envie de te voir, de te toucher. Mais je te comprends.

—C'est vrai ?

Il esquissa un faible sourire.

—Moi non plus, je ne veux pas tout gâcher, December.

—Pourquoi tu fais ça ? M'appeler December ? Tout le monde, sauf Granny, m'appelle Ember depuis le lycée.

J'avais terriblement envie d'entendre mon prénom sur ses lèvres. Cela ressemblait à du sexe à l'état pur, et à la plus douce des prières.

Il se pencha vers moi, effleurant presque mon oreille, suffisamment pour que je puisse sentir son souffle, mais sans me toucher.

Des frissons prirent naissance dans mon cou et descendirent le long de mon échine, embrasant mon corps.

—Parce que cela signifie que je possède une partie de toi que ne possède personne d'autre. Comme une facette secrète de toi qui n'appartient qu'à moi.

Il possédait toutes les parties de moi, pour être honnête.

—Josh ! crièrent les Barbie humaines depuis les bancs derrière nous. On est venues te voir jouer !

Elles agitèrent une énorme bannière bleu et or en l'air.

Il leur décocha un signe de tête.

—Merci, les filles.

Il faisait encore des matchs ?

—Tu joues pour les Mountain Lions ? demandai-je.

—On a un match ce soir. Tu veux y assister ?

Son ton plein d'espoir faillit briser ma détermination.

Presque.

—Je dois ramener Gus à la maison et voir comment va ma mère.

—O.K., dit-il en tendant la main et en glissant une mèche folle de mes cheveux auburn derrière mon oreille. Ce sera pour une autre fois.

Je ne pouvais rien ajouter hormis : *Touche-moi immédiatement.*

—Tu es engluée dans une situation vraiment merdique en ce moment. N'oublie pas de demander de l'aide quand tu en as besoin. Ne porte pas ça toute seule sur tes épaules.

Pourquoi ne pouvait-il pas être un trouduc ? Pourquoi devait-il dire les trucs les plus parfaits ?

—Tu ferais bien d'y aller, conclut-il.

Il fouilla mes yeux pendant un moment, mais je refusai de céder. Je n'aurais pas de relation pansement avec Josh Walker. Je ne passerais pas des bras d'un type à ceux d'un autre. Il se racla la gorge.

—On se voit à l'entraînement de lundi ?

—On l'emmènera, promis-je.

Il s'éloigna et se dirigea vers les filles qui attendaient comme des groupies. Je fis volte-face et appuyai mon dos contre le Plexiglas glacial, le cognant de l'arrière de ma tête. Je fermai frénétiquement les paupières pour ne pas être tentée de le regarder partir en compagnie de ces filles. Qui, juste ciel, laissait s'en aller Josh Walker ?

—December.

J'ouvris les yeux d'un coup sec et aperçus ses pupilles marron insondables penchées sur moi. Sa bouche était inclinée à quelques centimètres de la mienne, et j'aurais pu tuer sans remords pour combler cette distance.

—Josh.

C'était une supplique murmurée.

—Nous irons à ton rythme aussi longtemps que tu le désireras, car je ne pourrais pas supporter d'entendre un « Non » dans ta bouche. Mais je t'avertis : je vais te traquer sans merci.

La promesse suintant de sa voix suffit à embraser mon entrecuisse.

Il se dégagea, me laissant éperdue et le cœur battant la chamade, contre le Plexiglas. Il fit un petit signe aux filles et les dépassa sans leur adresser la parole, puis se retourna vers moi.

—Oh, et, au fait, Ember ?

Je cillai en guise de réponse.

—Je suis toujours ton homme à tout faire, c'est-à-dire à faire tout ce dont tu as besoin.

*

Je déposai Sam chez sa mère pour le dîner et garai la voiture dans notre allée. Gus insista pour porter son équipement tout seul, et je le laissai faire, en réprimant mon rire à la vue du sac aussi grand que Josh. Il parvint péniblement jusqu'à la porte d'entrée et je tirai April en arrière.

—Eh, qu'est-ce que tu foutais avec ce gars à la patinoire ?

—Qui ? Paul ? demanda-t-elle en balayant du revers de la main une saleté imaginaire à l'endroit où j'avais attrapé son bras.

—Oui, M. Pas-Brett. Tu étais sacrément collée à ce type.

—Et toi, tu étais sur le point de déshabiller Josh, donc où est le problème ? Remarque bien que je ne te jette pas la pierre. Ce mec est tellement sexy.

L'amertume dans sa voix me fit postillonner.

—Le problème est que moi, je n'ai pas de petit ami ! De plus, je t'interdis de qualifier Josh de « sexy ». Il a six ans de plus que toi.

—Ouais d'accord. Écoute, je suis contente que tu sois de retour ici et tout le reste, mais ne fourre pas ton nez dans mes affaires comme si ça ne faisait pas deux ans que tu étais partie.

Elle se faufila en hâte dans la maison.

Je me sentais comme une espèce de propriétaire bailleur n'habitant pas sur place, s'efforçant de réparer les dommages produits en son absence. Elle avait raison. Nous étions peut-être proches dans notre enfance et notre adolescence, mais depuis que j'étais partie pour l'université de Boulder, les choses avaient changé. Nous avions mûri, séparées l'une de l'autre, et désormais, il existait une distance entre nous.

Dans le vestibule, l'odeur de pain à l'ail et de coquilles Saint-Jacques nous accueillit.

—J'y crois pas, marmonna April en balançant son sac à main à la volée dans l'entrée.

—Maman ?

J'accrochai mon manteau à la patère et m'approchai prudemment de la cuisine.

Elle était en train de touiller dans une casserole fumante sur la cuisinière. Ses cheveux pendaient, humides et peignés sur son dos, et elle portait des habits propres sans que je sois intervenue. Ses yeux étaient peut-être enflés, cernés, et rouges, mais elle était *là*.

—Ember, pourrais-tu attraper la vinaigrette dans le frigo pour la salade ?

Je regardai April et Gus et nous haussâmes tous les épaules en écarquillant les yeux. Granny, qui mélangeait les pâtes, nous décocha un hochement de tête discret.

—Allez, vous trois, vous connaissez le refrain. Ember, vinaigrette. April, les boissons. Gus, attrape les couverts.

Maman était en train de nous donner des ordres comme si cela ne faisait pas quatre semaines qu'elle était clouée au lit. Mon cœur loupa un battement.

—Immédiatement.

Elle désigna la salle à manger avec une spatule dégoulinant de sauce tomate.

Nous nous précipitâmes pour accomplir les tâches qu'elle venait de nous attribuer. Personne ne parlait, redoutant de gâcher cette normalité fragile. Nous apportâmes chacun ce dont elle nous avait chargés et prîmes place sur nos chaises habituelles pour la première fois depuis… ouais. Granny alla chercher un siège supplémentaire à côté du placard à porcelaine pour s'asseoir à côté de Gus.

Elle laissa celui de papa vide.

—Gus ? fit maman en guise de signal de départ et en baissant la tête.

La douce voix de Gus emplit l'atmosphère tandis qu'il récitait le bénédicité, mais il bégaya lorsqu'il demanda à Dieu de protéger papa pendant sa mission. Il avait tellement l'habitude de dire cela. Je roulai des yeux en direction de maman, paniquée à l'idée que cela la déstabilise. Elle blêmit, mais resta silencieuse et immobile jusqu'à ce qu'il eût terminé.

—Je pense que c'était parfait, Gus, dit Granny en déposant un baiser sur sa tempe.

—Bon, maintenant, qui a faim ? demanda maman en relevant la tête avec un faible sourire.

Simplement comme ça, la marée du deuil avait suffisamment reflué pour nous laisser respirer tandis que nous nous faisions passer les plats. Le tintement des assiettes se mêlait à l'excitation de Gus, suscitée par sa journée et par l'aubaine de la partager avec maman. Je la regardai à la dérobée entre deux bouchées ; elle souriait à Gus en écoutant le déroulement de ses dernières heures. Son sourire n'atteignait pas ses yeux, mais il était là.

April baissa la tête à côté de moi, et essuya furtivement une larme. Je tendis le bras vers elle et saisis sa main en la serrant doucement. Nos regards se croisèrent et quelque chose d'intangible circula entre nous deux, quelque chose qui ressemblait dangereusement à de l'espoir.

Elle se cramponnait à ma main aussi désespérément que j'agrippais la sienne. Les lèvres tremblantes, je levai les yeux vers Granny. Elle me décocha un lent sourire et opina de la tête une fois. Voilà que ça revenait, l'espoir jaillissant en moi, son goût sucré dans ma bouche. Je n'osais pas l'admettre, même pas y penser, au cas où ça nous porterait la poisse à cet instant, mais je ne pouvais pas nier mon optimisme.

Nous allions surmonter cette épreuve. Nous allions nous en sortir.

*

—Tu n'es pas à la fac, dit maman en regardant le calendrier. Ça fait si longtemps que ça ?

—Je suis à Co Springs maintenant, répondis-je en jetant un coup d'œil vers le séjour où Granny, assise dans un coin, faisait du crochet, mais elle se contenta de désigner maman d'un signe de tête.

Je devais me débrouiller toute seule.

—Ah oui, marmonna-t-elle. Tu l'as mentionné, je me souviens. Plus ou moins.

Elle secoua la tête comme si elle tentait de se clarifier les idées.

—Tu es revenue vivre à la maison.

—Pas tout à fait. J'habite avec Sam, maintenant. On a un appartement pas loin du campus, mais je suis assez près d'ici pour aller chercher Gus et faire des bricoles si tu as besoin d'aide.

—Tu es rentrée à cause de moi.

Je ne tendis pas le bras vers elle. Nous n'étions pas un duo mère-fille particulièrement tactile.

—Je suis revenue ici parce qu'on a perdu papa et que rien ne se passait comme prévu à Boulder. C'est ici qu'on a besoin de moi, et j'ai pris la meilleure décision compte tenu des circonstances.

—Vous avez été les gardiennes de ce foyer, toi et Granny. Je te remercie.

Je ne voulais pas de ses remerciements. Je voulais qu'elle se ressaisisse et me jure qu'elle ne se réfugierait plus dans sa chambre-grotte. Je voulais qu'elle s'occupe de Gus, d'April, et surtout, d'elle-même. Je ne voulais plus être l'unique adulte de cette famille.

D'où sortait cette colère ? N'aurais-je pas dû me réjouir que ma mère soit là pour l'instant ? En état de prendre la relève ? Je ne voulais pas ressentir cela, aussi l'ignorai-je autant que faire se peut.

Je lui décochai un sourire pincé avant que mes idiotes de pensées ne sortent et ne gâchent les progrès qu'elle avait accomplis.

—Maman, est-ce que euh… tu vois, enfin, est-ce que tu vas mieux ?

—Tout me fait encore mal, susurra-t-elle, me rappelant ainsi Gus.

Elle arracha ses yeux du calendrier en secouant la tête.

—As-tu envie de retourner à Boulder ? Je ne veux pas te garder ici, loin de tes amis et de Riley.

—On ne peut pas vraiment dire que je manque à Riley.

—Oh, Ember. Que s'est-il passé ?

—Il s'est révélé qu'il supporte mal les relations à distance.

Je levai la main comme pour l'empêcher de s'approcher de moi quand elle fit un pas dans ma direction. Je ne voulais pas de pitié de sa part, pas alors qu'elle avait besoin de toute l'énergie dont elle disposait pour se tenir debout.

—Ouais, et maintenant, je vis avec Sam. J'ai accroché mon numéro de téléphone fixe sur le réfrigérateur à côté de mon emploi du temps. Tu n'auras qu'à appeler et je serai là.

—Ember, je suis vraiment désolée que tu aies perdu tant de choses.

—Ce qui ne vous tue pas vous rend plus fort, pas vrai ?

—Si, c'est vrai. Ce qui ne vous tue pas…

Elle détourna de nouveau le regard vers le calendrier.

9

Je balançai mon cartable à bandoulière sur mon épaule et attrapai mon café posé sur le toit de la voiture. Dieu merci, il y avait un Starbucks entre l'appartement et la fac, sans quoi je n'aurais jamais pu démarrer ce matin.

Arranger l'appartement s'était révélé plus épuisant, physiquement, que prévu, mais le résultat était parfait. C'était incroyablement libérateur de disposer d'un endroit à l'extérieur du campus, non soumis à ses règles, règlements ou contrôles aléatoires des chambres. En outre, en tant que coloc, Sam constituait un atout non négligeable. Si bon nombre de détails avaient changé entre nous ces derniers dix-huit mois, il y avait au moins deux choses qui étaient restées identiques.

Je sortis mon emploi du temps en entrant dans l'immeuble, afin de vérifier le numéro de la salle, et me faufilai dans la classe sans barbouiller mon sweat-shirt de café. Trop forte.

En observant rapidement les lieux, j'aperçus quelques sièges encore disponibles au premier rang. Je posai mon café sur le bureau et me débarrassai de mon sac pour prendre mes livres de cours et des stylos. J'avais hâte de remplir ce cahier à spirales vide. Je raffolais de l'histoire comme certaines filles sont dingues de vernis à ongles ou de chaussures. J'avais choisi ma matière principale depuis le début.

Je secouai la tête en entendant les gloussements horripilants qui venaient du fond de la salle. Une brune aux jambes longues était juchée sur un bureau en face d'un type, et s'il ne pouvait pas percer à jour ses manières de mijaurée, il méritait ce qu'il tirerait de cette nana. Elle renversa la tête en riant.

Merde. Ce type, c'était Josh.

Ses yeux s'écarquillèrent lorsqu'il rencontra les miens et son sourire me coupa le souffle. Je détachai péniblement le regard d'eux et m'assis, me concentrant sur le tableau blanc. Putain d'hormones à la con. Était-il vraiment obligé d'être aussi canon à 8 h 30 ? Je me foutais de la gueule de qui, au juste ? Ce gars était peu ou prou l'incarnation du sexe vingt-quatre heures sur vingt-quatre. Je ne pouvais pas blâmer la fille d'être assise sur son bureau. Bon sang, elle faisait preuve de retenue. J'aurais carrément été sur ses genoux, à sa place.

Je n'eus pas besoin de tourner la tête pour savoir qu'il avait pris place sur le siège libre à côté du mien. *Regarde droit devant toi.* Je ne détournerais pas mes yeux. Je ne me perdrais pas dans ces yeux bruns ni ne me souviendrais avec précision de ce que ces mains étaient capables d'accomplir sur mon corps. Nan.

—Je redoutais ce cours, mais te voir me récompense largement de m'être levé de si bon matin, December.

—Toi et ton « December »..., grommelai-je, refusant d'admettre que j'adorais ça. Tu ne peux pas m'appeler « Ember », comme tout le monde ?

Il se pencha vers moi et colla sa bouche contre mon oreille.

—Je le fais seulement quand personne ne peut entendre, et de toute façon, je ne suis pas tout le monde… pas pour toi.

Pourquoi diable sa voix devait-elle être aussi suave ? Je jetai un coup d'œil vers le fond de la salle de classe, martelant de mon stylo mon cahier vide qui serait bientôt rempli d'événements historiques exquis.

—Je crois que tu manques à ton presse-papiers.

La brune boudait au dernier rang, et je la comprenais.

—Tu veux prendre sa place ?

Son ton railleur attira mon regard vers le sien, et ce fut fichu pour moi. Je ne pus réprimer le sourire qui jaillit sur mon visage tandis qu'il remuait les sourcils d'un air espiègle et tapotait son bureau. Je secouai la tête et me forçai à focaliser mon attention sur l'estrade en face de moi.

—Je ne crois pas que ce soit une bonne idée de t'installer aussi près de moi, lui rappelai-je en souriant.

—Je m'assiérais sur mes foutues mains si ça me permettait de te voir te trémousser devant moi.

J'en restai bouche bée. Aucune réplique ne me vint à l'esprit.

Le prof me sauva en distribuant son programme de cours et en commençant son exposé. Je devins attentive, vraiment. Bah, pas vraiment. Je prenais beaucoup de notes, mais je sentais les yeux de Josh sur moi, ce qui me rappelait beaucoup trop ses mains sur moi. Je lui jetai un coup d'œil à la dérobée et aperçus ses yeux bruns rivés sur moi. Torrides. Putain, carrément excitants.

Je n'arrêtais pas de croiser et décroiser les jambes, en gardant à l'esprit que la classe n'était pas le lieu adéquat pour sauter sur un collègue étudiant, et je m'efforçai de prêter davantage attention aux détails. Faire des dissertations, prendre des notes et me concentrer sur la guerre de Sécession, ça, j'en étais capable. Ce dont je n'étais pas capable, c'était ce rythme ralenti que je m'étais imposé avec Josh, alors que j'étais à deux doigts de lui sauter dessus en plein cours.

Ce fut l'heure de cours la plus rapide et la plus longue de ma vie. J'avais à la fois l'envie désespérée de me casser de cette pièce et de rester là, aussi près de lui que possible. Notre prof nous libéra, et je me faufilai par la porte comme si mon siège avait pris feu. Le lundi n'était pas très chargé, et je n'avais pas d'autre cours avant l'après-midi, aussi pouvais-je déjà m'atteler aux lectures recommandées si je rentrais immédiatement chez moi.

J'étais presque arrivée à ma voiture quand Josh me rattrapa.

—Quoi ? On ne dit pas au revoir ? me taquina-t-il, même pas essoufflé d'avoir couru.

J'ouvris la portière, jetai mon sac à l'avant de la voiture, et fis la grimace quand mes livres se renversèrent sur le sol, côté passager.

—Au revoir, Josh.

—Quelle froideur !

Je me retournai pour le regarder. Je décelai dans ses yeux l'humour qui était absent de sa voix. Je roulai des yeux.

—Pour de bon ?

—Pour de bon quoi ? demanda-t-il en s'appuyant contre ma voiture. Je ne t'embrasse pas, je ne t'appelle pas, puisque je n'ai même pas ton numéro. Peut-être que le gars en question a juste besoin de réviser avec une pote.

—De réviser avec une pote ?

Ma voix se fissura et je me raclai la gorge pour masquer mon malaise. Je plongeai les mains dans mes poches pour empêcher les frissons de s'emparer de mes doigts et mes doigts de s'emparer de Josh. C'était visiblement mon seul moyen.

Il se pencha à quelques centimètres de ma bouche, et même si c'était moi qui avais posé les limites, mon corps avait très envie de les franchir.

—Quelque chose me dit que ça nous réussirait vraiment de le faire ensemble.

J'en restai bouche bée.

—Josh !

Un sourire coquin envahit son visage.

—Ben quoi ? Ça nous réussirait, de réviser ensemble.

Je lui assenai une petite tape sur la poitrine du revers de la main et éclatai de rire.

—Pffff !

Mais à vrai dire, il avait raison, une fois de plus. Ensemble, nous étions capables de… *réussir*… beaucoup de choses.

Dave Matthews sonna dans ma poche arrière, et j'attrapai mon Smartphone, soulagée par cette diversion. Mon rythme cardiaque s'emballa quand j'entrevis sur l'écran la photo d'April. Elle était censée être à l'école.

—April ? Tu es censée être à tes cours de l'après-midi, à l'heure actuelle.

Bon Dieu, on aurait dit maman.

—Ce serait sans doute une bonne idée que tu rappliques ici. Oncle Mike vient de débarquer, il y a une équipe de tournage pour les infos à la télé et maman ne veut pas qu'ils restent à la maison. C'est un gros bordel.

—Attends, April, parle moins vite.

Je me penchai dans l'habitacle et fis démarrer le moteur pour qu'il chauffe.

—Que se passe-t-il ?

—Oncle Mike s'est pointé alors que je m'apprêtais à partir à l'école, et il y a environ une demi-heure, une équipe de cameramen a débarqué. Maman est dans tous ses états.

—J'arrive, dis-je avant de raccrocher. (*Puis je me tournai vers Josh :*) Il faut que j'y aille, il y a une grosse crise à la maison avec le frère de ma mère.

Son regard séducteur s'était évanoui, immédiatement remplacé par l'inquiétude. Dommage qu'il soit presque plus sexy que celui du séducteur.

—Tu as besoin de moi ? D'aide ? Tu as besoin d'aide ?

Je ravalai ma réaction instinctive (dire « Oui », avouer que je le voulais à mes côtés). Je ne pouvais pas dépendre d'un autre type, pas aussi tôt.

—Non, il vaut mieux que je m'en occupe toute seule.

Sa mâchoire s'affaissa et il déglutit furtivement avec un petit signe de tête.

—D'accord.

—Mais je te remercie de l'avoir proposé. Ça me touche vraiment.

*

Je parcourus le trajet jusqu'aux quartiers sud de la ville en vingt minutes, bifurquai dans l'allée divisant les résidences, et garai la voiture. C'était donc vrai : j'aperçus, devant la maison, le véhicule d'une chaîne importante d'informations télévisées.

J'avais appelé le capitaine Wilson depuis mon véhicule. Il nous avait avertis que ce type d'événement était susceptible de se produire, d'autant plus que l'incident qui les intéressait concernait un acte que des militaires afghans avaient commis à l'encontre d'Américains. Mais comme l'enterrement était derrière nous et que rien ne s'était passé, j'avais espéré que nous y avions échappé. Visiblement, je m'étais trompée.

—Maman !

J'ouvris la porte à toute volée et balançai les clés dans le panier du vestibule. Puis j'accrochai mon manteau à une patère.

—Maman ! criai-je dans la cuisine.

Mais il n'y avait que Granny.

—Elle est en haut.

—Granny, bordel de…, dis-je avant de m'interrompre, craignant de me retrouver avec une barre de savon dans la bouche comme à l'école primaire. Que se passe-t-il ?

—Le frère de ta mère est arrivé ce matin avec des invités. Des invités pas du tout invités.

Elle sirotait calmement son thé par petites gorgées, mais sa main tremblait légèrement.

—Je vois.

Je gravis les marches de l'escalier du fond deux par deux et, déboulant au coin de ma chambre, heurtai un cameraman.

—Oh, excusez-moi, Madame, grommela-t-il.

—Oui, c'est ça, vous pouvez vous excuser. Barrez-vous, lançai-je en le repoussant, ainsi que deux types équipés de longues perches en métal, avant de découvrir April recroquevillée dans le couloir.

Elle poussa un profond soupir et m'étreignit.

—Ils sont dans la chambre de Gus.

—Je m'en charge.

Je n'avais aucune idée de ce que j'allais faire, mais j'y allai. J'ébouriffai affectueusement les cheveux de Gus, collé contre la hanche d'April.

Il aurait dû être à l'école. *Il ne devrait pas voir ça.*

J'entrouvris la porte de l'antre de *Star Wars* que Gus appelait sa chambre et débarquai en plein milieu d'une altercation.

—Je ne veux pas de ça, Mike ! hurlait maman à son frère cadet.

Ils étaient séparés par le visage géant de Yoda sur le dessus-de-lit.

—Ils vont te payer pour ça, June. C'est une histoire qui en vaut la peine, et notre famille devrait pouvoir s'exprimer publiquement sur ce qui est arrivé à Justin.

—Oncle Mike ? intervins-je en fermant la porte derrière moi et en me plaçant aux côtés de maman.

Si elle ne voulait pas de cette intervention, je ne la laisserais pas se produire.

—April, je t'ai déjà dit que c'est entre ta mère et moi. Sors d'ici et va à l'école, maintenant.

—Je suis Ember, pas April, et on ne se débarrasse pas de moi aussi facilement. Si ma mère veut que ces gens s'en aillent, ils s'en iront, déclarai-je en le détaillant de haut en bas, de son costume sombre à sa cravate onéreuse. Et tu es plus petit que dans mes souvenirs.

Il rougit.

—Bien sûr que tu es Ember. Ma langue a fourché. Cela fait des années que je ne t'ai pas vue.

—Ouais, genre quinze ans. Selon moi, ça ne te donne en rien le droit de te prononcer sur ce qui se passe ici.

Je n'avais que de lointains souvenirs de l'oncle Mike, et en général, ils étaient associés aux parents de maman, aujourd'hui décédés.

—Je suis ici pour aider ma sœur.

—Bien sûr, ce qui explique pourquoi tu as été aussi attentionné pendant l'enterrement et le reste ?

On aurait dit un match de cricket, chacun se renvoyant la balle.

Une femme se racla la gorge et je me tournai vers le bureau de Gus, derrière moi. Une brune aux jambes longues que je reconnus vaguement se tenait là, et me tendit la main.

—Vous devez être December. C'est si tragique, de perdre ainsi votre père. Le jour de votre anniversaire, en plus.

Ma tête pivota à 180 degrés comme si j'avais reçu une gifle et mes yeux se plissèrent.

—Oui.

Un sourire télégénique surgit sur son visage.

—Parfait ! Je suis London Cartwright, et nous avons adoré votre réaction, car j'ai cru comprendre que c'est vous qui vous êtes occupée de la famille ?

—Ma mère désire que vous partiez, et à mon tour, je vais vous prier de le faire, madame Cartwright.

Le sourire ne vacilla pas. Surréaliste.

—Je suis certaine qu'une fois que vous aurez compris ce que nous voulons faire…

—De quoi s'agit-il, exactement ?

—Donner de la visibilité aux victimes d'incidents *Green on Blue*, Ember. Enquêter dans le détail sur ce que nos troupes font sur le terrain, et expliquer pourquoi nos soldats se font tuer et deviennent les victimes des hommes qu'ils sont censés protéger et former.

Mais. Bordel.

—Mon père n'était pas une victime. Il était à la guerre.

—Nous voulons juste vous donner l'occasion de partager votre sentiment, dit Mme Cartwright en traversant la pièce et en fixant le mur derrière l'oncle Mike.

Maman s'était rencognée dans son siège.

—Maman ? demandai-je. Que veux-tu que je fasse ?

Ses yeux s'absentèrent. *Oh non. Faites que ça ne recommence pas.* Je la saisis par les épaules, penchant la tête pour plonger le regard dans ses yeux.

—Maman ? Reste avec moi, dis-je en la tirant à travers la porte.

—April, lançai-je, emmène-la en bas avec Granny. Vas-y aussi, Gus.

April accompagna maman et Gus au rez-de-chaussée, et je m'assurai qu'ils étaient à bonne distance avant de me retourner vers Mike et Mme Cartwright.

—Vous voyez combien elle est fragile ? Mais qu'est-ce que vous vous imaginez ?

—La mémoire de ton papa devrait être honorée et le peuple américain devrait savoir qu'il n'est pas mort en vain, répliqua Mme Cartwright.

Sa voix suintait la fausse compassion. Quelqu'un de plus faible serait peut-être tombé dans le panneau.

—C'est la guerre. Aucun soldat ne meurt en vain, rétorquai-je en secouant la tête, avant de réprimer un gloussement. Pétard, c'est plutôt le reste de l'humanité qui meurt en vain. Mon père ne fera pas votre gros titre.

L'oncle Mike se pencha vers moi avec son sourire de vendeur de voitures.

—Ember, ça pourrait vraiment profiter à ta famille. Les gens ont été touchés par ce qui s'est produit, et on sait que l'université n'est pas donnée. Ça pourrait servir à tout le monde.

Mon visage s'affaissa, je n'arrivais pas à croire ce qu'il suggérait : qu'on fasse du profit sur la mort de papa. Un arrière-goût horriblement amer me monta à la bouche.

—Tu as perdu la boule si tu penses…

J'eus le souffle coupé lorsque j'aperçus le fanion que Mme Cartwright était en train d'épingler sur le tableau de Gus. De l'académie militaire de West Point.

—Enlevez. Ce. Truc. Du. Mur.

—Cette petite touche nous a semblé adéquate, famille de militaires, etc. Vous représenteriez l'armée, d'une certaine façon.

Elle présentait les choses comme si ses propositions étaient tout à fait raisonnables et que c'était moi qui déraillais.

—Papa était diplômé de Vanderbilt, pas de l'Académie, dis-je en serrant les dents, car je craignais de perdre mon sang-froid si je me laissais aller. Gus ne veut pas rentrer à West Point et il ne s'y rendra pas.

—Ne sois pas injuste, Ember. Gus devrait être fier de l'héritage militaire de sa famille, dit l'oncle Mike en sortant un tee-shirt à l'effigie de West Point du sac de Mme Cartwright. De plus, les gens vont tout avaler si on l'interviewe dans ce tee-shirt. Qui sait, peut-être qu'un jour, il sera le militaire de la famille.

Quelque chose en moi bascula. Le tissu ténu de civilité dans lequel je m'étais drapée depuis que papa était mort et que Riley avait baisé Kayla s'effilocha. Ils n'utiliseraient pas Gus.

Je bondis sur le lit et arrachai le tee-shirt des mains de l'oncle Mike.

—Cassez-vous !

—Ember…

—CASSEZ. VOUS !

J'attrapai le tee-shirt, brûlant de le mettre en pièces, mais cela ne suffirait pas. Je les écartai brutalement et arrachai le fanion du tableau. Les punaises furent projetées sous le lit, roulant sur le parquet.

—Pas de reportage ! Pas de fanion ! Pas de West Point ! criai-je en brandissant ces trucs toxiques devant moi et en chassant ces deux-là de la chambre de Gus. Maintenant, *dégagez* !

Ils se hâtèrent hors de la chambre, les stilettos de Mme Cartwright martelant frénétiquement le parquet en bois chéri de maman. Je les poussai dans l'escalier du fond, tandis que les types du son et de la caméra étaient emportés dans le flux de leur retraite.

—Dégagez ! Dégagez !

C'était mon mantra, et tout ce à quoi j'arrivais encore à penser.

Ils atterrirent les uns sur les autres devant la porte de la cuisine avant de débouler, s'éparpillant sur le sol carrelé. Maman était assise à la table de la salle à manger, une tasse de café à la main. Granny se tenait à ses côtés, avec le regard le plus féroce que je lui aie jamais vu. J'eus presque pitié de l'équipe de tournage. Pendant une demi-seconde. Et encore.

—Ember…

L'oncle Mike esquissa un pas vers moi, et je contournai l'îlot de la cuisine pour l'esquiver.

—Non ! Comment oses-tu apporter ça ici ? Comment oses-tu ne serait-ce que songer à mettre de telles idées dans la tête de Gus ? L'armée ? West Point ?

Je secouai le tee-shirt et le fanion comme s'il s'était agi de son cou.

—C'est juste un symbole…

—Non ! Il n'y aura pas d'armée pour Gus, pas de West Point, pas d'interview ! Vous êtes tarés ? Pourquoi voudriez-vous qu'il… qu'il… ? Non ! Cette famille a assez saigné, et je ne vous laisserai pas débarquer ici pour nous charcuter davantage !

Ma voix se brisa. Les images que ce fanion suscitait dans mon esprit étaient insoutenables. Gus en uniforme. Gus reposant sous un drapeau américain.

Je jetai le drapeau et le tee-shirt dans l'évier vide de la cuisine puis ouvris brutalement le tiroir de droite, en sortis un briquet que maman utilisait pour les bougies d'anniversaire. Un *clic* plus tard, une flamme en jaillit et je mis le feu au tee-shirt de West Point.

—Ember ! Mais qu'est-ce que tu fais ?

L'oncle Mike s'avança dans ma direction mais l'avertissement dans mes yeux dut suffire car il se recula prestement.

—Voilà ce que je pense de votre charmante idée d'habiller Gus en soldat et de rendre notre deuil public pour faire du fric !

Les flammes s'élevèrent de l'évier au moment où le capitaine Wilson entrait, flanqué de deux soldats.

—Maintenant, putain, dégagez !

—Ember ?

La petite voix de Gus fit vaciller ma fureur. Mon regard se porta sur ses yeux inquiets dirigés derrière lui, survolant le dossier du canapé où il s'était blotti contre quelqu'un, quelqu'un qui ne pouvait, ne devait surtout pas me voir dans cet état. Quelqu'un dont les yeux bruns étaient rivés sur moi et mon accès de folie.

Le détecteur de fumée retentit, ayant enfin capté le danger. À cet instant, je constituais visiblement un danger plus grand que le feu. Je contournai les flammes et ouvris le robinet, en utilisant la douchette pour inonder le tas brûlé et en souhaitant qu'il ait aussi raison de ma fureur.

Mon cœur battait à se rompre, menaçant d'exploser dans ma poitrine, et mes joues étaient aussi brûlantes que le tee-shirt que je venais d'anéantir.

Le capitaine Wilson escorta l'équipe hors de la maison.

—Ne vous avisez pas de contacter les Rose. Ils ont été prévenus. La famille Howard n'a signé aucune autorisation et vous n'avez pas le droit d'utiliser ce que vous avez entendu ou filmé aujourd'hui.

—June, j'espère que tu reconsidéreras les choses, dit l'oncle Mike en posant une main sur l'épaule de maman.

—C'est hors de question, Mike.

Waouh. Maman venait de s'exprimer, et je reconnaissais là l'ombre de son obstination caractéristique. Quel soulagement.

—S'il vous plaît…, dit Granny en se levant de sa chaise, le dos bien droit. Il me semble que ma belle-fille vient de vous demander de vous en aller, monsieur. Je vous prie de ne pas abuser de son hospitalité en le lui faisant répéter.

L'oncle Mike décocha un dernier regard implorant à maman. Le sourcil levé de sa sœur lui indiqua qu'il n'irait nulle part avec elle. Si elle était capable de se défendre de la sorte, il n'y avait aucun risque que je la perde à nouveau.

Avant de me donner encore en spectacle, je sortis par la porte de la cuisine et m'arrêtai sur le perron. Les montagnes se dressaient face à moi, saturant ma vision, mais la seule chose que je voyais était les flammes que je venais d'éteindre. Je m'accoudai à la balustrade en bois glacée et laissai le froid s'insinuer en moi.

La porte coulissante glissa sur ses rails et je fis la grimace.

—Eh, ça va ?

La voix de Josh m'enveloppa, m'apportant une vague de réconfort dont je n'avais pas besoin, que je ne désirais pas. Il venait d'assister à mon pétage de plombs intégral.

—Je t'avais dit que je m'en chargeais. Tu n'avais pas besoin de venir.

Il s'appuya contre la rambarde à côté de moi.

—Ce n'est pas un problème, de sortir de ses gonds de temps en temps.

—De temps en temps ressemble plutôt à tous les jours en ce moment, et je ne veux pas que tu sois là pour y assister.

J'inspirai profondément pour empêcher d'autres idioties de sortir de ma bouche. L'air polaire brûla mes poumons, mais cela me fit du bien.

—Ça ne me gêne pas.

Je cessai d'examiner les veines de la balustrade et relevai la tête, croisant ses yeux bruns compréhensifs.

—Mais tu ne comprends pas ? C'est *moi* que ça dérange, Josh. C'est pour ça que je t'ai dit de ne pas t'en mêler, pour me donner l'espace et le temps de gérer cette merde !

Grande inspiration. Il fallait que j'arrête de crier, sans quoi il me prendrait vraiment pour une tarée ; au lieu de quoi je commençai à rire, ce qui ne fit qu'entériner ma folie.

—Bordel, avant, je ne criais jamais, et maintenant, je ne fais plus que ça.

Il tendit la main et la glissa le long de mon dos. Je détestai constater à quel point j'adorais ça. Je sursautai et m'éloignai de son contact, discernant le regard blessé qui traversa ses yeux.

—Tu ne devrais pas être là. Tu ne devrais pas me voir comme ça, car si c'est le cas, je ne pourrai m'empêcher d'y penser à chaque fois qu'on sera ensemble. Tu ne peux pas jouer systématiquement les sauveurs avec moi.

Il croisa les bras sur son torse, son souffle formant un nuage dans l'air glacial.

—Mais putain, December ! C'est toi qui portes tout le monde dans cette baraque ! Il faut bien que quelqu'un te porte. Je ne peux pas te regarder souffrir sans rien faire.

—Eh bien arrête de regarder, alors ! Je t'ai demandé de rester à distance, et tu es partout ! Tu es au hockey avec Gus, et tu es à mon cours, et tu es… tu es… juste partout !

Je ne voulais pas lui donner ce spectacle. Je ne voulais pas être cette fille faible, dérangée. Ce gars m'avait regardé mettre le feu à l'évier de ma cuisine. Putain. Bordel. De. Merde.

—December.

—Va-t'en.

Je n'eus pas besoin de le lui répéter. Il poussa un soupir, secoua la tête et s'en alla. Le seul son de son repli fut la porte qui coulissait pour s'ouvrir et se refermer. Je m'affalai contre la balustrade, et son contact gelé rafraîchit mes joues en feu.

La porte coulissa à nouveau pour s'ouvrir et je faillis crier de frustration.

—C'est moi qui lui ai demandé de venir, dit Gus en posant la tête sur la rambarde et en tournant ses yeux confiants vers moi.

—Pourquoi ? Comment ?

—Ben, j'ai son numéro de téléphone.

Il semblait tellement plus âgé qu'il ne l'était en réalité.

—Maman était furax. C'est toujours mieux que triste, d'accord, mais quand même. April t'a appelée, et moi j'ai appelé mon coach Walker. Il m'avait dit que je pouvais lui téléphoner n'importe quand.

O.K. Zut. Je me redressai et le pris dans mes bras.

—Je m'excuse d'avoir crié, frérot. Les choses ne sont pas simples en ce moment.

Il se lova contre moi.

—Parce que papa est parti ? Ou bien parce que Riley n'est plus ton copain ?

Je l'embrassai sur le sommet du crâne.

—Les deux, petit gars.

—Tu détestes l'armée tant que ça ?

Je le serrai encore plus fort.

—Non, je ne déteste pas l'armée. Mais je ne veux plus que des gens que j'aime en fassent partie.

Je ne pouvais plus me permettre de perdre encore un être cher.

—Le feu, c'était cool.

Voici comment un garçon de sept ans interprétait l'événement.

—Ouais, mais ne m'imite pas, d'accord ? Bon, je dois retourner à l'école. J'ai un cours tout à l'heure.

Il acquiesça.

—Est-ce que tu pourrais m'emmener ? Je veux pas rester ici. C'est triste, ici.

La douleur fusa dans ma poitrine, mais aucune larme ne vint. J'avais sans doute dépassé le stade des larmes, finalement.

*

Vingt minutes plus tard, j'avais déposé Gus et April à l'école et j'étais en route pour mon appartement. Je ne voulais pas être celle que j'étais à la maison. Je ne voulais pas me sentir responsable de tout le monde. Je voulais être égoïste, faire la grasse mat' et sécher les cours, me passionner pour le programme des soirées du week-end plutôt que pour celui des séances de hockey. Avoir juste vingt ans, ce serait chouette.

Mais je n'avais plus juste vingt ans.

Je déchargeai la voiture de mon sac, jurant quand j'accrochai une poche au levier de vitesse. Fallait-il donc que tout aille de travers aujourd'hui ? Je gravis l'escalier à pied jusqu'au troisième étage, espérant brûler quelques calories du *mocha* au caramel beurre salé.

J'atteignis notre porte et farfouillai, à la recherche de mes clés. Mes doigts étaient toujours à moitié ankylosés d'avoir conduit sans chauffage, mais je voulais du froid. Le trousseau me glissa entre les doigts et heurta le paillasson. J'appuyai le front contre la porte et fermai les yeux pendant un instant pour me retenir d'injurier cette satanée serrure. Comme si c'était le problème.

Je me baissai et les ramassai puis entrai chez moi en ouvrant la porte d'un coup sec. Alors que je m'apprêtais à franchir le seuil, une carrure familière apparut mon champ de vision. Josh sortait de l'ascenseur et se dirigeait vers moi. Mon instinct fut de me ruer vers lui, de bondir et de l'embrasser sur la bouche pour m'excuser. J'avais tellement envie de sentir ses mains sur ma peau, ses lèvres contre les miennes. Il possédait le pouvoir de tout me faire oublier pendant une minute.

C'était pour ça que je ne pouvais pas me le permettre. Je n'allais pas l'utiliser de la sorte.

Mais bon sang, que foutait-il ici ? Encore ?

—Josh, pour de bon ?

Il leva les yeux du cartable en bandoulière qu'il était en train de fouiller et un regard incrédule s'afficha sur son visage.

—Pour de bon quoi ?

Ce gars était vraiment énervant.

—Tu ne m'as pas suivie de ma maison à mon appartement, quand même ! Je t'ai dit que j'avais besoin de temps, purée !

Il éclata de rire, me faisant douter de ma santé mentale. En tout cas, ce n'était pas la mienne qui était en danger à l'heure actuelle. Il secoua la tête, marcha vers moi… et me dépassa, s'arrêtant devant la porte adjacente et insérant la clé dans le verrou.

—Enchanté de faire ta connaissance, voisine, lança-t-il, puis il ouvrit et referma la porte derrière lui, me laissant dans le couloir comme une abrutie.

Bordel.

—Ember ? C'est toi ? cria Sam de l'intérieur de l'appartement.

J'entrai, laissant tomber mon sac dans le vestibule, et m'écroulai dans le fauteuil géant. Elle posa son ordinateur portable et me dévisagea.

—Cocotte ? Qu'est-ce qu'il t'arrive, bon sang ?

Je secouai la tête.

—Oh, je suis juste une nana autocentrée asservie à ses hormones. Et toi, quoi de neuf ?

Elle me lança son pot de glace d'un litre Ben & Jerry's et je m'en empiffrai sans jeter un seul coup d'œil aux calories sur l'emballage.

10

Bizarre. C'est le seul mot qui me vint à l'esprit pour décrire cette sensation d'être assise à côté de Josh Walker alors qu'il ne me parlait pas. Peu importait que je ne veuille plus qu'il me parle. Pas vrai ?

Je sentais son regard brûler sur moi, mais quand je détournai la tête pour le prendre sur le fait, il fixait à nouveau le professeur. Nous étions vendredi soir et la culpabilité me rongeait toute crue depuis des jours.

J'avais été une vraie garce. Le mec était venu parce que mon petit frère l'avait appelé, ce qui lui conférait plus ou moins un statut de dieu vivant parmi la gent masculine et il n'y pouvait rien si nous avions emménagé sur le même palier. Il y vivait depuis deux années, que diable. J'aurais aimé disparaître, engloutie par le plancher.

—Hé, reste avec moi ! lança Sam qui m'avait surprise, les yeux dans le vide, vaguement dirigés vers le poster de Dave Matthews dans le séjour.

—Ouais, ouais, je suis juste un peu distraite.

Elle serra la ceinture de son peignoir autour de sa taille et ajusta sa serviette en turban sur ses cheveux.

—Les filles et moi, on va sortir dans quelques heures. Tu devrais venir avec nous. Ça te ferait du bien de rencontrer des gens, voire un mec, pour te changer les idées.

Je survolai du regard la montagne de devoirs empilée sur la table basse devant moi.

—J'aimerais bien.

Euh, pas le mec, mais le reste.

—Ce qui me ferait du bien, c'est de boire un verre, mais Gus a un entraînement hyper-tôt demain matin, et j'ai promis à maman de l'y amener.

—Te l'a-t-elle demandé ?

—Non, je le lui ai proposé.

Tandis qu'elle gardait le silence, je levai les yeux de mon texte sur l'éducation infantile.

—Qu'est-ce qu'il y a ?

—Ça fait un mois, maintenant, Ember.

Comme si j'avais besoin que quelqu'un me rappelle depuis combien de temps j'avais perdu mon père. Un mois, deux jours et onze heures et demie depuis la notification.

—Oui ? Et alors ? Elle a besoin d'aide.

—Je ne dis pas qu'elle n'en a pas besoin. Écoute, je t'admire vraiment pour tout ce que tu as fait. Tu as sacrifié bien plus que ne l'aurait fait n'importe quel autre enfant. Je dis juste qu'il est peut-être temps que tu lui fasses un petit peu plus confiance. Par exemple, tu pourrais attendre qu'elle te demande ton aide, au lieu de supposer qu'elle n'est pas en capacité de tout gérer.

—Tu ne comprends pas.

Elle s'assit à côté de moi et saisit ma main sur le clavier de mon ordinateur portable, la serrant dans la sienne.

—Tu as raison. Je ne comprends pas. Personne ne peut comprendre. Mais j'ai vu ta mère à l'œuvre, pendant les deux dernières missions de ton père, et également quand il était au Kansas. C'est une dure à cuire. Ne la sous-estime pas. De plus, n'y a-t-il pas ta mamie pour veiller sur elle ?

—Ouais, elle n'arrête pas de dire qu'elle va partir bientôt, mais on dirait qu'elle attend quelque chose, un genre de feu vert confirmant qu'on va s'en sortir sans elle. Je suis reconnaissante qu'elle soit encore ici, sinon je pense que je serais retournée vivre à la maison.

Je souris en prenant conscience que Granny m'avait évité ça.

—De toute façon, Granny ne connaît rien au hockey.

Un sourire espiègle illumina le visage de Sam.

—Est-ce pour Josh que tu veux accompagner Gus ?

Mes joues s'empourprèrent.

—Je dois m'excuser auprès de lui.

—Alors va t'excuser, dit-elle en se levant et en ôtant la serviette de ses cheveux. Ma belle, le mec habite juste à côté. Traîne ton joli cul là-bas et dis-lui que tu es désolée. Je dois aller me faire belle.

Elle se déhancha jusqu'à sa chambre à coucher. Même si Sam était canon au naturel, je savais que chaque vêtement qu'elle choisirait accentuerait encore les atouts qu'elle possédait.

Je jetai un coup d'œil à la pendule : 19 h 15. La pelote de nerfs dans mon estomac m'indiqua que j'allais le faire. Je posai mes livres et m'extirpai du canapé. Irais-je vraiment là-bas en jean et sweat-shirt à capuche et fermeture Éclair ? Ouais. Je n'avais pas l'intention de l'impressionner, n'est-ce pas ? Cette tenue livrait un message de distance approprié. De plus, je n'étais pas maquillée et je ne m'étais pas rasé les jambes. Qui se raserait les jambes pour aller présenter des excuses, bordel ?

Avant de changer d'avis, je sortis vivement de l'appartement, pieds nus, et marchai jusqu'à la porte adjacente, la sienne. Après trois coups, je retins mon souffle, dans l'attente de me ridiculiser à nouveau.

Le battant s'ouvrit et un type blond, svelte et hyper torride répondit d'une voix traînante en me détaillant de haut en bas, connaisseur :

—Salut, toi.

—Salut, je suis Ember, ta voisine.

Un sourire ultra-sexy fendit son visage.

—Salut, Ember ma voisine.

—Ouais, dis-je en scrutant alentour. Josh serait-il là, par hasard ?

Son visage s'affaissa.

—Et merde. Il a déjà dit prem's ? Tu ressembles pas trop au genre de Josh.

Je levai un sourcil en le fixant, et il bafouilla :

—Tu es canon et tout mais d'habitude, il est plus attiré par les…

—Barbie ?

Je n'étais que trop au courant du « genre » de Josh.

—Exactement.

Il ouvrit la porte et se plaqua contre le mur pour me laisser pénétrer dans le vestibule qui reflétait fidèlement la disposition de notre appartement.

—Walker ! Tu as de la visite !

Il se retourna vers moi.

—Juste au cas où il ne te conviendrait pas…, ajouta-t-il avec un sourire irrésistible. Je m'appelle Jagger.

Je m'efforçai d'ignorer qu'il me draguait. Il savait s'y prendre.

—Enchanté de faire ta connaissance, Jagger.

—Oh, tout le plaisir est pour moi.

Il pointa la langue à travers ses dents, découvrant un piercing.

—Jagger, putain, ne t'approche pas d'Ember.

Je retins mon souffle avant de l'expulser précipitamment.

Josh était appuyé contre le mur, une cheville croisée sur l'autre. Il portait un pantalon de flanelle grise taille basse découvrant ses hanches. Il suffirait de tirer une fois dessus. Une seule fois.

Ma bouche s'ouvrit avant que je puisse la maintenir fermée. Il ne portait pas de haut. Toute cette peau douce et tatouée enveloppant ces muscles et, bon Dieu, je me souvenais de son goût dans ma bouche. La pensée de la goûter à nouveau avait déjà envoyé une étincelle entre mes cuisses. Le seul fait d'être dans la même pièce que lui m'excitait tant que je reconsidérai la suggestion de Sam au sujet d'un mec.

—Et encore un qui mord la poussière, marmonna Jagger en nous laissant seuls dans l'entrée.

Josh ne broncha pas, attendant que je fasse le premier pas. Je ne pouvais pas lui jeter la pierre, car je n'arrêtais pas de souffler le chaud et le froid. Le gars ne savait jamais à quoi s'attendre avec moi.

Je réduisis la distance qui nous séparait, jusqu'à être si près de lui que j'étais obligée de pencher la tête en arrière pour le regarder dans les yeux. Si près que je sentais l'odeur rappelant légèrement le bois de santal qui émanait de lui. Je me tenais là, le détaillant tandis qu'il soutenait mon regard, incapable de dire ce que je devais dire. Comment pouvais-je expliquer ce que je ne comprenais pas ? Ces yeux bruns me perçaient avec une ardeur que je n'arrivais pas à déchiffrer mais dont je réclamais davantage.

Il tendit la main, et en enveloppa mon visage.

—December ?

Je me tus, car je me défiais de ma bouche. Après tout, les désirs de ma bouche allaient à l'encontre de ce que prônait ma tête. Mon cœur s'emballa et ma respiration devint saccadée. Je me laissai aller contre sa paume, en me tournant légèrement pour absorber encore plus de son odeur incroyable. Des gouttelettes étaient en suspension sur sa peau. Il sortait de la douche.

Putain. J'avais envie de lui. J'avais envie de lui sur moi, pesant de tout son poids contre mon corps, sur un lit, un canapé, un foutu plan de travail de cuisine. J'avais besoin de cet homme. De personne d'autre, seulement de Josh.

J'attaquai, amenant sa tête, ses lèvres contre les miennes. Il n'y eut aucun préambule, pas de douce prière cette fois-ci. Nous nous télescopâmes dans une furie de lèvres ouvertes, chacun étant prêt pour l'autre. J'aspirai sa langue dans ma bouche. Il grogna. Ses mains glissèrent le long de mon dos, effleurant mes fesses avant de les empoigner et de m'attirer contre lui. Il fit volte-face et me plaqua contre le mur.

Oui. C'était ça que je voulais.

Mes doigts agrippèrent ses cheveux mouillés, dans une quête désespérée de le sentir plus près de moi. Il avait la saveur de la glace à la fraise et mon cerveau m'envoyait des images torrides de moi en train de lui en verser sur le ventre et de le lécher. Je ne pus réprimer ni le gémissement qui s'échappa de ma bouche, ni le mouvement de mes hanches contre lui.

Ce pantalon en flanelle sexy ne cachait rien de cet homme.

Il libéra ma bouche pour parcourir mon cou de sa langue. Je lâchai sa tête et ouvris la fermeture Éclair de mon sweat-shirt. Il me souleva plus haut, les muscles saillant sur ses bras, ses tatouages dansant à chacun de ses mouvements, et posa la bouche sur ma clavicule. L'arrière de ma tête heurta le mur lorsque je renversai la nuque, faisant cliqueter quelques cadres sur le mur. Je l'observai mordiller ma peau puis l'apaiser avec des baisers délicats. Lorsqu'il releva le regard vers moi, ses yeux étaient si sombres que je distinguais à peine ses pupilles. Il avait envie de moi.

Au moins, nous étions sur la même longueur d'onde. J'encadrai son visage de mes mains, me délectant de la douceur de sa peau fraîchement rasée.

—Josh, murmurai-je.

Ses yeux s'écarquillèrent et je plongeai plus profondément en eux, si c'était possible. Il me fit descendre, frottant son corps contre le mien en une friction délicieuse qui me donna envie de baisser son pantalon avec mes pieds. Il conquit ma bouche, pulvérisant mes pensées.

L'embrasser était tellement addictif, bordel. Il changeait la cadence, accélérait, puis ralentissait, me maintenant dans l'expectative de son initiative suivante. Il me cédait le contrôle puis le reprenait. Avec Josh, toute pensée rationnelle avait quitté mon esprit ; seule me restait en tête la pensée que je voulais trouver le moyen le plus rapide de lui enlever ses vêtements. Je voulais voir où finissaient ces lignes sur ses abdos. Mes mains glissèrent le long de sa poitrine, puis de son ventre, jusqu'à ce qu'elles atteignent la taille de son pantalon. Je les immisçai sous l'élastique, j'avais besoin de les poser sur lui, de sentir cette peau douce sous la pulpe de mes doigts.

Il râla contre ma bouche, et c'était le son le plus sexy que j'aie entendu depuis qu'il avait émis le même à Breckenridge.

—December, haleta-t-il contre mes lèvres en appuyant son front contre le mien. Je meurs d'envie de te porter jusqu'à ma chambre, mais je ne crois pas que ce soit ce dont tu as envie.

Attends une minute. Ce dont *j'avais* envie ?

Oh bon Dieu. Je lui avais quasiment sauté dessus dans le vestibule. Après lui avoir dit à maintes reprises que je voulais calmer le jeu. C'était quoi, mon problème ?

Je me couvris le visage de mes mains.

—Qu'est-ce que je fabrique ?

Il écarta doucement mes mains.

—Qu'est-ce que *tu* fabriques ?

Ses yeux étaient passés du désir à la compassion. Je ne pouvais pas lutter contre ce Josh-là.

—J'étais venue te dire que j'étais désolée de t'avoir traité comme ça. Désolée de souffler le chaud et le froid, dis-je en riant. Mais à la place, je t'ai sauté dessus, et maintenant, je suis également désolée pour ça.

—Désolée de m'avoir sauté dessus ?

Son sourire envoya un autre frémissement dans mon ventre.

Je jouai franc jeu.

—Non, je ne suis pas désolée de t'avoir sauté dessus. Je suis désolée pour ce timing détestable.

Son sourire vacilla. Il passa le pouce sur mes lèvres.

—Je t'ai dit que j'étais là pour tout ce dont tu as besoin, Ember. Me sauter dessus, présenter des excuses, absolument tout.

Absolument tout. J'avais besoin de lui, mais j'avais trop peur des enjeux si je l'admettais, car avant tout, j'avais besoin de moi-même. Pourquoi avais-je constamment l'impression que la partie de moi dont j'avais besoin était enfouie à l'intérieur de Josh ?

—Je devrais retourner bosser.

Mon prétexte sonna faux à mes propres oreilles.

Il recula.

—Je devrais aller prendre une douche.

—Tu ne viens pas de… ?

Un éclair intense jaillit dans ses pupilles et je dus contrôler chacun de mes muscles pour m'empêcher de lui sauter dessus.

—Si, mais je crois que j'ai besoin d'en prendre une autre, à une température différente.

Josh Walker allait prendre une douche froide à cause de moi ? Peut-être pourrais-je m'incruster derrière lui et réchauffer l'eau…

—Oh, je suis désolée pour ça aussi.

Pas vraiment, en fait.

Un sourire retenu et sexy envahit son visage.

—Pas moi.

Il m'accula de nouveau contre le mur et s'inclina, penché juste au-dessus de ma bouche. Je ne céderais pas à nouveau ; je n'étais pas assez forte pour me dégager une seconde fois, et je n'étais pas prête pour une relation.

—Si tu présentes des excuses de cette façon, ne te gêne surtout pas pour me traiter comme de la merde à tout moment. Je serai ton paillasson attitré.

Il pressa mes lèvres en un baiser délicat.

—Je dois y aller, susurrai-je.

Je respirais par saccades. Je devais partir avant que… je reste.

Il ouvrit la porte pour moi et m'observa marcher jusqu'à mon appartement.

—Hé, December ?

Je ne voulais pas me retourner. Je ne voulais pas voir son corps exposé à demi nu, ni les courbes de ses tatouages que je mourais d'envie de suivre avec la langue.

—Ouais ?

—J'espère que tu dormiras mieux que moi.

Le changement de sujet me désarçonna.

—Tu ne dors pas bien ?

Il secoua lentement la tête.

—Savoir que ma chambre est contre la tienne, qu'un seul mur nous sépare, que derrière, tu es là, étendue dans ton lit, rend la chose presque impossible.

Chacun de mes muscles se relâcha et des fourmillements d'énergie m'assaillirent. Une femme pouvait-elle avoir un orgasme provoqué par de seuls mots ? Un silence lourd circula entre nous.

—Bonne nuit.

Ce fut mon tour de le fixer jusqu'à ce qu'il ferme la porte derrière lui. Je trébuchai dans notre appartement, fermant derrière moi, puis m'affalai par terre. Sam déboula dans la pièce, le brushing impeccable, à moitié maquillée.

—Alors, tu t'es excusée ?

J'aurais pu nier ce qui venait de se produire, mais si je devais choisir une amie à qui me confier, Sam constituait la candidate idéale. Elle ne m'avait jamais trahie, pas une seule fois, au cours de nos cinq années d'amitié.

—Par s'excuser, tu veux dire engloutir sa langue dans sa bouche et se demander s'il vaut mieux lui arracher son pantalon avec les mains ou les dents ?

—Nan-an !

Elle me releva et m'étreignit.

—Oh, cocotte, tu vas cracher le morceau.

Elle me traîna jusqu'à son lit et retourna à sa coiffeuse en observant mon reflet dans le miroir tout en se maquillant d'une main experte.

—Franchement, je ne sais même pas quoi dire.

Elle se tourna dans son siège.

—Si tu commençais par me raconter comment tu as finalement eu le mec sur lequel tu as bavé toute ton année de seconde ?

L'année de seconde. Je n'avais pas seulement bavé sur lui, j'avais fantasmé sur lui, accolé son nom de famille au mien à la fin de mon cahier d'anglais. Il faisait baver toutes les ados, mais ce n'était pas son ventre sculpté en tablette de chocolat par la muscu qui m'attirait chez lui. Non, c'était son sourire de rien-à-foutre-de-rien qui m'avait séduite, cette façon qu'il avait de se ficher visiblement des diktats de la norme.

—Allô allô Ember, ici la Terre !

—Hmmm ?

—On s'est perdue dans des contrées joshuesques ?

—Je pense juste à tout ce qui a changé. Il y a cinq ans, je n'aurais même pas eu le culot d'adresser la parole à Josh.

Oh non, socialement parlant, nous n'étions pas sur la même planète. Il était le Soleil, et moi, disons Pluton, un truc de ce genre, et en réalité, malgré mes efforts, je n'étais même pas un objet céleste.

—Tu te souviens quand je t'ai lancé le défi de l'inviter pour la soirée de Sadie Hawkins[1] ? demanda-t-elle en s'appliquant du mascara comme une maquilleuse professionnelle.

Le souvenir resurgit et j'éclatai de rire.

1. La soirée Sadie Hawkins est une tradition dans les collèges, les lycées et les universités nord-américains, à laquelle ce sont les filles qui invitent les garçons. *[N.d.l.T.]*

—Dieu merci, j'avais eu vent que Vickie Brasier l'avait déjà fait ! Tu imagines, sinon, le moment horriblement embarrassant ?

—Eh bien maintenant, tu sors avec lui.

Je fis la grimace.

—Je ne sors pas tout à fait avec lui. Je dirais plutôt… à moitié ?

Elle agita un index vers moi.

—Quoi, tu laisses partir ce mec sans en croquer un morceau ?

—Il m'a plus ou moins dit non.

Percevait-elle la terrible humiliation dans le placement aigu de ma voix ? Moi oui, en tout cas.

—Hum, grommela-t-elle.

—Ce qui veut dire, exactement ?

Elle se concentra à nouveau sur son mascara.

—C'est juste qu'il a ici le même genre de réputation qu'au lycée. Les filles lui courent après, et il les laisse l'« attraper », si tu veux. En fait, pour toi, ce serait vraiment le mec idéal pour une relation pansement. Apparemment, il n'a pas l'air de retourner paître plusieurs fois dans le même pâturage. Hmmm.

—Sam, crache le morceau !

Ses yeux se rivèrent sur les miens dans le miroir.

—Je sais pas, mais il n'est pas franchement connu pour dire non à des filles sexy.

—Super, je me sens vachement mieux.

—Tu n'as qu'à lui en parler demain, au hockey. Il a toujours assumé sa réputation.

—Mais ouais, ça semble logique comme tout. « Hé, Josh, pourquoi t'as pas couché avec moi quand je me suis jetée à tes pieds ? » C'est vraiment un truc que tu demanderais ? dis-je en remontant ma fermeture Éclair sur mon cou, me sentant soudain légèrement nulle.

—Tu t'es jetée à ses pieds ?

—La nuit où j'ai surpris Riley avec Kayla.

Nous n'avions pas vraiment abordé le sujet Riley/ Kayla. Elle savait pourquoi je l'avais quitté, avait exprimé le dégoût que lui inspirait le comportement de Kayla, mais s'était abstenue de me balancer le : « Je te l'avais bien dit. »

—Que t'a-t-il dit, exactement ?

Je repliai les genoux sur ma poitrine.

—Qu'il ne voulait pas coucher avec moi jusqu'à ce qu'il s'agisse de « nous », et non pas simplement des dégâts causés sur moi.

Son tube de mascara tomba sur la coiffeuse, et sa bouche s'ouvrit toute seule.

—Bordel, Ember. Josh Walker t'a vraiment dans la peau.

J'avais trop peur pour sourire.

—Pas autant que moi, je l'ai dans la peau.

11

Toute la caféine du monde ne suffisait pas à justifier que Gus soit sur ses patins à 7 heures du matin. Il avait fallu compter environ une demi-heure pour qu'il enfile son équipement dans les vestiaires, un quart d'heure pour le conduire à la patinoire, dix bonnes minutes pour voir dans quel état était maman, vérification que je promis de compléter à notre retour d'entraînement, précédés d'une demi-heure de trajet de mon appartement à la maison pour récupérer Gus. Cela signifiait que je m'étais levée à 5 heures du matin un samedi et que j'avais loupé mon jogging matinal. Le changement de planning avait le don de me hérisser le poil, mais Gus le valait bien.

Un arrêt de sept minutes montre en main au Starbucks l'avait rendu possible. Pas de caféine, pas de réveil. Mon corps fonctionnait ainsi.

J'achevai de lacer ses patins, embrassai ses boucles et l'envoyai sur la glace avec une petite tape amicale dans le dos.

—*Arrête ces types, caïd* !

—Ah ! J'l'avais jamais entendue, celle-là, répliqua-t-il.

Encore deux semaines de saison, puis ce serait les séries éliminatoires. Je pouvais tenir jusque-là. De plus, si maman était déjà réveillée, elle n'était pas vraiment là. Sourire forcé, rire forcé, mais pancakes authentiques. Décalage d'un jour par rapport au dimanche, mais elle s'était donné cette peine et j'avais apprécié. Je n'osais pas espérer qu'elle se sentait vraiment mieux, mais peut-être que si je la portais un tout petit peu plus, elle nous reviendrait pour de bon.

Mon *mocha* me réchauffait les mains tandis que mon dos frissonnait au contact du métal gelé des gradins. Je hochai la tête en direction des deux blondes que j'avais déjà vues ici la semaine précédente, et m'efforçai de retenir mes yeux dans leurs orbites à la vue des tenues de Blanc Bonnet et Bonnet Blanc. Il était fichtrement tôt pour porter de tels décolletés à un match de hockey de mômes. J'espérais vaguement que les jumelles BB allaient se geler les nibards au sens propre. J'étouffai mes vilaines pensées et inspectai les coachs du regard, mais Josh n'était pas là, pas encore. Cela ne lui ressemblait pas d'être en retard au hockey.

Je sortis mes livres scolaires de mon sac et me replongeai dans mes textes soporifiques sur l'éducation infantile. Si j'arrivais à torcher ça ce matin, je pourrais me vautrer tout le week-end dans mes lectures d'histoire.

Toutes les deux ou trois pages, je relevais la tête, me disant que c'était pour suivre Gus. Mais c'était en fait pour suivre Josh. J'aurais peut-être dû m'excuser pour ce qui s'était passé la nuit précédente, mais étant donné la tournure prise par mes excuses… Si j'essayais de dire que j'étais désolée à l'heure actuelle, j'allais probablement m'enrouler autour de sa jambe comme une chienne en chaleur.

—Eh bien, visiblement, pas de bons points Walker aujourd'hui, murmura l'une des jumelles BB derrière moi.

Je braquai les yeux sur Gus, refusant de me retourner et de décrocher ostensiblement un regard aux groupies derrière moi. Toutefois, cela ne m'empêchait pas de les écouter.

—Je sais, soupira Bonnet Blanc. C'est une putain de perte de temps, de se lever aux aurores si on peut pas aller petit-déjeuner avec lui après.

—J'imagine qu'on pourrait emmener Jagger, marmonna Blanc Bonnet.

Je n'avais jamais remarqué auparavant que Jagger entraînait les gamins avec Josh.

—T'as déjà couché avec Jagger.

—Juste parce que Josh n'était pas motivé.

Je m'étranglai en postillonnant et recrachai presque mon café par le nez.

—Ouais, il est en pause depuis quelques semaines, tu sais. Il dit non à *tout le monde*, fit Bonnet Blanc d'un air contrarié. Et désolée, mais Jagger a beau être canon, c'est tout de même pas Josh.

Il disait non à tout le monde. Je réprimai un sourire et m'exhortai à cesser d'épier leur conversation et à me concentrer de nouveau sur mon travail quand Gus n'était pas en train de jouer. À la fin du match, il avait marqué un but et gagné une aide[1]. À chaque fois, il levait sa crosse vers les gradins dans ma direction comme un grand garçon. J'étais fière de lui.

Papa aussi aurait été fier de lui.

Le lancinement familier se manifesta dans ma poitrine. La douleur ne s'estompait pas ; elle était toujours aiguë par moments, plus évanescente à d'autres, mais elle s'enfonçait dans mon cœur, et laissait aussi la place pour

1. Au hockey sur glace, lorsqu'une équipe marque un but, une aide est attribuée aux deux joueurs précédents qui ont touché (ou dévié) le palet vers le buteur. *[N.d.l.T.]*

d'autres choses. J'avais de la place pour sourire à Gus quand il marquait un but, et pour puiser de la joie dans ce sourire.

Je lui soufflai un baiser après que les joueurs de son équipe se furent étreints en une mêlée de noir et d'or. Il en avait besoin. Bon sang, *j'en* avais besoin.

Gus me fit un signe de la main mais Jagger feignit de recevoir le baiser et m'en envoya un en retour. Je ne pus m'empêcher de m'esclaffer.

Cela ne passa pas inaperçu auprès des jumelles BB.

—Hé toi, la rousse ! cria Bonnet Blanc d'en haut.

Je rassemblai le peu de sang-froid qui me restait et me retournai.

—Oui ?

—C'est à toi que Jagger Bateman a envoyé un baiser ? s'enquit-elle, les yeux plissés, avec un ricanement insultant sur les lèvres.

Génial.

Je pris une profonde inspiration.

—Je suis sa voisine de palier. Il faisait l'idiot. Je suis désolée, c'est ton copain ?

Je ne connaissais que trop bien la fichue réponse à cette question.

Avait-elle rougi ?

—Non, je le connais…, répondit-elle avant de continuer d'une voix basse et pleine de sous-entendus. Genre très bien.

L'autre fille fronça les sourcils.

—Ouais, et moi je suis très proche de Josh, son coloc.

Quelle. Putain. De. Salope.

—Ah d'accord. Pour moi, c'est juste mon voisin et le coach de hockey de mon petit frère. C'est quel môme, votre frère ?

Maintenant, elles étaient toutes les deux rouges comme des tomates.

—On vient juste pour encourager l'équipe.

—Ouais, dis-je en baissant les yeux vers leur décolleté plongeant et en levant les sourcils. Ces bouts de chou ont bien besoin d'un maximum d'encouragements à 7 heures du matin.

Les gamins se ruèrent vers les vestiaires et Jagger me fit signe.

—À plus, les filles. N'attrapez pas froid !

Je saisis mon sac et mon gobelet vide et bondis des gradins. Je n'avais qu'une hâte : leur fausser compagnie.

—Alors, quoi de neuf ? demandai-je à Jagger tandis qu'il attendait devant les portes des vestiaires. Comment s'en tire Gus ?

Il me décocha un sourire irrésistible mais cela ne me donna pas envie de lui arracher ses vêtements et ne me fit pas battre le cœur comme le sourire de Josh. Cela me rassurait de constater que ma lubricité était capable de discernement.

—Très bien, il a été une vraie star sur la glace aujourd'hui. Je voulais juste te dire qu'il a perdu un bouton-pression quand il a enlevé son casque, donc au cas où il oublierait de t'en parler, ça doit être réparé avant l'entraînement de lundi.

—Super. Merci, Jagger.

C'était peut-être un plaisantin et un dragueur, mais j'appréciais qu'il soit sérieux au sujet des gosses.

—Pas de problème, répondit-il en s'appuyant contre le mur pour enlever ses protections. Je sais que tu es vraiment ici pour Gus, mais aussi pour Josh, pas vrai ?

À quoi bon mentir au coloc de Josh ? Je hochai légèrement la tête.

—Je sais, c'est pathétique.

—Il se comporte différemment avec toi, admit-il en me scrutant d'un regard perçant.

—Il se comporte différemment avec chaque fille ! pépia Blanc Bonnet en surgissant. Salut toi, Jagger.

Jagger sourit aux filles.

—Heather, Sophie, cool d'être venues.

Pétard, maintenant, je connaissais leurs prénoms. Je préférais ceux que j'avais inventés.

Attends une minute. *Heather ?* N'était-ce pas elle qui avait envoyé un texto à Josh ?

—Alors, où est Josh ? demanda Heather, *alias* Bonnet Blanc.

—Ouais, est-ce qu'il a encore disparu ? renchérit Blanc Bonnet, à savoir Sophie.

—Il est pris ce week-end, répondit Jagger en me décochant un regard que je ne pus déchiffrer. Bon, Ember, je suis sûr qu'on va se recroiser. Gus devrait sortir d'ici une minute. N'oublie pas pour le casque, O.K ?

J'acquiesçai, en maintenant ma respiration calme et en tournant le dos aux filles qui avaient visiblement jeté leur dévolu sur mes voisins de palier.

—Tu es au courant que Josh disparaît régulièrement, à peu près une fois par mois, n'est-ce pas ? me demanda Heather en s'incrustant dans mon champ de vision. Quoique tu n'aies sans doute pas besoin de connaître l'emploi du temps de ton… voisin.

Elle me détailla de haut en bas et esquissa un sourire moqueur comme si mon jean et ma polaire à fermeture Éclair Tigers n'étaient pas assez bien pour elle.

Sophie ajouta :

— Toutes les quelques semaines, il a juste besoin de… se défouler.

—Ouais, genre avec une nouvelle fille, marmonna Heather dans sa barbe, mais je l'avais entendue.

Elle l'avait fait exprès.

Je fus infiniment soulagée d'apercevoir les boucles couvertes de sueur de Gus lorsqu'il sortit des vestiaires.

—Ember ! T'as vu le but d'enfer ?

Je pris sa crosse mais il insistait toujours pour porter son équipement tout seul.

—Ouais, t'es une vraie star !

—Mesdames, dit Gus en hochant la tête.

Il passait trop de temps avec Josh.

—On se voit lors d'une prochaine session de groupies ? dis-je avec un sourire cordial.

Elles me fusillèrent du regard et nous les laissâmes là.

—Je trouve que cette victoire mérite bien des donuts ! lançai-je.

—Tope là !

Quarante-cinq minutes plus tard, armés d'un *mochachino* et d'une douzaine de donuts, nous arrivions à la maison. Je jonglai avec les cafés tandis que Gus se chargeait des donuts, et étonnamment, nous ne renversâmes rien en franchissant le seuil. Maman et Granny étaient attablées dans la salle à manger. En nous voyant arriver, maman nous décocha un sourire forcé.

Gus glissa les donuts sur la table et ne prit pas la peine d'aller chercher une serviette ou de se laver les mains avant d'en enfourner un au chocolat. Il avait toujours une faim de loup après les matchs.

—Comment s'est passé le match ? s'enquit maman, en le regardant faire avec stupéfaction.

—Super, ils ont gagné, trois à un, et Gus a marqué un but et une aide.

Je distribuai les cafés, et laissai celui d'April sur le plateau. Elle ne se lèverait sans doute pas avant des heures, mais au moins elle ne pourrait pas dire que je l'avais oubliée dans ma tournée de cafés.

—Bien joué ! le félicita Granny.

Gus s'essuya le visage avec le revers de la main.

—Merci, Granny ! Maman, tu penses que tu pourras venir le week-end prochain ? C'est le week-end des parents, et notre dernier match avant les séries éliminatoires.

Le sourire de maman flancha et je faillis intervenir pour elle.

—On verra comment se passe la semaine, d'accord ?

Personne ne mentionna qu'elle n'avait pas quitté la maison depuis l'enterrement.

—Cool !

Il tendit la main vers le carton des donuts mais maman referma le couvercle d'un coup sec.

—Pas avant que tu prennes une douche pour te défaire de cette méchante odeur de transpiration, et que tu aies mis tes vêtements sales dans le panier à linge, jeune homme.

—Oui, madame, grommela-t-il avant de se ruer vers la buanderie par l'escalier du fond.

Elle lui avait donné un ordre. Elle s'occupait de lui. Elle avait remarqué quelque chose d'extérieur à elle-même pour de bon, sans faire semblant. Je ne pus réprimer le sourire qui s'élargit sur mon visage en me glissant sur ma chaise. Auprès de Granny et maman, ma pesanteur s'éloignait, comme si mon âme était soulagée d'une partie du poids que je portais.

Le téléphone fixe sonna et me surprit en pleine bouchée d'un donut à la crème vanille-chocolat.

—Allo ? fis-je en l'avalant, espérant que mon interlocuteur n'entendrait pas que j'avais la bouche pleine.

—December ? C'est le capitaine Wilson.

Je savais que c'était un appel de routine, qu'il voulait juste vérifier si tout allait bien chez nous, mais mon estomac se noua. Je ne me souvenais pas d'un seul événement agréable associé à cet homme.

—Quelles sont les nouvelles, capitaine Wilson ?

La tête de maman se détourna vivement et elle darda sur moi un regard ardent et concentré.

—Des choses sont arrivées pour vous. Ça vous conviendrait si on vous les apportait dans une quinzaine de minutes ?

—Ouais, pas de problème. À tout à l'heure.

Je raccrochai et regardai maman.

—Le capitaine Wilson sera là dans un quart d'heure environ. Il a quelques trucs à nous donner.

La panique s'installa dans ma poitrine. Je déglutis péniblement. De quels trucs s'agissait-il, visiblement si importants qu'ils ne pouvaient pas attendre lundi ? Des papiers ? Encore des formalités d'assurance ?

—C'est bien aimable à lui de sacrifier son samedi matin pour nous, commenta Granny à la place de maman, qui en était visiblement incapable.

Je ne voulais pas savoir.

Je me dégageai de la table et montai l'escalier pour aller réveiller April. J'ouvris la porte à toute volée et fus assaillie par l'odeur d'alcool et de vomi.

—Bordel de merde !

Je me couvris les narines avec la manche de ma polaire et secouai le corps encore tout habillé de ma sœur.

—April, réveille-toi.

Elle grommela quelque chose d'incohérent et se replongea plus profondément dans son cocon de couvertures. Je refis une tentative, lui touchant doucement les épaules.

Alors, elle respira dans ma direction et je faillis regretter de l'avoir déplacée.

La mort. D'elle émanait une puanteur de mort roulée dans un tas de merde et une bouteille de tequila Cuervo. J'attrapai toutes les couches qui la recouvraient et tirai dessus d'un coup sec, ce qui la fit réagir en s'étouffant.

—Ember ! Qu'est-ce que tu fous, putain ?

—Lève ton cul et va prendre une douche ! Le capitaine Wilson est en route et maman va avoir besoin de nous.

Je balançai ses draps dans le panier à linge sale. Ils dégageaient une odeur louche de gerbe.

—Rends-moi mes couvertures et fous-moi la paix. Je ne me sens pas bien, dit-elle en s'enfouissant sous ses oreillers.

Je sortis calmement et traversai le couloir jusqu'à la salle de bains, servis un grand verre d'eau et saisis deux Doliprane dans l'armoire à pharmacie. Je m'accroupis au chevet de son lit et lui frottai le front.

—Je sais que tu ne te sens pas bien, ma puce. Prends ça.

Espèce d'idiote, de triple idiote.

Elle s'assit et me fit un signe de tête vaseux en avalant les Doliprane puis se jeta à nouveau sur le matelas dans un bruit sourd.

—Merci. Maintenant, va-t'en.

Je me relevai lentement et l'observai. Elle était pâle, moite, poisseuse, et elle avait la gueule de bois. Granny aurait adoré s'occuper de son cas, mais je ne pouvais pas leur faire ça, ni à l'une, ni à l'autre. Je soulevai le verre d'eau très haut et le déversai sur son visage.

Elle se redressa en crachant, criant :

— Espèce de garce !

Je secouai le verre et le reposai sur sa table de chevet.

—Ouais. Et maintenant, tu vas sortir ton cul de ce lit.

J'ouvris les volets et laissai la fenêtre ouverte, pour que l'air glacial du Colorado vienne aérer la chambre nauséabonde.

—Ah, tu veux boire comme une grande fille ? Alors assumes-en les conséquences comme une grande fille. Et maintenant, file sous la douche, et surtout, pour l'amour de Dieu, lave-toi les dents !

J'attendis qu'elle sorte de sa chambre et pénètre dans la salle de bains, me décochant au passage un doigt d'honneur avant de refermer la porte derrière elle. Tant pis pour elle. Elle pouvait bien être furieuse ; je m'en fichais complètement.

Gus était déjà dans la salle à manger et s'attaquait à son troisième donut lorsque je descendis l'escalier. Il venait de prendre sa douche et il était tout barbouillé de chocolat.

—Emb… ? appela-t-il, la bouche pleine.

—Ouais ?

Il avala.

—Je pourrais avoir le tien à la fraise ?

Je jetai un coup d'œil sur le donut que j'avais acheté parce qu'il me rappelait le goût de Josh la nuit précédente.

—Fais-toi plaisir, mon petit gars. Pourrais-tu aller regarder un film dans ta chambre ? Ça risque de ne pas être très rigolo ici.

Il opina du chef, déjà absorbé dans la dégustation de son donut à la fraise, et se dirigea vers le premier étage. De nouveau attablées toutes les trois dans la salle à manger, nous n'entendions pas le moindre bruit sauf le martèlement du balancier de l'horloge du grand-père.

Cela m'évoquait vaguement les cliquetis d'un train de montagnes russes gravissant la première montée. Le problème étant que j'ignorais ce qui suivrait, de quelle hauteur et à quelle rapidité se produirait la chute jusqu'en bas. Jusqu'où tomberait mon cœur dans ma poitrine, une fois de plus.

Mais il y avait une sorte de beauté à ignorer ce qui m'attendait, à être incapable de se préparer pour l'impact.

La sonnerie de la porte d'entrée retentit et je sursautai, bien que je sois au courant de sa venue. Nous nous levâmes toutes trois et cette fois-ci, maman ouvrit la porte.

—Entrez, capitaine Wilson.

—Content de vous voir, madame, répondit-il en ôtant son couvre-chef tandis qu'il pénétrait dans la maison. Où devons-nous déposer cela ?

Elle désigna le séjour. Deux soldats s'avancèrent en portant une énorme cantine noire. Puis un autre duo de soldats fit de même. Ils posèrent les malles noires devant le canapé, de chaque côté de la table basse. C'était quoi, putain ?

Les hommes reculèrent, se déplaçant avec maladresse lorsque je m'approchai des cantines. Sur le dessus, une inscription blanche contrastait avec le métal noir. « Howard. 5928. »

C'était les affaires que mon père avait emportées en Afghanistan.

12

Non. Non. Non. Combien pouvions-nous encore encaisser ?

Granny fit asseoir maman sur le canapé. Elle s'était de nouveau absentée, retirée dans son esprit, et m'avait laissé le soin de tenir pour elle. J'avalai la pilule amère et m'avançai.

—Tout cela appartient à mon père, n'est-ce pas ?

La capitaine Wilson hocha la tête.

—C'est arrivé tard dans la nuit mais je ne voulais pas vous faire attendre plus longtemps. Souhaitez-vous que nous fassions l'inventaire ensemble ?

—Je vais juste signer.

—December, il serait préférable de vérifier que tout y est, m'exhorta-t-il.

Je lui arrachai le porte-documents.

—Sauf si papa se tient là-dedans, peu importe ce qui se trouve dans ces malles.

Je gribouillai furieusement mon nom sur un énième formulaire gouvernemental qui me balançait la mort de papa en pleine figure. Je signai, datai. Tournai une autre page. Signai. Datai. Tournai une autre page. Signai. Datai. J'aurais tout aussi bien pu signer la mise en adoption d'April, pour autant que je sache. Je ne prenais plus la peine de lire la moindre paperasse.

—Vous préférez qu'on les ouvre ou qu'on vous laisse la combinaison des cadenas ?

Maman n'était pas en état de répondre.

Granny leva les sourcils vers moi d'un air interrogateur. C'était toujours à moi de décider, bordel.

Je passai les mains dans mes cheveux et pris une profonde inspiration, recouvrant mon sang-froid.

—Ouvrez-les maintenant, s'il vous plaît. Qu'on en finisse.

Deux soldats s'avancèrent, en veillant à ne pas bousculer maman et Granny, et déverrouillèrent les cadenas avec des bruits secs quasi simultanés. Sans autre préambule, les gonds couinèrent tandis qu'ils déchiraient les croûtes que nous avions eu tant de mal à tisser et creusaient de nouvelles strates de deuil.

—Y a-t-il autre chose ? demandai-je au capitaine, incapable de supporter le regard absent sur le visage de maman une minute supplémentaire.

—Non, madame. Il y a ici toutes ses affaires personnelles renvoyées par son unité.

Toutes ses affaires, cela incluait son journal !

—Son ordinateur portable est donc là, n'est-ce pas ?

—Oui, madame. Nous avons dû attendre qu'il soit nettoyé, et c'est pour cela que ça a pris tant de temps.

Il baissa les yeux et je compris.

—Nettoyé son ordinateur ? répétai-je. Vous voulez dire que vous avez vérifié d'éventuels virus, ou des données classées, c'est ça ?

Il fit la grimace et inspira.

—Non, madame. Le règlement spécifie que nous devons effacer le disque dur avant de le rendre à la famille.

Il se foutait sûrement de ma gueule.

—Vous avez effacé son disque dur ?

—Oui madame, répondit-il.

Il avait du mal à soutenir mon regard.

—Ses photos ? Son journal ? Tout ce que nous avions de lui ? Vous avez tout supprimé comme si vous sortiez les poubelles de la veille ?

Mes ongles s'enfoncèrent dans mes paumes, avec un besoin désespéré de faire couler du sang, n'importe lequel. Même le mien.

—Je vous en prie, il faut comprendre que…

—Non ! C'est du vol ! Vous avez pris quelque chose que vous n'aviez pas le droit de prendre, criai-je en secouant la tête pour m'efforcer de chasser ce cauchemar. Nous avons fait tout ce que vous nous avez demandé ! Tout ! Pourquoi nous infliger ça ?

—C'est le règlement.

—Je l'emmerde, votre règlement ! Vous avez effacé ce qui restait de lui ! Ses pensées ! Ce n'est pas juste, et vous le savez !

Le faible gémissement de maman me déchira les entrailles, et libéra un son identique qui était coincé en moi. Son désespoir se faisait l'écho du mien et j'intimai au capitaine Wilson de partir en lui tournant le dos.

Maman s'agenouilla devant l'une des cantines, l'un des tee-shirts militaires de papa pressé contre le visage, absorbant mon père sur l'inspiration, et, sur l'expiration, criant et prononçant son nom. Je m'étranglai, puis retrouvai ma voix.

—Partez.

Je n'eus pas besoin de le répéter.

Les soldats sortirent à l'air libre et nous laissèrent emprisonnées dans notre chagrin.

— Que se passe-t-il ?

April descendait péniblement l'escalier et je n'avais plus l'énergie de la réprimander pour sa gueule de bois.

— Ce sont les affaires de papa, répondis-je en agrippant maman sous les bras pour la relever avant de la placer sur le canapé.

Granny la berça comme un bébé tandis que maman gardait le tee-shirt plaqué sur le nez, le trempant de ses larmes et de ses sanglots insoutenables. Elle n'avait pas pleuré ainsi auparavant, en tout cas je ne l'avais pas entendue. Elle avait été trop anesthésiée, trop sonnée par le choc, un mois plus tôt, pour ressentir le deuil de cette façon. J'aurais presque voulu la replonger dans son état catatonique et lui épargner tout ça.

Je saisis un autre tee-shirt et l'appliquai contre mes narines. Il avait son odeur, évoquant des jours de pluie à lire sur le canapé. Il avait l'odeur des câlins et des genoux égratignés et du réconfort après un premier chagrin d'amour. Il avait tellement son odeur que papa aurait pu le porter à cet instant. Mais c'était impossible. Il était enterré à une vingtaine de minutes d'ici et ne porterait plus jamais ce tee-shirt.

Je ne serais plus jamais dans ses bras, je n'entendrais plus jamais son rire, ni ne ferais de mots croisés le dimanche avec lui.

Tout ce qui me restait était ce foutu tee-shirt et je comprenais les gémissements de maman. Ils étaient l'écho des cris qui bouillonnaient dans mon cœur mais que je n'osais pas laisser échapper. À la place, je repris une profonde inspiration de l'odeur de papa et me demandai s'ils avaient été assez attentionnés pour ne pas laver ses effets.

—Qu'est-ce qu'on fait ? fit la voix tremblante d'April à côté de moi.

J'avais vu maman le faire pour chaque mission, et nous allions procéder de même.

—Va chercher les sacs de congélation. Les grands.

Elle revint quelques instants plus tard avec les sacs de quatre litres. Sous peu, ces tee-shirts n'auraient plus son odeur et nous aurions vraiment perdu les dernières parties de lui.

—Commence à renifler les tee-shirts. Si ça sent comme papa, mets-les dans un sac.

—Pourquoi ?

Je ravalai mes larmes.

—Quand tu avais deux ans et que papa est parti en mission, tu avais des terreurs nocturnes. Personne ne savait pourquoi, mais maman n'arrivait pas à les calmer, répondis-je, riant presque à l'évocation de ce souvenir. Bon Dieu, ils m'ont tellement ressassé cette histoire. Bref, maman ne lavait jamais la housse d'oreiller de papa et elle l'enfilait sur ton oreiller. Ainsi, il avait son odeur et tu arrivais à dormir. Un fois que l'odeur s'était éventée, elle sortait l'un de ses tee-shirts qu'elle avait placés dans des sacs de congélation et en couvrait ton oreiller.

Des larmes silencieuses coulèrent sur le visage de ma sœur.

—D'accord.

Je pressai sa main. Les mots étaient impuissants.

Tandis que Granny laissait maman pleurer sans retenue, April et moi triions les vêtements qui dégageaient son odeur de ceux qui avaient été indubitablement lavés, désinfectés ou jamais portés. Après avoir écumé la deuxième cantine, nous avions sept tee-shirts avec l'odeur de papa.

Je rassemblai les sacs et les montai à l'étage, dans le dressing de maman. Le tiroir du bas de son armoire haute était vide. C'était là qu'il rangeait ses chemises. Je les y glissai et le refermai.

Je me redressai et inspectai le haut de l'armoire où il gardait ses trésors, comme il les appelait, de petits objets qu'on avait fabriqués pour lui au fil des ans, avec du riz et des macaronis et des boîtes d'œufs. L'empreinte de ma main dans du plâtre pour sa première fête des Pères jouxtait le cadre d'une photo de nous trois, offert pour sa dernière fête des Pères.

Mes genoux s'affaissèrent et je m'écroulai par terre. Je m'accordai dix minutes et pleurai tout mon soûl, laissant les sanglots m'ébranler et m'anéantir, cédant au désespoir absolu de l'avoir perdu. C'était fini, n'est-ce pas ? Le dernier grand moment de souffrance.

Comment en étions-nous arrivés là ? On s'en sortait si bien, on guérissait, on avançait, et maintenant, c'était le retour à la case départ, avec la sensation que l'armée venait de pénétrer chez nous aujourd'hui et nous avertir de sa mort. Pourquoi n'y avait-il pas de chemin clairement tracé pour sortir de cette galère ? Pourquoi tout devait-il être ainsi, confus et indéfini ?

Cela cesserait-il avant de me briser en mille morceaux ?

Je voulais quelqu'un pour me tenir, pour me dire qu'on allait s'en sortir, pour m'assurer que ma vie n'avait pas pris fin avec celle de papa. Je voulais une consolation, et du réconfort, et ne plus y penser pendant quelque temps. N'existait-il personne qui soit capable de m'aider à porter le poids de ce foyer ?

Mais par-dessus tout, je voulais les bras de Josh autour de moi, et cela m'effrayait plus que n'importe quel autre désir. Mais le désir de Josh avait beau être redoutable, il ne me mènerait jamais là où j'en étais actuellement. Lui ne serait jamais soldat, jamais enveloppé dans un drapeau américain.

—Ember ?

La voix de Gus s'éleva dans la chambre, m'arrachant à mon orgie d'auto-apitoiement.

J'essuyai les larmes de mes yeux, heureuse d'avoir commencé à porter du mascara waterproof depuis la mort de papa, et m'extirpai du dressing.

—Salut, frérot.

—Maman pleure encore.

—On a reçu les affaires de papa, et c'est difficile pour elle.

Il hocha lentement la tête. Il tendit la main. Je la pris et descendis l'escalier avec lui. Les affaires de papa étaient soigneusement empilées sur les meubles, dans l'attente que maman nous dise ce que nous devions en faire.

Je trouvai sa casquette de patrouille sur la table basse et débattis intérieurement avant de la placer sur la tête de Gus. Cela ne signifiait pas qu'il deviendrait soldat, et j'en étais bien consciente, mais ça me faisait mal de voir le motif camouflage sur son adorable visage.

Le diamant de l'alliance à l'annulaire de Granny, étincelant dans un rayon du soleil, attira mon attention. Elle avait perdu son mari et son fils. Les larmes perlaient dans ses yeux, mais elle ne les laissait pas couler, berçant maman d'avant en arrière comme si elle s'efforçait d'absorber un peu de sa souffrance. Je n'arrivais pas à concevoir que Granny puisse encore avoir de la place pour davantage de poids, avec tout ce qu'elle portait déjà.

Je m'assis à côté de ma mère, qui était secouée par une crise de hoquets, maintenant qu'avaient cessé les gémissements.

—Maman, tu veux qu'on trie tout ça ou qu'on le remette dans les cantines ? On n'est pas obligés de le faire immédiatement.

Ses yeux dérivèrent autour de la pièce jusqu'à ce qu'ils atterrissent sur les cantines. Puis, pour la première fois, elle prit une décision liée à papa.

—Remettez les trucs de l'armée dans les cantines, laissez les affaires personnelles dehors. Un pas après l'autre, pas vrai ?

Je me forçai à sourire.

—D'accord.

Nous replaçâmes les uniformes et blouses dans les malles mais gardâmes les photos qu'ils avaient emportées, son kit de rasage, et un tas d'autres bricoles. L'ordinateur serait parfait comme bloc-porte. Je récupérai l'exemplaire de son livre favori, *Le Prophète* de Khalil Gibran. Il le connaissait quasiment par cœur, et la couverture, à certains endroits, portait la trace de ses mains. Je le feuilletai, souriant quand je retrouvais mes passages favoris, et sentant un élancement quand je tombais sur les siens.

Des papiers s'échappèrent des pages et glissèrent par terre avant que je puisse les rattraper.

Je refermai le livre et les ramassai. C'étaient des enveloppes scellées portant nos noms : June. April. Maman. August. December.

—Maman ? l'appelai-je en lui montrant les lettres.

Elle prit une goulée d'air et tendit ses mains tremblantes. Je distribuai les lettres à chacun d'entre nous. Il avait réussi, d'aussi loin qu'il était, à nous envoyer un peu de lui-même. J'entendis le déchirement et le bruissement du papier tandis que tout le monde farfouillait dans les enveloppes.

Tout le monde sauf moi.

Si je décachetais la mienne maintenant, ce serait fini, je n'entendrais plus jamais la voix de papa. Impossible d'accepter cela.

Je la calai dans la poche arrière de mon jean et m'avançai vers Gus pour l'aider.

—Je me débrouille tout seul, répliqua-t-il en emportant sa lettre dans sa chambre à l'étage.

Chacun s'était retiré, vivant un moment d'intimité avec papa.

Je terminai de replacer son attirail militaire et portai le reste dans la chambre de maman. Elle n'était peut-être pas en état maintenant, mais à un moment donné, elle voudrait savoir où avaient été rangées ses affaires. Elle avait surmonté ça auparavant, et je savais qu'elle en serait capable à l'avenir. Jusqu'à cet instant, je veillerais sur elle comme papa l'aurait voulu.

*

J'appelai Sam et passai la nuit dans la maison familiale, recroquevillée dans mon lit. Le soleil se leva ; la neige apparut, recouvrant tout d'un épais duvet blanc moelleux de démence.

Je descendis l'escalier et humai l'odeur de saucisses grillant dans la poêle, accompagnée de la voix de maman, qui chantait. Maman. Chantait. Je passai la tête au coin du mur, en mode ninja, me demandant si elle avait été enlevée et remplacée pendant la nuit, mais non. Elle chantait *Les Misérables*, ce qui était plutôt ironique, en retournant les saucisses tandis que Granny préparait des œufs brouillés.

—Bonjour, Belle au bois dormant, dit-elle en agitant la spatule vers moi.

Je m'installai sur un tabouret au bar, et Granny me tendit un café tout juste passé, avec les doses exactes de crème et de sucre que j'aimais. J'avais peur de boire, ou de me pincer. J'avais peur de me réveiller et trouver à nouveau maman catatonique dans son lit, incapable de bouger.

—On dirait qu'il neige, lançai-je de manière inoffensive, testant la température de la conversation ordinaire.

—Il va tomber dans les vingt centimètres aujourd'hui, mais l'aéroport devrait réouvrir demain, dit Granny en me décochant un clin d'œil. J'ai réservé mon vol pour demain soir. Pourrais-tu m'y emmener ?

Je secouai la tête.

—Avec plaisir.

Plaisir de l'accompagner, détresse qu'elle reparte. J'avalai une grande lampée de mon café en observant maman. Elle se mouvait avec une aisance naturelle, peut-être légèrement rouillée, mais elle était là. Ses yeux étaient gonflés d'avoir pleuré toute la journée précédente, mais quelque chose avait changé dans son comportement après qu'elle avait lu la lettre.

Maman était de retour parmi nous.

*

À 17 heures, il était toujours impossible de sortir de notre résidence avec ma petite Volkswagen. J'avais vraiment envie de retourner dans mon appartement. Là-bas, je pourrais réviser, me perdre dans mes études, faire semblant que rien de tout cela ne s'était vraiment produit.

Désormais, je comprenais pourquoi Granny avait si farouchement insisté pour que je prenne l'appartement avec Sam au lieu de revenir vivre à la maison. J'aurais probablement suffoqué dans mon chagrin ici.

Granny ramassa son nécessaire à couture et s'installa sur le canapé à côté de moi. Elle prit le drapeau de mission militaire, celui qui pendait à notre fenêtre depuis des années. Je connaissais la tradition. Ceux qui avaient un fils ou, comme l'autorisait désormais la coutume, un époux parti en mission dans les zones de conflit suspendaient un étendard blanc tout simple, bordé de rouge, avec une étoile bleue au milieu. C'était une démonstration de fierté, annonçant que la famille avait donné quelque chose à cette nation, qu'elle avait contribué à sa manière.

Mais lorsqu'un soldat ne revenait pas du front, les fils bleus de l'étoile étaient remplacés par des fils dorés, proclamant le sacrifice et le deuil de la famille. J'observai, captivée, Granny passer le fil doré dans le chas de l'aiguille et commencer à coudre.

—C'était ce que tu attendais, n'est-ce pas, avant de partir ? lui demandai-je. Tu voulais être encore là quand ils apporteraient ses affaires.

Elle regarda par-dessus ses lunettes de couture.

—Oui. Je savais que cela ficherait un rude coup à ta mère, que cela la briserait. Mais ce que Justin a écrit dans sa lettre, quoi que ce soit, lui a visiblement redonné du courage. Je suis agréablement surprise, et je pense qu'elle est prête à recommencer à vivre. Et moi aussi.

—J'ai peur en songeant que tu ne seras plus là, avouai-je à voix basse, redoutant que maman m'entende.

—December, tu dois faire confiance à ta mère. Tu l'as portée pendant très longtemps mais maintenant, il te faut la lâcher pour qu'elle continue son chemin seule. Tu n'es plus responsable de Gus et d'April. Vis ta vie, ma chère petite-fille.

Elle posa de nouveau les yeux sur l'étendard et continua à coudre.

— Ton père est mort. Pas toi. Pas moi, poursuivit-elle dans un soupir. C'est la tâche des vivants de continuer à vivre. Nous ne faisons pas exception à la règle. Nous ne sommes pas la première famille à perdre un homme à la guerre, et je crains bien que nous ne soyons pas la dernière. Mais nous nous montrerons résilients.

Passer l'aiguille à travers le tissu. Tirer. Pousser. La repasser. Tirer. Pousser. Sans relâche, elle recousait le drapeau, laissant le contour bleu de l'étoile, tout ce qui, selon la tradition, pouvait rester de lui. Elle brodait l'étoile dorée, dont les fils étincelants et miroitants conféraient un sens différent à l'existence de mon père, passant du service au sacrifice. Cette fichue étoile dorée signifiait que cet événement précis de sa vie, à savoir sa mort, importait davantage que les dix-neuf années où l'étoile bleue nous avait accompagnés, suspendue à la fenêtre de notre salon.

D'une certaine façon, durant ce dernier mois, cette myriade d'événements – avec Riley… Josh… la mort de papa – avait repoussé son existence dans l'ombre, et c'était ce qui me révoltait par-dessus tout.

13

J'aurais préféré que le Colorado sale ses routes, tant pis pour l'environnement. Cette espèce de gravier rouge était inefficace pour améliorer l'adhérence. Le trajet pour me rendre à la fac était atroce ce lundi matin.

Je me glissai sur ma chaise dans l'amphi et sortis mon livre et le chapitre que j'avais annoté pendant ma lecture. J'étais tellement pressée de rouler vers les quartiers nord de l'université que j'en avais oublié ma carte d'étudiante et n'avais même pas eu le temps d'attraper un café au vol, ce qui était de mauvais augure pour la journée.

Une tasse fumante tout droit sortie du paradis était posée sur mon bureau. Je levai les yeux et aperçus Josh souriant, en train de s'installer.

—J'ai croisé Sam ce matin, et elle m'a dit que tu étais restée avec ta famille dans les quartiers sud la nuit dernière, à cause de la neige. Je me suis dit que ça avait dû être un trajet éprouvant ce matin.

J'acquiesçai.

—C'était juste un petit peu l'enfer.

—Je t'aurais amenée. Il te suffisait de passer un coup de fil et tu aurais fait le trajet dans ma Jeep, confortablement installée, dit-il en désignant le gobelet. Café inclus.

Je dus réprimer mon sourire.

—Je t'ai déjà dit que je peux me débrouiller toute seule, sans que tu accoures à tout bout de champ pour me sauver. De plus, j'ai entendu dire que tu étais pris ce week-end.

Une pointe d'amertume s'était insinuée dans ma voix. Je ne pouvais m'empêcher de me demander avec qui il l'avait passé.

—De la bouche de qui ?

Je dégustai longuement mon exquise caféine et ignorai sa question tandis que notre professeur commençait le cours.

Il me décocha des regards en biais pendant toute l'heure et je gardai soigneusement la tête baissée. J'étais capable de me concentrer sur la guerre de Sécession. Ouais, c'était ce que j'allais faire, le problème de cette logique étant que je passai toute l'heure à penser à ne pas penser à Josh. Échec retentissant.

Où avait-il disparu ce week-end ? Avec qui ? Qu'est-ce que ça pouvait bien me foutre ? Je lui avais clairement dit que nous ne sortions pas ensemble ; aussi, quel droit avais-je ne serait-ce que de connaître la vérité ? Aucun.

Le cours traînait en longueur. Lorsque le professeur nous laissa enfin sortir, j'avais déjà bouclé mon sac pour pouvoir me ruer vers la porte. Je quittai l'enceinte du bâtiment et sentis l'air polaire avant que Josh me rattrape et s'accorde à ma cadence.

—Y avait-il le feu dans l'amphi ?

Oui. J'étais en feu, bordel. Je rougis.

—Nan, juste plein de trucs à faire aujourd'hui.

—D'accord. On s'offre un petit déj tardif avant que tu ailles bosser ?

Je m'arrêtai au milieu de la cour couverte de neige et il s'immobilisa.

—On ne devrait pas. Je veux dire, je peux pas. Je veux dire… et zut.

Il éclata de rire, attirant l'attention de quasiment toutes les filles dans les parages.

—Je suppose que ça veut dire non ?

Je détestais être aussi troublée.

—Oui. Je veux dire non, parce qu'on ne sort pas ensemble.

—Là où nous en sommes, ça me convient tout à fait.

Une intensité ardente envahit son visage quand son regard glissa sur mes lèvres.

—Le problème, poursuivit-il, c'est que tu t'obstines à me dire qu'on est ailleurs.

Mais cela ne changeait en rien la situation à cet instant.

—Je suis vraiment désolée à propos de vendredi soir. Des excuses, hein ?

Il s'avança vers moi, suffisamment pour que je perçoive son odeur de bois de santal. J'aurais aimé pouvoir appuyer sur le bouton « Stop » de mes hormones. Les mettre au coin. Très loin.

Il releva gentiment mon menton et balaya mes lèvres des siennes.

—Ember, j'adore ta façon de t'excuser.

Purée. La voix de ce type était-elle directement connectée aux violentes pulsations que je sentais entre mes foutues cuisses ? Je convoquai les dernières bribes de volonté en ma possession et m'écartai de lui. Les regards sur nous des autres étudiants du campus ne m'avaient pas échappé.

—Rien n'a changé, Josh.

Il me suffisait de le répéter suffisamment longtemps pour finir par y croire.

—Tu es… tu es Josh la perfection incarnée… pour le moment, mais je sais que ce n'est qu'une question de temps…

Le muscle de sa mâchoire se contracta.

—Une question de temps jusqu'à quoi ?

—Tu sais bien, dis-je en jetant des coups d'œil alentour et en baissant le ton.

—Non, Ember, je crains de ne pas savoir, répondit-il en haussant la voix, indifférent aux regards inquisiteurs.

Comme par hasard, Bonnet Blanc lui décocha un petit signe de la main en passant à côté, faisant délibérément onduler son derrière.

—Hé salut, Josh. On se voit plus tard ?

Ses yeux ne dévièrent pas de moi.

—C'est pas le moment, Heather.

Je désignai son dos tandis qu'elle s'éloignait.

—Voilà, tu vois. Tu sais pertinemment que les filles se bousculeront toujours autour de toi, et on ne peut pas dire que tu les repousses. Je suis moi… et tu es… tu es toi, et ce n'est qu'une question de temps avant que tu prennes conscience que la chasse n'est pas aussi drôle quand le lapin est déjà dans tes filets. En particulier quand le lapin n'est pas tout à fait dans son état optimal.

Il serra et desserra les dents avant de prendre une profonde inspiration.

—Écoute-moi bien. Oublie ce que tu crois de moi. Je n'ai même pas ne serait-ce que *posé les mains* sur une autre fille depuis notre nuit à Breckenridge. Et ce n'est pas parce qu'elles ne sont pas demandeuses. C'est parce qu'elles ne sont pas *toi*.

Il passa les mains à travers ses cheveux, tirant sur les mèches isolées.

—Aie un peu confiance !

—La confiance m'a bien entubée, Josh, et pourtant, les filles ne branchaient pas Riley le quart de ce qu'elles te branchent. Tu es Josh-putain-de-Walker !

—Et tu es December-putain-de-Howard, et il se trouve que tu es la seule fille qui m'intéresse. Je ne suis pas Riley ! Quand j'ai fait mon choix, il est définitif. Je ne reviens pas en arrière. Je ne suis pas arrivé là où j'en suis au hockey ou à la fac en reculant, et c'est toi que j'ai choisie.

—Je ne suis absolument pas prête à être choisie par quiconque.

Pas prête à risquer mon cœur.

Ses yeux se plissèrent mais il encaissa le coup.

—Un jour, tu le seras, et je serai toujours là, même si tu me repousses de toutes tes forces.

Dans un soupir, il se retourna pour partir.

—Pourquoi ? criai-je dans son dos. Pourquoi tu fais ça ?

Il se retourna et me fixa, les jointures si crispées sur son sac qu'elles étaient devenues blanches.

—Parce que je suis assez maso pour avoir de l'affection pour toi, et que quelqu'un doit le faire, Ember.

Toute trace de raillerie s'était envolée.

Je m'arrêtai à la salle de sport universitaire et courus neuf kilomètres, m'efforçant de semer tout ce qui semblait me poursuivre. Je me perdis dans mon iPod et dans le rythme de mes pieds sur le tapis de course, me refusant à penser à autre chose qu'à mon souffle.

J'avais besoin d'un plan. J'avais besoin de savoir ce que je foutais.

Une fois rentrée à la maison, je pris une douche, me séchai, m'habillai et défis mon sac.

La lettre de papa en tomba, atterrissant sur mon bureau.

Je la ramassai et m'assis sur le lit, suivant des doigts l'inscription sur le papier. J'aurais voulu m'immiscer dans cet instant où il avait écrit mon nom, comme s'il y avait un moyen de tendre le bras et de toucher papa à travers l'encre. Je levai l'enveloppe et l'appliquai contre mon nez, cherchant une trace de lui, un genre de preuve qu'il l'avait vraiment tenue. En vain ; elle avait l'odeur indifférente du papier ordinaire.

L'enveloppe était neuve et blanche, contrairement à celles qui avaient traversé l'Atlantique par le système du courrier militaire pour parvenir jusqu'à nous. Cette lettre était constamment restée entre les pages de ce livre. Quand l'avait-il écrite ? Pour quelle mission ? En rédigeait-il une pour chaque mission ? Je fixai l'enveloppe cachetée.

Papa, savais-tu que tu allais mourir ?

—Ember ? Tu es là ?

La voix de Sam retentit depuis le vestibule, accompagnée du bruit de son sac heurtant le plancher.

—Ouais.

Je cachai l'enveloppe en haut de ma bibliothèque, entre une photo de Gus et une autre prise durant notre dernier séjour à Breckenridge. Grand temps de recouvrer une attitude normale.

—Génial, parce que Kappa Omega organise une fête ce vendredi et j'ai réussi à gratter une invitation ! s'exclama Sam en agitant dans les airs, tel un trophée, une enveloppe dorée.

—Hors de question. Les mecs des fraternités sont ceux qui baisent ta coloc quand tu as le dos tourné.

—Vends-moi du rêve ! J'adorerais planter mes crocs dans un mec de Kappa Omega.

Elle se faufila dans ma chambre et ouvrit en grand les portes de mon armoire, et je ne pus m'empêcher de rire.

—Cocotte, es-tu au courant que tu as vingt ans ? demanda-t-elle en exhibant un pull à col roulé côtelé. Vingt, pas trente-cinq.

Je le lui arrachai des mains.

—Eh, c'est du Ann Taylor !

—C'est de la bibliothécaire rabougrie.

Elle saisit mon décolleté prude et le tira vers le bas, exhibant une vue plongeante sur la ligne séparant mes seins, tout à fait exagérée pour 10 heures du matin.

—Attention, les filles sont de sortie ! On va te trouver un mec pour te distraire un peu. Puisque tu refuses de sauter sur Josh, marmonna-t-elle, parce que tu es tarée, on te trouvera un autre type torride de fraternité.

Josh était au-delà de mes limites. Je ne voulais pas l'inclure dans ce gigantesque bordel qu'était ma tête à l'heure actuelle, mais je ne me voyais pas brancher un gars lambda non plus.

—Ce n'est peut-être pas une bonne idée.

Sam était déjà en train de me traîner à travers l'appartement jusqu'à sa chambre. Elle ouvrit son placard et se mit à me balancer des vêtements dans les bras.

—C'est une excellente idée. Eh, pose ton téléphone ! Qu'est-ce que tu fous ? On est en train de planifier ton entrée dans la haute société, là !

Je l'ignorai et composai le numéro de maman. On était lundi et je devais m'assurer qu'elle allait bien.

—Allô, maman ?

—Ember ? Comment vas-tu, ma chérie ?

—Je voulais juste voir si tu avais pu recoudre le bouton-pression du casque de Gus.

Sinon, j'avais encore le temps d'en acheter un autre avant l'entraînement de ce soir.

—C'est fait, répondit-elle. On va à la patinoire après l'école. Tu veux nous rejoindre ?

La patinoire, où serait Josh. Où je serais obligée d'écouter Blanc Bonnet et Bonnet Blanc parler de lui. Où maman penserait probablement que je la surveillais parce que je ne lui faisais pas confiance.

J'avais besoin d'un peu de distance par rapport à Josh, afin de me retrouver, et j'avais besoin de faire confiance à maman.

Il fallait bien commencer quelque part.

—Eh bien, en fait, je dois avancer sur mes devoirs ce soir. Fais la bise à Gus, O.K ?

J'entendis son soupir de soulagement à l'autre bout du fil.

—Mais bien sûr. Rappelle-toi que le match éliminatoire a lieu samedi matin, et tu sais qu'il te cherchera dans les gradins.

Ouais, ils me chercheraient tous les deux dans les gradins.

—J'y serai, maman.

14

La Fiesta des Neiges était la fête la plus convoitée du mois de février. Sam m'habilla d'une robe bustier de cocktail bleue et me confectionna un chignon. Pour la soirée du vendredi, elle m'avait assigné la mission de me trouver un mec diversion.

Elle tendit notre carton d'invitation à l'étudiant de première année à l'entrée, lui décochant un sourire irrésistible avant de me traîner à l'intérieur. Sa robe à paillettes scintillait comme une boule à facettes disco. Nous nous frayâmes un chemin jusqu'au bar à travers la foule tandis que j'étais assaillie par les souvenirs de Riley. Il adorait ces foutues fêtes de fraternité.

Un mec mignon à fossettes s'avança vers nous avec deux gobelets en plastique rouge.

—Hé, les filles, je vous offre un verre.

—Non merci, on va au bar, répliquai-je avec un sourire pour mieux faire passer ma réponse.

Ce n'était pas lui que je rejetais, mais les verres. Hors de question que j'accepte une boisson qu'un inconnu avait concoctée, voire agrémentée de substances indéterminées.

Sam agrippa ma main et me remorqua jusqu'au bar, slalomant entre les gens qui dansaient ou se tenaient debout. Un

DJ officiait dans un coin et des haut-parleurs crachaient à plein volume la chanson de Bruno Mars, *Locked Out of Heaven*. Sam se faufila au bar, nous commanda deux bières Sam Adams, et fit sauter les capsules.

—Aux mecs diversion.

Nous trinquâmes les bouteilles et je sirotai une grande gorgée de bière aromatisée à la cerise. Diversion. L'objectif de ce soir était de trouver un mec convenable. Quelqu'un qui me ferait un peu oublier papa, et les conneries d'April, et maman, et Riley, et… et… Josh. Ouais, c'était ça.

Le truc incroyable avec le deuil, c'était qu'il prenait le dessus dans mon cœur, consumant toute autre souffrance jusqu'à ce que je me décide à lui faire de la place. La mort de papa éclipsait la trahison de Riley comme une jambe cassée éclipse un orteil cogné.

Je me demandais seulement laquelle laisserait les séquelles les plus profondes sur le long terme.

—Et lui ? demanda Sam en désignant un mec de fraternité avec des cheveux bruns et un sourire charmant.

—Trop petit.

—O.K… lui, là-bas ? fit-elle avec un geste vers un autre type, bonne taille, bien bâti.

—Pas souriant.

Elle soupira et se retourna.

—Humm… lui ?

Cette fois-ci, c'était un blond. Parfaitement gaulé, habillé comme un mannequin Abercrombie.

Mon estomac chavira.

—Me rappelle trop Riley.

—Objection accordée.

Nous étions accoudées au bar. Certes, il y avait ici un tas de mecs susceptibles de faire baver des filles. Mais il ne me fallut pas longtemps pour cerner le problème.

Aucun d'eux n'était Josh.

Un blond décoloré torride, la cigarette au bec, vêtu d'un polo de la fraternité, tapota sa bouteille sur la bouche de Sam, renversant de la bière partout.

—Eh ! cria-t-elle en faisant un bond en arrière pour éviter que la boisson ne tache ses souliers. Deacon ! Es-tu vraiment obligé d'être un tel connard ?

Il sourit et goba une cacahuète d'une coupelle à portée de main.

—Sam, tu es en beauté, ce soir.

—Oublie, lui lança-t-elle.

Je connaissais cette expression sur son visage. Elle l'aimait bien, mais pas assez pour aller plus loin avec lui. Elle décocha un sourire à un autre mec canon aux traits hispaniques qui nous rejoignait.

—Vous avez déjà rencontré Ember ? demanda-t-elle en inclinant la tête dans ma direction. Ember, voici Deacon et Mark.

Le sourire de Mark était gentil et bienveillant.

—Enchanté de faire ta connaissance, Ember.

Les yeux verts de Deacon me détaillèrent. Lorsque je songeais à choisir quelqu'un qui ne soit pas Josh, une sorte de malaise couvait dans mon ventre, mais je l'ignorai. Si j'étais en quête d'un mec diversion, de quelqu'un pour m'absorber pendant quelque temps, Deacon ferait probablement l'affaire.

Il esquissa un sourire et tendit la main vers la mienne. J'hésitai puis fis de même. Au lieu de la serrer, il la saisit, la leva vers son visage, la retourna et pressa les lèvres sur ma paume.

—C'est un plaisir de te rencontrer…, dit-il avant de me détailler de haut en bas. Ember.

Hum. Non. Pendant un instant, mes muscles se contractèrent, révulsés par ce baiser qui venait de faire intrusion dans mon espace. Je déglutis, m'efforçant de m'apaiser. Dès que ma panique ne fut plus visible, je retirai la main et continuai d'afficher un sourire forcé.

—Moi aussi, Deacon.

Jagger se glissa entre Deacon et Sam.

—Fais gaffe, Deke. Josh a dit prem's pour celle-là.

L'irritation m'envahit.

—Josh n'a *pas* dit prem's. On ne sort pas ensemble.

Jagger plissa les yeux.

—Tu en es vraiment sûre ?

En étais-je sûre ? Nous devions rester des amis, du moins jusqu'à ce que je ne sois plus une telle épave. C'était la décision que j'avais prise, n'est-ce pas ? Si si.

—J'en suis sûre.

—Dans ce cas, dit Deacon en réduisant la distance entre nous et en m'attirant contre lui, envie de danser ?

Sam me fit un signe de tête m'exhortant à accepter et Jagger afficha une grimace, sans doute déçu par mon choix. C'était pour ça que j'étais là, ce que j'avais décidé de faire. M'en tenir au plan « mec diversion ».

—D'accord.

Deacon m'entraîna vers la piste sur une chanson quelque peu sexy. *S&M* de Rihanna retentit sur les haut-parleurs, et la foule alentour devint encore plus compacte, dans la mesure du possible. Agitant son index en crochet, Deacon me fit signe de venir, et je me glissai à ses côtés, ravie de m'absorber dans la musique. La danse était un domaine dans lequel j'arrivais à lâcher prise et oublier la réalité.

Il me plaqua contre lui, poussant son pelvis contre le mien. *Waouh, mec.* Ses mains descendirent le long de mon dos, m'attrapèrent par la taille et glissèrent en direction de mes hanches. Dans ma tête, je me répétais le mantra : *Tout va bien.* Après tout, si je voulais avoir une relation pansement, il fallait bien que je laisse le mec me toucher. Je devais même y prendre du plaisir. Oui. J'en étais capable.

Il se frottait contre moi, son excitation allant *crescendo*, mais je n'arrivais pas à me détendre. Je ne parvenais pas à m'amuser comme d'habitude. Je me raidissais chaque fois qu'il bougeait ses hanches contre les miennes. *Tu voudrais bien* écarter *ce truc, mec.*

Ses mains agrippèrent mes fesses, me maintenant plus haut tandis qu'il se penchait sur moi.

—Pétard, tu es vraiment une bombe, Ember, me murmura-t-il à l'oreille.

Son haleine chaude empestait la bière. C'était la goutte qui fit déborder le vase. Je levai les mains et repoussai son torse.

—Deacon, non.

Je n'eus pas le temps de prononcer un autre mot qu'une carrure de géant s'interposait entre nous deux. Je sentis son odeur familière avant d'entendre sa voix.

—Recule-toi, Deke, bordel.

—Waouh, elle a dit qu'elle avait envie de danser, Walker.

Deacon faisait une tête de moins que Josh et il était loin d'être aussi intimidant que lui.

—Elle n'a pas dit qu'elle avait envie que tu lui attrapes le cul, si ?

Je contournai le dos de Josh et me glissai entre eux deux, face à Josh.

—C'est bon, Josh. Pas de raisons de s'énerver.

Il continuait à darder ses yeux sur Deacon, et si un regard avait pu tuer…

Ouais.

—Casse-toi, Deke, et ne t'approche plus d'Ember.

Deacon leva les mains comme s'il était en état d'arrestation, haussa les épaules dans ma direction et s'éloigna.

—Pour de bon, Josh ? fis-je en plantant mon doigt sur sa poitrine. Je gérais. Tu n'étais pas obligé de jouer l'homme des cavernes.

Mais j'étais contente qu'il l'ait fait. Pétard, j'étais tellement contente de le voir.

—Qu'est-ce que tu fais ici ?

Il sourit et désigna le sigle de fraternité brodé sur sa chemise.

—Comment crois-tu que tu as eu l'invitation ?

—Je ne t'aurais pas imaginé comme un mec de fraternités, dis-je d'une voix qui, à mon insu, trahissait une pointe de déception.

Il baissa son visage contre le mien, frottant son nez contre mes pommettes pour me murmurer à l'oreille :

—Tu ne m'imagines pas du tout comme je suis vraiment.

Je m'écartai pour préserver ma propre santé mentale. Je voulais cette bouche sur autre chose que ma joue, et c'était pour ça que je ne pouvais pas le faire. Pas avec lui.

—Merci pour l'opération de sauvetage.

—Pourquoi dansais-tu avec Deke ?

—Parce que j'en avais envie.

Il fronça les sourcils.

—D'accord. Ça, j'avais compris. Mais pourquoi Deke ?

Parce que tu me fous une trouille d'enfer.

—Il était là.

Il m'attira contre lui et mon corps s'embrasa. Pourquoi

ne pouvais-je pas me glacer près de lui ? Cela faciliterait tellement les choses.

—Tu peux mentir aux autres, December. Mais pas à moi. Je te perce à jour. Pourquoi dansais-tu avec Deke ? Qu'est-ce que tu cherchais ?

Je considérai l'option de lui mentir, mais à quoi bon ? Il m'avait vue dans mes pires états. Il méritait la vérité.

—Je me disais que ce serait une bonne idée pour penser à autre chose, répondis-je tandis que mes joues devenaient cramoisies d'une façon perceptible, même dans la moiteur de la fête. Je voulais juste oublier, me perdre pendant quelques instants dans quelque chose qui ne soit pas douloureux. Tout l'est encore tellement.

Ses yeux me transpercèrent, mettant mon âme à nu.

—Danse avec moi.

Ce n'était pas une question.

—Je ne veux pas t'utiliser.

—Tu ne m'utilises pas si je suis consentant. De plus, c'est juste danser, et je pense que ça reste dans le cadre de la clause homme-à-tout-faire de notre contrat tacite.

—Contrat, hein ? fis-je, incapable de m'arrêter de sourire.

Celui qu'il esquissa était incroyablement sexy.

—Contrat, engagement, promesse, tout ça. Ça signifie en bref que je suis ton homme à tout faire, et ce tout inclut la danse. Maintenant.

Il était parfait, et j'étais impuissante. Je me glissai contre lui et ondulai en musique. Pressée contre lui, j'oubliai tout sauf le rythme qui vibrait en moi et le mouvement de mes hanches l'accompagnant.

Grave erreur, de plonger mon regard dans ses yeux bruns splendides. Ça montait, montait… trop tard. Le besoin de le toucher, de sentir ses mains sur mon corps m'assaillit.

Je fus sur le point de gémir en me souvenant de ce que ses doigts étaient capables de faire.

—Tout faire ? demandai-je, testant mes propres limites.

—Je ne te dirai jamais non si je peux t'aider.

Captivée par ses yeux, j'étendis les mains et les passai sur ses épaules musclées. Je parcourus ses biceps et ses bras, me délectant des fourmillements dans mes doigts et de l'étincelle dans ses yeux. Lorsque j'arrivai au niveau de ses paumes, ne trouvant pas de sourire séducteur à afficher, je me contentai de les agripper et de les placer autour de ma taille.

—Ça, c'est O.K ?

En guise de réponse, il me pressa tout contre lui, déplaçant mes jambes de sorte que je chevauche l'une des siennes, puis me fit onduler en une parfaite synchronisation. Après deux secondes dans les bras de Josh, j'étais prête à oublier n'importe quel plan « mec diversion » dont il avait pu être question. Ma robe remonta plus haut sur mes cuisses.

Il me tenait contre lui et je me laissai faire. Quand je bougeais sur la musique, il me suivait, ses mains faisant des va-et-vient le long de mon dos, effleurant ma peau à la lisière de ma robe et diffusant des frissons dans mon corps. Deux chansons, trois, et la sueur perlait au creux de mes seins. Dieu merci, mes cheveux étaient relevés. Je me retournai et plaquai le dos contre lui. Il s'accordait à mes moindres mouvements. Sa tête se glissa vers mon épaule et il baisa ma peau à cet endroit. Ma tête se renversa contre son torse tandis qu'il me serrait encore plus fort contre lui. Sa langue caressa mon cou avant que ses dents l'effleurent et ses mains continuèrent à descendre sur mes hanches. La musique assourdissante dissimulait mes gémissements aux autres danseurs autour de nous, mais lui les entendait. Ses doigts mordirent ma chair en réponse. Consciente de franchir les limites, je me pressai contre lui, j'avais besoin de sentir qu'il me voulait.

C'était le cas. Mes hanches se mirent à ondoyer contre lui tandis que j'oubliais toute pudeur.

—December.

Mon nom était une supplique murmurée entre ses lèvres.

Je fis volte-face dans ses bras mais maintins mon corps aussi près du sien qu'avant, me frottant sur chaque centimètre carré possible de lui. Un élancement familier m'ébranla. J'avais besoin de sentir sa bouche sur moi. Je suivis de mes mains la courbe douce de son échine et enveloppai son cou de l'une d'elles tandis que l'autre attrapait ses cheveux, et je l'attirai contre moi.

—Josh ? demandai-je.

Je ne voulais pas le forcer à faire quoi que ce soit dont il n'ait pas envie. *S'il te plaît, s'il te plaît, aie envie.*

Son regard se posa sur mes lèvres dressées, entrouvertes, et après une respiration, il plongea. En un mouvement, il fut sur moi, sa langue dans ma bouche, la caressant, l'enflammant. Je réagis par un baiser aussi féroce. C'était exactement ce dont j'avais besoin, exactement celui dont j'avais besoin. Josh.

J'emmerde le plan.

Je me hissai sur la pointe des pieds pour m'appuyer contre lui, et malgré mes talons hauts, je ne parvenais pas à sa hauteur. Ses mains se déplacèrent de mes hanches jusqu'à ma croupe et sans effort, il me souleva contre lui, exactement là où il savait, comme par miracle, que je désirais qu'il soit. Là. Bon Dieu, oui. Là.

—Josh, gémis-je contre sa bouche, laissant tomber toute simulation de danse.

Sa langue allait et venait dans ma bouche, allumant un brasier qui menaçait de consumer vif mon corps. Je me souvenais à peine que nous étions sur une piste de danse. Embrasser Josh éradiquait toute pensée rationnelle dans ma tête et me laissait avec un besoin vital : son corps contre le mien. L'élancement irrépressible entre mes cuisses croissait à chaque attaque de sa bouche, comme si Josh était directement connecté à mes entrailles.

Il écarta la bouche, le souffle si haletant que j'avais envie de le pousser encore plus loin.

—Bordel… December…

Je ne pouvais certainement pas m'arrêter là.

—On monte ? fis-je, trop excitée pour éprouver la moindre gêne de formuler une telle demande.

Il se recula et observa mes pupilles.

—Ici ?

Je pinçai ses lèvres moelleuses contre les miennes et susurrai :

—Tu as bien dit « mon homme à tout faire », n'est-ce pas ?

Il acquiesça.

—J'ai besoin que tu mettes fin à cet élancement, Josh. Tu es le seul à en être capable.

Sans un mot supplémentaire, il me guida à travers la foule. Les gens l'apostrophaient, l'appelaient, mais il se contentait de répondre d'un signe de tête. Un sourire de satisfaction féminine fendit mon visage. Son esprit m'était dédié.

Il m'enlaça par la taille dans l'escalier, gardant une main dans le creux de mes reins tandis que nous courions presque sur les marches couvertes d'un tapis. Il m'orienta vers la gauche lorsque nous atteignîmes le corridor à l'étage et pénétra dans la première chambre sur la droite. Le bruit de la fête nous parvint assourdi quand il eut fermé la porte, et la seule lumière de la pièce provenait d'une lampe à lave dans un coin.

Ce fut tout ce que j'aperçus avant qu'il me retourne et me plaque contre la porte.

—C'est la chambre de qui ? lâchai-je dans un souffle, m'en fichant peu ou prou.

—De Mark. Ça ne le dérangera pas.

Les yeux de Josh étaient sombres, intenses. Il était aussi excité que je l'étais, et j'adorais ça. Cette fois-ci, j'attaquai, me hissant jusqu'à sa bouche et en balayant l'intérieur de la langue, ne goûtant rien d'autre que la saveur addictive de Josh. Il passa sa main derrière mon genou et souleva ma jambe pour l'enrouler sur sa hanche, puis balada les doigts sur l'arrière de ma cuisse, jusqu'à ma croupe. Ma robe se releva de mes cuisses sur ma taille. Parfait. Accès plus facile.

Je balançai mes hanches contre lui tandis qu'il s'appuyait sur moi. S'il bougeait encore deux ou trois fois ainsi, j'allais jouir contre ce foutu mur. Oui, s'il te plaît. Sa bouche se dégagea de la mienne et sa langue suivit la courbe de mon cou, le mordillant et le suçant au passage.

Un son ressemblant à un gémissement s'échappa de ma gorge lorsqu'il traça un sillon de baisers sur mes clavicules et enfouit le nez dans la vallée de mes seins.

—Tellement doux, murmura-t-il.

Ses mains s'emparèrent du tissu entourant ma taille et il tira vers le bas, découvrant mes seins qui surgirent du décolleté. Il fit glisser le bord de mon soutien-gorge sans bretelles et passa la langue sur mes tétons.

Il grogna, à moins que ce soit moi. Peu importe.

Je tenais sa tête contre moi, en voulant davantage. Plus profond. Comme s'il lisait dans mes pensées, il s'exécuta, prenant mes mamelons dans sa bouche et les suçant.

—Josh…

Son nom m'avait été arraché.

Mes seins toujours dans sa bouche, il me porta en direction du lit. Il s'y enfonça avec moi. Son poids était parfait, me maintenant à terre alors que j'étais prête à m'envoler. Je calai mes jambes contre ses hanches, et il se repositionna exactement là où j'en avais une envie irrépressible, plaqué contre l'élancement qui pulsait et semblait s'intensifier. Je voulais son corps entier contre le mien. J'avais besoin de sentir sa peau.

—Ta chemise, marmonnai-je en déboutonnant son col.

Il s'écarta de moi assez longtemps pour balancer sa chemise et son débardeur au-dessus de sa tête, m'offrant la vue de son torse nu.

—Tu es vraiment incroyable, soufflai-je en suivant des doigts les plats et les angles de sa poitrine, puis les volutes de son tatouage, m'arrêtant pour caresser les lignes ciselées de ses abdos sexy.

Pas étonnant que la moitié des étudiantes bavent sur Josh Walker.

Moi y comprise.

—December.

Le désir consumait ses yeux, accompagné d'une autre émotion que j'avais presque peur de nommer. De la tendresse ? De l'affection ? Il caressa le contour de mes pommettes, se baissant pour capturer ma bouche en un baiser délicat.

—Tu ne sais pas à quel point tu es parfaite.

Je labourai son dos de mes ongles et il dirigea son membre dur contre moi. J'agrippai ses fesses alléchantes au même moment où il s'emparait à nouveau de ma bouche, m'enivrant de plus en plus ardemment. Je ne me lasserais jamais de cet état de transe dans lequel il me mettait. Je ne me lasserais jamais de lui.

Je basculai mes hanches contre lui, cherchant à soulager cette tension.

—Je suis en feu, admis-je, toute gêne balayée par le besoin bouillonnant dans mon corps.

Ses yeux plongèrent dans les miens en un regard si torride que je fus surprise de ne pas en être consumée sur-le-champ.

—Moi aussi.

Sa bouche se fraya un chemin de baisers descendant sur ma poitrine, s'arrêtant pour sucer mes seins l'un après l'autre tandis que ses mains remontaient de mes genoux, effleurant l'intérieur de mes cuisses. *Oui. Oui. Oui.* Le sourire espiègle qui illumina son visage m'indiqua que je venais de penser à voix haute. Sa bouche s'aventura au-dessus du décolleté déformé de ma robe, jusqu'à l'ourlet sur ma taille, puis embrassa la peau lisse dénudée de mon ventre. Je me cambrai sur le lit.

Ses mains remontèrent délicatement le long de mes cuisses jusqu'à ce qu'elles atteignent le bord de ma culotte, puis il s'arrêta, à ma grande frustration. S'arrêter ! N'était-il pas au courant que j'avais besoin qu'il les utilise, ces mains ? J'avais besoin de ses doigts sur moi. Immédiatement. J'ondulai du bassin en une supplique silencieuse.

—Qu'est-ce que tu veux ? grogna-t-il contre ma peau juste au-dessus du bord de ma culotte.

—Josh…, le suppliai-je.

—Dis-moi ce que tu veux, Ember. Je ferai tout ce que tu désires.

Je ferai tout ce que tu désires. Ces paroles rebondissaient dans mon cerveau comme une balle de flipper, embrasant chaque cellule avide de sexe de mon corps.

Josh Walker, sur lequel j'avais fantasmé pendant toutes mes années de lycée, était non seulement au lit avec moi, mais s'offrait sur un plateau d'argent.

—Je te veux. C'est toi que je désire. Seulement toi.

Ces derniers mots étaient sortis dans un souffle avant que je puisse les retenir, en révélant beaucoup trop sur ce qui se passait vraiment dans mon cœur.

Il ne l'avait probablement pas entendu, car il râlait contre ma peau, puis mordit dans la soie douce de ma culotte. Je soulevai les hanches et il la tira vers le bas sans me quitter des yeux. Putain. De. Sexy. Il la fit coulisser sur mes talons, puis remonta sur mon corps, s'immobilisant pour lécher et sucer le creux juste derrière mon genou. Mon souffle peinait à suivre les battements effrénés de mon cœur.

Il amena sa tête à hauteur de la mienne et me contempla pendant trois respirations, comme s'il admirait quelque chose.

—Je dois te goûter, murmura-t-il.

Sa tête plongea et sa langue encercla mon clitoris.

—Josh !

J'avais entendu parler des sensations qu'on pouvait éprouver, mais rien ne m'avait préparée à l'éclair qui vrilla mon corps, se concentrant là où sa bouche s'activait sur moi. Il inséra un doigt à l'intérieur de ma fente et le remua en cadence avec les mouvements circulaires de sa langue.

Une fois.

Cela afflua puis reflua, contractant les muscles de mes jambes tandis que mes pieds s'enfonçaient dans le matelas.

Deux fois.

Il glissa un deuxième doigt en moi, et ma tête cogna l'oreiller. Mes doigts agrippèrent sauvagement les draps et mon corps se tortilla de plus en plus frénétiquement.

Trois fois.

Je vis trente-six chandelles. Mon corps se mit à trembler et s'arqua contre sa bouche tandis qu'une exultation se diffusait en moi, partant de ma tête, à travers mes doigts, jusqu'à mes orteils. Il ralentit la cadence, accompagnant chaque réplique de plaisir avec sa langue.

Lorsque je repris enfin une respiration saccadée, il remonta sur mon corps et embrassa mes lèvres intensément. Je sentais son goût, et… le mien.

—Tu es tellement délicieuse. Addictive.

—Les mots me manquent pour ça, pour ce que tu viens de faire.

Mes poumons aspiraient l'air par à-coups.

Le sourire qui se dessina sur son visage était beau à couper le souffle.

—J'en rêve depuis…, murmura-t-il en fronçant les sourcils, comme s'il s'autocensurait. Un bon moment.

Mes mains se baladèrent en suivant les arêtes de ses abdos, jusqu'à la ceinture de son jean, tendu par son membre en érection. Une chiquenaude et j'ouvris le bouton. Tout à moi !

En un seul geste, Josh retira ma main et referma le bouton-pression.

—Pas ici.

Me rejetait-il ? À nouveau ?

—J'en ai envie. J'ai envie de toi, murmurai-je.

Il se laissa tomber sur le lit à côté de moi, enfouissant le visage dans mon cou.

—Bon sang, j'ai envie de toi. Mais il est hors de question que je t'enlève ta virginité dans le lit d'un autre type pendant une putain de soirée.

Je frottai mes hanches nues contre lui.

—C'est ce que je veux.

Il releva sa bouche et baisa ma mâchoire. Sa respiration sonnait hachée dans mes oreilles.

—Ça ne se produira pas avant que tu sois dans mon lit, Ember. Le mien. Celui de personne d'autre.

Un bruit évoquant une corne de brume s'éleva de la salle au rez-de-chaussée, suivi d'un cri.

—Qu'est-ce que…

—Putain, lâcha Josh.

Il saisit prestement le bas de la couette et la jeta sur nous en roulant de l'autre côté, formant un cocon obscur pour nous deux.

Mon visage était pressé contre son torse, recouvert par la couverture. Alors qu'il me bordait pour cacher mes cheveux, la porte s'ouvrit à toute volée et une corne de brume retentit. Je plaquai les mains sur mes oreilles jusqu'à ce que le tintamarre cesse.

—Laissez passer les joueurs[1] !

Un groupe de types de fraternité complètement ivres déboula dans la chambre et on aurait dit que… qu'ils jouaient au golf ? Mais ouais, c'était indiscutablement le tintement d'une balle de golf contre une canne.

Josh me serra plus étroitement contre lui.

—Putain, qu'est-ce que vous foutez ! Emory ! Caleb !

—Ah, merde ! Walker ! On croyait que c'était Mark ici !

Oh oui, ils étaient complètement bourrés.

—Eh bien, il n'est pas là, visiblement, alors fichez-moi le camp !

Mes joues étaient cramoisies contre le torse de Josh.

---

1. En golf, il peut arriver qu'une équipe de joueurs soit plus rapide et rattrape une autre équipe dans le parcours. Par cette formule, l'équipe plus rapide demande ainsi l'autorisation de « doubler » l'équipe plus lente pour avancer dans le parcours. *[N.d.l.T.]*

—Mais qui tu caches là-dessous, Walker ? Tu sais que Jessica Kirtz te cherche partout ?

Évidemment qu'une fille le cherchait. Il y avait toujours une fille qui le cherchait.

Il se redressa et s'assit, veillant à me garder à l'abri des regards.

—Sortez. Immédiatement !

—Laissez passer les joueurs ! s'écrièrent-ils de nouveau en chœur.

Avec un autre appel de corne de brume, ils effectuèrent une retraite, laissant la porte ouverte derrière eux.

Je m'assis, baissant la couverture au niveau de mes yeux, et entraperçus des bermudas à carreaux, des gilets et des bérets à pompon sur trois des types. Ces mecs de fraternité n'avaient vraiment peur de rien.

Josh passa sa main dans ses cheveux.

—Putain de premières années !

Je ne pus réprimer le gloussement qui éclata entre mes lèvres, et qui n'avait absolument rien de féminin. Je reniflai même à plusieurs reprises. Après un regard incrédule, Josh s'y mit aussi et je finis par m'écrouler contre son torse nu, riant tellement fort que des larmes troublaient ma vision. Il me fallut encore quelques minutes pour recouvrer mon sérieux.

J'essuyai mes larmes avec un sourire.

—Tu comprends, maintenant, pourquoi j'ai préféré ne pas habiter dans une maison de la fraternité.

—Ce qui est sûr, c'est qu'on ne doit pas s'ennuyer ici, répondis-je en me penchant et l'embrassant tendrement avant qu'un quelconque malaise ne puisse s'immiscer entre nous.

J'envisageai de lui sauter dessus, mais la porte ouverte et un autre son de cor m'en dissuadèrent pour le moment.

Il m'embrassa à son tour, prenant son temps.

Je parcourus des doigts sur sa poitrine les dessins de son tatouage sinuant avec les reliefs de ses épaules et de son bras. Lorsque je sentis une cicatrice de la taille de mon petit doigt, je souris.

—Une bagarre de comptoir ? demandai-je, m'inclinant pour y passer la langue.

—Une attaque féroce de lézard, plaisanta-t-il.

—Ah, Dieu soit loué ! cria Sam en débarquant dans la chambre comme si elle avait le diable aux trousses.

—Laissez passer les joueurs ? m'enquis-je en m'efforçant de garder mon sérieux sans y parvenir.

Josh et moi explosâmes à nouveau de rire.

Sam nous regarda bouche bée.

—Je trouverais ça presque drôle si je ne venais pas de tomber sur ta petite sœur dans une chambre au fond du couloir avec Tyler Rozly.

—Quoi ? April est ici ? Mais putain, comment a-t-elle réussi à entrer ? Elle n'est pas majeure !

Pathétique, mais c'était la pensée qui s'imposait à moi.

—Elle est nue, Ember, et ces mecs ont un appareil photo.

15

— Oh bon sang !

Dans ma tête, tout s'éteignit pendant une fraction de seconde. Ces mecs détenaient peut-être des photos nues de ma sœur. Elle n'avait que dix-sept ans. Dix-sept ans avec des photos de nu. Si elles étaient postées sur Internet, elle ne s'en débarrasserait jamais.

—Sam, accorde-nous une minute, dit Josh en enfilant sa chemise tandis que celle-ci hochait la tête et fermait la porte.

Ce n'était pas le moment de perdre la boule. Je remis mon soutien-gorge et réajustai le décolleté de ma robe à son niveau initial. Après m'être débattue sous les draps, je posai les pieds au sol et tirai sur le bas de ma robe.

—Où est ma culotte ? demandai-je, paniquée, en rejetant la couette.

Josh brandit la lingerie violette, et s'agenouilla pour que je puisse l'enfiler. Il la fit coulisser sur mes cuisses et même si je savais que le sexe n'était plus d'actualité, l'atmosphère était encore très torride quand il croisa mon regard.

—Ça va ? m'enquis-je, n'arrivant pas à croire que je l'avais de nouveau foutu dans une telle situation.

Il acquiesça.

—Allons aider ta sœur.

J'ajustai à nouveau ma robe, puis ouvris la porte d'un coup sec. Sam était appuyée contre le mur.

—C'est par là.

Je coinçai quelques mèches folles dans mon chignon en la suivant dans le couloir. Trois, non, quatre portes plus loin, elle frappa brutalement.

—Ouvrez !

—Casse-toi ! répliqua une voix bourrue.

—April ? appelai-je à travers la porte, en tournant la poignée en même temps.

Elle était verrouillée. Dommage qu'elle n'ait pas été verrouillée dès le début. Mais bon, Josh et moi n'avions pas davantage verrouillé la nôtre. Je m'acharnai à nouveau sur la poignée, comme si ma seule détermination à sortir ma sœur de là pouvait ouvrir ce foutu truc par magie.

—April ! criai-je en martelant la porte.

—Bordel, fichez le camp ! beugla à nouveau le type.

Je ne connaissais pas ce Tyler Rozly, mais s'il gardait ma sœur dans cette chambre, il allait avoir des ennuis.

Une paire de mains me poussa gentiment sur le côté. Josh était là. Il frappa du poing contre la porte.

—Tyler, ouvre cette porte immédiatement.

—Pas question, bordel !

Le gloussement qui ponctua cette déclaration m'apprit qu'April était bien là-dedans.

—Tyler, c'est Walker, et si tu n'ouvres pas cette putain de porte d'ici vingt secondes, je vais te botter le cul. *Immédiatement.* Elle est mineure.

Les veines pulsaient dans son cou.

Un juron étouffé nous parvint à travers la porte et je comptai dans ma tête chacune des secondes dont Josh avait menacé Tyler. Au bout de dix-huit secondes, le loquet cliqueta et la porte s'ouvrit sur ses gonds, révélant un gars torse nu que je supposai être Tyler.

—Bordel, pourquoi tu viens me faire chier, Walker ?

Je me faufilai entre Tyler et l'embrasure de la porte.

—April ?

Ma sœur était assise sur le lit, serrant le drap contre son torse dénudé.

—Ember ?

Ma fureur envers April se retourna contre Tyler.

—C'est ma petite sœur !

Tyler croisa les bras, mais à côté de Josh, il ne pouvait pas prétendre à l'intimidation. Josh le surplombait.

—Elle ne m'a pas semblé si « petite » que ça.

Josh s'interposa entre lui et moi avant que ma main ne gifle le visage railleur de Tyler. Trouduc !

—Elle a dix-sept ans, mec. Aux dernières nouvelles, tu en as vingt et un, et cela te rend passible de prison.

Tyler pâlit.

—Non, tu te trompes. Elle avait l'air jeune et j'ai demandé à voir sa carte d'étudiante de Co Springs quand elle est arrivée. Son nom était sur la liste avec les autres.

April était assise en silence sur le lit, me regardant avec un air coupable que je ne connaissais que trop bien.

—Tu m'as piqué ma carte.

—Ben t'en avais pas franchement besoin, répliqua-t-elle, passant de la contrition à l'accusation en un tournemain.

—C'est toi, December ? demanda Tyler en devenant livide, tandis que son panache s'était écrabouillé au sol avec la culotte d'April.

Merde. Sa culotte était par terre.

—Il semblerait. Et toi, t'es un trouduc de coucher avec ma sœur de dix-sept ans.

Avant que je puisse poursuivre, la corne de brume retentit du hall. J'avais presque oublié.

—Josh ?

Il hocha la tête.

—Je m'en occupe.

Il contourna Sam et sortit.

April ne bougeait toujours pas.

—Rhabille. Toi. Tout. De. Suite.

Je contenais ma rage à chaque mot. Elle esquissa une grimace, comme si elle allait s'opposer à moi.

—Ah oui ? Tu veux d'autres photos de toi nue ?

—Des photos de nu ?

Mes ongles s'enfoncèrent dans mes paumes.

—Ces types avaient un appareil photo !

Cela l'ébranla.

Tyler se laissa tomber par terre contre sa porte. Je ne pouvais pas lui jeter la pierre, pas complètement. Il lui avait demandé, et elle lui avait montré ma carte d'étudiante. Elle l'avait leurré.

—Sûrement pas, Walker ! Les photos sont à nous !

Les cris jaillissaient au milieu d'un tapage de pieds trépignant dans le corridor.

Je glissai la tête dans l'embrasure et aperçus les étudiants de première année en tenue de golf qui contournaient en courant la rampe d'escalier et se ruaient dans l'escalier central. Ils étaient en train de s'enfuir avec les photos. Josh se faufila jusqu'au coin, évalua en un éclair la distance, balança les jambes par-dessus la balustrade, et sauta. Il atterrit juste devant les étudiants de première année. Ma respiration se figea, visiblement incapable de reprendre.

—Donnez-moi ce putain d'appareil photo.

Il l'arracha à la volée, en extirpa la carte SD sur le côté, et le leur lança à nouveau avant qu'un mot de protestation ne sorte de leurs lèvres.

—Si je vous surprends encore une fois en train de photographier une fille sans son consentement, vous pourrez oublier votre carrière dans la fraternité. Vous pourrez oublier que vous êtes en vie. Pas de discussion. Pas de seconde chance. C'est compris ?

Tous trois hochèrent la tête, les yeux baissés.

—Ouais.

—Maintenant, allez nettoyer la putain de cuisine.

—Oh mec ! Walker !

—Immédiatement.

Il n'eut pas besoin de hausser le ton, ils comprirent qu'il était sérieux et s'éclipsèrent en hâte. Il leva les yeux vers moi et me décocha un sourire pincé, tenant la carte SD entre les doigts. Je réussis enfin à reprendre mon souffle.

Aucun son ne sortait de ma bouche. Comment lui exprimer ce que cela signifiait pour moi ? J'articulai en silence :

— Merci.

Il acquiesça, et ses yeux s'emplirent de tendresse.

April me bouscula pour passer, entièrement rhabillée et tirant sur son manteau. Je m'avançai vers elle et l'attrapai par le bras.

—Oh non, tu viens avec moi.

Elle leva un sourcil.

—Sinon quoi ?

—Sinon je le dis à maman.

Elle referma la bouche dans un bruit sec. Je la traînai le long de la rampe et descendis l'escalier avec elle. Josh prit les devants et nous guida pour sortir de la fête, Sam dans notre sillage. La musique retentissait à plein volume et la foule s'était encore densifiée, mais les mecs frayaient un passage à Josh. Quant aux filles, c'était une autre histoire. Elles se plaçaient toutes sur son chemin, certaines touchant son bras, d'autres l'appelant pour attirer son attention. Il hochait poliment la tête et souriait à chacune d'elles mais ne ralentit pas notre échappée hors de la maison.

L'air glacial me frappa de plein fouet quand nous arrivâmes sur le perron de façade. Josh enveloppa mes épaules de sa veste. Quand l'avait-il récupérée ? Il gardait sa main dans le creux de mon dos tandis que nous nous dirigions vers ma voiture. Je repérai celle d'April garée quelques places plus loin.

—Je ne rentre pas avec toi, se rebella-t-elle.

Sam fit rouler ses yeux.

—Je ne crois pas que tu sois en position de discuter, rétorqua-t-elle.

—Quoi, tu penses que tu as le droit de me dire ce que je dois faire ?

—Sam vient de sauver ton cul, dit Josh d'un ton ferme qui trahissait qu'il était à bout, mais ses yeux s'adoucirent lorsqu'il les posa sur moi. Veux-tu que je vous raccompagne à la maison ?

Je secouai la tête.

—Je crois que j'ai besoin de discuter un instant avec ma sœur.

Il acquiesça.

—Donne tes clés à Sam, lança-t-il à April en la fusillant du regard.

April faillit s'étouffer, et je fus sur le point d'exploser.

—Donne-les-lui immédiatement, April, répétai-je.

Elle poussa un juron mais obtempéra.

Sam nous décocha un salut ironique en marchant vers la petite décapotable d'April.

—On se retrouve à l'appart.

April croisa les bras et s'appuya contre ma voiture.

Josh me tendit la carte SD.

—Je suis désolé de la tournure prise par cette soirée.

Je secouai la tête avec un petit sourire.

—Pas toute la soirée.

—Pas toute la soirée, approuva-t-il, une lueur espiègle brillant dans ses yeux au clair de lune. As-tu besoin d'aide pour la ramener à la maison ?

April ricana et leva les sourcils.

—Je m'en charge. Ne t'inquiète pas.

Quelque chose traversa ses yeux, comme s'il se souvenait de ma tirade hargneuse de la semaine précédente. Mais il n'était pas du genre à m'en vouloir, et l'expression s'évanouit en un éclair. Il effleura ma joue et, lentement, pour me donner le temps de décliner, balaya mes lèvres des siennes.

—À demain ?

—Je te verrai à l'entraînement, dis-je tout contre ses lèvres, voulant prolonger ce moment.

—J'ai hâte, répondit-il en me décochant un sourire bienveillant avant de rejoindre la fête.

Je le regardai s'éloigner et ressentis une pointe de jalousie. Nous n'étions pas dans une relation exclusive. Bordel, nous n'étions même pas dans une relation, mais j'eus l'impression que mes entrailles se déchiraient en songeant à lui en train de finir avec une autre fille ce que nous avions commencé à l'étage.

Mais je devais m'occuper d'April ; je ne pouvais pas le suivre et retourner à la fête, même si je mourais d'envie de rester avec lui.

Maudite April.

—Des photos ? lançai-je en agitant la carte SD entre mes doigts. Sais-tu ce que ça aurait pu te faire ? Tu ne peux plus t'en débarrasser une fois que quelqu'un les a postées sur Facebook.

Elle baissa les yeux.

—Je ne savais pas qu'ils avaient un appareil photo.

—Mais tu n'aurais pas dû être ici, pour commencer !

Je balançai la carte SD sur le bitume et l'écrabouillai sous ma chaussure, la brisant en morceaux du talon.

—Tu n'es pas ma mère !

—Ton putain de comportement ne me laisse pas le choix, je dois l'être.

Je n'avais plus rien à perdre, elle était déjà complètement furax.

—Ah ouais, comme ça, tu veux te bourrer la gueule et baiser ? lançai-je en ouvrant les bras, les paumes en l'air. Fais-toi plaisir ! Mais tu as un petit copain, je crois, à moins que Brett se soit métamorphosé pour la soirée en Tyler ? C'est ça que tu es devenue ?

—J'ai dit à Brett que j'avais besoin d'un peu de distance et il a compris. Je suis pas vierge, de toute façon, et Tyler n'est pas le seul type avec qui j'ai couché !

Je me figeai presque d'effroi.

—Qu'est-ce qu'il t'arrive, April ? Je ne te reconnais pas.

—Comme si tu pouvais comprendre !

Je reçus ça comme une gifle en pleine figure.

—Qu'est-ce que tu veux dire ?

Elle coinça ses cheveux roux derrière ses oreilles, un tic que nous tenions toutes deux de notre mère.

—Papa est mort, Ember.

Si elle voulait raviver mes défenses, elle avait trouvé le bon moyen.

—Ouais, je suis au courant.

—Tu..., commença-t-elle tandis que les larmes lui montaient aux yeux. Toi, tu t'es relevée et tu as continué à la perfection. Tout le monde s'écroule autour de toi, et toi, tu es juste... la parfaite petite Ember ! Je ne m'attends pas à ce que tu comprennes ce que je ressens ou pourquoi je suis ici ce soir, parce que moi, je ne suis pas... parfaite !

Un nœud de frustration se forma dans ma gorge, menaçant de m'étrangler.

—Tu crois vraiment que je ne sais pas ce que tu es en train de faire, April ? Tu es ici pour oublier.

Sa tête se releva prestement, et son regard croisa le mien, mais elle ne dit rien.

—Tu veux oublier tout ce qui te fait mal. Tu ne veux plus penser que maman n'arrive pas à assumer, ou que Gus n'a plus de père... que nous n'avons plus papa.

C'était à mon tour d'avoir les paupières ourlées de larmes.

—Tu n'en peux plus de pleurer et de t'inquiéter, ni de cette putain de souffrance ! Alors tu te perds avec un mec, et tu cèdes à ces pulsions car pendant quelques instants, il n'y a plus rien d'autre dans ta tête ou ton cœur que les sensations qu'il te procure. Si, April, je l'ai pigé, ça.

Elle secoua la tête, bouche bée comme un poisson aspirant de l'oxygène.

—Tu as pigé ? Comment ?

Je m'appuyai contre la voiture à côté d'elle, la carrosserie métallique gelée glaçant ma peau.

—Parce que j'ai fait exactement la même chose.

—J'y crois pas !

Je détournai le regard, en direction de la maison de la fraternité où Josh était en train de faire Dieu savait quoi avec Dieu savait qui.

—Je n'en suis pas fière, mais Riley m'avait fait replonger dans le marasme et Josh…

—Non ! Tu as couché avec Josh Walker ? Je veux des détails !

—Je n'ai pas couché avec lui ! répliquai-je tandis qu'un profond soupir s'échappait de mes lèvres.

Je ne pouvais pas la blâmer pour ce que j'avais fait, moi aussi.

—Mais c'est juste parce que c'est un type vraiment, vraiment, exceptionnellement bien. Il savait ce que j'étais en train de faire et il… s'est occupé de moi, m'a protégée.

—J'adorerais m'occuper de lui, marmonna-t-elle.

Je lui assenai une petite tape sur l'arrière du crâne.

—Oublie. Je dis juste que je sais ce que tu éprouves parce que je ressens la même chose. Mais tu ne peux pas te réfugier dans le lit du premier venu et coucher à droite et à gauche comme ça. Tu es en train de te donner à tout-va, morceau par morceau, et si tu continues comme ça, il ne restera plus rien de celle que tu es vraiment.

Elle renifla et appuya la tête contre mon épaule. J'inclinai la mienne au-dessus de son crâne.

—April, je ne suis pas parfaite. Je suis une véritable épave, et je l'étais déjà bien avant que papa meure. J'ai juste assumé parce que j'étais celle qui en était capable. Maman était hors service, et Gus avait besoin de quelqu'un. Tu avais besoin de quelqu'un. Je ne pouvais pas laisser ça se produire, je ne pouvais pas laisser la maison partir en vrille. Je ne le peux toujours pas. Pourquoi crois-tu que je sois ici, à étudier dans cette fac qui ne figurait même pas en dernière place sur ma liste de vœux ?

—Je croyais que tu voulais aller à Vanderbilt ? Pourquoi ça ne s'est pas fait ?

—Je me suis raccrochée à un plan parce que ça me rassurait, un plan qui n'avait rien à voir avec ce que je voulais. Je me suis laissé aspirer par le rêve de quelqu'un d'autre. Tu crois que je suis parfaite, mais en réalité, tout ce que je fais, c'est mouliner frénétiquement des bras sur l'eau pour éviter de sombrer et me noyer.

Nous restâmes ainsi en silence pendant quelques instants, contemplant toutes deux la voûte céleste étoilée cristalline du Colorado. Elle était plus pure ici que de n'importe quelle autre base militaire où nous avions résidé, et cela faisait partie des choses que j'appréciais le plus dans ce lieu. Je distinguai la forme d'Orion dans le ciel et j'attendis qu'April parle, prête à rester auprès d'elle aussi longtemps qu'elle en aurait besoin.

—D'un côté, je suis contente que tu sois autant en vrac que moi, murmura-t-elle.

Je fermai les yeux et soupirai.

—Je suis tellement plus paumée que tu ne le seras jamais, April. Mais ça allégerait vraiment mon fardeau si tu arrivais à te ressaisir, ne serait-ce qu'un tout petit peu.

Elle hocha la tête au creux de mon épaule.

—On rentre à la maison ?

—Ça, c'est une bonne idée. J'ai les genoux en compote.

Nous éclatâmes ensemble d'un rire irrépressible, qui dura un petit moment avant qu'elle ne me saisisse la main.

—Merci d'avoir récupéré la carte SD.

—C'est grâce à Josh.

Gus et le hockey, April et la carte, moi et… tout ce qu'on faisait ensemble. Visiblement, il sauvait chaque membre de ma famille, l'un après l'autre.

—C'est un sacré mec.

—Ouais, tu ne m'apprends rien.

—Ça ne me dérangerait pas d'« oublier » pendant un moment avec lui. À vrai dire, pour Josh Walker, j'accepterais sans problème l'amnésie temporaire.

Je lui assenai une bourrade affectueuse puis l'enlaçai à nouveau.

—Hmm. On ne parle plus de Josh.

—O.K., mais c'est juste que j'ai vu cette photo de lui sur ton mur à la maison. La coupure de journal, cette fois où ils avaient gagné le match fédéral quand tu étais au lycée. T'as toujours craqué pour lui, dit-elle en inclinant la tête vers moi. Et tu craques encore pour lui. Il n'y a pas de mal à se remettre de Riley, Ember. Et même de papa.

—C'est trop tôt. Je ne sais pas du tout ce que je fous. Je ne peux pas embarquer quelqu'un d'autre dans mon bordel.

—Dans ce cas, qu'est-ce que tu es en train de fabriquer ?

—Je n'en sais rien.

La panique étrangla ma voix lorsque je pris conscience d'une chose : depuis le début, j'avais envoyé sans scrupule à Josh des messages plus qu'ambivalents. Pétard, c'était quoi, mon problème ?

*

Dimanche après-midi, la clochette de la porte tinta tandis que je pénétrais chez mon glacier favori, prête pour un shoot. Je n'avais pas revu Josh depuis le vendredi, et bien que je m'efforce de prendre de la distance et de ralentir les choses, il me manquait. La veille, j'avais considéré une bonne douzaine de motifs d'aller frapper chez lui, du très ordinaire : « Pourrais-je t'emprunter un peu de sucre » à : « Notre poubelle automatique s'est cassée. »

Pour ce dernier prétexte, j'avais songé à foutre un bon coup de pied dedans. Ce matin, j'avais envie de retrouver la saveur de Josh, et par conséquent, une coupe de glace à la fraise, comme la fois où j'étais allée présenter mes excuses dans son appartement, devrait faire l'affaire.

Si je me dépêchais, je pourrais prendre un cône pour Gus et le rapporter à la maison avant qu'il fonde. Il était assez tôt pour que maman ne m'accuse pas de lui couper l'appétit pour le dîner.

—Au suivant, lança l'employée portant un tablier noir.

Je commandai deux boules de glace à la fraise dans un cône enrobé de sucre, et deux de *mud pie* au chocolat, noix de pécan et chamallow, le parfum préféré de Gus, dans un cône en gaufre, puis payai la caissière. J'avais la bouche pleine de crème glacée à la fraise et le sourire aux lèvres. Je sentais presque ses mains sur mon visage, et j'entendais presque sa voix dans mon oreille. Lorsque je contournai la caisse, j'aperçus le reste de la boutique et faillis m'étouffer avec ma glace.

Je l'entendais rire d'ici et le sourire qui illuminait le visage de Josh était beau à couper le souffle. En miroir, s'étalait un énorme sourire sur le visage couvert de chocolat de mon petit frère assis en face de lui, en train d'agiter frénétiquement les mains en l'air.

—Et ensuite, tu ne devineras jamais. Mme Bluster a dit que mon volcan était le volcan le plus incroyable qu'elle avait jamais vu de toute sa vie ! Et ensuite, j'ai pu le mettre en route. Et alors, je te jure que c'est vrai… il a explosé ! babillait-il en gesticulant avec enthousiasme pour illustrer la scène. Et tout le monde a dit : « Cool » ! Mais à mon avis, c'était pas trop l'opinion de Mme Bluster. Imagine, il y avait du truc rouge partout sur le tableau blanc et par terre !

J'éclatai de rire en visualisant le scénario qu'il venait de dépeindre d'une manière si vivide.

—Je suis certain qu'elle a pensé que l'imprévisibilité de ton volcan était incroyable. C'est le cas pour les meilleurs volcans, tu sais, répliqua Josh.

Gus me fit un signe de la main lorsqu'il m'aperçut.

—Ember !

Je traversai la salle, les yeux rivés sur lui.

—J'allais te faire la surprise avec ça, dis-je en lui tendant le cône. Mais visiblement, tu as déjà été kidnappé.

Il me décocha un grand sourire, qui m'apprit qu'il avait encore perdu une dent.

—Génial ! Une double ration de glace ! Merci !

Gus attaqua et je priai pour que cela ne lui cause pas une énorme indigestion.

Je jetai un coup d'œil à Josh, qui semblait aussi ravi et surpris de me voir que je l'étais.

—Salut.

Il tira une chaise et je m'en emparai pour m'asseoir à côté de lui.

—Gus, tu as menti, l'accusa Josh en feignant d'être choqué.

Gus fronça les sourcils.

—Non, elle n'aime pas la fraise. Elle aime les *cookies'n'cream*.

Je balayai à nouveau ma langue de ma glace pour ne pas avoir à répondre. Josh ne s'y trompa pas.

—C'est drôle, dit-il en riant. La fraise est mon parfum préféré.

J'étais bien consciente de devenir encore plus rouge que ma boule de glace.

—J'avais juste envie de changer pour une fois, mentis-je.

Non, j'avais juste envie de sentir le goût de Josh, et il le savait.

—Dans ce cas-là, que suis-je censé faire de ça ? demanda-t-il d'un ton espiègle en désignant le demi-litre de glace *cookies'n'cream* qui venait d'être conditionné dans un pot par l'employée.

—Oh, je la mangerai aussi, promis-je.

Il avait acheté de la crème glacée pour moi !

—Enchanté de savoir que tu possèdes un faible en plus du café, Miss Howard.

Il ignorait qu'il était mon autre faible, et il me coula un regard qui me fit convoiter davantage de dimanches après-midi chez le glacier.

—J'ai des tonnes de faibles, monsieur Walker !

—J'ai fini ! cria Gus comme s'il venait de gagner une course.

—Gus, mon gars. Tu t'en es foutu partout.

Il avait raison. Gus avait la bouche entièrement maculée, et une bonne partie de ses joues n'avait pas été épargnée. Il avait englouti deux boules quand j'en avais à peine fini une. Je pointai du doigt les toilettes.

—Va te débarbouiller, frérot.

Il me décocha un sourire long d'un kilomètre et fila vers les toilettes.

—Tu m'as vraiment acheté de la glace ? demandai-je à Josh.

—Quel autre prétexte pouvais-je trouver pour te revoir ? T'emprunter du sucre édulcoré ?

Mes joues devinrent cramoisies. Il se pencha vers moi.

—Au fait, tu as vraiment acheté *ma* glace ?

Il plongea plus profondément vers moi et déroba une bouchée de ma boule à la fraise, en laissant une fine couche sur le pourtour de ses lèvres.

—Ouais, murmurai-je. Tu devais me manquer.

Il lécha sa lèvre inférieure pour capturer le reste de la crème glacée rose.

—S'il n'y avait pas ton frère, je t'embrasserais.

Oh oui, je t'en prie. J'étais prête à ramper à travers la table, sur la glace et tout le reste, pour ça.

—Ouais, tu as sans doute raison.

—Quand mettras-tu fin à ma souffrance ? demanda-t-il dans un sourire en mordant dans mon cône.

—Tu n'as pas l'air de souffrir tant que ça.

Du pouce, j'essuyai un petit bout de glace de sa lèvre et le léchai.

Il grogna.

—Crois-moi, c'est pourtant le cas. Quand m'autoriseras-tu enfin à te sortir ?

Je haussai les sourcils.

—Tu veux dire, un vrai rendez-vous galant ?

—Ouais, tu sais, du genre : je viens te chercher en voiture, on sort, on passe une bonne soirée, et à la fin, je te vole un baiser pour te dire au revoir.

Il se pencha à travers la table et susurra :

—Du genre qui me permette de dire aux gens que tu m'appartiens ?

Étais-je capable de faire ça ? Étais-je prête ? Un premier rendez-vous galant ne signifiait pas un véritable engagement, n'est-ce pas ? Le retour de Gus, le visage et le reste nettoyés, m'épargna la réponse. Nous nous levâmes, jetâmes nos déchets et nous dirigeâmes vers le parking.

—Tu veux que je te ramène à la maison, Gus ? m'enquis-je tandis que nous étions à mi-distance entre nos deux voitures.

—J'ai une meilleure idée, intervint Josh. Que diriez-vous d'aller jouer au laser-game ?

Le visage de Gus s'illumina.

—Carrément ! dit-il en se ruant dans la Jeep de Josh.

Josh se retourna vers moi d'un air interrogateur.

—Et toi, Ember ? Ça te branche qu'on aille se canarder avec des pistolets laser dans le noir ?

Il sacrifiait son dimanche après-midi pour une glace et une partie de pistolets laser avec mon petit frère.

—Où est ta faille, Josh Walker ?

Il rit.

—Je la garde dans le placard.

Je me postai à côté de lui tandis qu'il intimait à Gus de s'installer sur la banquette arrière, et me hissai sur la pointe des pieds pour murmurer au creux de son oreille.

—S'il fait noir là-bas, peut-être que je pourrai avoir un baiser ?

Il se retourna et je me retrouvai pressée contre son torse.

—Je suis en train de débattre intérieurement pour te dire qu'on arrête les baisers jusqu'à ce que tu m'accordes un rendez-vous officiel.

—Ah oui ? fis-je en me reculant pour que Gus ne se fasse pas d'idées… euh… à juste titre.

—Ouais, mais tu vois, c'est ça, ma faille, December Howard.

Il m'aida à grimper dans la Jeep et s'inclina au-dessus de moi pour attacher ma ceinture de sécurité. Il se dégagea, me murmurant au passage à l'oreille :

—Je ne me maîtrise plus quand il s'agit de toi.

Le problème, c'était que je ne considérais pas ça comme une faille, mais comme une vertu.

16

J'ajustai mon écharpe dorée autour de mon cou et fis un signe de la main à maman au bout des gradins. Elle gardait une rangée entière pour nous. April me décocha un sourire et tapota le siège à côté d'elle. Un gobelet de café à la main, je me dirigeai vers elles. Aujourd'hui avait lieu le match éliminatoire de demi-finale pour Gus.

Le fourmillement dans mes doigts ne provenait pas de la température frisquette dans le stade World Arena mais de la certitude de revoir Josh. Tous les jours depuis deux semaines, il m'avait sollicitée pour qu'on passe une soirée ensemble, et depuis deux semaines, je m'étais abstenue de répondre. Il venait emprunter du sucre, apporter du courrier « égaré », et tapait des signaux de morse contre le mur commun de nos chambres. Je le voyais en classe, aux entraînements, et le croisais dans mon immeuble, mais je n'étais jamais, absolument jamais, seule avec lui. Être seule avec Josh finissait toujours par moi toute nue. Pas autorisé. En outre, il avait mis sa menace à exécution et ne m'avait pas embrassée durant ces deux interminables semaines.

Bon sang, par quoi étais-je donc retenue ? Je redoutais simplement l'éventualité de lui ouvrir entièrement la porte puis d'être détruite alors que je m'efforçais péniblement de recoller les morceaux brisés en moi.

Lorsque j'avais pénétré dans l'amphi la veille, je m'étais faufilée sur ma chaise au moment où une brune aux longues jambes se juchait sur son bureau. J'avais gardé les yeux rivés sur mon cahier, inscrivant la date avec une pression exacerbée sur le papier tandis que son gloussement me donnait envie de vomir.

—Josh, j'ai tellement hâte d'assister à ton match demain soir. Je suis certaine que tu marqueras un but exprès pour moi, n'est-ce pas ?

Gerber. C'est ça qui se produirait. À l'instant où je prendrais conscience qu'il s'était finalement lassé d'attendre que je sache où j'en étais.

—J'espère marquer beaucoup de buts, Scarlet.

Double gerbe.

Son gloussement fut encore plus horripilant que le premier.

—Évidemment.

C'était quoi, exactement, cette fille ? Mi-humaine, mi-hyène ?

—Et j'aurai une seule fille à l'esprit.

Pourquoi fallait-il qu'il utilise cette intonation avec elle ? Dénuée de flirt ou du moindre machisme ? Pourquoi fallait-il qu'il utilise cette voix grave, sexy qu'il me réservait, celle que je connaissais si bien… pour elle ?

Sa main traversa l'allée et attrapa la mienne.

Mon regard s'envola vers lui et le surprit en train de me fixer. Mon sourire indiqua sans doute à Scarlet tout ce qu'elle devait savoir, car elle bondit prestement du bureau.

—Désolée, Ember ! Je ne savais pas que… bon, ouais !

Elle revint à son bureau en se déhanchant.

Il soutint mon regard.

—J'étais absolument sérieux.

—Je sais.

Et c'était vrai.

—Demain, c'est Gus qui commence, dit-il.

—Ouais, et tu lui as fait faire des progrès incroyables.

—C'est un gosse incroyable, répliqua-t-il. December, au sujet de demain…

—Non, fis-je tandis que mes ongles s'enfonçaient dans ma paume autour du stylo. Ne me redemande pas, pas encore. Une partie en moi est incapable de te dire non, alors simplement, ne demande pas.

Il m'embrassa la main, un effleurement furtif de ses lèvres sur ma paume, puis la lâcha.

Je le voulais désespérément, avec une ardeur qui menaçait de submerger mon bon sens, et je ne pouvais pas laisser cela se produire.

—Ember !

La voix d'April me ramena abruptement à l'instant présent.

Je dépassai maman et m'installai sur le siège à côté d'elle. Nous étions deux rangées au-dessus du banc de Gus, mais la patinoire était vide pour le moment. Les garçons s'étaient déjà échauffés et ils étaient dans le vestiaire pour le laïus d'encouragement des coachs. Le stade était à moitié plein, pas si mal pour un tournoi de hockey pee-wee, la division des joueurs de onze-douze ans. S'ils gagnaient ce match, ils étaient en route pour le championnat de la ligue.

—Tu ne m'as pas apporté de café, rouspéta ma sœur.

—Je ne pensais pas que tu viendrais.

Je lui offris le mien, mais elle secoua la tête.

—Ça me donnera une bonne excuse pour m'échapper après la mi-temps et trouver un Starbucks, répondit-elle en riant avant de se replonger dans des jeux sur son iPhone.

Je sirotai mon *mocha* et adressai un sourire à maman, qui me le rendit. Sa peau était rosie, et ses yeux brillaient d'excitation. Elle avait attendu ce match avec impatience pendant toute la semaine. Être installée sur ces gradins en bois me donnait l'impression que rien n'avait changé, presque comme si elle ne s'était jamais absentée.

Ses yeux me survolèrent et un sourire plus profond fendit son visage gracile.

—Gwen ! J'ai gardé de la place ! s'écria-t-elle en faisant signe à Mme Barton.

J'esquissai une grimace.

La mère de Riley se faufila et me dépassa en tapotant mon épaule.

—Ça fait vraiment plaisir de te voir, Ember ! dit-elle en me décochant un clin d'œil discret. Je t'ai apporté une surprise. Peut-être que vous pourriez discuter une minute ?

Oh non.

Elle n'avait pas fait ça.

April garda la tête braquée sur son Smartphone, mais détourna les yeux vers moi en levant les sourcils. Ils s'arrêtèrent momentanément au-dessus de ma tête et son inspiration forcée m'indiqua qu'il était là.

—Ça va aller ? articula-t-elle dans ma direction.

Je déglutis et m'efforçai de puiser en moi un tout petit peu de cette bienveillance que maman louait abondamment dans ma personnalité. Sois la meilleure personne que tu puisses être, mon cul, oui.

—Salut, mon ange.

La voix de Riley me replongea dans la familiarité. Je ne pris même pas la peine de lever les yeux. D'ailleurs, la patinoire vide était captivante, n'est-ce pas ?

—Ne m'appelle pas comme ça.

Il s'assit à côté de moi.

—Désolé, c'est sorti tout seul, les vieilles habitudes, etc.

—Ouais, etc.

—Ember, pourrions-nous être au moins courtois ? demanda-t-il en se positionnant face à moi.

—Si j'étais Ember, je t'enverrais carrément te faire foutre, mais je n'ai pas le droit de dire des choses pareilles, vu que je suis encore en deuil et tout le tralala, répliqua April juste à côté de moi, toujours absorbée dans son téléphone.

Maman la fusilla du regard.

Je jetai un coup d'œil sur ma montre. Ils allaient entrer sur la patinoire d'un instant à l'autre, maintenant, et je serais coincée à côté de Riley pendant des heures dans un silence minable et gênant si je ne ravalais pas mon orgueil et ne prenais pas sur moi. Le chemin à parcourir était drôlement rude.

—Nous pouvons tout à fait être courtois, Riley.

Il tendit la main par-dessus le support à gobelet et attrapa la mienne.

—Tu m'as manqué.

Je dégageai vivement ma main de la sienne.

—J'ai dit courtois, Riley. Ne me touche pas.

—Pourrais-tu au moins me regarder ?

Je pivotai, m'attendant à ce que mon cœur se brise à nouveau en mille morceaux, mais étonnamment, je ne ressentis que la piqûre d'une écharde.

—Content ?

Pas parce qu'il n'était pas beau, car il l'était. Classe parfaite à la Abercrombie comme d'habitude, mais il y avait dans ses yeux bleus quelque chose qui ne s'y trouvait pas d'habitude. Du remords ?

—Non, pas vraiment, pour être honnête. Pas depuis que tu m'as quitté.

L'annonce aux haut-parleurs couvrit ma stupéfaction.

—Voici maintenant nos Mountain Lions !

Les applaudissements retentirent autour de nous tandis que les garçons entraient sur leurs patins, levant les bras au ciel comme s'ils étaient déjà des stars de la NHL[1]. Je me levai d'un bond en criant le nom de Gus et l'applaudis à tout rompre. Il avait tellement travaillé pour en arriver là. J'étais si fière de lui.

Les garçons patinèrent autour de la cage de but puis revinrent se placer en ligne droite. Jagger s'avança sur la glace et vers le banc, suivi par le coach principal, puis mon souffle se suspendit. Josh surgit sur la patinoire et se dirigea vers le banc. Son costume noir tombait gracieusement sur les angles puissants de son corps, avec une chemise noire et une cravate dorée. Je fus assaillie par la vision éminemment érotique de ma main attrapant cette cravate et l'attirant vers moi.

Ses yeux survolèrent la foule avant de se braquer sur moi. Il me décocha un sourire discret, que je lui rendis, à ma façon pas si discrète. L'une des choses dont j'avais envie, d'une manière presque aussi irrépressible que Josh, était le sentiment de paix, la sérénité qui m'habitaient lorsque j'étais en sa compagnie. Tout le reste s'évanouissait. Le revoir m'évoquait ces mauvaises métaphores utilisées dans les romances, telles que de l'eau dans le désert, du soleil en hiver, des couleurs dans un monde gris. Oui, oui, oui. Il était tout ça à la fois, et bien davantage.

---

1. National Hockey League. *[N.d.l.T.]*

Josh éclipsait Riley, et la piqûre d'avoir revu Riley au bout de six semaines avait disparu. Était-il possible que je sois vraiment remise de ce deuil ?

—Est-il en train de… qu'est-ce que vous fabriquez, tous les deux ? s'enquit Riley, dont la voix s'était affaissée, à l'instar de sa mâchoire.

J'acquiesçai.

—Ouais, je crois que oui.

Les yeux de Josh se déplacèrent vers ma droite, sur Riley, et son sourire vacilla. Il m'adressa un petit signe de tête, comme s'il venait de comprendre quelque chose, et me tourna le dos. Merde. Il croyait que j'étais ici avec Riley.

Je n'eus pas le temps de ruminer sur cette pensée car le palet était déjà lancé.

La première mi-temps s'écoula comme dans un songe, et les Bears menaient contre nous, deux à zéro. Gus se donnait à fond sur ses patins, mais l'équipe adverse était sacrément bonne.

Les mômes retournèrent au vestiaire, suivis par leurs coachs. Josh jeta un coup d'œil vers moi, mais son regard n'exprimait pas sa chaleur coutumière.

—Tu as faim ? demanda Riley.

Mon estomac répondit à ma place.

—Oui.

—Amusez-vous bien, les enfants, lança sa mère avec un clin d'œil dans notre direction.

Une fois en haut de l'escalier, en pénétrant dans la rotonde, je ne pus m'empêcher de lui poser la question :

—Ta mère n'a aucune idée du motif de notre séparation, n'est-ce pas ?

Riley secoua la tête et passa sa main dans ses cheveux, dans un geste que je ne connaissais que trop bien.

—Non. Je lui ai dit que nous avions pris des chemins différents et que tu devais revenir t'installer ici avec ta famille. Elle complote en secret avec ta mère pour qu'on se remette ensemble.

Je m'esclaffai.

—Ouais, je n'ai rien dit à maman, sinon elle saurait que ça n'arrivera jamais.

Riley s'arrêta devant le snack-bar et commanda une part de pizza au fromage et une *root beer* pour moi. C'était comme ça, quand on avait été en couple pendant trois ans avec quelqu'un ; Riley connaissait les moindres détails de mon quotidien.

—Jamais, vraiment ?

Je le fixai pendant un long moment, enregistrant dans ma rétine la lumière de ses pupilles, la disposition de ses cheveux, l'expression d'inquiétude familière de sa bouche. Un sentiment de paix m'envahit et je réussis à me détacher.

—Jamais, Riley.

—Mais nous avons un plan, et il est excellent. Toi, tu enseignes, moi, je fais mon droit. Tout est conçu à la perfection.

Il récupéra notre pizza à la caisse et me tendit ma boisson.

—Comment tout cela peut-il être… fini ?

Nous choisîmes une table haute en retrait, légèrement dissimulée dans une alcôve.

—Ça l'est, Riley, c'est tout.

—Mais je t'aime. Ce ne sont pas des paroles en l'air. J'ai su dès la première seconde du lycée que tu étais ma partenaire idéale. On peut surmonter ça si on se bat.

Je mastiquai lentement ma pizza, tournant et retournant la formulation de ma réponse dans ma tête avant d'avaler.

—C'est comme ça, c'est tout. Je n'ai plus aucune énergie pour me battre. Il s'est passé trop de choses pour revenir en arrière, et après ce que tu as fait, c'est tout bonnement impossible d'avancer.

Je soupirai, me libérant par ces mots des dernières traces de souffrance concernant Riley.

—J'aimerais être en colère. J'aimerais crier, et taper du pied et des poings, et te dire que tu es un trouduc d'avoir fait un truc pareil, mais la vérité, c'est que ma colère a disparu. Je n'ai plus l'énergie d'être en colère.

Ce n'était absolument pas du bluff, pas un mensonge. Parmi tous les événements de ces six dernières semaines, celui-ci représentait un deuil que j'avais dépassé. Le dire à voix haute ne faisait que l'entériner.

—C'est à cause de ce truc avec Josh Walker ? C'est pour ça que tu refuses de m'accorder une seconde chance ?

Je savais, à l'expression tendue sur son visage, que cela lui en coûtait énormément. Riley ne perdait jamais. Ce n'était pas dans sa nature.

—Oui. Non. Je ne sais pas, sans doute, répondis-je avant de m'esclaffer, me sentant libérée pour la toute première fois depuis décembre. Je ne peux plus être avec toi car je ne ferai plus jamais confiance aux paroles qui sortent de ta bouche, pas après ce que tu m'as fait. Peut-être que si tu avais été amoureux de Kayla…

Cette pensée tourbillonna dans mon esprit, le brouillant.

—Était-ce le cas ? Étais-tu amoureux d'elle ?

—Non. Elle était juste… là. Commode.

Je me concentrai sur les gouttelettes de condensation qui s'étaient formées sur la canette de *root beer*.

—Je pensais que ça faciliterait les choses, répondis-je en secouant la tête. Mais ce n'est pas le cas. Ça signifie juste que tu as échangé ce que nous avons mis des années à construire contre du sexe. Juste du sexe. Je ne peux pas être dans une relation avec une personne pour qui le sexe importe plus que l'amour, d'autant que je t'avais offert les deux.

Le silence tomba entre nous. Il était moins gênant que définitif.

—Je ne me résignerai pas à te perdre, Ember. Je n'ai jamais visualisé ma vie sans toi, dit-il en tendant le bras à travers la table pour saisir ma main, mais je la retirai vivement et la posai sur mes genoux.

—Eh bien, il est temps de t'y mettre. Tu vas faire de grandes choses dans ta vie ; te connaissant, je n'ai pas le moindre doute là-dessus. Mais je n'en ferai pas partie.

Il ramassa nos déchets et les jeta dans la poubelle derrière nous avant de se retourner vers moi.

—J'ai vécu ça cent fois dans ma tête. Je te voyais me frapper, m'insulter, pleurer, et chaque fois, j'arrivais à te convaincre que je t'aime plus que tout, et à te récupérer, dit-il en ouvrant les bras, paumes en l'air. Ce que j'ai fait était égoïste, et mal, et… carrément horrible, bordel. Je ne peux pas me racheter.

Une partie en moi désirait être touchée par sa sincérité, mais à la place, il y avait une tristesse persistante pour ce que j'avais perdu, et pour ce qu'il n'avait pas encore lâché. Peu importait qu'il soit un enfoiré ou pas, j'avais aimé Riley pendant trois ans, et cela me peinait de le voir souffrir, même si c'était lui qui avait détruit notre couple. Je m'avançai dans ses bras ouverts et calai ma tête contre son épaule, là où elle s'était toujours posée naturellement.

—Tu ne peux pas te racheter, Riley. Ni maintenant ni jamais.

Ses bras m'enlacèrent, m'enveloppant de l'odeur familière de son parfum et de l'étreinte qui devait – du moins l'avais-je toujours cru – m'accompagner jusqu'à la fin de mes jours.

—On pourra rester amis ?

—Je ne sais pas. Pas pour l'instant, c'est trop me demander.

Il éloigna doucement mon visage et plongea son regard dans mes yeux comme si c'était la dernière fois qu'il me voyait.

—Tu vas tellement, tellement me manquer, purée.

—Je connais ça, répondis-je en souriant faiblement et en baissant les yeux, sur le point de me dégager, puis je regardai par-dessus mon épaule.

Josh se tenait au milieu de la pièce comme s'il s'était arrêté en pleine trajectoire. Son expression de surprise s'évanouit rapidement tandis qu'il secouait la tête dans ma direction. Ses mâchoires étaient contractées, ses yeux, plissés, et il pivota sur ses talons, se fondant dans la foule.

—Josh, murmurai-je en me séparant de Riley à la hâte.

Je m'élançai à travers la foule, mais restai bloquée, broyée par les spectateurs affamés agglutinés dans la rotonde, comme si je luttais contre un courant surpuissant. Je savais à quoi ressemblait cette étreinte, mais rien n'était plus faux. Je devais le lui expliquer, le lui faire comprendre.

Je ne voulais que lui.

Comme si mon frein à main avait été tiré, je fus stoppée en pleine course tandis que les gens massés alentour me poussaient de tous côtés. Oh merde. Je voulais Josh. Pas en tant que mec distraction, mais bien pour moi. J'avais lutté si longtemps et si farouchement contre ça, parce que je n'ignorais pas quel genre de type c'était, le genre qui couchait avec n'importe quelle fille à portée de main. Mais il n'était pas ainsi avec moi.

Il avait été si bon avec moi. Je n'arrêtais pas de me comporter comme une épave enragée, psychotique sur les bords, et il s'était accroché et ne m'avait pas laissé tomber. Sauf maintenant, où il s'éloignait.

Le haut-parleur beugla l'annonce de la reprise, et je sus que je devrais attendre la fin du match pour aller le retrouver. Je revins jusqu'à notre section et descendis l'escalier. Les garçons étaient déjà sur la patinoire, prêts à en découdre.

Riley se leva pour me laisser passer jusqu'à mon siège.

—Ce n'est pas un type pour toi, murmura-t-il après que nous fûmes assis.

—Tu ne le connais absolument pas, et tu n'as pas ton mot à dire. De plus, tu n'étais pas un type pour moi non plus.

Je pouvais rester pacifique avec Riley du moment qu'il ne s'attaquait pas à Josh. C'était la limite à ne pas franchir.

—Fais attention, je t'en prie. Ce type traîne toujours une réputation à Boulder, et ça fait trois ans qu'il en est parti.

—Les réputations ne sont pas toujours conformes à la réalité. La tienne était plutôt cristalline, tu te souviens ?

Il soupira et je sus que la conversation était finie.

Lors de la deuxième période, le score se resserra.

Les garçons se donnèrent à fond, mais à la fin, ils furent battus, à trois contre deux. Pas de championnat de ligue pour eux cette année.

Lorsque nous atteignîmes les vestiaires pour aller chercher Gus, Josh était déjà parti.

Il s'était sans doute lassé d'attendre.

17

Le stade World Arena dégageait une impression bien différente quelques heures plus tard, lorsque Sam et moi tendîmes nos billets aux videurs de nuit et qu'ils vérifièrent si nos sacs ne contenaient pas de boissons provenant de l'extérieur. Il n'était plus question de mamans et papas du hockey, de petits frères et petites sœurs turbulents, ni de l'esprit de camaraderie accompagnant le hockey pee-wee. Non, il s'agissait maintenant de hockey universitaire.

Des rires rauques et du bruit emplissaient l'allée dans le mélange bleu et or de Co Springs, et bleu et blanc de l'Air Force Academy. Rien de tel qu'un peu d'action en ville pour rameuter les foules.

—Ça ne me dérangerait pas de me payer un élève officier torride ! s'écria Sam tout en détaillant un élève militaire devant nous qui ne se doutait de rien, faisant la queue pour du pop-corn.

—Bas les pattes, Sam. Je ne sais pas toi, mais en ce qui me concerne, l'existence que mènent nos mères ne me donne pas du tout envie.

Menaient, plus exactement.

—Il n'y a pas la moindre putain de chance que je coure après un militaire, ajoutai-je.

Elle pencha la tête sur le côté, comme si elle était en train de débattre intérieurement.

—Tu as peut-être raison, répondit-elle en se retournant, munie du pop-corn, tandis que son regard croisait celui d'un autre élève officier, qu'elle aguicha sans scrupule. Mais bon, quand même, je ne refuserais pas de croquer un petit bout de ceci.

Il inclina sa casquette vers elle en lui décochant un immense sourire, et je la tirai vers l'entrée de notre section.

—Abstiens-toi. Tout ce que ça rapporte, ce sont des coups frappés à la porte d'entrée de ta maison. Ça n'en vaut pas la peine.

Elle m'arrêta devant les gradins et m'attrapa par les épaules.

—Ember, cela ne finit pas toujours comme ça s'est fini pour ton père. Et ne me dis pas que ta maman prétendrait que ça n'en valait pas la peine. Tu ne peux pas penser comme ça.

C'était pourtant le cas. Je détournai la tête, reconnaissante d'être à l'abri d'un tel choix.

—Allons nous installer.

Nous descendîmes l'escalier juste à temps pour voir le lancement du palet, puis passâmes devant quelques spectateurs irrités avant de trouver nos sièges, qui étaient incroyables et au-dessus de nos moyens.

—Sam, comment as-tu obtenu ces billets ?

Nous étions sur la ligne bleue, carrément sur la glace.

—Par Jagger. Il a dit qu'il en avait quelques-uns et j'ai été ravie de les récupérer par son biais.

—Ça a l'air d'être un chouette gars.

Un sourire espiègle fendit son visage.

—Je n'en sais rien. Sans doute qu'il n'est pas aussi dangereux que Josh, mais mon petit doigt me dit que Jagger est une sacrée canaille dans son genre.

—Josh n'est pas dangereux ! répliquai-je en lui balançant un morceau de pop-corn.

Elle afficha une expression qui m'accusait d'être folle.

—Josh Walker est indubitablement dangereux pour n'importe quel membre de la gent féminine évoluant dans son entourage… sauf toi, s'entend.

Si seulement elle savait.

—Il représente un immense danger pour moi. Mais pas comme tu le penses.

Mes yeux se braquèrent sur sa carrure qui patinait avec le palet, pénétrant dans le territoire de l'AFA.

—Et si je décidais que de courir ce risque ? demandai-je doucement.

—Pour de bon ? fit-elle avec un sourire qui aurait pu éclairer toute la patinoire. Je pense que c'est la meilleure idée que tu aies eue depuis… euh… toujours !

Une excitation fébrile jaillit en moi, et à cet instant, j'eus l'impression d'être revenue en seconde au lycée, en train d'échanger des ragots avec Sam sur les garçons et de sécher les cours pour assister aux matchs de Josh Walker. Sauf que maintenant, je connaissais le goût de ses baisers, la sensation de ses mains sur mon corps, et que j'en voulais davantage.

Avec Josh, j'en voulais toujours davantage.

Le regarder évoluer sur la glace était hypnotisant. Je perdis le fil de mes pensées dans le sillage de ses patins, ses tours et ses détours. Dix minutes de match s'étaient écoulées et, absorbée par sa détermination inflexible, attirée par tout ce qui avait trait à lui, je l'avais à peine remarqué.

Il ne reculait devant rien, se frayant un passage à travers les joueurs de la défense pour tirer et MARQUER !

Nous bondîmes de nos sièges, hurlant et les encourageant tandis qu'il mettait le palet dans la cage et était assailli par ses coéquipiers.

—Un but marqué par le joueur de dernière année Josh Walker à la minute 11 et 23 secondes.

L'annonce des haut-parleurs déclencha une nouvelle salve d'applaudissements et de cris.

La clameur de la foule reflua suffisamment pour que j'entende les deux filles assises derrière moi.

—Putain, il est canon !

—T'as raison. Je me demande si on pourrait aller le voir après le match.

Ah oui, les groupies du palet. Je m'esclaffai bruyamment. Pour elles, il était peut-être un joueur de hockey super canon, mais il était tellement plus pour moi. Elles pouvaient bien coucher avec lui, pétard, peut-être que c'était déjà fait, mais quelque chose me disait que je possédais davantage de lui qu'elles ne pourraient jamais posséder, et sans sexe.

Sam pouffa, et je sus qu'elle les avait entendues. On ne pouvait pas dire qu'elles étaient particulièrement discrètes. Un regard furtif derrière moi me confirma ce que je savais déjà : c'était Blanc Bonnet et Bonnet Blanc, et elles avaient toutes deux tracé son numéro sur leurs joues. Mais bon, je ne pouvais pas vraiment leur jeter la pierre. Après tout, moi aussi, j'essaierais d'aller le voir après le match.

Josh marqua encore un but dans la troisième période, et les Mountain Lions gagnèrent, à trois contre un. À en juger par les embrassades enthousiastes entre les joueurs lorsque la cloche retentit, il serait de bonne humeur. Sam me tira vers le haut de l'escalier avant que les groupies du palet puissent nous devancer.

—Tu as besoin d'un léger avantage ! me lança-t-elle par-dessus son épaule en riant.

Si vous confiiez à Sam la mission palpitante de décrocher un mec, elle deviendrait un 007 féminin, prêt à traquer sa proie sans pitié.

Nous atteignîmes l'allée qui se remplissait.

—Sam, puis-je te rejoindre à l'appart ?

Elle m'enlaça étroitement avec un peu plus d'exaltation que d'ordinaire.

—Du moment que tu arrives à rejoindre Josh Walker !

Je la repoussai en pouffant. Quoi, avais-je de nouveau seize ans ? Parce que, purée, c'était vraiment l'impression que j'avais.

—On se voit plus tard !

Avec un petit signe de main, je traversai l'allée circulaire et descendis l'escalier menant à l'entrée des vestiaires. C'était pratique d'avoir un petit frère qui jouait au hockey dans le stade même où je traquais un mec.

Je me faufilai par les portes ouest et serrai ma veste contre moi, m'efforçant de me protéger contre le froid de février. Le chemin jusqu'aux vestiaires était bien éclairé et je longeai en hâte le flanc arrière de l'Arena.

Je me retrouvai parmi un petit attroupement de fans, essentiellement des filles, amassés devant la porte. Apparemment, je n'étais pas la seule à avoir eu cette idée. Nous entrâmes en file indienne dans le couloir, et je me hâtai de me caler contre l'un des derniers pans de mur disponible. Les filles sortaient des poudriers, vérifiaient leur maquillage ou en rajoutaient, tout en gloussant et babillant à propos de la soirée post-match la plus branchée, et de qui avait mis la main sur quel joueur. Le nom de Josh revint à plusieurs reprises dans leur bouche.

Bordel de merde. J'étais au beau milieu des groupies.

Pour confirmer mes soupçons, Blanc Bonnet et Bonnet Blanc rejoignirent la mêlée et s'approchèrent effrontément du videur au visage couvert d'acné pour tenter d'entrer dans le vestiaire.

Même s'il eut l'air d'apprécier grandement leurs tentatives, il ne céda pas de terrain.

Bien joué, mon gars.

Toutes les têtes se tournèrent lorsque les portes du vestiaire s'ouvrirent et que les premiers joueurs en surgirent. Les bravos résonnèrent dans le couloir, se répercutant contre les murs en parpaing blanc. Une fois que ces joueurs eurent atteint le bout du couloir, leur sac d'équipement à l'épaule et une fille au bras, les autres émergèrent à tour de rôle.

J'eus l'impression que l'équipe entière était sortie avant que Josh ne fasse son apparition. Il décocha un signe de tête et un sourire au videur et remonta la fermeture Éclair de sa doudoune noire avant de se tourner vers nous. Les cheveux encore humides de la douche, il se passa la main dedans avec une expression si brisée que je faillis en perdre la boule. Il opina furtivement du chef dans ma direction et afficha un sourire forcé. Les deux groupies du palet se ruèrent vers lui, et Josh ouvrit les bras, en accueillant une de chaque côté.

L'adoration des femmes ne lui était décidément pas étrangère.

Pendant une fraction de seconde, j'envisageai de prendre mes jambes à mon cou, me barrer, et envoyer bouler mon plan. Il avait l'air suffisamment comblé, n'est-ce pas ? Il ne manquerait jamais de petite amie ; ne pas m'avoir ne le tuerait pas. Ouais, j'allais partir.

J'agrippai la lanière de mon sac à main et lui jetai un coup d'œil, un dernier avant la fuite. Il regardait par terre, riant avec les filles tandis qu'il longeait le couloir, mais son sourire vacilla et je l'entrevis à nouveau, cette partie brisée en lui dont je me savais, d'une certaine manière, responsable. Je devais essayer de réparer ça.

—Josh, dis-je en m'avançant, d'une voix si basse que je l'entendis à peine au milieu du brouhaha du corridor.

Sa tête pivota comme si on l'avait giflé.

—Ember ?

Son intonation sèche m'indiqua tout ce que je voulais savoir. À la place du sourire que je désirais tant, ses yeux se plissèrent d'un air soupçonneux.

—Qu'est-ce que tu fais ici ?

Je regardai les jumelles Blanc Bonnet et Bonnet Blanc, qui me jetèrent toutes deux des sourires railleurs.

—Pourrais-tu m'accorder une minute ?

Il me balança son sourire forcé au visage, qui me fit plus mal que tout ce qu'il aurait pu me répondre.

—Pas sûr, répondit-il en déposant un baiser sur la joue de l'une des groupies. Qu'est-ce que vous en pensez, mesdames ? Est-ce qu'on devrait emmener Ember à la soirée ?

Heather s'attarda sur mon jean ordinaire, ma veste, mon sweat, les comparant à sa minijupe et à son décolleté plongeant, et s'esclaffa.

—Eh bien pourquoi pas ? Visiblement, ça ne lui ferait pas de mal de se décoincer.

Josh haussa les épaules.

—Viens, si tu tiens la distance, Ember.

Il me dépassa, plein de la certitude que j'allais le suivre à la trace. Des commentaires mauvais et méprisants montèrent dans ma gorge, brûlant de se frayer un chemin sur ma langue et hors de ma bouche, mais je les ravalai. Qu'il se comporte comme un connard ou pas, c'était ma faute. Je lui devais une explication. Il me devait une chance de m'expliquer. Pas vrai ?

Les filles se trémoussèrent en pouffant quand il ouvrit les portières de sa Jeep.

Blanc Bonnet bondit à l'arrière et Bonnet Blanc s'installa sur le siège du passager avant, me laissant la place derrière Josh. Il tendit la main et souleva son siège.

—Après toi.

—Josh, je t'assure qu'une minute me suffira.

Je plongeai mon regard dans ses yeux marron et en oubliai presque pour quel usage j'avais besoin de cette minute.

Il m'emprisonna entre ses bras, me pressant contre la carrosserie arrière de sa Jeep.

—Vraiment ? Je pense à un tas de choses qu'on peut faire en une minute, Ember. Mais je parie que Riley n'apprécierait pas de savoir ce que je fais avec toi, n'est-ce pas ?

—C'est exactement de ça que j'essaie de te parler.

Il me fallut puiser dans toute ma volonté pour ne pas l'embrasser, attirer son visage vers le mien et l'obliger à voir. S'il avait été irrésistible quand j'étais déterminée à rester à distance, comment serait-il maintenant que j'étais prête à plonger ?

Il frotta sa joue contre la mienne, son souffle chatouillant mon oreille, beaucoup plus chaud que l'air.

—Peut-être que je ne suis pas tout à fait prêt à entendre que Riley est parfait, que tu lui as pardonné et que tout s'est arrangé entre vous.

—Josh…

Il barra mes lèvres de ses deux doigts, me faisant taire.

—Tu veux parler ? D'accord. Je t'accorderai cinq minutes une fois que j'aurai assez d'alcool dans mon organisme pour l'entendre. Ça te va ? Alors monte.

Nos yeux se livraient une bataille farouche en silence.

—D'accord.

Il fit un signe de la main vers la portière ouverte.

—Votre carrosse vous attend.

Je ravalai la remarque sarcastique qui restait en suspens sur le bout de ma langue, et saisis la main qu'il m'offrait pour monter dans la Jeep. Il se pencha sur moi et attacha la ceinture de sécurité comme il l'avait fait la nuit où j'avais découvert Riley avec Kayla. Je ne pus réprimer mon désir de le toucher et passai furtivement la main sur la peau nue de son cou. Il s'écarta en tressaillant comme si je l'avais brûlé. Ses yeux plongèrent dans les miens pendant une fraction de seconde avant qu'il referme la portière.

Si je lui faisais encore un tel effet, tout n'était pas perdu.

Après avoir déposé son équipement à l'arrière de la Jeep, il grimpa et nous nous mîmes en route vers le campus. J'apercevais son reflet dans le rétroviseur avant, et l'observai minutieusement. Il semblait intensément concentré sur la route, mais la façon dont il mordillait sa lèvre inférieure m'indiquait que son esprit n'était pas uniquement préoccupé par la circulation. Grands dieux, j'avais tellement envie de dérober cette lèvre à ses dents et de la libérer à coup de baisers.

Lorsque nous nous arrêtâmes à un feu rouge quelques minutes avant d'arriver au campus, nos regards se croisèrent dans le rétroviseur, et se figèrent. Une onde d'électricité passa entre nous, menaçant de me consumer et de me réduire en cendres. Serait-ce donc toujours ainsi entre nous ? Cette attirance si violente finirait-elle par s'estomper ? Quelque chose me disait que non, et c'était plus effrayant que la pensée qu'un jour nous pourrions être rassasiés. À condition, déjà, d'atteindre « un jour ».

—Josh, on va à quelle fête ? demanda Blanc Bonnet.

—Je me suis dit qu'on irait à celle de la fraternité, si ça vous convient, *ladies*.

Les filles couinèrent. Bon sang, elles étaient franchement bruyantes.

—Je prends ça pour un oui, ricana-t-il. Et toi, Ember ?

Je me replongeai dans ses yeux bruns et m'en tins à mon plan. Finies les mascarades, finie la lutte.

—Je me fiche d'où on va, du moment que tu y es.

Je sentis les deux filles se retourner et me dévisager, mais je ne déviai pas le regard assez longtemps de lui pour les intégrer dans mon champ de vision. Si c'était une bataille pour garder son attention, j'étais en train de gagner. Point final. Il expira dans un son saccadé tandis que le feu passait au vert, et détourna le regard du mien.

Trois minutes et une éternité plus tard, nous étions devant la maison de la fraternité Kappa. Elle n'était pas aussi bondée que pour la Fiesta des Neiges, mais il y avait pas mal de monde. Les gens déguerpirent prestement tandis que Josh arrivait en trombe pour se garer, tirant le frein à main et bondissant de la voiture comme s'il avait le feu aux fesses. Les filles descendirent, tirant sur leur jupe pour cacher leur derrière tandis qu'elles sautaient à terre.

—Walker ! crièrent ses potes de fraternité depuis le haut du perron, et ils le saluèrent en levant leur gobelet en plastique rouge. Super match !

Josh leur décocha un signe de tête et aida Blanc Bonnet et Bonnet Blanc à enjamber l'enceinte en cordage qui séparait le parking du trottoir devant la maison. Je me débrouillai toute seule.

Une fille à chaque bras, il gravit les marches du perron. Une autre paire de groupies du palet, catégorie brunettes cette fois-ci, l'attendait devant la porte.

—Josh ! On voulait faire le trajet avec toi ! minauda l'une d'elles en glissant les doigts sur son torse.

Je fus presque assaillie par une envie irrésistible de hurler. Existait-il attitude plus pathétique ? On aurait dit que la taille de leurs fringues rétrécissait de manière inversement proportionnelle à leur besoin désespéré de lui plaire.

—Ne vous inquiétez pas, les filles, répliqua-t-il avec un sourire arrogant qui rendait son visage moins austère, plus juvénile. Il y en aura pour tout le monde, et je me sens en forme ce soir.

Les filles se glissèrent près de lui, faisant une sérieuse concurrence à Blanc Bonnet et Bonnet Blanc, et je faillis m'étrangler d'exaspération. Mais qui diable *était-il* ce soir ?

Alors je pris conscience que c'était le Josh Walker que tout le monde connaissait. Celui qui tirait les buts dans la patinoire et les filles en dehors. C'était le Josh contre lequel on me mettait en garde, et voilà que je lui courais de nouveau après comme une étudiante naïve de seconde. Cinq années n'avaient pas changé grand-chose.

Mes pieds se posèrent sur les premières marches et s'arrêtèrent tandis que ma main agrippait la rampe robuste du perron. Pour qui me prenais-je, en traitant ces filles de pathétiques ? C'est vrai, elles étaient beaucoup moins habillées que moi, mais nous étions toutes là pour la même raison : courir après Josh Walker. Il se comportait comme un salaud, et j'étais pathétique.

—Tu viens, Ember ?

Son expression sarcastique me poussa au-delà de mes retranchements.

Ah oui ? Comme ça, il voulait jouer à ce petit jeu ? Très bien.

—Ouais.

J'enjambai les marches à toute allure, le dépassai et pénétrai dans la maison sans lui jeter un seul regard.

La maison était pleine à craquer. Les haut-parleurs étaient saturés par le son de 50 Cent, et je me frayai un chemin en jouant des coudes jusqu'à la table de billard, où Jagger était penché sur le tapis vert, une queue à la main.

—J'ai besoin de boire un truc.

Ses sourcils s'écarquillèrent et il tira la boule.

—C'est pour moi, dit-il en se relevant, étirant la queue des deux mains au-dessus de sa tête, geste qui fit remonter son tee-shirt et révéla une masse d'abdos sérieusement ciselés.

Mais Jagger avait beau être torride, cela ne me flanquait pas une envie irrépressible de balayer son estomac de la langue.

—Tu veux une bière ? me demanda-t-il en refilant sa queue de billard à l'un des étudiants de la fraternité et en m'entraînant vers le bar.

Une minute plus tard, il fit sauter la capsule et me tendit une bouteille.

—Tu es une fan de bière à la cerise, pas vrai ?

—Ouais, c'est gentil de l'avoir remarqué, dis-je en lui adressant un sourire, avant de prendre une longue gorgée de bière puis de m'appuyer à nouveau au comptoir.

—Tu n'es pas exactement habillée pour une fête.

Un rire ironique m'échappa.

—Ouais, mais bon, j'ignorais que je me retrouverais ici en pleine compétition avec le reste de la foule féminine pour gagner les faveurs de Josh.

Son regard se détourna de moi et survola la pièce où je savais que Josh était déjà en train de danser avec sa brigade de pouffiasses.

—Tu es sûre que tu sais ce que tu fais, là ? Josh est… Josh.

Je martelai le bar de ma bouteille de bière et enlevai mon tricot, découvrant mon caraco bleu en dentelle, suffisamment décolleté pour exposer la naissance de mes seins mais ne pas montrer mon soutien-gorge. Des sifflements retentirent alentour. Je balançai mon pull sur le comptoir et passai les doigts à travers mes cheveux chargés d'électricité statique. Putain d'atmosphère aride.

—Voilà, ça va mieux, comme ça. Qu'est-ce que tu en penses ? Danse avec moi.

Ses yeux s'écarquillèrent.

—Bon, je crois que Josh est déjà bien occupé, fit-il en me tirant vers la piste de danse, mais en conservant entre nos corps une distance digne d'une boum de cinquième.

Apparemment, la dernière chose dont il avait envie était de se mettre son coloc à dos.

Mes yeux croisèrent ceux de Josh quelques mètres plus loin, qui regardait par-dessus la Barbie qui se frottait contre lui. *Va dans une putain de chambre*. Beurk. Cette pensée diffusait des éclairs de torture à travers ma poitrine. Ses mains étaient peut-être sur le corps de la fille, mais ses yeux étaient rivés sur moi, suivant chacun de mes mouvements en rythme. L'énergie vibrait en moi, non pas à cause de la musique, mais parce que j'observais

Josh bouger et je me souvenais de la sensation de l'avoir tout contre moi.

Barbie virevolta dans ses bras et lui susurra quelque chose à l'oreille. Il lui décocha un sourire séducteur et elle saisit la main qu'il lui tendait. Elle se faufila devant nous en premier, le tirant à travers la foule en direction de l'escalier. Josh haussa l'un de ses sourcils vers moi d'un air interrogateur, mais je ne parvins pas à le regarder dans les yeux. Si tout ce qu'il désirait était de la baise facile, il avait bien raison de monter à l'étage avec Barbie.

Mais je sus que je me mentais à la seconde même où cette pensée traversa mon esprit. Certes, j'étais allée plus loin avec lui qu'avec n'importe quel mec, mais il s'était arrêté avant de coucher avec moi. Ce genre de type ne courait pas seulement après la baise facile.

Il secoua la tête avec un sourire d'autodérision, comme s'il était déçu, et garda les yeux braqués sur moi tandis qu'il murmurait quelque chose à l'oreille de Jagger au passage. Celui-ci acquiesça et Josh me jeta un dernier coup d'œil interrogateur avant de gravir l'escalier avec Barbie.

—Viens, on va prendre un verre, suggéra Jagger.

J'opinai du chef, l'esprit ailleurs, et le suivis vers le bar.

—Bière ?

—Tequila.

La bière ne ferait pas l'affaire actuellement.

Lécher le sel. *Vlam* sur le comptoir. Engloutir la tequila. L'alcool glissa le long de ma gorge tel du feu et le citron vert frais adoucit la souffrance paralysante. Mais ce goût me renvoyait à Breckenridge et à la sensation de la langue de Josh dans ma bouche. Le regarder monter à l'étage des chambres avec cette fille avait saccagé et brisé mon âme, et menaçait de me faire plonger encore plus bas que ne l'avait fait Riley.

—J'ai besoin de prendre l'air, prononçai-je péniblement, trébuchant sur le tabouret du bar.

Je n'étais même pas ivre. Juste au fond du trou. Je slalomai à travers la foule jusqu'au porche de devant, qui était étonnamment vide, et me cramponnai à la chaîne de la balançoire avant de m'affaler dedans. Josh était en haut, en train de toucher une autre fille, de l'embrasser. J'inspirai profondément à plusieurs reprises pour ne pas vomir.

Jagger m'avait suivie à l'extérieur, et il s'appuya contre la rambarde du porche, me regardant en silence tandis qu'il sirotait une autre bière.

—Je ne sais vraiment pas ce que je fous, admis-je en contemplant les étoiles.

—Lui non plus.

—Oh, je crois qu'il s'y connaît pas mal pour monter avec les filles pendant ce genre de soirées.

Bordel, ça faisait mal.

—Pourquoi ça fait si mal ?

C'était une question purement rhétorique mais Jagger y répondit.

—L'amour est une chienne.

Cette phrase me fit tourner le regard vers lui.

—Je ne l'aime pas.

—Ah bon ? Alors qu'est-ce que ça peut te faire, avec qui il monte à l'étage ?

Je n'étais certes pas obligée de donner une explication à Jagger. Après tout, je le connaissais à peine, mais peut-être qu'il serait capable de comprendre ? Il fallait bien que l'un de nous trois y voie un peu plus clair, dans cette situation, pas vrai ?

—Je… je… je me fiche d'avec qui il monte.

—Tu ne t'en fichais pas quand c'était toi.

La voix de Josh, douce comme du velours, provenait de l'embrasure de la porte.

Je me retournai et le vis appuyé dans l'encadrement, les bras croisés sur son torse dans une pose naturelle. Il avait l'air tellement sexy. Avait-il aimé le goût de cette fille ?

—Ça y est ? Déjà fini ? Tu sais qu'en l'occurrence, il ne s'agit pas d'une course pour aller droit au but, n'est-ce pas ?

Jagger jeta un coup d'œil au visage tendu de Josh et prit congé.

—O.K., mec, dis-moi quand tu veux rentrer à l'appart.

La balançoire bougea légèrement lorsque Josh s'installa à côté de moi.

—Qu'est-ce que tu fais, Ember ?

Je ravalai la colère qui m'étranglait et choisis la voie de l'honnêteté.

—Je n'en ai pas la moindre idée. Pourquoi as-tu fait une chose pareille ? Monter dans une chambre avec elle sous mes yeux ?

Ses yeux brillèrent d'un éclair impitoyable.

—Qu'est-ce que ça peut bien foutre ? Aux dernières nouvelles, tu as un petit copain, n'est-ce pas, Ember ? Tu as choisi d'être avec un salaud qui ne mérite pas le moindre de tes baisers et j'ai choisi de coucher avec des filles insipides.

—Je ne suis pas avec Riley. C'est ce que j'essayais de te dire.

Il resta bouche bée pendant un instant.

—Tu n'es pas avec lui ?

—Non. Nous avons mangé un bout à la patinoire et un peu discuté pour mettre fin proprement à cette histoire.

On ne sort pas d'une relation de trois ans sans prendre une minute pour s'en détacher, Josh.

—Mais je t'ai vue dans ses bras, rétorqua-t-il en fronçant les sourcils, ce qui me donna terriblement envie de lisser les rides sur son front avec les doigts.

—Tu m'as vue l'enlacer pour lui dire adieu, effectivement. J'ai essayé de te rattraper pour t'expliquer, mais tu avais disparu et ensuite, tu as refusé tous mes appels.

Je déplaçai le poids de mon corps vers lui, faisant grincer la chaîne de la balançoire.

—Tu n'es pas avec Riley ?

C'était quoi, exactement ? Un perroquet ?

—Non.

—Et pourquoi ?

Je me mordis les lèvres, cogitant sur la perspective de lui ouvrir la porte de mon être, en grand. Quelques mots suffiraient, quelques mots seulement pour qu'il sache ce qu'il représentait pour moi. Mais ces quelques mots m'exposaient entièrement à la souffrance dont j'avais précisément tenté de me protéger.

Il tendit le bras pour réduire la distance qui nous séparait et, de la pulpe de ses doigts, descendit le long de ma joue.

—December, pourquoi ?

Je savourai le son de mon nom sortant de sa bouche.

—Dis-le-moi, s'il te plaît ?

Sa supplique brisa mes réticences.

—Parce qu'il n'est pas toi.

Cet aveu s'était échappé en un souffle de ma bouche avant que mon cerveau puisse intervenir.

Un soupir saccadé éclata entre ses lèvres une seconde avant qu'elles ne s'emparent des miennes. Sans préambule, sa langue balaya l'intérieur de ma bouche et m’emporta dans un baiser fougueux. Avec le peu de bon sens qui me restait, je me reculai.

—Pourquoi n’es-tu pas à l’étage avec Barbie ? C’est un joli morceau.

Il appuya son front contre le mien.

—Parce que tout ce que je désire se trouve en toi, Ember.

—Tout en moi est… un tel bordel. Tu n’as vraiment pas idée de ce dans quoi tu t’embarques.

—Toi. Je m’embarque dans toi, December. C’est tout ce dont j’ai besoin.

Il acheva sa promesse contre ma bouche, et je me perdis en lui.

—Laisse-moi juste tenter ma chance, murmura-t-il.

Chance signifiait vulnérabilité, et je savais que je ne survivrais pas à une autre perte, surtout s’il s’agissait de Josh. Mais mon autre option était de ne pas l’avoir du tout. Par conséquent, il restait une seule possibilité.

—D’accord, tentons notre chance.

18

Trois coups retentirent à la porte d'entrée. Josh était ponctuel.

Je vérifiai mon maquillage dans le miroir, comme si je ne l'avais pas déjà fait une bonne douzaine de fois, voire plus. Ouais, mon visage était toujours là. Je poussai un profond soupir et tentai de ralentir mon rythme cardiaque tandis que j'ouvrais la porte pour notre rendez-vous de vendredi soir.

Le sourire qui se dessina lentement sur son visage affola de nouveau mon cœur.

—Salut.

Ses dents mordillèrent sa lippe à peine une seconde avant qu'il secoue la tête vers moi.

—Tu ne peux pas porter ça.

Aïe.

—Ça ne te plaît pas ? demandai-je en baissant les yeux sur la minijupe sexy que Sam m'avait convaincue d'enfiler, recouvrant un legging et un pull décolleté.

C'était ainsi qu'elle apportait sa « contribution » dans cette situation.

—Oh si, ça me plaît, répliqua-t-il tandis que ses yeux s'assombrissaient. Tu es à croquer, Ember. Mais tu vas te geler tes jolies petites fesses si tu portes cette tenue.

—Qu'est-ce que tu veux que je porte ?

—Un pantalon.

—C'est un pantalon, répliquai-je en m'esclaffant.

—C'est une version améliorée d'un collant.

Il s'avança de trois pas et me plaqua le dos contre le mur de l'entrée. Ma respiration se figea lorsqu'il saisit ma jambe gauche et la souleva, enroulant mon genou autour de sa taille. Encore un geste et il m'aurait tellement excitée que je serais prête à zapper le rendez-vous galant pour passer directement au baiser de bonne nuit et ce qui s'ensuivrait. Tout ce qui s'ensuivrait. Sa main caressa ma cheville dénudée, remonta sur mon mollet revêtu du legging, glissa sur l'arrière de mon genou en direction de ma cuisse, toujours plus haut, et s'arrêta au bord de ma jupe. Il avança le front contre le mien.

—Là-dessous, je sens chaque courbe de ton corps, December, comme si ma main était sur de la peau nue.

J'arquai le dos pour un baiser et il se retira, ses yeux sombres emplis d'un désir familier.

—Si je t'embrasse maintenant, on peut dire adieu à la soirée à l'extérieur.

—Ça me convient tout à fait.

Après une dernière caresse de ma jambe, il la dégagea de sa taille et la reposa doucement par terre. Il leva les mains comme s'il était en état d'arrestation et se recula lentement.

—Enfile un pantalon. Immédiatement.

Je repoussai le mur et me dirigeai vers ma chambre pour me changer, un sourire irrépressible sur le visage. J'avais failli faire perdre le contrôle à Josh Walker.

*

J'étais bien contente d'avoir enfilé ce fichu pantalon.

—Je n'arrive pas à croire que ce soit ta conception du rendez-vous galant.

Étendue sur le dos, je voyais le plafond de la patinoire olympique Honnen au moins pour la cinquième fois en une heure. J'étais tombée si souvent que le froid s'était immiscé à travers ma veste, mon pull, et ma peau. Heureusement, je portais des gants pour épargner mes doigts.

Josh éclata de rire et me releva, pour la énième fois.

—Eh bien, visiblement, c'est une façon efficace de t'avoir allongée sur le dos.

—Ah ah ah.

Mes pieds glissèrent en dessous de moi, mais sa poigne était assez ferme pour me maintenir à la verticale. C'était la première fois que j'étais dans ses bras sans songer une minute à le dévêtir.

—Franchement, je ne comprends pas que tu puisses trouver ça amusant.

Il me poussa en patinant vers la cage des buts et s'assura que j'étais assez stable avant de m'encercler.

—C'est ici que je vis. Tout le reste n'est que de la survie.

—Et donc, tu m'as emmenée ici pour te la péter ?

Il patina à reculons, s'éloignant de moi, son sourire me captivant comme rien d'autre ne pouvait le faire.

—Et ça marche ?

—Ça va me filer des bleus au cul.

Son rire résonna dans le stade vide. Je me déplaçai de quelques mètres sur mes patins, oubliant ma situation précaire, et m'absorbai dans la contemplation de Josh. Il tourna si vivement que je ne compris pas par quel miracle il n'était pas tombé, puis s'élança dans ma direction. C'était vrai : ici, il ne se contentait pas de survivre mais vivait vraiment. Il irradiait sur la glace une vitalité comparable à nulle autre ailleurs. C'était déjà le cas au lycée, mais cela s'était encore accentué depuis. Il patinait avec davantage de puissance, prenait plus de risques quand la situation l'exigeait, et montrait plus de patience quand l'audace n'était pas de mise.

Où vivais-je ? Où s'exprimait ma vitalité ? Avais-je quelque chose qui me donnait l'impression d'être vivante à l'image de Josh en ce moment ?

—Hé, où es-tu ? demanda-t-il en glissant vers moi et en me rattrapant juste avant la chute. Tu étais partie très loin à l'instant.

J'affichai un sourire forcé.

—Ce n'est rien, rien d'important.

—Ne me fais pas ce coup-là. Si tu as quelque chose à l'esprit, je veux être au courant. Ne le pousse pas sous le tapis.

Je ne parvenais pas à le formuler, pas précisément.

—C'est débile.

Il me contourna et me prit par la taille pour me guider doucement autour de la patinoire.

—Je ne voulais pas être insistant. Mais c'est juste que je ne veux pas que tu fasses semblant avec moi. Ne me traite pas comme si j'étais quelqu'un d'autre.

Nous savions tous deux à qui il songeait. Nous achevâmes un autre tour et je m'appliquai à observer ses pieds et à imiter ses mouvements gracieux.

—Tu es vraiment dans ton élément ici.

—Oui.

—Moi, je n'ai rien de tel. Je n'arrive pas à me souvenir de la dernière fois où j'ai eu quelque chose qui m'appartenait vraiment. Quelque chose qui me donnait la sensation d'être motivée, vivante.

Il se retourna et patina à reculons, me tirant face à lui.

—Si mes souvenirs sont bons, tu étais une bombe dans l'équipe de rhétorique.

J'aurais trébuché s'il ne m'avait pas retenue.

—L'équipe de rhétorique ? C'était il y a un bail. Genre au lycée, en seconde ou première, répondis-je en plissant les yeux. Je ne me rappelle pas t'avoir jamais vu dans les parages de l'équipe de rhétorique.

Si je l'avais vu, je n'aurais même pas posé les yeux sur Riley.

Son sourire me fit fondre.

—Je crois me souvenir d'un certain débat sur les uniformes scolaires. Tu avais fichu une sacrée raclée à l'équipe adverse et ton exposé était brillant.

—Eh ! Les uniformes scolaires constituent une mesure égalitaire qui allège considérablement la pression subie par les lycéens de se conformer à un statut social absurde, et de dépenser du fric pour des fringues… Attends une minute. Tu y étais ? Tu as lu mon exposé ?

—Ouais, répondit-il en effleurant ma joue du pouce, avant de prendre ma main. J'étais l'assistant pédagogique d'Andrusyk, et c'est moi qui consignais toutes les notes. Qu'avais-tu l'intention de faire de cette bombe ?

Je me préparai psychologiquement pour le regard « ah-c'est-une-tronche ».

—Je voulais écrire des livres d'histoire, découvrir l'autre facette des événements, un peu comme Howard Zinn.

Je changeai prestement de sujet avant qu'il ne me considère comme un rat de bibliothèque psychotique.

—Au fait, consigner mon intervention est une chose, mais étais-tu vraiment là pendant le débat ?

Son sourire s'évanouit, remplacé par un regard d'une intensité brutale.

—J'étais attiré par une fille, mais elle était trop bien pour quelqu'un comme moi.

Le silence de la patinoire était seulement brisé par le bruit de nos patins sur la glace.

—J'étais raide dingue de toi.

L'aveu s'était échappé de mes lèvres.

—Je fantasmais de t'inviter pour la soirée Sadie Hawkins, ou que tu me remarques, mais tu étais Josh Walker et cela ne pouvait pas se produire.

Il déglutit.

—Je suis content que tu ne l'aies pas fait. À l'époque, je n'étais pas un type bien.

—Mais maintenant, tu l'es ?

—C'est ça, la beauté du temps qui passe. Les gens ne demeurent pas tels qu'ils étaient au lycée. Tu écrivais des dissertations d'histoire vraiment incroyables, tu considérais les sujets sous des angles tellement originaux. Tu ferais une merveilleuse historienne. Pourquoi as-tu laissé tomber ?

Il me fallut moins d'une seconde pour revenir en arrière et me souvenir.

—Riley, soufflai-je faiblement en m'immobilisant.

Nous repartîmes sur nos patins jusqu'à ce que Josh s'arrête, dans l'attente que je poursuive.

—On s'est mis ensemble et on a élaboré tous ces plans. C'était de bons plans, j'imagine, mais c'était les siens. J'ai décidé de devenir institutrice et tout le reste a perdu son importance. De plus, abandonner me laissait davantage de temps pour d'autres choses, et papa était en mission cette année-là, donc je pouvais aider maman avec Gus.

—Est-ce que ça t'arrive de penser d'abord à toi ?

— Tout le temps, répondis-je en m'esclaffant. Ne me fais pas passer pour une martyre, Josh. Mais les choses fonctionnent d'une certaine façon. Tout possède son système intrinsèque, son emploi du temps, et ce qui n'y contribue pas se retrouve éliminé. C'est de la logique, pas de l'altruisme.

— Et maintenant que Riley ne fait plus partie du tableau ? As-tu toujours l'intention d'être institutrice ?

Mon estomac chavira, menaçant de m'emporter dans son mouvement.

— Oui, répondis-je avant de secouer la tête. Non.

Je fermai les yeux et mon expiration se transforma en nuage hors de ma bouche.

— Je n'en sais rien. Ce n'était pas perdre Riley, le plus douloureux. C'était perdre les plans qu'on avait échafaudés. Tout était réglé, et carré, et parfait. Maintenant, tout est un vrai bordel et je ne sais pas comment m'en dépêtrer s'il ne me dit pas ce que je dois faire.

Josh hocha lentement la tête.

— Veille simplement à faire ce dont tu as envie, Ember. Trouve ce qui te rend heureuse. Ça t'attend là, quelque part.

Je patinai sur les quelques centimètres qui nous séparaient, me pressant contre son torse, et enroulai mes bras autour de son cou.

— Les seules fois où je me sens vraiment vivante, désormais, sont quand je suis avec toi, et cela me fout une pétoche d'enfer, avouai-je dans un souffle.

Ses lèvres rencontrèrent les miennes, froides et fermes. Le baiser était chaste, doux, et plus tendre que ceux que nous avions partagés jusqu'alors. Il m'attira encore plus près de lui et posa son front contre le mien.

— Tout en toi me fout une pétoche d'enfer, December.

Je n'eus pas l'occasion de répondre. Un troupeau d'éléphants se dirigea vers nous, émergeant de l'entrée des vestiaires sur la patinoire. C'était l'équipe de hockey de l'École supérieure du Colorado, les Tigers, le grand fantasme de Gus qui se concrétisait. Pour le hockey sur glace, l'École supérieure du Colorado était la voie royale.

—Eh ! Vous n'avez pas le droit d'être ici ! cria l'un des joueurs en patinant vers nous. On a un entraînement.

—Ouais, mec, désolé. On s'est attardés quelques minutes de trop. On vous laisse la place. Merci de nous avoir prêté la patinoire.

Une drôle d'expression envahit le visage du joueur des Tigers avant d'éclore en surprise.

—Eh, mais tu es Josh Walker !

Si je n'avais pas observé Josh d'aussi près, je n'aurais sans doute pas remarqué le léger tressaillement de sa mâchoire.

—Ouais. Ravi de faire ta connaissance.

Le type se tourna, révélant le prénom Cedar inscrit sur son tee-shirt.

—Lugawski, Hamilton ! C'est Josh Walker !

—Sans blague ! s'écrièrent les autres joueurs en patinant vers nous.

—Hé, mec, tu étais vraiment, genre, impressionnant ! On a visionné les vidéos de tes matchs !

Le « étais » me fit grincer des dents. Entourée de trois joueurs de hockey harnachés et rembourrés, je me sentis soudain minuscule, mais très belliqueuse pour défendre Josh.

—Il est toujours très impressionnant.

Josh me guida vers l'arrière et fit un signe de tête aux types.

—Encore merci pour la patinoire.

—Tu continues à jouer ? s'enquit Cedar, patinant vers Josh tandis que celui-ci m'accompagnait vers la porte.

—Ouais, pour Co Springs, répondit-il.

—Bon sang ! Si notre coach avait su que tu étais rétabli, il serait allé te chercher. Il a toujours été très fan de toi. Comment a-t-il pu te laisser passer à Boulder ?

Rétabli ? Quand Josh avait-il été blessé ? Je n'avais jamais entendu parler d'une blessure au cours d'un match, mais il avait quitté Boulder un an avant que je m'y installe. Sa main se serra autour de la mienne comme s'il se retenait de dire quelque chose.

Josh éclata de rire. Je me demandai si quiconque avait décelé que son rire était simulé ou si c'était parce que j'étais si étroitement connectée à lui.

—Une bourse d'études à 100 % pour l'université de Boulder. Vous étiez au-dessus de mes moyens, les gars, et votre équipe de coach était déjà au complet la première année, impossible de m'embaucher. Les étoiles n'étaient simplement pas alignées.

Cedar secoua la tête.

—Eh, mec, on aurait été ravis de t'avoir. Quand as-tu recommencé à jouer ?

—Seulement l'an dernier.

—C'est vraiment con pour ta jambe. Mais merci. Tu es un vrai héros pour nous tous.

Josh saisit la main tendue par Cedar et la serra.

—Il n'y a pas de quoi. J'ai juste apporté ma petite contribution, dit-il d'une voix si basse que je dus tendre l'oreille pour l'entendre.

—Quand même, c'est franchement remarquable.

Purée, ces mecs étaient atteints d'un sérieux syndrome d'idolâtrie pour un héros de joueur de hockey.

—Cedar ! appela un autre gars.

—Ouais ! répondit-il avant de se retourner à nouveau vers Josh. Écoute, si tu joues lors d'un prochain match, tiens-moi au courant.

Josh lui décocha un sourire pincé.

—Avec plaisir. On vous laisse maintenant. Vous êtes bien partis, les gars, pour cette année.

Après une autre poignée de main, il me tira hors de la glace et j'avançai vers les gradins d'une démarche maladroite et saccadée. Les patins menaçaient sérieusement mon équilibre.

Je les avais à peine délassés que Josh était agenouillé devant moi, diffusant une tension par ondes radioactives. Avec plus de délicatesse que je l'aurais imaginé, il écarta mes mains et m'ôta les patins en une fraction de seconde. Il était si concentré sur sa tâche que je n'osai pas lui dire que j'étais capable de me rechausser toute seule. Il glissa mes souliers plats sur mes pieds et m'aida à me relever.

—Tu es prête ? demanda-t-il.

—Ouais, dis-je en jetant un dernier coup d'œil à l'équipe vêtue d'or et de noir qui s'échauffait. *Bordel, ils sont vraiment bons.*

Sans regarder en arrière, il me guida gentiment vers la sortie.

—Ce sont les meilleurs.

Il y avait un truc qui clochait chez lui. J'accélérai le pas pour me caler sur son rythme et me blottis sous son bras. Il me serra contre lui.

Dehors, l'atmosphère glaciale me fouetta le visage et j'inspirai profondément. Josh ouvrit la portière, me fit grimper dans sa Jeep et m'installa, mais il ne me suivit pas immédiatement. Il contourna le véhicule pour atteindre le siège du conducteur, puis s'appuya contre sa portière, se passant les mains dans les cheveux pendant un moment avant de se pencher en avant. Ma première réaction m'exhortait vivement à aller le rejoindre, mais les vibrations émanant de lui m'indiquaient que je ferais mieux de rester là où il m'avait installée.

Il releva la tête et la reposa brièvement contre la vitre avant de prendre une inspiration apparemment immense et de se stabiliser. Puis il ouvrit la portière, se glissa dans l'habitable et me sourit.

—Alors, comment trouves-tu notre premier rendez-vous galant officiel ?

—Ne me fais pas ça.

Une sorte d'avertissement traversa ses yeux tel un éclair, mais je ne m'y arrêtai pas.

—Ne me traite pas comme si j'étais quelqu'un d'autre, je ne veux pas que tu me caches quelque chose.

Il expira, quelque part entre soupir et rire.

—Je l'ai bien mérité.

Je désignai le stade de l'index.

—C'était ce que tu voulais.

—Oui, répondit-il en enfonçant ses mains dans le cuir souple du volant. Tu n'étais pas la seule à avoir des plans.

Je tendis le bras et posai ma main sur sa cuisse, mue par le désir de le toucher.

Il ferma les paupières tandis qu'une expression évoquant la souffrance déformait les traits de son visage.

Il ouvrit subitement les yeux, alluma la radio et manœuvra pour sortir du parking de la patinoire. Entre deux changements de vitesse, il me saisit la main, mais ne parla plus pendant tout le trajet jusqu'à l'appartement. Bon Dieu, j'avais été tellement centrée sur moi-même. Certes, j'avais perdu mon père et les plans que j'avais échafaudés, mais tandis que j'étais absorbée par ma famille et ma propre vie, je n'avais pas eu l'occasion de remarquer que, dans mon entourage, ma tragédie n'était pas isolée. Chaque jour, des gens renonçaient à leurs rêves.

Il gara la Jeep dans sa place de parking et vint ouvrir ma portière à la hâte. Nous savions tous deux qu'il n'y était pas obligé, mais il me déposa délicatement du siège sur le sol, comme si j'étais une chose précieuse.

—Tu voulais être un Tiger ? demandai-je, m'efforçant de le faire parler.

Je ne pouvais pas être la seule à révéler mes secrets. Je voulais tout savoir de lui, en particulier ce qu'il dissimulait soigneusement.

Il déverrouilla la porte d'entrée de notre immeuble et attendit que nous soyons à l'intérieur pour parler.

—Ouais. Le plus beau jour de ma vie a été quand j'ai été accepté à l'École supérieure du Colorado. Mais nous n'avions pas les moyens, et l'université de Boulder m'avait attribué une bourse couvrant tous mes frais. Alors je suis allé à Boulder.

—Et tu as été blessé ? Je n'étais pas au courant.

Il appuya sur le bouton pour appeler l'ascenseur.

—C'était en dehors de la saison des matchs, et peu de gens l'ont su.

—Que s'est-il passé quand tu es revenu chez toi ?

Zut. En fait, je ne connaissais quasiment rien de Josh Walker.

Il secoua la tête.

—Ma mère m'a appris qu'elle avait le cancer le lendemain des examens de premier semestre lors de ma seconde année à la fac. Il n'y a que nous deux, tu sais, personne d'autre pour s'occuper d'elle. Alors j'ai demandé mon transfert à Co Springs.

—Et tu me traites d'altruiste ?

Il avait eu de la chance que Co Springs ne lui coupe pas sa bourse, d'autant plus que leur équipe n'avait pas le même niveau que celle de CU Boulder.

Ding. La porte de l'ascenseur s'ouvrit et nous montâmes.

—C'est pour ça que je ne t'ai pas blâmée d'avoir demandé ton transfert ici. Je sais ce que c'est d'être celui dont dépend la famille.

Il entrecroisa nos doigts et déposa un baiser sur le dos de ma main.

—Et ta maman ? Est-elle…

—Maman va bien. C'est une guerrière. Une fois en rémission, elle a déménagé en Arizona pour se rapprocher de mes grands-parents, et moi je suis resté ici.

—Et c'est par la suite que tu as été blessé ?

Il constituait une espèce de puzzle dont tous les morceaux étaient noirs, que je ne parvenais pas à recomposer correctement.

Sa mâchoire se contracta à nouveau. Je me demandai s'il savait que j'avais remarqué ce tic.

—Ouais, à peu près en même temps que les scanners de maman ne montraient plus trace du cancer. Je n'étais pas éligible pour la deuxième année de fac, puisque j'étais arrivé en fin de saison de hockey, mais j'ai réussi ma première année, et l'École supérieure du Colorado est venue me parler d'une bourse pour son équipe. J'ai été blessé quelques mois plus tard et le reste…

Ding. Nous étions arrivés à notre étage. Nous traversâmes le corridor et nous arrêtâmes entre nos deux portes, les doigts toujours entrelacés.

—Il t'a fallu un an pour te rétablir ?

—Il m'a fallu un an pour recommencer le hockey, mais je ne serai plus aussi bon qu'avant, répondit-il en plongeant ses yeux dans les miens. Mais c'est comme ça. Les plans changent, il faut dévier la barre et tenir le cap. Ce n'est pas parce que je ne joue pas pour l'École supérieure du Colorado que je ne ferai pas autre chose de tout aussi chouette.

—Mais tu en souffres encore.

—Ouais, mais ça s'estompe. C'est dur quand je le prends en pleine face, mais je ne peux pas changer le passé ni ce qui est arrivé.

Certes, il parlait de lui à cet instant, et il ne s'agissait pas d'un sermon à mon intention, mais ses paroles s'enfoncèrent en moi, tranchant dans le vif et me laissant à nu. Je ne pouvais pas changer ce qui s'était passé ces derniers mois. Je ne pouvais pas ramener papa, et je ne voudrais pas reprendre Riley, mais je pouvais aller de l'avant.

—Est-ce que tu me diras un jour ce qui t'est arrivé ?

Il prit un moment pour me répondre, puis hocha la tête.

—Oui, mais pas maintenant. Je ne suis pas prêt.

Son honnêteté me tranquillisait davantage que s'il m'avait détaillé les circonstances de sa blessure.

—Je te remercie pour la soirée.

Sa main caressa ma joue, prit mon visage en coupe, envoyant des ondes électriques le long de mon cou.

—Désolé. C'était peut-être un peu lourd pour un premier rendez-vous galant.

—C'était parfait, répliquai-je. De toute façon, cela fait des années, depuis la seconde, que je rêve d'un rancard avec toi, alors, si on avait fait un truc vraiment nul, ça aurait été quand même parfait. Je t'en prie, ne t'excuse jamais de me montrer qui tu es.

—Il y a une autre raison pour laquelle j'étais content que tu demandes ton transfert ici, lâcha-t-il.

—Ah bon ?

—Très égoïstement, je te voulais près de moi.

—Josh…

—Écoute-moi. Oui, je te voulais près de moi, et je le veux encore, mais j'ai quelque chose à te donner, et tu en feras ce que tu veux. Attends une minute.

Il disparut dans son appartement pendant moins d'une minute et en ressortit avec une pochette à rabat qu'il palpait nerveusement.

—Parce que je sais ce dont tu es capable, même si toi, tu l'ignores.

Il me tendit la chemise et je l'ouvris lentement, retenant ma respiration.

—Un dossier de candidature pour Vanderbilt ?

Il sourit.

—Certains rêves ne sont pas morts, juste en sommeil. Je veux que tu connaisses toutes les options dont tu disposes, et que tu n'en aies pas peur. Ce que je désire encore plus que de t'avoir à mes côtés, c'est que tu sois heureuse.

C'est à cet instant que je tombai amoureuse de Josh Walker.

Tout s'emboîtait à sa juste place, réparant les morceaux brisés de mon âme, si bien que j'arrivais enfin à respirer librement, à m'imprégner de lui dans son entièreté, et à discerner la beauté de ce que nous formions ensemble.

Il se pencha vers moi et effleura mes lèvres des siennes, mon visage toujours entre ses mains. Je me cambrai pour en avoir davantage, voulant obtenir tout ce que je le savais capable de me donner. C'était le problème, quand j'embrassais Josh. Ce gars avait de sacrées propriétés d'addiction dans ce domaine. Il m'offrit un autre baiser prolongé puis se dégagea.

—Eh, premier rendez-vous, tu te souviens ?

J'en restai bouche bée.

—Pour de bon ? Après tout ce qu'on…

Josh me rappelait une lycéenne, effaçant chaque avancée et me forçant à tout recommencer de zéro à chaque rendez-vous.

Il feignit d'être choqué.

—Quoi, je n'ai rien fait ! December Howard ! Qu'est-ce que tu pourrais bien penser de moi si je te laissais compromettre ma réputation dès le premier rendez-vous ?

—C'est ça. Comme si tu avais la réputation d'incarner la virginité…

Il exsudait le sexe pur, du genre que je pressentais un poil brut et légèrement difficile à suivre.

—Tout en toi est vierge à mes yeux, dit-il en lâchant mon visage et en me retournant face à la porte de mon appartement. Rentre chez toi avant que je ne change d'avis, December.

—Ohhhhhh, serais-tu en train de craquer pour moi, Josh ?

Il me contourna, ouvrit ma porte et me poussa gentiment dedans.

—Plus que tu ne pourras jamais l'imaginer. Maintenant, sois sage. Va te coucher.

—Il est 9 heures du soir.

—C'est pas grave. Va au lit. Tout habillée. Ou bien révise. Ou fais autre chose.

Je me retournai et le vis appuyé contre l'embrasure de la porte, les mains cramponnées de chaque côté de celle-ci. Il était tellement beau, bordel.

—Envisages-tu un second rendez-vous ?

Il me décocha un sourire à couper le souffle.

—Et comment !

—Dans ce cas, tu as intérêt à me donner un baiser inoubliable pour me souhaiter bonne nuit.

En une fraction de seconde, il me plaqua contre lui. Mon cœur s'emballa et mes lèvres fourmillèrent devant ce qui venait. J'allais perdre la boule si je n'arrivais pas à attirer sa bouche contre la mienne.

Il prit posément mon visage dans ses mains, balaya une mèche auburn égarée sur mon front. Il examina chaque courbe et ligne de mon visage, ses yeux détaillant mes pommettes, s'arrêtant sur mes yeux, s'attardant sur ma bouche.

Puis il s'empara de ma bouche exactement comme j'en avais envie.

Ses lèvres bougeaient d'une façon exquise, qui m'ouvrit instantanément à lui. Il inclina ma tête pour m'embrasser plus facilement et je dus me concentrer de toutes mes forces pour ne pas m'évanouir. Il gardait les mains autour de mon visage, mais j'avais un désir urgent de les sentir sur chaque parcelle de ma peau.

Lorsque mes genoux flageolèrent, il se dégagea. Si je n'avais pas aperçu le désir brûlant dans ses pupilles assombries, j'aurais pensé qu'il était impassible.

—Puis-je vous appeler pour un second rendez-vous, mademoiselle Howard ?

—Mais faites donc, monsieur Walker.

Ma respiration donnait l'impression que nous venions de sortir de sa chambre à coucher. J'aurais aimé que ce soit le cas.

—Tout le plaisir était pour moi, dit-il en me décernant un baisemain et en reculant, avant de refermer ma porte derrière lui, me laissant abasourdie contre le mur.

Zut. Merde. Zut. Merde. Ouais, etc. Chaque fibre de mon corps l'appelait violemment, et maintenant, j'étais censée aller me coucher en sachant que nous n'étions séparés que par un mur ? J'avais envie de hurler de frustration.

À la place, je ramassai mon sac à main et le dossier de candidature là où j'avais dû les balancer et me dirigeai vers le salon.

April était recroquevillée sur mon canapé, les yeux rouges et gonflés.

—Elle est arrivée il y a environ une demi-heure, m'expliqua Sam qui, à en juger par sa tenue, s'apprêtait à sortir en boîte. Elle n'a pas voulu me dire ce qui lui arrive, et je ne voulais pas la laisser toute seule.

—C'est bon, Sam, je m'en occupe. Tu peux y aller.

Elle m'étreignit brièvement et, après avoir jeté un coup d'œil compatissant à April, sortit. La fièvre du vendredi soir l'appelait.

Je lâchai tout sur la table basse et m'assis à côté de ma sœur, la prenant dans mes bras.

—April, qu'est-ce qu'il y a ?

—Il m'a quittée. Brett a découvert pour les autres mecs et il a dit que c'était fini.

Sur ce, elle éclata en sanglots qui ébranlèrent son corps frêle de la tête aux pieds.

Je la serrai contre moi et la berçai d'avant en arrière. Je lui promis que tout allait s'arranger, envoyant simultanément une prière à Dieu pour qu'il ne me fasse pas mentir.

—Que vais-je devenir ? balbutia-t-elle tandis que les larmes inondaient mon cou. Je l'aime, Ember.

Je pris son visage entre mes mains et l'écartai pour l'examiner.

Les larmes qu'elle versait étaient sincères et atroces.

—Tu veux vraiment le récupérer ?

Elle acquiesça vigoureusement et se mordit la lèvre à travers les larmes qui ruisselaient sur ses joues rouges.

—Alors va lui demander pardon. Pas de justification, pas d'excuses. Tu as eu tort, en dépit de tout ce que tu as pu te raconter à toi-même, et tu vas devoir réparer ce que tu as fait.

Elle n'avait pas besoin d'être jugée, mais elle avait besoin d'entendre la vérité.

Quelque chose devait céder.

—D'accord, je vais aller lui dire que je suis désolée. J'avais tort. C'est juste que…

—Non. Pas de justification. Pas même envers toi-même. Et demander pardon ne signifie pas simplement que tu es désolée, mais également que tu ne recommenceras pas, et si tu n'y es pas prête, inutile d'aller le retrouver.

Ses épaules se redressèrent et ma sœur sembla grandir.

19

Zut. Il était 18 h 30. Le match allait commencer dans quarante-deux minutes et j'étais à une bonne demi-heure de voiture. Je sautillai sur un pied, m'efforçant d'enlever les bottes noires afin de chausser la paire marron assortie à mon pull couleur crème. D'une secousse enthousiaste, je fis voler ma botte gauche et me retrouvai sur le cul tandis que ma tête percutait la bibliothèque.

—Aïe ! m'écriai-je.

La bibliothèque s'ébranla sous le choc et je portai précipitamment les mains sur ma tête pour me protéger de l'avalanche qui ne manquerait pas d'advenir. Au bout d'une fraction de seconde, seule une enveloppe me heurta. Aurais-je légèrement surréagi ?

La lettre de papa était là, posée sur mon genou. Du doigt, je suivis les lettres de mon nom, tracées de son écriture familière, comme si cela pouvait, d'une certaine manière, me rapprocher de lui.

Pour la centième fois peut-être, mes doigts flirtèrent avec le cachet, et je fus tentée de l'arracher et d'entendre sa voix pour la dernière fois. Mais qu'aurait-il dit s'il avait su tout ce qui s'était passé ? Que j'avais demandé mon transfert ici ? Que tous mes plans minutieusement établis s'étaient transformés en un tas de cendres attendant d'être déblayé ?

Qu'avait-il à me dire, qu'il ne m'ait déjà dit en personne ? Que m'avait-il caché ? Je la tournai et retournai dans mes mains, déterminée à ne laisser aucun non-dit de mon vivant. Dans mon existence, je n'aurais jamais la moindre raison d'écrire une lettre.

Josh devait savoir que je l'aimais. Ce soir même. Sans attendre. Pas de regret. Sans m'inquiéter des conséquences ni débattre pour savoir si j'étais ou non suffisamment avancée dans le processus de deuil pour passer à autre chose.

Je me relevai et replaçai l'enveloppe en haut de la dernière étagère.

J'enfilai mes bottes marron.

—Sam ! On doit partir immédiatement !

—Attends une minute ! cria-t-elle depuis la salle de bains. La perfection ne se bâcle pas et je suis d'humeur à chasser le mâle ce soir.

—Bon sang, où sont mes clés ? Tu ne peux donc pas remettre les choses à leur place ?

Je me mis à inspecter les poches de mon manteau puis à farfouiller dans le bordel qui jonchait la table basse de Sam.

—N'en fais pas un plat, Ember. Tout le monde ne peut pas avoir des TOC organisationnels dans cette coloc.

—Ça n'aide pas vraiment, Sam !

Elle s'esclaffa et continua à se maquiller.

Quatre minutes, trois gros mots et un jeu de clés plus tard, nous étions en route.

La circulation n'était pas trop dense jusqu'à ce nous atteignîmes la patinoire olympique. Ajoutez cinq minutes pour se garer, et nous étions sur le point de louper le lancement du palet.

Nous courûmes dans le corridor circulaire, jouant sans scrupule des coudes pour nous frayer un passage jusqu'à notre section. Un coup d'œil vers la patinoire derrière l'ouvreur me confirma que nous n'étions pas en retard. Nous nous faufilâmes sur nos sièges au premier rang derrière la paroi en Plexiglas au moment où l'équipe patinait dans l'arène. Timing parfait.

Comme si j'étais munie d'un super-Josh-radar, je levai les yeux et l'aperçus en train d'entrer sur la glace. Un sourire fendit mon visage lorsque j'entendis le stade entier acclamer l'équipe qui arrivait. Mes yeux ne pouvaient se détacher de Josh.

—Bordel de merde, cocotte, tu es vraiment mordue.

Mon sourire s'élargit encore, et j'acceptai le maelstrom d'émotions tourbillonnant en moi.

—Tu ne t'imagines même pas à quel point.

Je l'aimais. En outre, je n'étais pas seulement fière du joueur sur la glace, mais émerveillée par l'homme qu'il était devenu.

—Savais-tu qu'il avait été blessé ?

Elle acquiesça.

—Ouais, il n'a pas joué l'an dernier, mais je ne lui ai jamais vraiment parlé. C'est-à-dire qu'on était dans la même fac et qu'on se croisait aux soirées, mais qu'on n'évoluait pas dans les mêmes cercles, bien que ce soit mon voisin de palier. T'a-t-il raconté ce qui s'est passé ?

Je secouai la tête.

—Certaines rumeurs prétendent qu'on lui a tiré dessus cet automne, poursuivit Sam, mais il existe au moins dix mille versions différentes des faits.

Tiré dessus. Bordel, on lui avait tiré dessus ?

—Et quelle est la plus populaire ?

—J'ai tout entendu, d'une tentative d'intervention dans un cambriolage à une ex furieuse.

Blanc Bonnet et Bonnet Blanc s'installèrent dans les sièges juste derrière nous. Quelle était la probabilité ? C'était les sièges que nous avait donnés Josh… Josh. Je jetai un coup d'œil aux blondes derrière nous en souriant.

—Cool de vous revoir, *ladies*.

Blanc Bonnet me fusilla du regard.

—Ouais. Alors, qu'est-ce qu'il y a entre toi et Walker ?

Je lui décochai mon plus beau sourire va-te-faire-foutre.

—C'est juste mon homme à tout faire. Bon, allez, les filles, amusez-vous bien.

Je me retournai et ignorai leurs railleries et commentaires sur le thème « Josh la bombe sexuelle ». Je ne pouvais jeter la pierre à personne de lui vouer une véritable idolâtrie. Pétard, à la fin de la première période, je bavais quasiment d'envie rien qu'en le regardant. Lorsqu'il provoquait une collision pour récupérer le palet d'un joueur de l'équipe adverse, je croyais revivre l'instant où il me plaquait contre le mur, dans ce geste qui était sa marque de fabrique. Lorsque je le voyais patiner à reculons, je me souvenais de cette fois où il me tirait autour de la patinoire, si délicatement. Lorsqu'il visait pour marquer un but, je revoyais son poing s'abattant sur le visage de Riley, prêt à le détruire de m'avoir fait souffrir. Lorsqu'il ajustait sa poigne sur la crosse, je ressentais littéralement ses mains sur mon corps. La température dans la patinoire avait beau être frisquette, j'étais carrément en feu.

Il marqua un but, levant les bras en signe de victoire, et ses yeux croisèrent les miens dans un sourire joyeux avant qu'il soit assailli par ses coéquipiers. C'était moi qu'il cherchait.

On ne pouvait pas le nier, et je n'en avais de toute façon pas envie. J'étais amoureuse de lui.

À la fin de la troisième période, j'avais honte d'admettre que ça m'était bien égal qu'ils aient gagné et que Josh ait marqué deux buts sur cinq et aidé pour un troisième. Je le voulais pour moi toute seule. Le signal annonça la fin du match et le stade explosa en une clameur d'applaudissements.

—Hé, pourrais-tu ramener ma voiture à l'appart, s'il te plaît ? demandai-je à Sam alors que nous attendions que la foule évacue l'escalier en béton.

—Aurais-tu l'intention de te faire ramener par un certain joueur ? fit-elle avec un clin d'œil.

—Mon petit doigt me dit qu'il me ramènera à la maison, m'esclaffai-je.

Et c'était chouette. J'étais capable de ça, d'être heureuse, si c'était bien ce dont il s'agissait quant à ce sentiment d'extase qui pétillait en moi.

J'aurais pu voler directement vers le fond du stade jusqu'à l'entrée des joueurs tellement mes pieds ne touchaient pas terre. Il fallait que je le lui dise.

Il fallait qu'il sache. Je me fichais même que ce soit réciproque. Euh, ça, ce n'était pas vrai. Évidemment que je ne m'en fichais pas, mais c'était plutôt une sorte de révélation, que j'avais le droit de ressentir ça et de ne pas m'en cacher. Ce qui m'importait, plus que ses sentiments pour moi, était ce que j'étais désormais capable d'éprouver pour lui.

Le hall d'entrée était bondé mais je dénichai un petit pan de mur et attendis tandis que les jumelles Blanc Bonnet et Bonnet Blanc, postées à côté de la porte des vestiaires, me décochaient un regard noir. Je comprenais leur entichement, mais elles ne le connaissaient pas. Personne ne le connaissait comme moi. Pour elles, il était un joueur de hockey torride et un super coup au lit. Pour moi… il était tout.

Dans mon bouillonnement d'impatience, l'attente me paraissait interminable, mais les premiers joueurs déboulèrent enfin, serrant des mains et topant les paumes des fans le long du corridor. Je n'eus pas à attendre trop longtemps.

Josh surgit de la porte des vestiaires et le couloir retentit d'un tonnerre de clameurs admiratives. Il afficha son sourire arrogant, ce qui rameuta toutes les filles. Elles se pressaient contre lui et le touchaient, mais il coupa court.

Ses yeux survolèrent le couloir de long en large avant de se braquer sur les miens. Le sourire qui se dessina sur son visage était tout sauf arrogant. C'était le sourire posé, sexy, qu'il me réservait. Cela me donna envie de lui ôter ses vêtements, couche par couche, ici même où il se tenait, m'insufflant toujours plus d'audace à mesure qu'il s'avançait vers moi.

Je tendis la main vers lui et il la porta à ses lèvres, déposant un baiser sur son dos.

—Merci d'être venue.

—Je n'aurais loupé ça pour rien au monde.

Notre communion fut interrompue par Blanc Bonnet et Bonnet Blanc.

—Hé, Josh, tu nous emmènes à la fête d'after ?

Elles se faufilèrent tout contre lui, une sur le côté, l'autre devant, s'efforçant de m'écarter de leur passage. Quel summum d'agressivité pouvaient atteindre deux filles ? Il les esquiva adroitement, me faisant passer devant elles.

—Ember ? As-tu envie d'aller à la fête d'after ?

Je secouai lentement la tête, prête à exploser de tout ce que je devais lui dire. Je ne pouvais pas le contenir, sous peine que cela suinte sur mon visage comme une espèce de Bisounours psychotique.

Il acquiesça.

—Tu veux écourter la soirée ? Je te ramène à la maison, ma chérie.

—Walker ! Tu es prêt à jouer pour le trophée de division ? cria quelqu'un dans la foule.

—J'ai déjà mon trophée ! répliqua-t-il à tue-tête avec un sourire à couper le souffle.

Il me souleva par la taille, me tenant au-dessus de sa tête.

—Je ferais mieux de te replacer dans ta vitrine, me taquina-t-il.

D'autres joueurs débarquèrent dans le corridor, saturant l'espace sonore. Josh me fit redescendre contre son corps et je portai la bouche à son oreille.

—Je veux revenir à la maison avec *toi.*

Il s'écarta et me regarda, bouche bée et les yeux écarquillés.

—December ?

Mon sourire était si large qu'il me donnait l'impression d'appartenir à quelqu'un d'autre.

—Je suis amoureuse de toi, Josh Walker. Ramène. Moi. À. La. Maison.

Son regard resta stupéfait deux bonnes secondes avant que sa bouche ne s'envole vers la mienne. À en juger par la façon dont il m'embrassait, il se fichait pas mal que nous soyons au milieu d'une foule. Il était féroce, intraitable, exigeant tout ce que je pouvais donner. Mes doigts fouillèrent ses cheveux tandis qu'il inclinait sa bouche contre la mienne.

—Mais, Josh ! Et la fête ? s'exclama l'une des filles.

—Ma fête, c'est Ember, répliqua-t-il avant de coller à nouveau ses lèvres contre les miennes.

Il sortit de la patinoire sans briser notre baiser, me portant, en plus de son énorme sac d'équipement et de tout le reste.

La fraîcheur de la carrosserie de sa Jeep s'insinua à travers ma veste tandis qu'il m'appuyait dessus, m'embrassant à perdre haleine dans l'atmosphère polaire de la nuit. Il s'arrêta juste assez longtemps pour déverrouiller ma portière et l'ouvrir ; puis il se remit à m'embrasser tout en m'installant sur le siège. Comment pouvait-il garder un tel contrôle ? J'étais prête à le plaquer sur le sol du parking.

Un *clic* et il avait bouclé ma ceinture de sécurité. J'agrippai sa nuque et la serrai contre moi, mourant d'envie de le dévorer.

Il gémit contre ma bouche.

—Il faut que tu me lâches.

—Non.

Je venais enfin de me laisser aller et je ne battrais pas en retraite.

Je fis courir la main le long de son manteau, défis sa fermeture Éclair, puis passai les doigts sous sa chemise pour suivre la ligne de ses abdos. J'avais ses muscles imprimés dans ma mémoire, et cette nuit, j'allais en lécher chaque contour.

—J'ai hâte d'y mettre la bouche, dis-je en pressant les doigts sur sa peau.

—December.

Il avait soufflé mon prénom telle une prière.

—Lâche ça. Immédiatement.

Il repoussa mes mains mais ses yeux m'indiquèrent que c'était la dernière chose dont il avait envie.

—Lâche-moi immédiatement, sans quoi je vais te baiser dans ma Jeep au beau milieu de ce fichu parking.

—C'est peut-être ce que je veux.

N'importe quelle surface plane ferait l'affaire. Correction. N'importe quelle surface ferait l'affaire.

Il se mordit la lèvre avec cette mimique qui me rendait dingue et prit une inspiration saccadée.

—Mon lit. C'était la condition, tu te souviens ?

Les souvenirs resurgirent.

—Si je me souviens ? Je me souviens du moindre détail de cette nuit-là : tes mains sur mon corps, la façon dont tu m'as excitée à la folie, répondis-je en me cambrant contre lui, attirant sa bouche contre la mienne. Tu me veux dans ton lit, Josh ?

Ses yeux étaient aussi ténébreux que le ciel nocturne au-dessus de nous.

—Oui, lâcha-t-il entre ses dents. Je n'ai jamais voulu quelque chose à ce point de toute ma vie.

—Dans ce cas, tu as intérêt à rouler vite.

Avec une conduite experte, il se faufila dans la circulation et nous amena à l'appartement en un quart d'heure. Très impressionnant, étant donné que la sortie du stade évoquait un circuit de *stock-car* façon autos-tamponneuses. Encore plus impressionnant en tenant compte du fait que j'avais passé tout le trajet à faire intimement connaissance avec la peau de son cou. Il émit des râles exquis lorsque je mordis délicatement le lobe de son oreille. Je mourais d'envie d'entendre à nouveau ce son.

La Jeep se cabra pour s'immobiliser sur sa place de parking, et j'ouvris ma portière avant qu'il ne puisse en faire le tour jusqu'à mon côté. Je me jetai dans ses bras. Il me rattrapa sans peine.

Je m'abandonnai dans la sensation de la texture de sa bouche. Il avait le goût de fraises et de Josh. Je devins l'agresseur lorsque nous trébuchâmes à l'intérieur, et balayai sa rangée de dents de la langue, avide de posséder chaque parcelle de lui à ma portée.

J'entendis un *ding* et je fus plaquée contre le mur. Ma tête se renversa et Josh mordilla mon cou. Des frissons parcoururent mon corps, suivis d'élans brûlants qui irradièrent mon entrecuisse.

Un autre *ding* et il me souleva dans ses bras. Sa respiration était hachée, mais il marchait normalement tout en m'embrassant. Il n'était pas essoufflé de me porter ; il était aussi éperdu de désir que moi. Cette pensée m'excitait au-delà du tolérable. J'allais m'embraser à tout moment.

Je lâchai sa bouche devant la porte de son appartement pour passer la langue le long de la peau salée de son cou. Je ne savais pas quel parfum portait cet homme, mais cela me donnait sacrément envie de le croquer. J'entendis un *clic* et nous nous déplaçâmes à nouveau, trébuchant pour trouver la lumière.

—Tu peux me poser, suggérai-je.

—Pas avant que ce soit sur mon lit, murmura-t-il dans mon cou. Grands dieux, December, tu n'imagines même pas depuis combien de temps je rêve de t'avoir dans mon lit.

Cela lui valut un autre baiser à rendre l'âme. Ou plutôt me valut.

Que diable, dans mon bilan comptable, nous étions tous deux gagnants.

20

Nous parvînmes à traverser le séjour et à entrer dans la chambre de Josh. Il alluma la lampe de chevet, qui baigna la pièce d'un halo doux. J'aurais sans doute observé alentour si cela m'avait intéressée à cet instant, mais le seul objectif sur lequel se concentrait mon esprit était la vitesse à laquelle je réussirais à le déshabiller.

Il me déposa doucement sur le lit, et j'eus envie de crier victoire. Il me pressa plus profondément dans le matelas moelleux, tandis que j'étais enveloppée par son toucher et son odeur. Je dégageai les jambes de son dos et il se cala dans le berceau de mes cuisses, s'appuyant contre moi.

Septième ciel.

—Lentement. Tu dois ralentir, marmonna-t-il pour lui-même tandis que ses yeux détaillaient mon corps.

Ses mains ôtèrent mes bottes avant de revenir caresser mon flanc. Il serra ma taille pendant que sa bouche capturait à nouveau la mienne, me propulsant dans l'extase. Ses cheveux avaient la texture de la soie entre mes doigts. Il se dégagea de ma bouche, effleurant mon cou de ses lèvres. Des frissons ondulèrent le long de mon échine et je me cambrai pour lui faciliter l'accès tout en mordant son crâne de mes doigts.

—Josh, geignis-je tandis qu'il traçait du doigt la ligne sensible de mes clavicules.

—Si douce, susurra-t-il contre ma peau.

Il glissa contre mon corps en une friction délicieuse, encerclant mon nombril de la langue tandis qu'il soulevait mon pull. Il leva les yeux d'un air interrogateur et attendit que j'acquiesce avant de le faire passer par-dessus ma tête, m'embrassant à nouveau lorsque le vêtement atteignit ma bouche.

Puis ses lèvres se posèrent à nouveau sur mon ventre, me titillant, suivant les creux et les plans de mon abdomen. Il me donnait le sentiment d'être belle et désirable. Lorsque mon dos se cambra au-dessus du lit, plaquant mes hanches contre les siennes, il glissa ses mains dans mon dos et dégrafa habilement mon soutien-gorge avec quelques doigts. Il en abaissa les bretelles avec révérence, son souffle se figeant lorsque mes seins furent dénudés.

—Je n'ai jamais vu femme plus parfaite.

Aussi excitée fussé-je déjà, ses paroles agirent comme de l'essence sur un brasier. Je parvins à m'asseoir tandis qu'il s'agenouillait entre mes cuisses, saisis sa chemise à la taille et la passai par-dessus sa tête. Son corps était encore plus sublime que dans mon souvenir. Du bout des doigts, je parcourus la surface dure de son ventre, ses abdos en tablette de chocolat, et les lignes en V alléchantes descendant sous son jean, véritable appel au sexe. Je ne pus m'en empêcher ; je plongeai les doigts sous le ceinturon de son jean et l'attirai contre ma bouche. Il n'y avait pas une once de gras sur lui, rien de mou, rien qui cède au toucher.

De la langue, j'adorai les arêtes ciselées de son ventre et devins rapidement accro au goût de Josh Walker. Il aspirait l'air entre ses dents serrées et lorsque je levai les yeux pour rencontrer son regard, je vis que les siens étaient braqués sur moi. Ses mains caressaient mes cheveux, me pressant délicatement contre lui, mais il serrait et desserrait les poings comme s'il était incapable de contrôler ses propres gestes.

C'était l'effet que je lui faisais, lui faire perdre le contrôle, et j'en aimais chaque instant. En quelques secondes, j'eus déboutonné son jean et le fis glisser sur son cul à la courbe parfaite, jusqu'à ses genoux.

—Ember, grogna-t-il d'un ton d'avertissement.

On ne devrait pas autoriser des mecs avec un cul pareil à s'approcher de la gent féminine. Mes mains effleurèrent la lisière de son boxer, mais je ne pus me résoudre à le baisser, même si je mourais d'envie de toucher, de voir chaque partie de Josh.

Mes yeux croisèrent les siens et je faillis en oublier ce que j'étais en train de faire. L'intensité de ses iris envoya une onde de choc dans mon ventre et je sus que, sans davantage de préliminaires, j'étais prête pour lui. Je n'avais jamais désiré quelque chose aussi ardemment de toute ma vie.

Mes mains exploraient ses cuisses, s'insinuant timidement sous les bords de son boxer. J'adorais la texture de sa peau, ses poils vigoureux, l'odeur unique qu'il dégageait, un mélange de pluie et de bois de santal et de... Josh. Lorsque mes doigts atteignirent sa partie protubérante, je remontai le bord de son boxer pour regarder la cicatrice sur sa cuisse gauche.

—Me diras-tu un jour ce qui t'est arrivé ?

Ce n'était certes pas le bon moment de le demander, mais je ne pouvais m'en empêcher.

J'étais sur le point de lui céder mon corps, et je méritais qu'il fasse preuve de réciprocité.

Sa main chaude caressa mes cheveux et glissa plus bas pour prendre ma joue dans sa paume tandis que j'étais absorbée par ses yeux.

—On peut dire que j'ai juste été au mauvais endroit au mauvais moment, mon cœur. Mais d'une certaine façon, cela m'a amené jusqu'à toi, donc on peut dire que j'ai été au bon endroit au bon moment.

Je m'abandonnai davantage, dans la mesure du possible, et me délestai de ma déception de ne pas savoir encore ce qui lui était arrivé. Je me penchai et embrassai sa cicatrice, tout en détestant ce qu'elle signifiait, la fin de ses rêves, mais en espérant que je pourrais l'aider à en découvrir de nouveaux. Puis je tendis les bras vers l'arrière et saisis fermement son cul magnifique.

—December, tu ferais bien de t'arrêter, sinon je ne réponds plus de rien. J'essaie d'y aller lentement avec toi, gémit-il en se dégageant.

Puisant tout mon courage, je retirai sa main de ma joue, tournai sa paume sur ma peau et la fis descendre, sur la gorge entre mes seins, sur mon ventre, et sous mon jean. Il aspira une vive goulée d'air et je retins ma respiration tandis que j'amenais sa main sous ma culotte pour qu'il sente la chaleur et les plis mouillés au-dessous. Il se frotta contre mon clitoris, une fois, et mes hanches se cambrèrent.

—Allez, Josh. Je me consume pour toi. Inutile d'y aller lentement ; je veux te sentir à l'intérieur de moi.

En un tournemain, il ôta son jean et s'affaira sur les boutons du mien. Je levai les hanches tandis qu'il dégageait le pantalon de ma taille puis le glissait le long de mes jambes. L'élancement entre mes cuisses s'intensifia jusqu'à la torture tandis qu'il me dévorait des yeux comme si j'étais un buffet.

—Putain de parfaite. Le moindre centimètre carré en toi.

Avant que je puisse répondre à cela, sa tête fut entre mes cuisses, et je sentis son souffle à travers la soie fine de ma culotte. Je n'éprouvais pas la moindre gêne qu'elle soit trempée ; j'étais trop absorbée par mon envie irrépressible de lui. Mes hanches se pressèrent contre sa bouche, comme mues par leur propre volonté. Mon corps savait où elle devait être.

—Josh…

Il envoya un nouveau souffle contre moi, diffusant une vague d'ondes impérieuses en moi.

—Que veux-tu, mon cœur adoré ?

—Toi, répondis-je tandis que mes hanches se cambraient contre sa bouche.

—Moi ? répéta-t-il dans un éclat de rire séducteur.

Oh oui, il savait exactement comment faire perdre la tête à une fille.

Je me relevai sur mes coudes.

—Joshua Walker, si tu ne remets pas ces foutues mains sur moi d'ici deux secondes, je me barre.

Je ne tolérerais pas sa provocation plus longtemps. Il fallait qu'il soit aussi éperdu que moi.

Avant que je puisse compter jusqu'à deux, il baissa ma culotte… avec ses dents. Je gémis à cette vision.

Une fois qu'elle fut aspirée par le trou noir de la chambre de Josh, il remonta sur moi, caressant ma peau, en rapprivoisant chaque courbe et chaque plan.

—Bon sang, j'ai vraiment du mal à me contrôler avec toi, December. Putain, tu es tellement…

Sa voix resta en suspens tandis que ses mains couvraient mes seins, pinçant doucement mes tétons et les faisant rouler sous sa paume jusqu'à ce que mon corps se tortille sous le sien.

— Tellement. Quoi ? réussis-je à prononcer.

Alors que je m'attendais à voir apparaître son sourire retenu si sexy, il me décocha le regard le plus farouche que j'aie jamais vu. Si je ne le connaissais pas aussi bien, j'aurais pris peur.

— À moi, grogna-t-il tandis que ses mains caressaient mon corps avant de prendre mon visage en coupe. Putain, tu es tellement à moi.

Il s'empara de mes lèvres dans un baiser intense, et comme si j'avais entendu son disjoncteur se déclencher, je sus qu'il avait perdu tout contrôle. Je serrai ses hanches comme un étau alors qu'il se frottait sur moi, son érection coulissant exactement là où j'avais besoin d'être soulagée, mais pas assez fort pour me faire jouir. Je me contentai de gémir et de prendre ce qu'il me donnait, balayant sa bouche de la langue au rythme de ses coups de boutoir contre moi. Mais j'en voulais davantage, avide de sentir sa peau contre la mienne sans la moindre barrière.

Mon désir irrépressible me fit faire quelque chose dont je me croyais incapable : je baissai son boxer.

Il grogna contre ma bouche et, de sa main libre, balança son sous-vêtement. Pour la première fois de ma vie, j'étais au lit avec un homme nu, et c'était un moment de gloire. Je me repositionnai contre lui, consciente que s'il bougeait encore d'un millimètre, il serait en moi. Doux Jésus, c'était là que j'avais besoin de lui. J'avais besoin qu'il fasse cesser cet élancement, qu'il étanche la brûlure.

— Josh, murmurai-je en ondulant des hanches contre lui. Je t'en prie…

Sa respiration devint saccadée, il arracha sa bouche de la mienne et tendit la main vers un sachet en aluminium dans sa table de nuit.

Je fus submergée par une vague de réalité. Il gardait des préservatifs dans sa table de nuit. Combien de filles avait-il amenées dans ce lit ? Combien de fois avait-il arraché des culottes de ses dents ? Combien de filles s'étaient trouvées à l'endroit même où j'étais actuellement ? Et, encore pire, pourquoi cela n'altérait-il en rien ma détermination ?

—Ember ?

Il s'immobilisa au-dessus de moi.

Je secouai la tête et affichai un sourire forcé.

—Eh bien, c'est cool que tu sois prêt.

Une lueur presque intangible brilla dans ses yeux, et ses traits durcis par le désir s'adoucirent en un sourire.

—December Howard, tu es la première fille que j'aie jamais amenée dans ce lit.

—Mais toi, et toutes ces filles…

Il secoua la tête.

—Jamais ici. Je n'ai jamais amené une autre femme dans ce lit. Tu es la seule que je voulais ici. Ceci est *mon* espace, et tu en fais partie. Ça n'a jamais été le cas pour aucune autre.

J'étais la première femme dans son lit. Un sourire possessif envahit mon visage et je lui pris le sachet de la main, l'ouvris en le déchirant, puis le fixai. L'ouvrir était bien beau, mais l'enfiler sur…

Il me le reprit et l'enroula sur sa longueur, nous protégeant ainsi tous deux. Puis sa bouche fut sur ma poitrine tandis que ses doigts plongeaient dans mes replis, portant le brasier au stade de bûcher dévorant. Il savait exactement où me toucher, où se retirer, et où céder. Tandis qu'il léchait et suçait mes mamelons, ma tête pulsait contre le matelas, mon corps allant au-devant de ses doigts, qu'il glissait lentement en moi. Chaque partie de mon corps se contractait, dans un mouvement aspirant vers mes entrailles, jusqu'à ce que la pression devienne proprement insupportable.

—Josh ! criai-je dans ma jouissance, mon dos cambré se décollant du lit.

Tandis que je dérivais lentement de mon extase, il se positionna sur moi, se soutenant avec les bras.

—Tu es magnifique, Ember. Je pourrais te donner un orgasme chaque heure de chaque jour juste pour contempler ton visage quand tu jouis.

J'étirai les bras au-dessus de ma tête, me sentant échauffée comme un moteur tournant à plein régime. Je fis courir mes doigts le long de la masse souple, faite de muscles et de peau, de son dos jusqu'à ses fesses, que j'agrippai et plaquai contre moi.

Il se vida subitement de son air quand son érection m'effleura, mais ne bougea toujours pas, se contentant de darder ses yeux dans les miens comme s'il s'attendait à ce que je batte en retraite et mette un terme à cette situation.

—Josh…

Je pivotai mes hanches jusqu'à ce qu'il soit à l'orée de ma fente. La peur candide qui m'assaillit en sentant sa taille ne dura pas même une seconde, avant que je me souvienne qu'il ne me ferait jamais de mal.

Chaque muscle de son corps était rigidifié par l'effort déployé pour garder le contrôle, mais il ne bougeait toujours pas.

Je me glissai vers le haut, le prenant en moi d'à peine quelques centimètres.

Il ferma ses paupières, les contractant pendant un instant, et quand il les rouvrit, ses yeux étaient si sombres que je ne distinguais plus son iris de sa pupille.

—Tu es à moi.

Je haletai, mourant d'envie de l'avoir en moi.

—Oui, promis-je.

Sa mâchoire tressaillit.

—Dis-moi que tu veux ça, que tu ne le regretteras pas demain. Je ne t'enlèverai pas ta virginité si tu n'en es pas certaine.

—Je t'en prie, Josh. Je suis à toi. Je suis à toi depuis que j'ai quinze ans. Je le veux, je te veux. Je t'aime.

J'attirai son cou à moi, l'inclinant contre moi, et plongeai la langue dans sa bouche au moment où il entrait en moi. Il avala mon faible geignement.

Il appuya son front, couvert d'une fine couche de sueur qui le faisait briller, contre le mien. Toute pointe douloureuse que j'avais pu ressentir s'estompa en quelques secondes et j'ondulai des hanches.

—Ne. Bouge. Pas. Bon sang, December. Tu es tellement étroite. Parfaite.

Je mordillai doucement sa lèvre inférieure.

—Parce que j'étais faite pour toi.

—Je t'aime, murmura-t-il comme si cet aveu lui avait été arraché.

Merci, mon Dieu. Chaque morceau de mon existence s'emboîtait dans un alignement délicieux.

—Et je t'aime, répondis-je.

Quelque chose en lui lâcha et, avec un râle sauvage, il commença à se mouvoir, caressant mon corps du sien en poussées mesurées et constantes, tout en positionnant mes hanches de façon à se presser en moi à l'endroit précis où j'en avais envie. Ceci. Était. Incroyable. Le plaisir m'irradiait de l'intérieur tandis que je plaquais spontanément les hanches contre lui, le rencontrant à chaque fois qu'il glissait en moi, encore et encore.

Il m'embrassait en entrant vigoureusement en moi, possédant ma bouche comme il possédait mon corps : entièrement, complètement, sans le moindre centimètre de décalage. Il n'existait plus la moindre parcelle de moi qui ne lui appartienne pas. Je me demandai vaguement s'il m'avait toujours possédée de la sorte.

Il tendit la main entre nos corps et me caressa jusqu'à l'extase. En quelques instants, j'avais perdu tout contrôle.

—Plus ! Oui ! ordonnai-je d'une voix qui me sembla étrangère à moi-même.

Il agrippa mes hanches des mains et poussa plus profondément, plus farouchement, me martelant de l'intérieur sans retenue, et j'adorai ça.

Mon orgasme me terrassa, me fendant en mille petits morceaux pour me déchirer toujours plus et me réunifier dans un glorieux moment de délivrance. Je criai son nom en ouvrant les yeux et j'aperçus les traits de son visage magnifiquement déformés tandis qu'il jouissait.

—December, souffla-t-il dans un cri étranglé.

Puis il s'affala sur moi de tout son poids, que je ressentis contre mon corps avec délice. J'arrivais à peine à respirer et je n'en avais pas envie.

Il releva la tête et m'embrassa tendrement.

—Ça va ? m'enquis-je.

Ses sourcils se froncèrent.

—Je n'avais pas l'intention de me lâcher comme ça.

—Tu es incroyable, répondis-je.

Maintenant, il souriait et mon cœur chavira dans ma poitrine.

—On est incroyables ensemble, dit-il. Je n'ai jamais ressenti ça. Tu as entièrement nettoyé mon âme.

De mon pouce, je lissai les rides de son front et le taquinai.

—Puisque je n'ai pas de point de comparaison, j'imagine que je devrai me contenter de ce qui vient d'arriver. C'est bien connu : les premières fois sont toujours un peu maladroites, n'est-ce pas ? dis-je en affichant un sourire malicieux. Et je suis sûre que tu feras mieux la prochaine fois.

Il leva les sourcils en me regardant avant de capturer ma bouche dans un baiser.

—Petite insolente ! Puisque c'est comme ça, on passe directement à la prochaine fois.

Mon rire s'évanouit lorsque ses lèvres eurent atteint mon ventre. Oh oui, c'était bel et bien parfait.

21

Un rayon de soleil filtrait à travers la fenêtre lorsque j'ouvris les yeux. Le lit était vide à côté de moi. Seul un lys calla était posé sur l'oreiller de Josh avec un petit mot enroulé sur sa tige. Je souris en m'étirant, me délectant de la douleur exquise qui avait envahi mon corps.

Ainsi, c'était de cela que tout le monde parlait avec tant de ferveur. Pourquoi diable avais-je attendu vingt ans pour ça ? Les draps étaient encore imprégnés de son odeur, et cette réponse me suffit. Parce que j'attendais Josh.

Josh, qui m'aimait.

La joie coulait dans mes veines, et je saisis le lys puis le portai à mes narines. Pas de rose ni de marguerite ; Josh ne faisait rien comme les autres. Je dépliai le bout de papier.

Bonjour ma magnifique Ember,
J'aurais aimé être là pour te dire bonjour de la même façon que je t'ai dit bonne nuit, mais tu avais l'air si sereine que je n'ai pas voulu te réveiller. J'ai dû quitter la ville, mais je te reverrai dès mon retour demain

soir. Dors autant que le cœur t'en dit, j'adore l'idée que tu sois dans mon lit. Merci pour la plus belle nuit de ma vie.
Je t'aime.
Josh.

Je trouvai mon soutien-gorge, mon jean et mon pull et repérai, comme dans ces jeux d'objets cachés à découvrir dans des dessins, ma culotte rose pendue dans un coin de sa penderie. Le souvenir de ses mains me déshabillant suffit à embraser de nouveau ma peau. Je fis son lit et balançai les vêtements qu'il avait laissés de-ci de-là dans le panier à linge près de sa porte.

Puis je lorgnai sans scrupule les photos encadrées suspendues sur le mur en face de son lit. Il y en avait une de sa moto, encadrée et montée sur un passe-partout telle une œuvre d'art. La plupart avaient trait au hockey, dont l'une où, haut comme trois pommes, il était accompagné d'une femme que je supposai être sa mère, jusqu'à la photo de l'équipe de cette année. Il avait joué toute sa vie.

Il ne s'était pas laissé démonter par sa blessure, même s'il n'était pas encore prêt à en parler. Il était plus fort que ça. Même si cette balle avait tué son rêve, il avait trouvé un moyen de le ranimer. Je souris en apercevant la photo de l'équipe de Gus, Josh posant en coach fier parmi les joueurs. Il ne s'était pas contenté de lécher ses blessures et de continuer à contrecœur, il avait trouvé un moyen de transmettre, d'entraîner la génération suivante, puisqu'il ne pourrait pas briller au sein de la sienne.

Il y avait également une photo de lui, penché sur un lit d'hôpital, ses bras enveloppant une belle femme à l'allure fragile, avec des traits éblouissants qui évoquaient en partie les siens. Ce devait être sa mère. L'amour irradiait du visage de Josh, exprimant une sollicitude presque aussi délicate que son crâne rasé assorti à celui de sa mère. Je ravalai le nœud qui s'était formé dans ma gorge. Il avait dû se raser la tête au moment où elle avait perdu ses cheveux à cause des traitements. Ce type n'était-il pas la perfection incarnée ? Il avait demandé son transfert de l'université pour être auprès de sa mère. Voilà pourquoi il comprenait à quel point ma famille comptait pour moi, et ce que j'étais prête à endurer pour elle ; il éprouvait la même chose pour la sienne.

Mes yeux revinrent aux photos datant des années lycée et je restai bouche bée. L'une d'elles était issue d'une coupure de presse, en première page de la section des sports ; c'était la même que j'avais punaisée sur le mur de ma chambre. Je décrochai le cadre du mur et ne pus réprimer un sourire. Elle datait de la fête qui avait été donnée au lycée après qu'ils avaient gagné le championnat fédéral. Les souvenirs associés à cette soirée resurgirent dans mon esprit, du chahut incroyable dans le gymnase jusqu'à l'expression extatique sur le visage de Josh pendant qu'il portait le trophée à bout de bras au-dessus de sa tête.

La photographie avait capturé ce moment de perfection, le marron profond de son uniforme, son regard exalté, son visage de profil, et le trophée qu'il brandissait. Il était beau, dangereux et jeune, et c'était exactement ainsi que je me souvenais de lui. Mais aussi sublime soit-il sur cette photo, la version lycéenne de Josh n'arrivait pas à la cheville de celle dont j'étais amoureuse aujourd'hui. Désormais, son apparence irrésistible et sa facette dangereuse étaient tempérées par sa maturité, qui le rendait encore plus extraordinaire.

Je m'attardai sur les traits de son visage, la joie et la fierté qui en émanaient. J'avais beau examiner cette photo, à chaque fois j'y découvrais de nouveaux éléments. J'aimais qu'il ne soit pas seulement heureux, mais qu'il y ait en lui quelque chose de plus profond, une sorte de désir impérieux. J'aimais que nous ayons tous deux affiché la même photo sur nos murs respectifs. Je l'aimais, lui.

Mais ce cliché n'était pas exactement celui de la coupure de presse. Il avait dû être recadré. Sur celui de Josh, j'apercevais les détails derrière lui, ceux qui n'apparaissaient pas dans l'impression que je possédais. Dans la version de Josh, la foule des étudiants était visible dans les moindres détails en arrière-plan. Je m'étais toujours demandé ce qu'il fixait du regard, ce qu'il désirait ainsi. Du bout des doigts, j'effleurai le verre du cadre, suivant la direction de son regard.

C'était moi.

J'étais assise à côté de Sam, en train de rire de quelque chose qu'elle me disait, et les yeux de Josh étaient braqués sur moi. Je me sentis fondre. Il m'avait remarquée, et après la nuit dernière, je reconnaissais ce regard. Il me désirait. J'étais peut-être un peu gauche, maladroite et seulement une adolescente de quinze ans, mais Josh Walker m'avait remarquée. Je secouai la tête et souris vers mon double imprimé en raccrochant le cadre au mur. Il fallait absolument que je me procure cette photo-là.

Je refermai discrètement la porte de la chambre de Josh et poussai un soupir de soulagement en apercevant mon sac à main sur le comptoir de la cuisine. Je l'attrapai au vol et me ruai vers la porte d'entrée.

—Alors, on a passé une bonne nuit ? me lança Jagger, taquin, depuis le seuil de sa chambre.

Mes joues devinrent cramoisies, mais je lui décochai un salut désinvolte.

—Jagger.

Il éclata de rire, renversant sa tête d'un geste ingénu.

Ouais, je comprenais pourquoi les filles lui couraient après. Son aura téméraire attirait le regard. Et pas seulement *le mien.*

—Ember, il n'y a aucune raison d'avoir honte. Josh est fou amoureux de toi.

La joie noya ma gêne.

—Et moi je suis aussi sacrément amoureuse de lui. Où a-t-il filé ce matin ?

Le visage de Jagger devint vide d'expression pendant une fraction de seconde, et je le remarquai avant qu'un sourire aimable ne s'y affiche.

—Il avait des trucs à faire en lien avec sa bourse d'études.

—En lien avec sa bourse d'études ? Ça veut dire quoi, exactement ?

Ses yeux prirent la tangente et mon estomac avec.

—Juste des trucs qu'il doit faire pour sa bourse d'études. Il sera de retour demain.

Quels pouvaient bien être ces trucs dont Jagger refusait de me parler ?

—D'accord, marmonnai-je distraitement en me retournant vers la porte.

Mes pieds trébuchèrent contre un sac d'équipement de hockey, me faisant presque culbuter sur les fesses. Heureusement, j'arrivai à me rattraper. Équipement de hockey.

—Attends une minute. Vous n'avez pas un match ce soir ?

Il s'avança et dégagea le sac de mon passage.

—Si.

—Josh loupe un match ? Ça ne lui ressemble pas du tout. Pour quelle raison pourrait-il bien louper un match ?

Jagger se racla la gorge.

—Le coach est au courant. Il connaît les conditions de la bourse d'études de Josh.

—Mais pourquoi devrait-il louper un match puisque sa bourse d'études est liée au hockey ?

Tout cela n'avait aucun sens, et la façon dont Jagger esquivait délibérément mes questions ne me rassurait absolument pas.

Son visage se ferma et il se recula en faisant craquer sa nuque entre ses mains.

—Bref, Josh sera rentré demain soir. Je sais qu'il n'aura qu'une hâte : te revoir. Il a vraiment beaucoup d'affection pour toi, Ember. Je ne l'ai jamais vu comme ça auparavant, avec aucune fille.

Mon cœur fondit. Allais-je vraiment laisser ces histoires de bourse d'études gâcher l'exaltation de mon « lendemain matin » ? Certainement pas. S'il y avait un truc qui clochait, il m'en parlerait. *Faites juste qu'il n'ait pas été blessé.* Il ne pourrait absolument pas encaisser qu'ils lui interdisent de retourner sur la glace. Les séquelles de sa jambe étaient-elles plus graves qu'il ne le laissait croire ? Il faudrait que je lui pose la question le lendemain soir.

—Bon, eh bien, merci de m'avoir mise à l'aise, Jagger.

Il me décocha un sourire et un petit au revoir de la main. Je répondis à son signe et sortis de l'appartement, avant de me retourner vers la porte du mien. Je fouillai dans mon sac à main pour trouver mes clés. Zut. Je les avais filées avec celle de la voiture à Sam la nuit précédente. Bon. Je frappai à la porte et celle-ci s'ouvrit quelques minutes plus tard.

—Waouh. Tu as l'air de…, lâchai-je.

L'allure de Sam était tout simplement indescriptible. De même que son odeur.

—Pas de commentaires. Toi, tu es rentrée avec Josh-putain-de-Walker et moi, après être revenue à l'appart, j'ai décidé de ressortir, toute seule, pour m'amuser un peu. Inutile de me faire la leçon, j'ai pris un taxi.

Elle se dandina comme un pingouin jusqu'à la salle de séjour plongée dans l'obscurité. Je souris en apercevant les rideaux tirés.

—Seul remède contre la gueule de bois, médication et hydratation, tu connais ? fis-je en jetant mon sac à main sur le comptoir.

Elle me salua avec une bouteille d'Évian et hocha la tête vers une boîte d'aspirine sur la table basse à côté d'elle.

—Au fait, j'ai peut-être une tronche à faire peur, mais moi, au moins, je ne rentre pas à la maison avec les mêmes fringues que la veille, répliqua-t-elle en levant les sourcils dans ma direction. Bon, allez, accouche, parce que si tu as passé la nuit dans le lit de Josh, je veux en connaître les moindres détails.

Je lui adressai un doigt d'honneur et me faufilai dans ma chambre, jetant mes vêtements de la veille dans le panier à linge et enfilant un pantalon de jogging confortable et un débardeur. À en juger par l'apparence de Sam, nous n'allions pas bouger aujourd'hui.

Le fauteuil produisit un bruit de vapeur quand je m'y enfonçai de tout mon poids, puis je calai les jambes sur l'accoudoir.

—Ouais. J'ai passé la nuit avec Josh.

Sam poussa un cri avant de faire la grimace et de porter ses doigts à ses tempes.

—Putain de tequila. Est-il aussi appétissant au lit qu'il en a l'air ?

Le sourire qui s'épanouit sur mon visage aurait tout aussi bien pu constituer une entité indépendante, vu le peu de contrôle que j'exerçais dessus.

—Il est parfait. De partout.

—Putain ! Je suis trop jalouse !

Je m'esclaffai.

—J'arrive pas à croire que ça soit vraiment arrivé. Tu te rends compte ? Josh ! Il me fait tout oublier. Je n'ai pas besoin de programme, ni de plan avec lui, et les choses peuvent être complètement folles, et merveilleuses, et échapper à mon contrôle parce que je sais qu'il ne me laissera pas tomber.

Les mots se précipitaient frénétiquement hors de mes lèvres, mais Sam accueillit ma tirade avec un rire joyeux.

—Tu l'aimes ! s'exclama-t-elle en battant des mains, avec un sourire qui illumina toute la pièce. Tu lui fais confiance, et pour une fois, tu ne te contorsionnes pas pour entrer dans un moule qu'un type a créé pour toi.

Ce doux sentiment jaillit dans mon cœur de nouveau, comme si celui-ci voulait me rappeler qu'il appartenait à Josh.

—Je n'ai pas besoin d'être qui que ce soit d'autre que moi-même. Il m'aime et je l'aime.

Elle bondit par-dessus la table basse, renversant tous les magazines au passage, et se précipita sur moi pour m'étreindre vigoureusement.

—Je suis tellement heureuse pour toi !

—Je suis tellement heureuse pour moi aussi !

Nous nous affalâmes dans le canapé dans une cascade de gloussements avant que Sam se dégage en faisant la grimace.

—Ouille. Ma tête. Parlons de ta nouvelle vie amoureuse tout le reste de la journée. Je veux savoir comment il est foutu dans les moindres détails.

*

Ma nuque tressauta lorsqu'on frappa à la porte d'entrée. Je balançai mon livre d'histoire sur la table. Je pouvais oublier mes révisions pour aujourd'hui ; je m'étais endormie avec le manuel sur les genoux. Le réveil indiquait 16 h 45. Sam était affalée sur le canapé avec un masque brodé des lettres D I V A sur les yeux, fuyant sa gueule de bois dans le sommeil. Elle serait dans le pétrin si elle n'était pas remise d'ici demain matin. Les gosses qu'elle supervisait pour leurs devoirs de maths les dimanches après-midi pouvaient se montrer insupportables, même sans gueule de bois.

Je regardai par le judas et m'écartai. Que diable foutait maman ici ? J'ouvris la porte et Gus déboula en trombe à ses côtés, m'assaillant de ses bisous poisseux.

—Crème glacée ? demandai-je en riant.

—J'ai fini la tienne.

J'ébouriffai ses cheveux.

—Tu as bien fait.

Maman me regarda de haut en bas.

—Tu t'es couchée tard ?

Je haussai un sourcil.

—Les inspections d'après-midi n'existaient pas à Boulder.

Elle inclina la tête en souriant.

—Bien envoyé.

Je lui fis signe d'entrer et elle s'avança, habillée avec élégance, maquillage et brushing impeccables. Elle était en voie de rétablissement.

—C'est sympa ici, dit-elle tandis que ses yeux survolaient l'appartement.

—Merci maman.

—Bonjour, madame Howard, marmonna Sam en s'asseyant.

—Voilà quelqu'un qui s'est couché tard, susurrai-je à ma mère.

Maman pouffa discrètement.

—Sa mère ne serait sans doute pas ravie.

—Bon, on va conclure un accord, maman, dis-je en traversant la pièce jusqu'au réfrigérateur, en extirpant un Sprite et le tendant à Gus. Si tu débarques ici le week-end, tu dois garder les secrets.

—Accord conclu, dit-elle en trifouillant son téléphone. J'ai un rendez-vous pour ta sœur. Tu crois que Gus pourrait rester avec vous deux ou trois heures ?

—Un rendez-vous un samedi après-midi ?

—On a pensé qu'il valait mieux qu'elle aille consulter un psy, d'autant plus après que j'ai trouvé les factures de carte de crédit que tu as réglées quand je n'étais pas dans mon état normal.

Je me contractai.

—Je ne savais pas comment te le dire.

—Tu as très bien réagi. Mieux que je ne l'aurais jamais imaginé. J'ai confisqué tout ce qu'elle a acheté. Elle le rachète au fur et à mesure, et aller voir un psy fait partie du processus. D'ailleurs, tu sais, ça ne pourrait sans doute pas te faire de mal, à toi non plus.

Elle afficha un sourire forcé, comme si elle ne venait pas de suggérer que je commence une thérapie.

Je l'ignorai ostensiblement et me tournai vers Gus qui fixait le masque à paillettes sur les yeux de Sam.

—Gus, tu veux rester un peu ici avec nous ?

—Chouette !

—Voilà, il est ravi, maman. Sam, tu peux dire adieu à ta sieste. Il va commencer à t'embêter d'ici cinq minutes.

—Grrrr ! rugit-elle en direction de Gus en l'enlaçant dans le canapé tandis qu'il feignait de se débattre pour lui échapper.

—Merci, Ember.

—Pas de problème, maman. C'est pour ça que je suis revenue ici. Pour vous aider.

Sa main froide caressa mon visage comme si j'avais à nouveau cinq ans, et la lumière fit rutiler le diamant de son alliance.

—J'aimerais aussi que tu recommences à vivre ta vie.

Je repensai à Josh et la façon dont il avait comblé mon corps la nuit dernière. Maman aurait eu une crise cardiaque si elle avait su.

—C'est ce que je fais. Ne t'inquiète pas pour moi.

—Je ne m'inquiète jamais pour toi. Tu es plus solide que la plupart des gens. Gus ! Je serai de retour dans deux heures. Tu n'as pas intérêt à être capricieux !

—Ciao ! lâcha-t-il au milieu de ses gloussements.

Maman l'enlaça et se dirigea vers la porte.

J'arrachai Gus des bras de Sam.

—Sam, si tu dois t'attaquer à mon petit bout de frère, il faut vraiment faire quelque chose au sujet de ton odeur. Douche. Immédiatement. Avant qu'on nous dénonce au service de protection infantile.

Elle me décocha un doigt d'honneur tandis que Gus se ruait dans ma chambre, puis elle s'engouffra dans la salle de bains.

—Est-ce qu'on peut regarder ça ? demanda-t-il en brandissant un DVD atrocement gore qu'il avait pris sur une étagère dans la bibliothèque de ma chambre.

—Nan.

Il saisit l'enveloppe en haut, et son expression se figea.

—Tu n'as pas encore lu la lettre de papa ?

Je secouai la tête.

—Pas encore prête. Je le ferai un jour.

Il acquiesça.

—Ce n'est pas un problème de faire les choses à son rythme.

Mon petit frère, ce grand sage.

—Est-ce que la tienne t'a plu ?

Il opina du chef, toujours concentré sur ma collection de DVD.

—Il m'aime, mais ça, je le savais déjà. Il m'a dit qu'il m'avait envoyé mon propre presque ange gardien soldat. C'est en tout cas comme ça qu'il l'a appelé. C'est pas trop cool ?

Parfois, le langage d'un môme de sept ans m'échappait quelque peu.

—C'est génial, frérot.

—*Iron Man* ?

—Allez, donne, répondis-je en introduisant le DVD dans le lecteur.

J'attrapai Gus et l'installai sur mes genoux. Je humai l'odeur chaude de ses cheveux, ce qui s'apparentait à un shoot de joie pure, et souris tandis qu'elle se diffusait en moi.

Sam revint dans la pièce, sortant de la douche, pimpante, une serviette enroulée comme un turban autour de la tête.

—Cette douche t'a visiblement fait du bien.

—Eh bien, je me suis dit qu'on allait devoir se préparer pour assister au match de hockey, de toute façon, n'est-ce pas ?

Gus avala son Sprite bruyamment, mais je ne pris pas la peine de le rabrouer. C'était le rôle de maman. Celui des grandes sœurs était de regarder des films en sa compagnie et de lui offrir des sodas défendus.

—Je ne pense pas y aller ce soir.

—Quoi ? s'écria Sam, bouche bée. Tu es genre la petite amie de la star de l'équipe et tu n'y vas pas ? Qu'est-ce qu'il va penser ? Je vais te le dire, moi. Il va penser qu'il est une brèle au…

Je lui balançai un oreiller au visage avant qu'elle puisse finir sa phrase.

—Il est occupé à un truc pour sa bourse d'études et il sera de retour demain soir.

—Ah d'accord, c'est nul. Et tu penses que c'est quoi, ce truc ?

—J'en sais rien.

Lorsque je secouai la tête, ma joue frotta le sommet du crâne de Gus. Il s'affala encore davantage contre moi, plus absorbé par Tony Stark et son Sprite que jamais.

—J'espère juste que ce n'est pas un truc par rapport à sa jambe. Je ne sais pas ce qu'il ferait s'il perdait sa bourse.

—Toi avec mon coach Walker ? C'est cool. Dégueu, mais cool. On lui a tiré dessus, tu sais, déclara Gus. C'est ce qui est arrivé au coach Walker.

Je détestais le fait que Gus, à son jeune âge, ait déjà été exposé à tant d'horreurs dans ce monde.

—Ouais, petit gars, on lui a tiré dessus. Mais il s'en est sorti.

—Il a failli y rester, mais il a eu vachement de bol.

L'appréhension monta le long de mon échine.

—C'est lui qui t'a dit ça ?

Josh était très discret au sujet de sa blessure. Si discret qu'il ne m'avait même pas raconté toute l'histoire.

—C'est papa.

Je le retournai dans mes bras pour le dévisager.

—C'est qui ?

—Eh, relax, Ember. Je suis pas dingue, dit-il en pivotant la tête au maximum vers l'écran, mais sans parvenir à voir le film. Papa m'amenait au hockey, donc il connaissait mon coach Walker. Parfois, il me parlait de lui.

Ne sois pas débile. Évidemment que mon frère ne parlait pas à des défunts.

—Ouais, désolée, frérot.

Il fut de nouveau absorbé par le film.

Sam s'installa sur le canapé à côté de nous.

—Alors, de quoi s'agit-il vraiment, à ton avis ? Tu penses qu'il est encore blessé ?

—Il est aux exercices, répondit Gus en lapant bruyamment son Sprite.

Mon estomac chavira et un trou béant s'ouvrit, attendant désespérément d'être rempli par une explication logique.

—Les exercices pour quoi, Gus ? Pour le hockey ?

Sa tête effectua une rotation de 180 degrés et il me décocha un regard du style ma-grande-sœur-est-stupide.

—Non, les exercices, quoi, Ember. Tu sais, pour l'armée. C'est pour ça que papa l'aimait bien. Josh est un soldat comme papa l'était.

Gus tourna sa tête vers l'écran comme s'il venait d'annoncer que ses cheveux étaient roux. Totalement terre à terre.

—Exercices militaires ? Soldat ?

Non. Non. Non.

Gus poussa un grand soupir et se leva.

—Pour de bon ? Il va falloir rembobiner le film si tu n'arrêtes pas de parler, Ember. Je suis en train de louper les meilleurs moments.

Sam saisit la télécommande et appuya sur le bouton « Pause ».

—Il est à l'armée, Gus ? demanda-t-elle doucement.

Gus acquiesça.

—Comment vous croyez qu'il a reçu une balle ?

À la place de l'abîme béant dans mon estomac, j'avais désormais l'impression que tout s'écroulait, que tout explosait en moi comme si un trou noir s'était creusé dans mon âme. Une fois par mois. Il disparaissait un week-end par mois. Exercices.

—Il est dans la Garde nationale, murmurai-je.

—Ouais ! Sergent Walker !

Gus s'assit par terre devant la télévision.

Sam pressa de nouveau le bouton de la télécommande pour relancer le film avant de m'entraîner dans sa chambre, refermant la porte derrière nous.

—Parle-moi, cocotte.

Tout s'enchaînait maintenant. *Mauvais endroit mauvais moment.* Il avait juste omis de me dire que le mauvais endroit était quelque part à l'autre bout du monde et qu'il portait l'uniforme. Il m'avait menti depuis le premier jour.

Oh mon Dieu. J'étais amoureuse d'un soldat. Je ne pouvais pas aimer un soldat. Je m'étais juré que ça n'arriverait jamais. Je ne placerais jamais mon cœur entre les mains de quelqu'un qui risquait sa vie dans des pays étrangers, combattait pour des gens qui ne voulaient même pas de nous chez eux, et partait pendant des mois d'affilée.

Je ne pouvais pas aimer un soldat. Je ne pouvais pas rester à la maison et me demander s'il rentrerait ou pas. Hors de question d'ouvrir la porte à des inconnus qui avaient frappé trois coups. Hors de question de m'écrouler. Hors de question d'accrocher une étoile dorée à la fenêtre.

Hors de question d'être ma mère.

—Dis-moi quelque chose, Ember.

Je détournai mon attention vers Sam.

—Il doit se tromper ! Il se trompe ! Josh me l'aurait dit. Il sait très bien ce que je pense de l'armée. Il me l'aurait dit !

J'avais bondi sur mes pieds avant de prendre conscience que je voulais me lever. Il fallait que je sache.

—Gus, reste avec Sam !

Je me ruai vers la porte d'entrée, la franchis sans prendre la peine de la refermer derrière moi, et pivotai pour marteler la porte de Josh.

—Attends une minute, putain ! cria Jagger en ouvrant la porte à toute volée. C'est quoi, ce bordel… Oh, Ember. Tu as oublié quelque chose ?

Je secouai la tête et l'écartai de mon passage, trébuchant dans l'appartement comme une foldingue en état d'ivresse. Ce que j'étais peut-être.

—Ember ? appela Jagger en me suivant dans la chambre de Josh.

—Non, il ne peut pas avoir raison. Gus ne peut pas avoir raison, marmonnai-je en ouvrant les tiroirs de Josh. C'est juste un gosse. Qu'est-ce qu'il y pige, à tout ça ?

—Qu'est-ce que tu cherches ? Raison à propos de quoi ? Josh ne sort avec personne d'autre, si c'est ça qui te préoccupe. Bon sang, il regarde à peine les filles depuis que tu as refait surface en décembre.

Il fermait les tiroirs au fur et à mesure que j'avais fini de fouiller entre les boxers, les jeans, les tee-shirts, les chaussettes, m'efforçant de trouver une preuve que Gus avait tort.

—Gus m'a dit que…

Je jetai un coup d'œil aux photos. Il n'y en avait aucune de lui avec d'autres soldats, ou en mission, ou en uniforme. Uniforme.

— Où est ta faille, Josh Walker ?

Il avait ri.

— Je la garde dans le placard.

D'accord. Je contournai Jagger et ouvris la porte du placard, allumant la lumière à l'intérieur.

—Non, Ember ! cria Jagger.

Trop tard.

Mes yeux survolèrent les diverses tenues de hockey puis les quelques costumes, et furent attirés, comme par un aimant, vers les uniformes de combat militaire. Deux pas et je pouvais les toucher. Leur tissu était en même temps inconnu et familier sous mes doigts, la toile de fond de toute ma vie.

—Non, non, non, susurrai-je en priant pour me tromper.

L'uniforme glissa du cintre, et je le tins devant moi. Sur l'épaulette gauche était cousu l'écusson de la Garde nationale du Colorado, et sur la droite, signifiant qu'il avait déjà participé à une mission, son écusson de combat. Les bandes de sergent étaient brodées sur le revers, et sur la plaque indiquant US ARMY était écrit le mot qui glaça l'amour et l'espoir dans mon cœur.

— « Walker », lus-je dans un souffle, anéantie.

Je tordis le tissu entre mes poings, désirant avoir assez de force pour le déchirer aux coutures, pour détruire l'avenir qu'il impliquait et que je ne connaissais que trop bien. Celui auquel je refusais de prendre part.

—Il voulait t'en parler, dit Jagger doucement. Mais c'est juste qu'il… il n'y arrivait pas. Il ne voulait pas te perdre.

—Sors d'ici.

Il soupira et j'entendis ses pas s'éloigner.

La pièce vacilla, ou bien était-ce les battements effrénés de mon cœur qui me donnaient cette impression ?

Comment un type aussi délicat, aussi parfait, pouvait-il être aussi maudit ? Les choses ne devaient pas se passer ainsi. Je n'étais pas censée vivre cette existence !

Un hurlement primitif jaillit de ma gorge. J'arrachai les deux autres uniformes militaires de leur cintre, incapable d'en supporter la vue, et renversai le reste de la penderie sur eux. La douleur déchiquetait mes entrailles, pulvérisant la joie qui m'habitait encore une heure plus tôt, et me submergeant d'un sentiment de désespoir absolu. Peut-être était-ce toujours ainsi que s'achevait l'amour, écrasé sous le poids d'une force obscure supérieure.

Les larmes allaient peut-être venir pour me soulager, et signifier que j'étais en train d'assimiler ce que je venais d'apprendre. Mais il n'y avait rien. J'avais tellement pleuré ces trois derniers mois qu'il n'y avait peut-être plus rien en moi. J'étais creuse et vidée.

Je m'agenouillai et ramassai les uniformes, mais ma main heurta un objet dur dans le fond de la penderie. La lumière de l'ampoule révéla un étui vert foncé, comme j'en avais vu tant de fois auparavant. C'était une médaille du mérite.

Je l'extirpai de la pile de dossiers abandonnés là et l'ouvris.

De la part de l'Ordre du Cœur violet, attribué au Spécialiste Joshua A. Walker, pour ses blessures au combat reçues dans la province de Kandahar en Afghanistan.

L'endroit même où mon père avait été tué. Mauvais endroit mauvais moment.

Comme moi à l'heure actuelle.

Je pris le tas de tissu à bras-le-corps et arrangeai les uniformes sur son lit, déposant la médaille dessus. Lui avait peut-être été blessé, mais d'une certaine manière, une balle fatale venait de transpercer mon âme.

La photo du championnat fédéral de hockey semblait me railler, suspendue au mur ; aussi la décrochai-je et la plaçai-je à côté de la médaille. Je m'étais trompée. Le destin ne nous avait pas voués l'un à l'autre depuis que j'avais quinze ans ; il nous avait condamnés.

22

Mon téléphone émit un petit *ding*, annonçant la réception d'un énième texto. Dans vingt-neuf secondes, il sonnerait quatre fois avant de déclencher la messagerie vocale.

—Tu comptes répondre ? me demanda Sam en me tendant une assiette de spaghettis par-dessus le comptoir.

Je tournai les nouilles dans l'assiette mais ne parvins pas à les manger.

—Nan.

Elle lâcha un soupir exaspéré.

—Ember…

—Non. S'il te plaît, ne commence pas, je ne peux pas…

Je touillai une autre torsade de spaghettis et les laissai retomber de ma fourchette.

Sam était assise sur le tabouret à côté de moi et m'examinait pensivement tout en mâchant.

—Tu n'as rien mangé depuis hier. Tu ne pleures pas. Tu ne parles pas. Je me demande bien ce que je peux faire de toi…

Tout était engourdi, mon âme glaçait mon être entier. Je ne souffrais pas car je ne ressentais rien. Vu mon état, on aurait pu m'arracher le bras et des litres de mon sang auraient pu gicler sur le sol sans que je le remarque. Toutes les couleurs avaient été effacées de mon monde, emportant ma capacité à ressentir… quoi que ce soit.

Je triturai mon plat, les yeux braqués sur l'horloge digitale du four, et les chiffres qui défilaient. Encore six minutes. Quatre. Il ne tarderait pas à rappeler maintenant, et je ne savais toujours pas quoi dire. Que diable, qui croyais-je duper ? Il n'y avait plus rien à dire.

Des poings martelèrent notre porte d'entrée trois fois, et je me raidis.

—December !

Sa voix était rauque, étranglée.

Sam leva un sourcil dans ma direction, mais je ne pouvais pas. Je secouai la tête sans lever les yeux de l'assiette à carreaux rouges. Tiens, ce motif allait bien avec la sauce des spaghettis. Elle poussa un profond soupir à mon intention et érafla le sol avec les pieds du tabouret quand elle recula.

J'entendis la porte s'ouvrir.

—Elle ne veut pas te voir, Josh.

Elle semblait triste, comme si elle prenait le parti du mec qui venait de me briser le cœur.

—S'il te plaît, Sam. Il faut que je la voie.

Je refermai les paupières pour me défendre de la souffrance que je percevais dans sa voix. Laisser entrer cette émotion me mènerait à la folie.

—Je ne peux pas.

La porte se referma avec un *clic*, et je lâchai une expiration que je n'avais pas conscience d'avoir retenue.

—December ! hurla-t-il d'une voix légèrement assourdie par la porte fermée. Il faut que je te parle ! Je martèlerai cette porte et crierai ton nom jusqu'à ce que la police vienne m'arrêter ou que tu sortes !

Sam se rassit et enfourna une bouchée de spaghettis. Tandis qu'elle mâchait et que je touillais les nouilles avec ma fourchette, il continuait à crier. Un éclair de souffrance jaillit dans mon estomac quand j'entendis la détresse dans sa voix, mais je l'étouffai prestement. Dès l'instant où je l'accepterais, le reste me submergerait et je ne pouvais pas me le permettre.

—December !

—Bordel, lâcha Sam en attrapant ma main et la serrant. Ouvre avant que la police débarque…

Je ne pouvais pas lui attirer d'ennuis, pas à cause d'une chose aussi insignifiante que moi. Je me glissai du tabouret de bar, toujours vêtue du débardeur et du bas de pyjama de la veille, et me dirigeai vers la porte.

—Je ne vais pas ouvrir cette porte, dis-je à travers le battant.

—Bon sang, December. Je t'en prie, il faut qu'on discute.

Je secouai la tête, comme s'il pouvait me voir, mais peu importait.

—On n'a rien à discuter.

—On a tout à discuter !

Il était en colère. Bien. Tant mieux si l'un de nous deux éprouvait encore des émotions.

—Une question.

—Tout ce que tu veux.

Quelque chose heurta la porte de l'autre côté, et, vu d'où venait le bruit, je devinai qu'il avait appuyé son front contre le bois.

—Es-tu dans l'armée ? demandai-je en levant la main et la pressant contre la porte, là où je savais qu'était appuyée sa tête de l'autre côté.

Un long silence suivit, le condamnant davantage encore que ne l'avaient fait les uniformes.

—Oui. Dans la Garde nationale.

Sa voix était faible, brisée.

Je ne m'étais pas rendu compte du point auquel je désirais qu'il nie avant d'avoir entendu sa réponse.

—Dans ce cas, on n'a plus rien à se dire, Josh. Tu ne pourras pas me faire changer d'avis. C'est fini entre nous, définitivement.

—December, je t'en prie !

—Va-t'en. Il n'y a pas la moindre chance pour nous.

Je parvins à garder mon intonation lisse, sans émotion.

J'attendis quelques instants puis quelque chose glissa contre la porte. Sa main ?

—Je t'aime.

—Bonne nuit, Josh.

La porte de son appartement s'ouvrit puis se referma et je m'appuyai contre la mienne pendant une fraction de seconde avant de me laisser glisser contre elle. Une fois que mes fesses touchèrent le sol, je repliai les genoux contre ma poitrine. Il n'y avait pas de larmes, pas de colère, simplement une lassitude extrême.

Je voulais une seule chose : Joshua Walker.

Mais je ne l'aurais pas. Je ne deviendrais jamais ma mère. Je n'aimerais jamais un homme dont l'amour était susceptible de me détruire.

*

Le lundi matin ne fut pas plus facile. Serait-ce un jour plus facile ? Cela faisait encore plus mal que de perdre Riley, mais peut-être étais-je tellement absorbée par le deuil de papa que je n'avais pas vraiment remarqué la perte de Riley ? Non, ce n'était pas vrai. J'avais souffert à cause de Riley, mais je ne l'aimais pas comme j'aimais Josh.

—Bonjour, Miss Howard, me lança le professeur Carving avec un signe de tête tandis qu'il entrait dans la salle devant moi.

Timing parfait.

Je me faufilai derrière lui, braquant les yeux là où je m'installais normalement et repérai une chaise vide dans le fond de la salle. Bingo. J'étudiai les carreaux au sol et évitai des sacs à dos pour me frayer un chemin jusqu'au fond, puis m'appropriai le siège et comptai dans ma tête.

Une seconde.

Deux secondes.

Trois sec…

—Ember…

Mon corps eut une réaction à sa voix. Des frissons parcoururent mes bras, et ma gorge se contracta. Je secouai la tête et farfouillai dans mon sac pour trouver mon cahier.

Josh fut plus rapide, sortant le cahier à spirales violet de mon sac et le posant sur le bureau. Avant que je puisse protester, il avait disposé un crayon de papier et un stylo exactement comme je l'aimais.

—Arrête de me faire la gueule. Laisse-moi t'expliquer.

Des têtes se tournèrent dans notre direction. La seule chose qui attirait plus de commérages que le fait que je l'aie suivi chez lui était notre rupture indubitable. J'étais incapable de parler. Bon sang, j'étais déjà bien contente d'arriver à respirer malgré cette pression qui m'écrabouillait la poitrine.

—Ember, s'il te plaît ?

—Monsieur Walker ? lança le professeur Carving, me sauvant *in extremis*. Pourriez-vous prendre place, je vous prie ?

Josh soupira.

—C'est pas fini, Ember.

Mais ça l'était.

Je m'appliquai à prendre des notes, comme toujours. Hormis le trou béant dans mon âme, tout, de l'extérieur, paraissait aussi normal que possible. L'horloge indiquait encore dix minutes à tenir dans ce cours. Après quoi, je pourrais devancer Josh vers la sortie, courir jusqu'à la voiture, et quitter les lieux avant qu'il puisse m'obliger à lui parler. Voilà. Si je prenais mes affaires dans ma main immédiatement, je pourrais m'enfuir avant que quiconque ait pu ranger son sac.

Quand le professeur Carving eut fini son exposé et commença à parler des devoirs pour le mercredi suivant, je glissai mon cahier et mes stylos dans mon sac et le posai sur mes genoux. J'étais déjà pratiquement debout lorsqu'il nous signifia la fin du cours.

Aussi vite que je pouvais le faire sans avoir l'air complètement tarée, je doublai les étudiants de ma rangée et ouvris la porte à toute volée pour sortir.

—Ember ! Attends !

Je ne me retournai pas, ne m'arrêtai pas, mais m'élançai au contraire dans une fuite en avant. Disons, une marche très rapide.

Les couloirs se remplirent d'étudiants et je slalomai à travers la foule. Je parviendrais à regagner ma voiture. Je ne serais pas obligée de le voir, ni d'être confrontée à ce qui était au-dessus de mes forces. J'aurais réussi à tenir un jour supplémentaire sans m'écrouler. Le soleil de début mars inonda mon visage et j'inspirai profondément. Ça y est, j'étais dehors.

—Ember ! Que comptes-tu faire ? Courir toute ta vie ? cria Josh à tue-tête.

La moitié des étudiants se retournèrent, estomaqués. Les joues me brûlaient tandis que le sang me montait au visage mais je continuai à marcher dans l'allée sinuant entre les bâtiments universitaires jusqu'au parking.

Ne pas m'écrouler. M'en tenir au plan.

Au moment où il toucha mon bras, je sus que tout était sur le point de capoter. Je m'arrêtai, pris trois profondes inspirations, et me concentrai sur autre chose. La neige avait fondu et la pelouse était marron et nue. C'était l'époque la plus laide, juste avant le printemps, quand le blanc immaculé s'était évanoui, mais que rien n'avait encore pris vie. Tout demeurait froid et engourdi.

—Ember, dit-il d'une voix douce, suppliante.

—Non.

C'était tout ce que j'avais en moi.

Il me contourna et se plaça face à moi, mais je refusai de le regarder dans les yeux.

—Je t'en prie. Je n'avais pas l'intention de te le cacher. Mais je ne savais pas comment te le dire.

Des fragments de moi se fissurèrent pour former une faille, et chaque mot qui sortait de sa bouche la creusait davantage. La torpeur bienfaisante qui m'empêchait de m'écrouler était en train de fondre, me laissant nue. Je ravalai mon désir impérieux de le regarder, de tendre la main et le toucher.

—On doit parler de ça. Il est hors de question que je te perde à cause d'un boulot.

Je craquai, déchirée en deux, la logique et le bon sens m'ayant désertée.

—Un boulot ?

Je reculai, j'avais besoin de prendre de la distance. Je levai enfin les yeux sur lui, mais le désespoir de son visage ne dissipa pas ma colère. Il avait l'air au fond du trou. Tant mieux, car moi aussi.

—Ce n'est pas un *boulot* ! Et tu me l'as caché ! Tu sais parfaitement ce que j'en pense !

—Alors que je t'ai vue brûler le drapeau de West Point ? Je savais que tu ne l'accepterais jamais, que tu me plaquerais à la minute où tu serais au courant, et je ne pouvais pas te laisser partir.

—Espèce de putain d'égoïste !

Il devint livide.

—Oui. J'avais besoin que tu sois près de moi. Il le fallait.

—Mais pourquoi, bordel ? Pourquoi es-tu dans la Garde ? Tu avais une bourse d'études complète. Et tu vas t'engager comme ça, pour qu'on t'envoie te faire tuer ?

Ce mot, cette idée me flanquaient la nausée. Josh en uniforme. Josh dans une boîte froide enveloppée d'un drapeau. Non.

—Maman était tombée malade. J'ai demandé mon transfert pour m'occuper d'elle. L'équipe de hockey de Co Springs n'a pas beaucoup de moyens ; ils ne pouvaient pas m'attribuer une bourse complète alors que j'arrivais en milieu de saison. Certains d'entre nous ne viennent pas d'une famille aisée avec un père docteur, Ember. J'ai fait la seule chose qui m'est venue à l'esprit pour pouvoir continuer mes études. Un week-end par mois me semblait un deal sacrément acceptable pour être auprès de ma mère. Je ne le regrette pas. Je ne regrette rien de tout ça, et je ne regrette pas mon comportement avec toi !

Mes yeux se baissèrent vers l'endroit où j'avais vu la cicatrice barrant sa cuisse.

—Tu ne regrettes pas de perdre la seule chose que tu aimes. Bon Dieu ! Tu as pris une balle ! Blessé ! Presque tué, et tu continues quand même ? Es-tu atteint d'une espèce de complexe du héros à la con ? Je vais te dire un truc, Josh. Les héros meurent !

Ma voix vacilla et je ravalai un souffle étranglé.

—Ils meurent.

Le muscle de sa mâchoire se contracta.

—Je n'ai pas perdu la seule chose que j'aime, Ember. Tu es encore là, en face de moi, et je me bats comme un fou pour toi.

—Ce n'est pas la peine. Je ne vais pas rester, les bras croisés, à te voir mourir comme mon père. Je me fiche que tu aies presque fini la fac, rien ne vaut cette attente, cette souffrance.

—Ton père croyait en sa mission. Il a sauvé des tas de vies. Je le connaissais, Ember. Il était fier de ce qu'il faisait. Il était fier de moi !

La jalousie me piqua au cœur. Josh s'était lié d'amitié avec mon père à cause de Gus. Il pouvait lui parler de choses dont je n'avais jamais pu lui parler, entre autres la raison pour laquelle il avait choisi cette voie. Josh connaissait mon père d'une façon intime, qui ne me serait jamais accessible, car de son vivant, j'avais été trop anxieuse, trop furieuse contre ses choix pour le comprendre.

—Regarde où ça l'a mené. Un docteur à l'hôpital, même pas un soldat au front, et il est mort ! N'essaie pas de justifier la guerre.

Le silence nous enveloppa et je remarquai la foule d'étudiants qui nous dévisageaient avec curiosité en passant à côté de nous. Il tira mon sac à dos par la lanière, me guidant doucement sous un arbre à proximité pour que nous cessions de nous donner en spectacle.

—Je t'en prie, Ember, bats-toi pour nous. Ça vaut le coup de se battre pour nous deux. Je t'aime, et ça, je ne l'ai jamais dit à aucune fille. Je t'aime davantage que le hockey ou l'air que je respire. Et tu m'aimes, toi aussi !

J'eus l'impression de recevoir une énorme gifle en pleine figure.

—Mon amour ? Tu veux utiliser mon amour dans cette discussion ?

Les larmes éclatèrent, ruisselant sur mon visage.

—Je ne t'aurais jamais laissé m'approcher si j'avais su ! Je déteste ce que tu fais. Je déteste que tu m'aies menti. Mais surtout, je déteste que tu m'aies laissé tomber amoureuse alors que tu savais ! Je *déteste* le fait que je t'aime, alors ne l'utilise pas.

Les larmes engloutissaient ma colère dans un abîme de détresse.

Ses yeux exprimaient une souffrance intense.

—Je t'aime assez pour nous deux. Je ne regrette rien si cela nous a rapprochés.

Ses yeux, ses paroles, tout cela commençait à entamer ma détermination.

—Tu aurais dû me parler.

Il fit un pas hésitant vers moi et tendit la main pour caresser ma joue du revers des doigts.

—J'aurais dû te donner le choix et t'en parler, mais je n'y arrivais pas. Tu es cette espèce de miracle que je ne me jugeais pas digne de toucher un jour, sans parler de t'avoir à moi. Je te veux depuis que j'ai dix-huit ans, mais je n'étais pas assez bien, pas assez bien pour quelqu'un comme toi.

—Parce que mon papa était médecin ?

Je lui balançai ses mots en pleine face, m'efforçant de me raccrocher aux vestiges de ma colère. La colère allait me garder en vie si Josh avait le pouvoir de me briser.

—Parce que tu étais bienveillante, et intelligente, et visiblement peu impressionnée par moi. Oh, tu me regardais ; crois-moi, je l'avais remarqué, mais tu avais beaucoup trop d'estime de toi pour te jeter aux pieds de quiconque. Je te respectais trop pour te courir après. Je t'aurais mise en pièces à cette époque.

—Tu me mets en pièces maintenant, lâchai-je d'une voix faible.

La photo m'avait fait comprendre qu'il m'avait déjà remarquée lorsque j'avais quinze ans, mais l'entendre de sa bouche, avec ce désir dans sa voix, me rapprochait de la déraison. Je devais vraiment avoir perdu tout bon sens ne serait-ce que pour considérer l'idée de rester avec lui.

—Je t'aime. Tu es tout pour moi, et je ne vais pas te laisser partir à cause d'un uniforme.

Il me tira par la taille, me plaquant contre son corps. Mes terminaisons nerveuses perfides me trahirent, se rappelant trop bien de la sensation lorsque j'étais dans ses bras.

—Laisse-moi t'aimer, December ; de toute façon, je ne peux pas m'en empêcher, je suis à ta merci depuis que j'ai dix-huit ans.

La lutte s'évanouit en moi tandis que je me fondais en lui. Ses yeux bruns brillaient dans les rayons diffus du soleil. Cela n'avait pas d'importance à long terme, à vrai dire. Il ne lui restait que quelques mois avant son diplôme universitaire. Je me livrai à un rapide calcul mental.

—Tu t'es engagé pour la période classique de trois ans, et elle est bientôt terminée, n'est-ce pas ?

Le muscle de sa mâchoire se contracta.

—Techniquement.

Mes yeux se plissèrent.

—Il n'y a pas de techniquement qui tienne. Tu n'as pas intérêt à me cacher autre chose.

Il jeta un coup d'œil alentour, comme s'il cherchait une réponse dans les arbres, les bâtiments académiques à proximité.

—Je serai libéré de mon engagement le jour où je serai diplômé.

Je poussai un soupir de soulagement.

—Dans trois mois. Je peux tenir trois mois.

Sa poigne se serra autour de ma taille, légèrement insistante.

—Mon engagement s'arrête le jour où j'obtiens mon diplôme car je serai libéré du service. Quelques minutes plus tard, je prêterai serment et serai promu officier. Je suis réserviste dans le régiment des officiers de réserve en formation depuis que j'ai été blessé. Ce sont eux qui ont payé mes frais de scolarité, et la Garde a payé mon loyer.

Où était la torpeur, cette sensation glacée qui me tenait à distance ? À la place, la souffrance pure et atroce, béante, s'immisçait en moi et me submergeait.

—Tu vas prêter serment. Tu t'engages dans une carrière militaire.

Vingt ans. Les meilleures années de sa vie consacrées à servir, à risquer sa peau.

Ses yeux me dirent qu'il avait envie de mentir, mais il ne le fit pas.

—Oui. C'est mon plan.

Je hochai la tête et souris, ravalant le nœud qui enflait dans ma gorge. Avant qu'il puisse ajouter autre chose, je me hissai sur la pointe des pieds, enroulai les bras autour de son cou, et fondis ma bouche dans la sienne. Je l'embrassai avec abandon, déversant tout mon amour, tout mon chagrin, mon désespoir en lui.

Lorsqu'il réagit, je sentis l'arbre dans mon dos, et sa langue dansait avec la mienne. Ses mains quittèrent ma taille et prirent mon visage en coupe comme si j'étais une chose délicate, tandis qu'il m'embrassait avec un soulagement perceptible. Tout dans mon corps l'appelait impérieusement et je cédai, me positionnant pour me rapprocher encore de lui, me délectant de pouvoir être absorbée par quelqu'un qui n'était pas moi.

En Josh, tout était si parfait, et pourtant si maudit.

Je l'embrassai encore une fois, gentiment, dessinant sa lippe de la langue, aussi longuement que je le pouvais, savourant le goût et la sensation de Josh contre mes lèvres.

—Je t'aime tellement, murmurai-je contre sa bouche. Je te remercie de m'avoir soutenue dans mon deuil après la mort de mon père. Je te remercie d'avoir protégé April et de veiller sur Gus. Je te remercie d'incarner l'amour exactement comme je l'ai toujours imaginé.

Il sourit contre mes lèvres, mais recula en tressaillant lorsqu'il sentit mes larmes ruisseler contre ses joues.

—December ? Ne pleure pas.

Je secouai la tête et me dégageai de ses bras. L'air glacial chassa instantanément la douce chaleur dont il m'enveloppait.

—Je t'aime, susurrai-je encore une fois.

Il écarquilla les yeux de déni.

—Non. Ne fais pas ça.

Je pris son visage sublime entre mes mains et souris à travers mes larmes.

—Au revoir, Joshua Walker.

Je me cramponnai à mon sac à dos en m'éloignant, ayant désespérément besoin de me raccrocher à quelque chose, n'importe quoi, pour me sentir encore dans la réalité. La gravité n'existait plus. Je venais de perdre la seule personne qui me maintenait les pieds sur terre.

23

L'horloge me rendait nerveuse. Il ne restait plus que deux minutes de prolongation et les Mountain Lions étaient acculés, avec un joueur en moins. Jagger était incapable de garder son sang-froid. Des gradins, Sam et moi avions une vue plongeante sur lui à l'autre bout de la patinoire, et il avait l'air sérieusement furax.

—Il est encore plus sexy quand il est en colère, fit-elle remarquer en faisant claquer sa langue.

—Tu es sérieuse ? la raillai-je.

—Défense ! Défense ! hurla le public tandis que les Western State s'élançaient vers la cage de but.

Mes doigts s'enfoncèrent dans ma veste lorsqu'ils tirèrent et le loupèrent.

L'équipe de défense surgit de derrière le filet et fonça vers l'avant.

—Allez, Josh, murmurai-je dans ma barbe, effrayée de prononcer son nom trop fort.

Chaque fois que je l'avais entendu au cours des trois dernières semaines, cela avait failli anéantir mes timides avancées.

Tout était douloureux. Respirer déplaçait le nœud dans ma gorge. Dormir séparée de lui par un mur signifiait que je ne dormais plus. Penser à lui me mettait hors d'usage pendant des heures.

Dieu soit loué pour cette souffrance ; cela voulait dire que je n'étais pas devenue complètement insensible. Cela voulait dire que je digérais, quoique lentement, mais quand même. Je ne m'étais pas écroulée. J'avais continué malgré la douleur et je me comportais aussi normalement que possible avec un cœur brisé. Après le premier jour de classe, où je m'étais contentée de lui sourire poliment et m'étais concentrée sur le professeur Carving, Josh avait abandonné toute tentative de me parler.

J'étais reconnaissante. J'étais dévastée.

Je savais que ce n'était pas une bonne idée de venir ce soir, mais je n'avais pu m'en abstenir, alors que ce match était si important pour lui. Ce serait le dernier match de hockey de sa carrière universitaire.

Josh s'envola vers la cage des Western State, doublant les autres défenseurs si bien qu'il se trouva seul face à leur gardien de but. Mon corps se raidit fébrilement. Il allait réussir, il allait faire remporter à son équipe le championnat de la ligue. J'en étais aussi certaine que du fait qu'il me manquait.

Première feinte. Deuxième feinte. Mon cœur suspendit ses battements lorsqu'il tira… et marqua !

Le stade entier se leva en criant son nom.

—Walker ! Walker !

Il avait réussi : mené son équipe au championnat de la ligue, marqué le but qui gagnait le match. Je ne pouvais pas plus m'empêcher de sourire béatement que je ne pouvais m'empêcher de me l'approprier, de me dire que cet homme incroyable était à moi. Mon cœur débordait de fierté de ce qu'il avait accompli.

L'équipe quitta le banc, et se rua sur la glace. Il esquiva la mêlée et, à la place, patina vers là où je me tenais contre le Plexiglas. Il n'y avait pas de sourire victorieux sur son visage, mais simplement ses yeux intenses me scrutant derrière son casque. Il arracha ses gants et posa sa paume sur le Plexiglas, là où j'étais. Sans défense contre lui, je levai la mienne et topai dans la sienne à travers la surface transparente. J'entendis un flash, mais je m'en fichais. Tout ce que j'avais voulu lui dire – ma fierté et également ma joie –, il pouvait le lire en moi.

J'étais toujours amoureuse de lui. Nous le savions tous deux.

Un sourire blafard s'esquissa sur ses lèvres, sans parvenir jusqu'à ses yeux. Ils étaient noyés de tristesse, de résignation. Il se recula du Plexiglas mais avant de se retourner vers son équipe qui s'apprêtait à lui faire fête, il regarda en arrière. Il me désigna de l'index, et porta la main à son cœur. Puis il fut englouti par son équipe, et je priai Sam de me ramener à la maison.

—Tu es certaine de vouloir louper la fête ? demanda-t-elle en se garant devant notre immeuble. Ça va être une soirée incroyable à la maison de la fraternité.

Je secouai la tête et sortis de la voiture.

—Pas ce soir. Je ne peux vraiment pas.

J'étais trop faible. Cinq minutes seule en présence de Josh dans la maison, et je retomberais dans ses bras.

—D'accord, ma belle. Passe une bonne nuit.

—Sois prudente.

Elle attendit que j'ouvre la porte de notre immeuble puis décolla pour la fête d'after.

J'enfilai mon pyjama et me mis au lit, éteignant la lumière. Dans l'obscurité, je tâtonnai sur l'écran de mon téléphone et fis une bêtise.

Ember : Salut. S'il te plaît, ne réponds pas. Je voulais juste que tu saches à quel point je suis fière de toi ce soir.

Ce que je n'avais pas dit ? Que je l'aimais, que j'avais été malheureuse sans lui ces trois dernières semaines, qu'il hantait mon esprit d'une façon qui me rappelait une addiction toxicologique et que j'étais en plein sevrage.

Josh : Tu étais dans mon esprit pendant tout le match. Tu es dans mon cœur chaque minute de ma journée. Je t'aime, December Howard.

Ce foutu nœud était revenu dans ma gorge et les larmes menaçaient de couler. J'aurais dû éloigner ce putain de téléphone. J'aurais dû le planquer dans ma table de chevet. Mais ce n'est pas ce que je fis, malgré les yeux mouillés et le reste.

Ember : Je sais. Et tu sais que je t'aime, Joshua Walker.

Josh : J'aimerais que ça soit suffisant pour te faire changer d'avis.

Ember : Moi aussi. Bonne nuit, Josh.

Josh : Bonne nuit, Ember.

Je ravalai ma souffrance, et refusai de laisser couler les larmes. Je ne pouvais pas passer le reste de mon existence à pleurer, il fallait que ça cesse à un moment donné. Je me blottis avec mon téléphone sur mon oreiller et dérivai dans le sommeil.

Un martèlement régulier contre le mur derrière moi me réveilla, dans une semi-torpeur. Je jetai un coup d'œil sur mon réveil : il était 2 h 57. Que diable se passait-il ?

Le vacarme continuait, ébranlant le mur en cadence. Qu'est-ce qu'il pouvait bien foutre ? Le seul truc contre le mur était…

Oh putain. Son lit.

Mon cœur éclata en un million de débris, qui se décomposèrent à nouveau. Après tout, il ne me trompait pas, n'est-ce pas ? Je l'avais repoussé, je l'avais plaqué, je l'avais fait souffrir. Il venait de remporter le championnat de la ligue ce soir, que diable pouvais-je escompter de la part d'un séducteur comme Josh Walker ? Il était déjà étonnant qu'il ait attendu aussi longtemps.

Mais cela ne signifiait pas que j'étais obligée de l'écouter.

Je ramassai mon oreiller, ma couette, et me dirigeai vers le canapé du séjour. Cette fois-ci, en m'allongeant, je n'essayai même pas de réprimer mes larmes ; je les laissai me submerger.

*

Le lundi matin, je me faufilai dans mon siège en cours d'histoire et sortis mon cahier sans regarder Josh. Je ne pouvais pas. Je l'avais déjà visualisé au lit avec cette autre fille, je n'avais pas besoin de voir son visage.

—Super match, Josh, glissa Gwen au passage, en balayant son épaule de la main avant de s'installer dans la chaise à côté de lui.

C'était peut-être elle.

Je me mordis la lèvre et gardai les yeux braqués sur ma feuille vierge.

—On se calme, tout le monde, lança le professeur Carving en feuilletant ses notes sur son pupitre. Oh, et félicitations, Walker. C'était un sacré but.

—J'avais une sacrée source d'inspiration.

Je faillis recracher mon café.

—Oui, visiblement, approuva le professeur Carving. Bon, nous en sommes à la fin de la bataille de Gettysburg, et je suppose que vous avez tous lu les textes requis ?

Quelques murmures d'assentiment lui répondirent.

—Ah non ? Bon, interro surprise.

Un grognement collectif s'éleva dans l'amphi.

—Ce n'est vraiment pas méchant. Marquez juste vos nom et prénom en haut de la page, et essayez de restituer le plus fidèlement possible, de mémoire, votre passage préféré du discours.

J'inscrivis mon nom en haut, sur la première ligne, et couchai sur le papier ce qui m'avait précisément marquée. Comment pourrais-je jamais l'oublier ?

Il attendit quelques minutes avant de finir l'interro.

—O.K., maintenant, chacun passe sa feuille à son voisin de droite.

Je donnai ma copie à Josh sans le regarder. Le bout de ses doigts effleura le dos de ma main, me consumant, me détruisant à nouveau comme au premier jour.

Je saisis la feuille de Patrick sur ma gauche. Il était discret, modeste, et, malheureusement pour sa vie sexuelle, couvert d'acné. Mais un vrai nounours.

—Qui veut lire la feuille de son voisin ou sa voisine ? Gwen, peut-être ?

Elle se racla la gorge, évoquant un geignement de star du porno.

—Il y a quatre-vingt-sept ans…

—Ah, quelqu'un s'en est bien tiré ! Qui d'autre ?

—Moi, répliqua Josh.

Non. Je ne voulais pas entendre sa voix, mais puisque me boucher les oreilles et me balancer d'avant en arrière n'était pas une option, j'étais bien obligée d'écouter.

—Très bien, monsieur Walker. Allez-y.

La voix de Josh était claire et forte.

Puisons de ces honorables défunts un respect renouvelé pour cette cause, à laquelle ils se sont consacrés avec une dévotion pleine et entière… Promettons, nous, ici présents, qu'ils ne sont pas morts en vain.

Il n'y avait aucun autre son que les battements effrénés de mon cœur.

Le professeur Carving se pencha contre son pupitre.

—Mademoiselle Howard, pourquoi ce passage précis vous est-il venu à l'esprit ?

J'ouvris la bouche pour parler, mais ne parvins pas à prononcer le moindre mot, sous peine de m'effondrer devant la classe entière, ce qui, bordel, n'était pas près d'arriver.

—Mademoiselle Howard ?

Je secouai la tête et fermai les paupières, désirant de toutes mes forces être engloutie par mon siège, et ainsi tirée de cette situation pathétique où je n'étais même pas foutue d'effectuer une tâche aussi basique que parler.

—Le père d'Ember a été tué en Afghanistan il y a quelques mois, répondit calmement Josh, en tendant la main à travers l'allée et en déposant la feuille sur mon bureau.

J'ouvris les yeux et vis le regard surpris du professeur Carving.

—Je comprends effectivement pourquoi votre attention a été attirée par ce passage.

J'acquiesçai mais il ne le remarqua pas.

Le reste du cours passa comme dans un songe, puis il nous laissa partir. Je rassemblai mes affaires en même temps que Josh.

—Ember ?

Je me préparai psychologiquement, encore chavirée par son irrésistible beauté, mais son apparence ne valait pas sa bienveillance, son humanité. N'importe quelle fille de cette fac aurait été reconnaissante d'avoir un petit bout de Josh, alors que dire de son cœur sur un plateau d'argent ?

—Ouais ?

Il leva la main comme s'il voulait me toucher, mais la baissa lentement.

—Ton père, il n'est pas mort en vain.

J'extirpai la feuille de mon sac, la pliai en deux et la lui tendis.

—Qu'est-ce qui te fait dire qu'il s'agissait de mon père ? C'est toi qui es engagé. Que signifie une dévotion pleine et entière ?

Je m'éloignai afin d'esquiver sa réponse.

24

Mars s'effaça après une énième tempête de neige, amenant le mois d'avril et un trio de tempêtes sur l'herbe verdissante. En revanche, le mois de mai était enfin magnifique.

J'enfilai un pantalon capri noir et une chemise bleue soyeuse pour le dîner du dimanche. Je ne m'étais pas rendu compte du point auquel la routine prévisible de notre maison me manquait avant d'en être partie. Désormais, chaque chose semblait avoir retrouvé sa place ; il ne manquait que papa.

Je tournais et retournais régulièrement sa lettre entre mes doigts, palpant l'encre si souvent que je m'étonnais qu'elle ne se soit pas estompée. Ces lignes étaient plus douces maintenant, portant la trace de mes innombrables manipulations. Quatre mois et demi s'étaient écoulés ; mais tenir cette enveloppe me donnait l'impression que j'étais encore devant la porte d'entrée, prête à l'ouvrir au désastre. Je replaçai la lettre en haut de l'étagère et sortis de ma chambre.

Le cimetière était déjà jonché de fleurs ; les organismes de la terre avaient pris de l'avance sur le printemps. Je restais aussi longtemps que possible avec papa sans verser dans le pathos, avant de poursuivre ma route vers le sud jusqu'à la maison : telle était désormais ma routine. La vie avait recouvré son train-train quotidien.

Une seule chose était susceptible de le bouleverser : la réponse à ma candidature pour l'université de Vanderbilt, que j'attendais toujours.

Gus avait surgi de la maison avant que j'aie pu me garer dans l'allée, se jetant sur moi.

—Ember ! Je suis trop content que tu sois là ! Viens voir mon expérience scientifique. C'est carrément génial !

—Ah ouais, carrément ! dis-je en ébouriffant ses boucles avant d'être enveloppée par l'odeur de dinde grillée dès que nous eûmes franchi le seuil.

—Je flippais parce que c'était papa qui avait toutes les instructions. On en avait tellement parlé.

Je m'abaissai à son niveau.

—Mais tu les as trouvées, n'est-ce pas ?

—Ouais, elles étaient dans ses courriels.

Je crispai involontairement les doigts sur sa chemise.

—Tu as accès à ses courriels ?

Il hocha la tête, faisant danser ses boucles.

—Ouais. Seulement à ses courriels persos. Sa question de sécurité était super facile car maman a dit qu'il avait le même mot de passe depuis genre *toujours*.

Il s'envola, me laissant abasourdie dans le hall d'entrée.

Maman semblait incarner la femme au foyer idéale des années 1950 lorsqu'elle surgit de la salle à manger. Elle m'accueillit avec une brève étreinte avant de se précipiter sur le téléphone fixe qui sonnait. Gus me montra son pont géant en spaghettis, qui accaparait une bonne partie du comptoir de maman dans la cuisine.

—Bravo, frérot !

—C'est vraiment le truc le plus incroyable que j'aie jamais monté. J'ai trop hâte de voir combien de poids il pourra supporter ! s'écria-t-il, les yeux brillants.

Maman nous adressa son geste classique de taisez-vous-quand-je-suis-au-téléphone, qui lui donnait l'air de diriger une offensive militaire. Gus et moi affichâmes un sourire complice et obtempérâmes.

—Bien sûr, aucun problème, Chloé. J'ai préparé de la dinde. Viens donc avec tes garçons, et reste pour le dîner, dit maman avant de se taire et d'écouter. Oh, on se fiche pas mal de ce que tu portes. Saute dans la voiture et viens nous rejoindre.

Elle se pencha pour consulter l'heure sur la pendule.

—On vous attend dans un quart d'heure. Pas d'excuses.

Elle raccrocha avec un sourire.

—Gus, rajoute trois assiettes pour le dîner.

—Mme Rose va venir ? m'enquis-je en attrapant les assiettes du placard du haut pour Gus.

Maman lissa les plis de son tablier, un tic qui m'indiquait qu'elle ne nous disait pas tout.

—Elle n'avait pas l'air d'avoir trop le moral.

L'esprit ailleurs, elle s'affaira de nouveau dans la cuisine, touillant la purée et sortant la dinde du four.

Je m'empressai d'aider Gus, qui demanda :

—Qui est Mme Rose ?

Je déplaçai la fourchette qu'il venait de poser du mauvais côté de l'assiette, et recentrai celle-ci.

—Tu ne te souviens pas ? Son mari était avec papa.

Une lueur de compréhension traversa ses yeux.

—Si, si ! C'est la maman de Carson et Lewis !

—Tout à fait.

April pénétra dans la salle à manger en se déhanchant tandis que nous disposions les verres sur la table. Dieu merci, elle ne portait pas de tenue neuve. Elle avait arrêté de faire du shopping depuis que maman l'avait enrôlée en thérapie.

—Cool de te revoir, Ember, lança-t-elle en souriant et en s'installant dans une chaise.

—Cool de nous rejoindre et de participer, April, déclara maman du tac au tac.

April haussa les épaules vers moi.

—Comment ça va dans ton appart ?

Je savais à quoi et à qui elle faisait allusion.

—R.A.S.

—Quel gâchis intégral, laisser filer un mec comme…

—April, la coupai-je d'un ton qui trancha à mes propres oreilles. Ne commence pas.

—Il faut bien que quelqu'un te dise tes quatre vérités, répliqua-t-elle en lissant ses cheveux.

—Ah ouais ? Genre que tu es une experte en relations ?

Elle venait à peine de se remettre avec Brett, deux semaines plus tôt. Je n'arrivais pas à croire qu'il ait accepté de la reprendre malgré tout.

—Tu es malheureuse, dit-elle en me décochant un regard perçant, déterminée à faire passer son message. Tu mérites d'être heureuse.

Ma voix s'adoucit avec mon humeur.

—Je n'ai pas besoin d'un mec pour me rendre heureuse. Je n'ai pas été célibataire depuis mes dix-sept ans. Ces derniers mois ont été durs, d'accord, mais j'en ai davantage appris sur moi-même que je n'aurais jamais pu le faire autrement.

Elle leva un sourcil dubitatif.

—Si, je t'assure. Je suis maintenant capable de réparer une poubelle automatique, de changer un pneu, et de passer un vendredi soir avec mes copines ou toute seule. Josh m'a manqué ; il me manque encore chaque jour, mais je dois me sentir bien toute seule avant de me remettre en couple avec un autre type.

—Ça fait tellement plaisir de voir mes filles qui s'entendent si bien, décréta maman en nous jetant un coup d'œil sceptique et en me tendant la corbeille à pain.

—Ah, tu nous connais, ajouta April avec un clin d'œil, dissipant les dernières traces de tension.

À cet instant, tout semblait si normal, si serein. J'eus envie de parler de Vanderbilt à maman. Les mots restèrent sur le bout de ma langue durant les dix minutes suivantes, tandis que nous écoutions Gus exposer les détails de son projet scientifique, et April babiller à propos de la soirée de fin d'année imminente au lycée. Lorsque maman me demanda comment je trouvais mes cours, j'ouvris la bouche pour répondre.

La cloche de la porte d'entrée retentit et Gus bondit de sa chaise, impatient de retrouver ses camarades, avant d'ouvrir grand la porte de toutes ses petites forces.

—Gus ! Trop cool ! Tu as vu le nouveau jeu Bakugan qu'on a eu ?

Les garçons se plongèrent immédiatement dans leur conversation.

Ils avaient l'air… négligés, ce qui était singulier, car les gosses de Rose affichaient normalement l'allure de petits mannequins pour Gap Junior. Leur tee-shirt était maculé de taches et des trous apparaissaient aux genoux de leurs jeans. Leurs cheveux avaient tellement poussé qu'ils devaient les écarter de leurs yeux.

—Chloé ? lâcha maman, bouche bée et figée.

Mme Rose portait un legging de yoga avec un sweat-shirt déchiré. Ses cheveux frisottaient de manière anarchique avant de former une méchante petite couette au sommet de son crâne, et son maquillage bavait et dégoulinait sur son visage. Sur quelqu'un qui semblait toujours sortir de la boutique d'Ann Taylor, une telle vision était effrayante.

Elle entra, et ses yeux vides cherchèrent maman.

—June.

Maman me contourna en hâte et prit Chloé par le bras.

—Que se passe-t-il ?

—Bon Dieu, June. C'est censé être la semaine prochaine, et je n'arrive pas à croire qu'il ne va pas rentrer à la maison ! dit-elle avant de s'effondrer, légèrement amortie dans sa chute par maman.

Elles atterrirent toutes deux sur le sol. D'horribles sanglots s'élevèrent dans la pièce, perforant de nouveau un trou en moi, dans la partie vulnérable qui était en train de guérir du deuil de papa.

—Je continuais à aller de l'avant, aveuglément… Je n'avais pas pris conscience…

Ses paroles étaient ponctuées de pleurs.

—Leur unité revient à la maison la semaine prochaine. Quand ces avions atterriront, il ne sera pas parmi eux. Il n'y sera pas ! C'est censé être fini, mais ça ne finira jamais, parce qu'il ne rentre pas à la maison !

April se couvrit la bouche de la main. Je frissonnai en inspirant une grande goulée d'air et mon visage décomposé afficha un sourire forcé.

—Les garçons ! On va faire une dînette spéciale dans l'espace jeux de Gus ! *First Avenger* sera génial sur l'écran géant !

Carson et Lewis échangèrent un coup d'œil inquiet, que je ne reconnus que trop bien. C'était le même qu'April et moi venions de nous jeter, le regard entre frères et sœurs qui en disait long sans qu'ils aient prononcé un seul mot. Ils étaient si petits, ils avaient le même âge que Gus, et n'avaient pas de frère ou de sœur aînée pour s'occuper d'eux.

—Gus, emmène-les donc dans ton antre à jouets.

Les yeux assombris de Gus s'arrachèrent à maman et Chloé, toujours en train de sangloter par terre, laissa des traînées mouillées et foncées sur le tablier à motifs de zigzags de maman.

—Ouais, ça va être super cool ! dit-il en feignant un sourire qui n'atteignit pas ses petits yeux, et en entraînant les deux garçonnets. J'adore *Iron Man* !

Je soupirai devant la perfection absolue du cœur de Gus.

—Ouais, c'est parti pour *Captain America* ! s'exclama Carson tandis qu'ils se ruaient dans l'autre direction, vers l'espace jeux de Gus.

—Hulk ! Hé, mecs, il déchire ses vêtements tellement il est balèze ! ajouta Lewis en courant à leurs trousses.

Maman accompagna Chloé jusqu'au canapé, calant et berçant sa tête contre sa poitrine tandis que la jeune femme était secouée de sanglots qui laminaient la mince couche de cicatrisation de mon chagrin. Chloé n'avait pas craqué jusqu'à présent, et j'avais été jalouse qu'elle surmonte la situation si vaillamment alors que maman était proche de la catatonie. Il n'y avait vraiment plus de raisons d'être jalouse à l'heure actuelle.

April et moi récupérâmes les assiettes et préparâmes des sandwiches chauds à la dinde au lieu du plat conventionnel prévu par maman. Elle les apporta aux garçons tandis que je remplaçais leurs verres par des briques de jus de fruits en carton. Même occupée à réconforter une autre veuve, maman ne manquerait pas de piquer une crise s'ils renversaient du jus de fruits sur la moquette de l'espace jeux.

Nous installâmes les garçonnets, lançâmes le film et les laissâmes en compagnie des héros de Marvel, dans leur monde, refermant discrètement la porte derrière nous. April s'affaissa contre le mur et se recroquevilla par terre.

—Bon sang, Ember, est-ce que ça finira un jour ?

Je m'appuyai contre elle, l'étreignant.

—Je crois que ça fera toujours mal. Ce sera toujours là, quelque part, répondis-je en clignant des paupières pour refouler mes larmes. Mais nous nous habituons à vivre avec, chaque jour un peu plus.

—Juste au moment où j'ai l'impression que c'est enfin derrière moi, il se passe un truc et ça me revient en pleine poire, aussi violemment qu'au premier jour.

Sa voix se brisa.

—Je sais.

Je levai les yeux vers les photos de famille accrochées sur le mur en face, un collage des années de lycée et d'événements qui avaient fait de notre famille ce qu'elle était, et ça faisait mal car nous ne serions plus jamais ainsi.

—Je te jure que ça me rend dingue, moi aussi, ajoutai-je.

Les sanglots de Chloé résonnaient dans toute la maison, nous rappelant que le deuil ne connaissait ni pitié, ni limite dans le temps, ni date d'expiration. J'enlaçai ma sœur comme maman enlaçait Chloé, incapable de donner de conseils ou de prononcer le moindre mot pour alléger le coup du sort qui nous avait frappés. Nous nous contentions de le traverser en trébuchant, même après tous ces mois. Je posai la tête contre celle d'April, reconnaissante qu'au moins nous ne soyons pas seules mais que nous nous ayons, l'une l'autre.

*

—J'ai proposé à Chloé de dormir dans ta chambre, Ember. J'espère que ça ne te dérange pas, dit maman en jetant son tablier dans le panier à linge.

—Pas du tout.

Je glissai la dernière assiette dans le lave-vaisselle tandis qu'April passait un coup d'éponge sur le comptoir.

—On a mis Lewis et Carson dans la chambre de Gus.

—Très bien. C'est chouette qu'ils soient ensemble.

Il n'y avait pas grand-chose à rajouter, aussi nettoyions-nous le reste de la cuisine dans un silence triste et complice.

—Je vais me coucher. Ember, tu rentres chez toi ce soir ? demanda April.

—Ouais, j'ai cours demain matin.

Elle me prit dans ses bras.

—Merci. Je sais que je ne le dis pas assez souvent. Merci.

Avant que je puisse répondre, elle fila et grimpa l'escalier.

—Elle va mieux, dis-je.

—Nous allons tous mieux. Je pense qu'on risque de connaître quelques turbulences ces prochaines semaines, mais on s'en sortira.

Maman fronça les sourcils tandis que je désinfectais le comptoir qu'April avait seulement nettoyé avec une éponge et que je redressais le bloc de couteaux.

—Et toi, comment vas-tu ? Je n'ai pas l'occasion de te poser la question aussi souvent que je le voudrais.

Je m'appuyai contre le placard.

—Ça va. J'ai l'impression d'être dans une phase d'ajustement douloureuse qui traîne en longueur, mais ça va, je tiens le coup.

Elle attendit que je poursuive, comme à son habitude. Elle n'était jamais intrusive ; elle me connaissait trop pour cela. À papa, je pouvais me confier spontanément, mais maman et moi avions toujours eu des problèmes de communication. Nous étions sans doute trop semblables.

—J'ai de bonnes notes, et la coloc avec Sam se passe super bien.

—Je suis contente que vous soyez de nouveau réunies.

—Moi aussi. On croit toujours qu'on sera amis pour la vie, le dernier jour du lycée, quand tout le monde dédicace les carnets de fin d'année, mais en réalité, il en reste bien peu. Chacun, eh bien… trace son chemin et se volatilise.

Maman sortit deux capsules de café et se détourna pour préparer deux tasses de *latte*.

—Les gens restent quand on fait un effort pour eux.

Sa main demeura en suspens sur les tasses tandis qu'elle inspirait profondément.

—Ember, il s'est passé tant de choses pour toi cette année, et je suis désolée de ne pas avoir été là pour toi, dit-elle avant de lâcher un petit gloussement d'autodérision. Doux Jésus, je suis désolée de ne pas avoir été là pour moi-même. Si j'avais été au courant de ce qui se passait avec Riley…

—Qu'est-ce que tu aurais bien pu y faire ? Ses erreurs lui appartiennent. D'un certain côté, son infidélité m'a montré combien j'avais modelé ma vie autour de la sienne. J'ai tout changé pour lui, pour ces projets que nous avions planifiés ensemble mais que je n'avais jamais vraiment désirés.

Elle me tendit une tasse de *chai latte*, et j'en dégustai une gorgée. Délicieux, et assez de caféine pour me booster et me permettre d'avancer sur les devoirs qui m'attendaient chez moi.

—J'aimais bien Riley, concéda-t-elle. J'aimais qu'il soit compatible avec notre famille, et que vous deux sembliez avoir tout prévu à la perfection. Si j'avais su ce qu'il faisait, je lui aurais broyé les couilles.

Je recrachai mon café, parsemant l'îlot de la cuisine de gouttelettes de *latte*. Nous éclatâmes toutes deux de rire et maman parvint à recouvrer assez son sérieux pour essuyer les traces sur le comptoir.

—Très sérieusement, je ne t'aurais jamais poussée à retourner avec lui.

—Je sais. Sur le papier, c'était M. Parfait.

—Et Josh ?

Elle avait glissé ces mots très naturellement, mais ils diffusèrent une pointe douloureuse en moi.

—Josh est à l'armée ; la Garde, pour être précise.

Cela faisait plus de deux mois, et je n'en avais encore jamais parlé à maman.

—S'il en sortait, d'accord, peut-être, mais il va prêter serment après son diplôme. Je ne peux pas faire ça, maman. C'est hors de question.

Elle dégusta calmement son café avant de répondre.

—Est-ce que tu l'aimes ?

Je déglutis, cherchant les bons mots.

—Oui. Plus que je ne m'en serais crue capable un jour. Je n'arrive pas à l'oublier, mais j'y arriverai. Une fois qu'il sera parti, j'y arriverai.

C'était davantage une promesse à moi-même qu'une déclaration à l'intention de maman.

—De toute façon, lui est déjà largement passé à autre chose.

—Vous ne pouvez pas recoller les morceaux ?

Une flamme surgit dans ses yeux, comme je n'en avais plus vu depuis des mois. Quelque chose lui tenait donc à cœur, un tant soit peu.

—L'amour n'est pas un truc à foutre à la poubelle aussi facilement.

—Non, je ne vivrai pas ce genre d'existence, maman. Je veux de la stabilité, et des racines, et une seule maison pour les vingt prochaines années, où mes enfants pourront marquer des traits sur le cadre de la porte à mesure qu'ils grandissent. L'armée est un facteur rédhibitoire.

Elle plissa légèrement les yeux, ayant l'air d'évaluer si la discussion était close ou pas. Elle eut le bon sens de ne pas insister.

—Tu te sacrifies trop, December.

Ses yeux scrutèrent le réfrigérateur, le comptoir, et le sol avant de se lever sur les miens.

—Il faut...

Sa voix était étranglée, et elle se racla la gorge.

—Il faut que je te dise merci. Pour ce que tu as fait. Merci d'être là, et merci de t'être occupée de tout quand j'étais incapable de le faire.

—Pas de problème, maman.

Désormais, la réponse était si facile, automatique.

—C'est un problème. Tu as renoncé à ton université, ta vie, tes plans. Crois-tu que j'ignore ce que signifiaient tes plans pour toi ? Tu as fait trop de concessions.

—Ouais, et ça fait chier. Mais on est une famille, et quelqu'un devait bien s'en charger. Donc je l'ai fait, point final. N'importe qui en aurait fait autant.

—Pas du tout !

Je me contractai lorsqu'elle haussa le ton.

—Tu as porté cette maisonnée à toi toute seule. Tu m'as portée, moi ! Une fille ne devrait jamais être obligée de porter sa mère, dit-elle en reposant brutalement sa tasse sur le comptoir.

C'en était trop.

—Où veux-tu en venir, maman ? Veux-tu que je te dise que j'étais en colère ? Que je regrette d'avoir quitté Boulder ? Qu'est-ce qui pourrait te faire plaisir ?

—C'est ça ! Je veux savoir ce que tu as ressenti. Je ne t'ai jamais demandé ce que tu ressentais ! s'écria-t-elle tandis que le rose lui montait aux joues. J'aimerais que tu sois autant en colère que je le suis moi-même à cause de ça.

Quelque chose bascula en moi, me débloquant.

—D'accord !

Ma tasse heurta l'évier, et le *latte* restant s'y déversa.

—Oui, j'étais en colère ! J'étais jalouse que Chloé s'en tire si bien avec ses gosses mais que toi, tu sois incapable de te lever du lit ! J'étais paumée, et je ne savais pas quoi faire, et mon univers si ordonné et parfait s'était transformé en ce putain de chaos… de merde !

Ma poitrine haletait, s'efforçant de suivre les battements effrénés de mon cœur. Oh grands dieux, j'allais vomir.

—Tu avais perdu ton mari, mais moi j'avais perdu mon père *et* ma mère. J'avais perdu mon petit ami, mes plans d'avenir et mon foyer, et toi, tu n'étais pas foutue d'être là pour moi, ni pour quiconque.

—Je sais, admit-elle doucement.

Mais j'étais trop lancée pour m'arrêter dans ma tirade impétueuse.

—Tu sais pourquoi il est hors de question que je sois avec Josh ? Parce que refaire ça est au-dessus de mes forces ! lançai-je en levant les bras au-dessus de la tête. Il est hors de question que je sois toi ! Hors de question que j'ouvre la porte et les voie là, devant moi, prêts à détruire tout ce que j'ai toujours connu. Je ne peux pas.

Les larmes que j'avais retenues toute la nuit, non, les larmes que j'avais retenues depuis décembre, débordèrent et ruisselèrent en torrents de colère sur mon visage.

Maman avança d'un pas vers moi, mais je la repoussai en tendant une main.

—Non, je n'ai pas encore dit le pire ; tout ça était pour tenter de réparer ce que j'avais fait.

—Mais qu'aurais-tu bien pu faire ? demanda-t-elle en s'approchant timidement.

—Bon sang, maman ! C'est moi qui ai ouvert cette foutue porte ! Tu disais non parce que tu savais ! Et je l'ai ouverte et les ai laissé entrer. Ils ont détruit notre famille, et c'est moi qui ai ouvert cette foutue porte !

Elle réduisit la distance entre nous, me serrant contre elle plus fort qu'elle ne l'avait fait depuis que j'étais toute petite.

—Non, Ember. Non. Tu n'aurais pas pu empêcher ça. Absolument pas. Tu n'es coupable de rien du tout. C'est moi qui aurais dû ouvrir cette porte. Je m'excuse de ne pas avoir été assez forte pour le faire. Je m'excuse sincèrement.

Je sanglotai contre ma mère jusqu'à ce qu'il n'y ait plus de larmes, pas à cause de papa, ni Riley, ni nos plans d'avenir, ni les universités, ni même Josh. Mais parce que mes larmes me purgeaient.

Après quoi, je m'arrêtai.

25

J'attendis presque une semaine, jusqu'au samedi matin, avant de décider que pour recouvrer mon intégrité, je devais en passer par papa. Je me penchai sur mon siège de bureau, fixant le curseur qui clignotait sur la page de courriel Gmail. Je tapai lentement. « justin.a.howard@gmail.com. »

Mot de passe. D'accord. Ce ne serait pas du gâteau. J'inscrivis sa date de naissance et le serveur me rejeta immédiatement. J'essayai le nom de ma mère. Refusé. Une petite fenêtre blanche surgit au milieu de l'écran. « Voulez-vous votre indication ? »

—Carrément, que je la veux, marmonnai-je dans ma barbe en appuyant sur le bouton O.K.

La page se chargea, et l'indication apparut.

Un jour de décembre, ces douces braises[1]
Qui scintillent dans mon cœur

Des frissons parcoururent mes jambes et mes bras, comme s'il était juste en face de moi, me chantant à nouveau la berceuse de mon enfance.

—Papa, murmurai-je.

---

1. En anglais, *ember* signifie braise. *[N.d.l.T.]*

Je cliquai à nouveau sur la page de connexion.

Mot de passe : « BraisesDeDecembre ».

Sa messagerie s'ouvrit et je fus envahie d'un soulagement qui aiguisa chacune de mes terminaisons nerveuses. J'avais retrouvé un peu de lui. La lettre n'était plus son ultime relique. Ces courriels ne suffisaient pas, mais ils feraient l'affaire. C'était ses lettres, ses mots.

Un besoin primaire de faire défiler l'écran m'assaillit, me hurlant de m'enfouir dans ce qu'il restait de lui, de me gaver de ses mots et de retrouver mon père.

Je scrutai sa boîte de réception, mes yeux s'arrêtant seulement sur les messages qui n'avaient pas été ouverts. Je me fichais de ce que les autres avaient pu dire, je voulais seulement lire « papa ». Il y avait maman, Granny, Gus, April… et moi. Je cliquai sur le dernier courriel que je lui avais envoyé, quelques jours avant qu'ils débarquent à notre porte.

Salut papa,
Tout va bien, arrête de t'inquiéter pour moi. Je reviens à Springs demain pour passer Noël avec maman, April et Gus. Ne t'en fais pas, je me rappelle où tu as caché le cadeau spécial pour maman, et je ne la laisserai pas piquer du nez avant que le père Noël soit passé. J'aimerais tellement que tu sois parmi nous. Ce n'est pas pareil sans toi.
Je t'aime,
December

Les dernières paroles que je lui avais adressées parlaient d'amour et de notre famille.

Cela me convenait. Cela ne faisait pas aussi mal que je l'avais imaginé. Il s'inquiétait que je renonce à mes rêves pour Riley, en particulier la deuxième année, lorsque j'avais laissé tomber ma double spécialisation Anglais/ Histoire et choisi Éducation à la place.

Mais je ne pouvais plus lui dire qu'il avait raison.

Je continuai à scanner la boîte de réception du regard et mon souffle se figea. Josh Walker.

Mon doigt avait cliqué dessus avant que ma conscience puisse l'en empêcher.

Salut Josh,
Je suis content que tu aies reçu les fichiers. Je suis désolé, j'ai dû les scanner, mais je savais que tu en avais besoin de toute urgence, et j'ignorais combien de temps cela prendrait si je passais par la voie postale. Je suis content que tu aies repris le hockey ; tu as toujours été un sacré phénomène sur la glace. Je suis tellement fier de ce que tu as accompli, et toi aussi, tu devrais en être fier. J'ai vérifié mes dates de retour, et ça risque d'être juste, mais je serai peut-être en mesure d'être présent lorsque tu prêteras serment, pour te remettre ton galon. Je suis très honoré que tu me l'aies demandé, et serais absolument ravi de voir un homme comme toi devenir officier. Oh, et merci d'avoir transféré la vidéo du match. Gus grandit vraiment trop vite.
Salutations militaires,
Justin Howard

Je restai coite sur mon siège, abasourdie. Non seulement il connaissait Josh, mais tous deux semblaient liés d'amitié. Je savais qu'ils papotaient pendant les entraînements de hockey, des trucs de ce genre, mais je n'avais jamais imaginé qu'ils entretenaient une correspondance. Pas étonnant que Josh ait paru si bouleversé lors des funérailles.

Je survolai à nouveau le courriel, et mon regard s'arrêta sur le mot « fichiers ». Que lui avait envoyé mon père d'Afghanistan, qu'il ne pouvait pas obtenir ici ? J'abandonnai tout scrupule – que diable, je les avais déjà flanqués à la porte –, ouvris les courriels « envoyés » de papa, et les filtrai pour retrouver ceux de Josh.

Des douzaines de courriel apparurent, s'étendant sur… presque deux ans ? Cela faisait deux ans qu'ils correspondaient ? Le plus ancien était très simple, papa demandait à Josh d'envisager de devenir coach pour l'équipe de Gus, écrivant que ce serait très bien pour sa blessure qu'il retourne sur la glace quand il se sentirait prêt. Mon estomac chavira avant de contaminer ma gorge, me laissant un arrière-goût horriblement doux dans la bouche. Il y avait quelque chose derrière tout ça, quelque chose de plus profond.

Mon souffle se suspendit tandis que je survolais du regard la partie droite de l'écran, en quête du trombone signalant l'annexion de pièces jointes. Il y en avait pas mal, surtout des vidéos de Gus jouant au hockey. Josh gardait avec papa une connexion qui nous échappait, à travers le sport que lui et Gus adoraient et partageaient. Je me sentis envahie de gratitude.

J'ouvris le courriel dont l'objet mentionnait : « Trouvé le dossier », qui datait du mois d'août dernier, et cliquai dessus.

Salut Josh,

Voici le dossier que j'ai trouvé dans notre base de données. Dis à la Garde qu'ils se bougent les fesses et fassent une sauvegarde de temps en temps, O.K. ? Encore mieux, reprends ton activité et oublie tout ça. Je suis absolument ravi de pouvoir t'aider à

réintégrer une équipe de hockey, c'est là qu'est ta place. Ici, c'est toujours pareil : beaucoup d'heures et des décisions difficiles à prendre. Pourrais-tu me rendre un service : faire un saut à la maison et obliger June à accepter que tu passes la tondeuse sur la pelouse ? Ma femme veut tout faire toute seule. Ember est retournée à la fac auprès de son abruti de petit copain. Tu sais, si tu avais un jour envie de te pointer pour la lui voler pour quelques heures, je ne trouverais rien à redire, au contraire. Suggestion, simple suggestion. Mais sérieusement, dis-moi si tu as besoin d'autre chose, Co Springs a bien de la chance d'avoir un joueur comme toi.
Salutations militaires,
Justin Howard

Il avait essayé de jouer les entremetteurs entre Josh et moi ? C'était certainement une blague. Papa adorait Riley, n'est-ce pas ? Ou bien faisait-il simplement semblant parce qu'il me croyait heureuse avec lui ? J'écartai la question et cliquai sur le document. Le dossier médical de Josh apparut à l'écran. Il n'était pas complet, mais incluait une compilation de pages commençant début juillet, deux ans auparavant.

Pourquoi Josh demanderait-il à mon père son dossier si la Garde l'avait perdu ?

Je me reculai du bureau. Il y avait trop de questions, et j'en avais ma claque de me sentir paumée et désorientée. Je méritais d'obtenir des réponses.

Avant de changer d'avis, je me dirigeai vers la porte.

— Où vas-tu exactement, fringuée comme ça ? demanda en pouffant Sam qui glandait en pyjama dans le canapé.

Mes cheveux étaient noués en un chignon négligé à la va-comme-je-te-pousse sur mon crâne. J'agitai faiblement la main dans sa direction et franchis la porte d'entrée, vêtue de mon short en jean et d'un débardeur rayé. Je n'avais pas pris la peine d'enfiler des chaussures. Tout en frappant à sa porte, je songeai que je me fichais pas mal de mon apparence et de ce qu'il pourrait en penser.

—Une minute !

Le cri de Jagger était assourdi par la porte, la télévision à plein volume et des gloussements. Pendant une fraction de seconde, j'envisageai de fuir, mais ce n'était pas une option, pas si je voulais comprendre de quoi il retournait. La porte s'ouvrit à toute volée et Jagger apparut. Il écarquilla les yeux en m'apercevant.

—Salut ?

—Est-ce que… humm… Josh est là ? m'enquis-je avec un sourire pincé.

J'étais à peine parvenue à éructer ces mots. Prononcer son nom me torturait encore, même trois mois plus tard.

Sur le visage stupéfait de Jagger, ses lèvres s'étirèrent en un faible sourire.

—Ouais ouais, entre.

Je le suivis dans le corridor et tournai dans leur séjour, selon la disposition de l'appartement qui reflétait fidèlement la nôtre.

—Walker, tu ne devineras jamais qui…

—Bordel de merde, le coupa Josh, bondissant sur ses pieds et déstabilisant dangereusement l'étudiante juchée sur l'accoudoir du canapé à côté de lui.

Il la rattrapa au vol, juste avant qu'elle bascule par terre, puis l'écarta.

—Ember ?

Ses yeux me détaillaient de haut en bas et je perçus la pointe de désir qui le traversa. Contente d'être capable de ranimer le feu qui… Oh mais oui, c'était bel et bien… Blanc Bonnet et Bonnet Blanc, qui me jetèrent un regard noir.

Jagger appuya sur le bouton « Muet » de la télécommande, et la comédie burlesque quelconque qu'ils étaient en train de visionner passa en mode silencieux. Pendant un instant, je fus incapable de parler ; j'étais trop absorbée dans ma contemplation de Josh. Ces trois derniers mois, je ne m'étais pas autorisée à le regarder dans les yeux. J'étais assise à côté de lui en classe, souriais vaguement vers lui lorsqu'il décochait une remarque spirituelle à notre professeur, mais j'avais évité coûte que coûte de le regarder. Pour ne pas me retrouver éperdue, comme maintenant.

Il ne portait pas de tee-shirt. Jagger non plus d'ailleurs, mais rien ne me troublait autant que le torse nu de Josh. Il était toujours taillé comme un rêve. Si quelque chose avait changé, c'était éventuellement ses muscles, plus robustes, plus ciselés, en particulier les lignes qui descendaient dans son short noir de basket. Et ses tatouages tribaux n'étaient plus seulement noirs ; désormais, des flammes et de la glace ondulaient autour des motifs noirs, partant d'un point au-dessus de son cœur. Je tentai de ne pas ravaler ma langue, ni de songer combien je mourais de l'embrasser.

—De nouveaux tatouages ?

Nous étions séparés par trois mètres, mais nous aurions tout aussi bien pu être nus ensemble, ou séparés par dix mille kilomètres, ça revenait au même, en réalité.

—Ouais.

—Qu'est-ce que tu fous ici ? me lança Bonnet Blanc en me fusillant du regard et en croisant les bras sous ses seins pour les faire ressortir de son décolleté.

—Désolée, je n'avais pas l'intention de déranger votre… euh, répondis-je en désignant la pièce, votre intimité. J'ai juste besoin de poser une brève question à Josh.

—Tu as fait tout le trajet jusqu'ici pour lui poser une question ? rétorqua la fille du tac au tac.

Je détournai le regard vers Josh, mais il semblait trop choqué pour répondre, refusant d'arracher ses yeux de moi. Mes joues devinrent cramoisies.

—Je suis sa voisine de palier et…

—Et elle n'a pas besoin de se justifier auprès de toi, intervint Josh, sortant enfin de sa torpeur. Ember, que se passe-t-il ?

La façon dont il posa la question, l'inflexion de sa voix me donnèrent envie de demander davantage que des informations. Puis je repensai à son lit qui avait martelé notre mur commun. Il était passé à autre chose. Je recouvrai mon équilibre physique en inspirant profondément et en posant les mains sur ma taille.

—Tu ne m'as jamais dit que tu étais si proche de mon père.

Sa mâchoire se contracta et son visage blêmit.

—Ce n'est pas vraiment une question puisque tu connais déjà la réponse, lança-t-il en passant la main dans ses cheveux courts, une coupe qui, comme je le savais désormais, était liée à la Garde. Mais bon, ouais, on était amis.

—Et qu'en est-il du dossier ? Pourquoi l'as-tu demandé à mon père ? Pourquoi pas à l'hôpital Evans ici ?

Il déglutit.

—Tu y as eu accès ?

Je secouai la tête.

—Non, c'est privé. J'ai juste vu la date et me suis arrêtée là.

Il se dirigea vers sa chambre, et une fois dedans, me fit signe de l'y rejoindre, mais je n'étais pas certaine de pouvoir pénétrer dans cette pièce.

—Allez, viens, Ember. Je ne profiterai pas de toi.

Le sourire qu'il me décerna était faible et n'atteignait pas ses yeux. Il disparut presque aussi rapidement qu'il était apparu.

—Tu peux profiter de moi ! pépia Bonnet Blanc derrière lui.

Puis elle se pencha pour se rapprocher de moi, de sorte que je sois la seule à l'entendre.

—Le corps de ce mec est juste…

Je me dégageai d'elle et marchai vers lui avant qu'elle puisse finir sa phrase. Puisque je devais choisir entre la tanière du lion et la fosse aux serpents… Eh bien, au moins, je connaissais le lion. Je jetai un coup d'œil alentour et remarquai que rien n'avait changé. Il avait même accroché à nouveau sur le mur la photo du championnat fédéral. J'envisageai attentivement la possibilité de m'asseoir sur le lit, mais préférai rester debout pendant qu'il farfouillait dans sa penderie. Enfin, il en ressortit avec un classeur de rangement gris.

Il le posa sur le lit, et l'ouvrit d'un *clic*.

—Je dois avouer que je ne pensais pas te revoir un jour dans cette pièce, mais si c'était le cas, j'étais loin de m'imaginer que ce serait dans de telles circonstances.

Je me concentrai sur les mouvements de ses doigts et le jeu de ses muscles sur son bras.

—Pourrais-tu enfiler un haut, s'il te plaît ? C'est un peu troublant, dis-je d'une voix qui haletait à mes propres oreilles, mais j'étais incapable de ralentir mon rythme cardiaque alors qu'il se tenait à dix centimètres de moi.

Il éclata de rire, ce qui n'arrangea pas mon état ; cela ne fit que m'exciter.

—Et pourrais-tu mettre un pantalon s'il te plaît ? Ces jambes longues d'un kilomètre me rappellent que tu adorais les enrouler autour de ma taille.

Je m'étouffai et il sourit tout en extirpant son dossier du classeur de rangement, avant de me le tendre.

—Tôt ou tard, tu finiras par l'apprendre, alors autant que ce soit par moi.

Je survolai le haut du dossier du regard.

—Tu as été blessé en juillet, il y a deux ans ?

—Ouais, j'ai bêtement donné mon unique original à la Garde sans faire de copie. Et quand, par la suite, ils ont changé de logiciel, ils ont perdu mon dossier d'Afghanistan. J'en avais besoin ici pour que les médecins puissent me fournir une attestation, afin de jouer à Co Springs. Ton père était en mission, et je savais que l'hôpital aurait une copie quelque part. J'ai eu de la chance, car ton père savait exactement où chercher.

—Même hôpital, d'accord, mais pourquoi savait-il exactement où chercher ?

Il y avait un truc là-dessous, mais je n'arrivais pas à emboîter tous les éléments.

—C'est ça. Même hôpital. Ils opéraient d'urgence avant que les patients soient transférés à Landstuhl, répondit-il.

Je sentis son regard me transpercer.

Je secouai la tête en agitant les feuilles de papier.

—Qu'essaies-tu de me dire ?

—Regarde la date.

—Le 6 juillet.

—Que faisais-tu cet été-là ?

Je réfléchis.

—Humm, je venais d'avoir mon diplôme du lycée, et après la fête nationale du 4 juillet, maman m'a emmenée au campus de Boulder car j'avais décidé de fréquenter la même fac que Riley.

Au lieu de Vanderbilt, où je voulais envoyer ma candidature ; un compromis supplémentaire que j'avais fait pour nos plans d'avenir.

—Maman m'a emmenée…, répétai-je pensivement.

Je commençais à comprendre.

—… parce que ton père était en mission, compléta-t-il.

Des frissons me parcoururent, descendant de mon crâne le long de mes bras.

—Regarde le dossier, December. Tu connais cette écriture manuscrite, dit-il avec douceur.

Je retournai le dossier, pour vérifier le nom du médecin qui l'avait pris en charge. Dr. J. A. Howard.

Je n'éprouvai aucune panique, aucun sentiment de trahison ou de colère, mais seulement une impression de complétude, que la boucle était bouclée.

—C'était ton docteur.

—Il m'a sauvé la vie.

Josh s'assit sur son lit et regarda à travers le mur, perdu très loin d'ici.

—On était en train d'évacuer un immeuble quand j'ai été blessé. Cela ne faisait qu'un mois que j'étais sur le théâtre d'opé. Une balle m'a effleuré le bras, dit-il en désignant la cicatrice dans son tatouage, celle que j'avais sentie la nuit de la Fiesta des Neiges. Une autre a traversé ma cuisse et touché mon artère fémorale. On m'a amené en chaise roulante jusqu'à l'HMC, j'étais en train de perdre tout mon sang, et je savais que j'allais mourir. Les toubibs n'arrivaient pas à colmater l'artère assez vite.

Ton père s'est penché sur moi et m'a dit qu'il s'assurerait que je rentre à la maison.

Il tourna le regard vers moi et je plongeai immédiatement dans ses yeux.

—Quand je me suis réveillé après l'opération, c'est là qu'il a commencé à me parler et qu'il a compris qui j'étais. Il m'avait déjà vu jouer une fois alors qu'il t'avait accompagnée à un match.

—En première année de fac, murmurai-je, me souvenant que je n'avais absolument pas honte d'y assister avec mon père. Pourquoi tu ne m'as rien dit ?

Il tendit le bras et saisit ma main. Je m'efforçai d'ignorer l'électrochoc qui jaillit en moi, provoqué par le contact de sa peau contre la mienne.

—Tu étais tellement furieuse qu'il soit en Afghanistan. Je ne pouvais pas te dire que s'il n'y était pas allé, je serais mort. Je ne voulais pas que tu me considères comme la cause de ton chagrin, et que tu aies l'impression que ma vie t'avait volé celle de ton père.

—Est-ce ainsi que tu vois les choses ?

Je m'approchai de lui, pris son visage entre mes mains en le fixant. Cela m'avait tellement manqué de ne pas le toucher.

—Quelquefois. Mais je ne suis pas le seul qu'il ait sauvé, Ember. Il y en a des tas d'autres. C'était un chirurgien extraordinaire. Je voulais t'en parler ; mais je ne pouvais supporter de te voir partir. Tu m'as repoussé longtemps parce que tu étais incapable d'envisager de t'engager dans notre relation après sa mort. Alors comment pouvais-je te dire que c'était grâce à lui que j'étais ici ?

Une appréhension fébrile s'insinua en moi.

—Est-ce pour cela que tu passes autant de temps avec moi ? Que tu t'offres comme mon homme à tout faire ? Est-ce pour mon père, une façon de le dédommager ?

Mon cœur s'agitait dans ma poitrine, dans l'attente fiévreuse de sa réponse. Je voulais que tout soit vrai entre nous. Comment accepter d'être un objet de pitié ?

—Est-ce que notre relation était vraie, pour toi ? Je veux dire qu'il ne t'a pas fallu longtemps pour redevenir… toi.

Une lueur de souffrance traversa ses yeux avant qu'il la dissimule.

—Je te veux depuis mes dix-huit ans, répondit-il en désignant d'un signe de tête la photo de nous sur le mur. Je n'étais pas assez bien pour toi à l'époque. Bon sang, je ne suis pas assez bien pour toi aujourd'hui. Tu es tout ce que je n'ai pas le droit de désirer, à cause des trucs que j'ai faits, et des trucs que je suis susceptible de faire. Je n'avais pas le droit de t'aimer, mais je ne pouvais pas m'en empêcher. Ton père n'a rien à voir avec ça.

Il m'attira sur ses genoux, et je me relâchai, sans défense contre lui, car c'était là que je voulais être, et profiter du moindre contact avec lui.

—Lorsque je t'ai vue, ce jour-là, au supermarché, tu étais encore plus belle que dans mes souvenirs. Cela faisait cinq ans, et cette jeune fille dont je m'étais entiché avait grandi et s'était transformée en une femme forte et sublime. J'ai remercié le destin de t'avoir ainsi amenée jusqu'à moi. Mais quand j'ai entendu que ton père venait de mourir, j'ai su pourquoi j'étais là, dans ce supermarché, où j'avais roulé sans but précis.

—Comme mon père t'avait sauvé, et que tu avais l'impression d'avoir une dette à son égard, tu m'as sauvée.

Nous étions tellement proches que je pouvais me contenter de murmurer.

—Ce qui est drôle, c'est qu'au fond, je ne suis même pas certaine que ça me dérange. Tu m'as tant apporté dans ma vie, Josh. Tu m'as libérée de tout ce qui me retenait, et tu m'as montré ce que c'était que d'être aimée, aimée pour de vrai. Si une partie de tout cela est liée à mon père, cela ne fait que rajouter un motif à l'immense gratitude que j'ai déjà envers lui.

—December, tu ne comprends donc pas ? Je n'ai pas veillé sur toi parce que je devais quelque chose à ton père ; je t'ai couru après *malgré* ce que je devais à ton père. Rester loin de toi ces derniers mois… Ne pas frapper à ta porte à 2 heures du matin alors que cela me tue de n'être séparé de toi que par un mur de quinze centimètres… *Ça*, c'est ce que je dois à ton père, rester à distance. Je sais que tu ne veux pas de cette existence. Je sais qu'en dépit de ce qu'il pensait, je ne peux pas satisfaire tous tes besoins. Mais je sais aussi qu'il n'existe aucun autre être humain sur cette terre qui pourra t'aimer aussi bien que moi, et je voudrais tellement que ce soit suffisant.

Mes doigts caressèrent sa joue, s'imprégnant de la texture de sa peau, des aspérités de sa barbe naissante contre moi. Mon pouce effleura la surface de ses lèvres, et ce fut la seule concession que je m'accordai concernant sa bouche.

—Ça n'a rien à voir avec l'amour, Josh. Mais avec la peur, et peu importe combien je t'aime ou que je meure d'envie d'être avec toi. Je ne peux pas vivre avec la peur constante de trois coups à la porte. Je n'ouvrirai plus jamais la porte à ça. J'ai failli ne pas survivre à la mort de papa, et je sais bien que si j'y suis parvenue, c'est parce que tu m'as soutenue. Je ne survivrais pas si je devais te perdre ; cela anéantirait mon âme et me laisserait pour morte, moi aussi, sauf que mon cœur continuerait à battre.

Ma lèvre inférieure trembla et je m'absorbai dans ses yeux, dans leur profondeur ténébreuse envoûtante et les taches dorées si caractéristiques de Josh.

—Tu es un homme incroyable. Ne dis plus jamais que tu n'es pas assez bien, car tu es trop bien pour tout ça, poursuivis-je en pointant de l'index la porte, derrière laquelle l'attendaient les filles. Trop bien pour tous *ces gens*. Ma peur n'ôte rien à ta perfection. C'est juste une question de survie pour moi. Toi… Bon Dieu, que ne ferais-je pas pour toi…

—Tu m'aimes encore.

—De toute mon âme. L'amour est trop faible pour décrire ce que je ressens pour toi, Josh Walker. Quelques mois et ta tête de lit n'y ont rien changé.

—Ma tête de lit ?

La gêne fit rougir mes joues, maintenant indubitablement assorties à mes cheveux.

—La nuit où tu as remporté le championnat de la ligue…

Il avait toujours l'air de ne pas comprendre.

—Ta tête de lit qui a frappé contre ton mur, mon mur.

Il écarquilla les yeux et eut le toupet d'afficher ce sourire à couper le souffle.

—Je n'étais pas ici, cette nuit-là. Après le match, tout ce que je voulais, c'était être avec toi, et je ne le pouvais pas, donc j'ai roulé pendant dix heures pour rejoindre ma mère. Ce n'était pas moi. La seule femme que j'aie jamais emmenée dans ce lit, c'est toi. Je préférerais le brûler plutôt que d'y coucher avec quelqu'un d'autre. Grands dieux, je n'ai pas touché une autre fille comme ça depuis qu'on a été ensemble. La perfection ne se remplace pas.

Le poids qui m'accablait depuis cette nuit-là s'évapora. Je souris et lui renvoyai ses propres mots.

—Tu m'aimes encore.

—Chaque seconde où je respire. Je t'aimerai jusqu'à la fin de mes jours, December Howard, que tu sois là ou pas pour en être le témoin. Tu te considères peut-être comme faible mais tu es la femme la plus forte que j'aie jamais rencontrée.

Il plongea les doigts dans mes cheveux relevés et m'attira contre sa bouche.

Avant de perdre complètement la tête, je reculai.

—Je ne peux pas. T'aimer est si facile, et quand tu me touches, je me fonds immédiatement en toi. Je ne suis pas ce dont tu as besoin.

Il ouvrit grands les yeux, qui exprimaient son désespoir intense, et ses doigts se resserrèrent sur ma peau.

—December, tu es plus importante à mes yeux que ma carrière, que cet uniforme. Je leur dois quatre ans, et je ne peux pas y couper, mais après, je démissionnerai. Seulement quatre ans, et je reviendrai à toi.

Seigneur, youpi ! La jeune fille insouciante en moi voulait y croire, voulait le posséder pour elle toute seule. Je pouvais attendre quatre ans, en particulier s'il s'agissait de Josh. Mais quatre ans ne lui suffiraient pas, pas vraiment.

—Je ne veux pas porter la responsabilité de t'avoir détourné de l'armée. Tu as dit que tu souhaitais y faire carrière, et il est hors de question que je sois celle qui t'en empêche.

Les larmes qui montèrent dans ses yeux et celle qui glissa le long de sa joue faillirent m'achever.

—Comment est-il possible de s'aimer autant et ne pas y arriver ? Pourquoi un amour comme le nôtre doit-il nous faire souffrir tous deux aussi atrocement ? murmura-t-il.

Je balayai sa larme et retins les miennes.

—Peut-être qu'un amour aussi précieux, aussi puissant, n'est pas fait pour durer. Peut-être que nous sommes censés nous consumer maintenant l'un pour l'autre de sentiments si ardents seulement pour éclairer le chemin qui nous attend, mais qu'il est impossible d'entretenir une flamme comme celle-là.

Il posa ma main sur son cœur, où commençait son tatouage de flamme.

—Je le porterai en moi, Ember. Toi, dit-il en tapotant les flammes de ma main. Ici. Pour toujours. C'est toi, le feu et la glace ; tout ce qui constitue December, je le sais.

Il prit une inspiration saccadée.

—Tu viendras, jeudi prochain ? À la cérémonie où je vais prêter serment ?

Je secouai la tête.

—L'unité de papa rentre ce jour-là, et j'ai promis à maman que je l'accompagnerais.

Il hocha la tête, la déception se lisant sur l'incurvation triste de ses lèvres, et dans la lueur pâle de ses yeux.

—C'est peut-être mieux comme ça. Je partirai pour le cours d'Initiation au commandement le surlendemain. Au moins, c'est une coupe franche, n'est-ce pas ? Alors, bordel, pourquoi ai-je l'impression qu'on me déchire en deux ?

—Parce que moi aussi, c'est ce que je ressens, répondis-je en forçant un sourire sur mon visage.

Je savais que je devais partir car si je restais une minute de plus, je lui céderais et j'en paierais le prix plus tard.

—Je suppose que si on nous mettait ensemble, nous formerions une personne entière, dis-je en conclusion.

Sa poigne se resserra dans mes cheveux, me faisant presque mal. Ce besoin qui m'assaillait était désespéré, frénétique, ce besoin d'être avec lui et de rester ici pour toujours. Mais s'il possédait déjà autant de moi à l'heure actuelle, qu'en serait-il dans trois ans ? Dans sept ans ? Le jour où on viendrait m'annoncer qu'il était mort ? Je ne survivrais pas. Non. Alors que maintenant, j'allais vivre, même si ce n'était qu'une existence vécue avec la moitié d'un cœur, dans laquelle je me contenterais d'un amour atteignant un dixième de celui-ci.

—Au moins, on a connu ça. La plupart des gens n'ont même pas le privilège de vivre un véritable amour, et nous l'avons eu. Tu ne seras jamais un regret pour moi, Joshua Walker. Tu es la grâce suprême de mon existence.

Je quittai ses genoux et m'inclinai en avant, pressant mes lèvres contre sa peau sublime tatouée, à l'endroit où les flammes et la glace se rencontraient. Je me dégageai beaucoup trop tôt, et beaucoup trop tard, laissant un fragment de mon âme dans ce dessin, aussi près de son cœur que possible.

Je ne me remettrais jamais d'avoir perdu Josh Walker.

26

Le Centre de retour à la maison, à Fort-Carson, aurait pu éclairer le monde entier par la quantité d'énergie irradiant des familles regroupées ici. Une excitation tangible planait dans l'air. Les sourires des enfants agitant des drapeaux américains me surprirent par leur beauté. Voilà à quoi ressemblait la joie.

Je n'avais jamais participé à une cérémonie de retour à la maison auparavant. Maman y allait toujours seule, elle avait besoin de ce temps avec papa, et nous les attendions à la maison, en préparant des cookies atroces que papa dévorait ensuite en décrétant qu'il n'en avait jamais mangé d'aussi bons. Telle était notre tradition.

Je me soulevai sur mon siège dans les gradins, tirant sur ma robe d'été pour qu'elle couvre davantage mes cuisses. Le bois ankylosait progressivement mes fesses. Je jouais avec la boucle de mon sac à main posé sur mes genoux, ne sachant que trop bien ce qu'il y avait à l'intérieur, et que l'heure était venue pour cette enveloppe. Enfin, presque.

Une petite fille, âgée d'un an environ, trottinait sur les gradins, tenant la main de sa mère, et s'assit deux rangées au-dessous de nous. Elle portait un tutu rouge, blanc et bleu, assorti à son serre-tête magnifique et un poil clinquant. Sa mère réajusta sa chemise et se mit à taper légèrement du pied par terre, pour évacuer un peu la pression.

Je connaissais ce sentiment, ce que cela signifiait d'attendre en sachant que tout irait bien. À la minute où il franchirait cette porte, la vie cesserait d'être une demi-existence et recommencerait pour de bon. En dépit de la raison de ma présence ici, je souris, absorbant un peu de la joie de cette femme.

Maman se fraya un chemin dans les gradins, croisa mon regard et gravit l'escalier vers moi. Elle était vêtue d'une robe fourreau vert toute simple, et incarnait classe et dignité.

Elle me sourit en s'installant dans le siège à côté de moi, me tapotant les genoux.

—J'ai aussi vu Sam arriver. Tu es ravissante aujourd'hui, Ember.

—Merci maman.

Nous étions toutes deux captivées par le bruit et la foule dans la salle, incapables de détourner le regard de l'impatience joyeuse des familles qui attendaient. Encore cinq minutes.

—Es-tu vraiment prête pour ça ? me demanda-t-elle avec des yeux inquiets.

J'acquiesçai et les mots s'échappèrent de ma bouche avant que je puisse les retenir.

—Maman, je suis désolée de m'être emportée contre toi. Je n'aurais pas dû. Si Josh devait un jour… S'il… Je ne sais pas si je serais capable de survivre, sans parler d'assumer mes responsabilités, et nous ne sommes même pas ensemble. Papa et toi, cela faisait plus de vingt ans, et je suis désolée. Je suis tellement désolée qu'il ne soit plus là pour toi.

Elle m'attira contre son épaule et appuya sa tête contre la mienne.

—Tu avais de bonnes raisons d'être en colère contre moi. Et pour information, c'est toi. Toi, Gus et April qui m'avez fait tenir le coup. C'est vous qui en valiez la peine.

—Je l'aime tant, maman. Je ne sais pas comment passer à autre chose.

—Alors, ne fais pas ça, dit-elle avant de se reculer et de soulever mon menton des doigts. Si tu aimes ce garçon, ne passe pas à autre chose. L'amour est précieux, Ember, et n'arrive pas si souvent. Ce que tu ressens pour Josh, peut-être ne le ressentiras-tu plus jamais pour quelqu'un d'autre. Pourrais-tu vivre en sachant que tu as laissé filer cela ?

—Je ne peux pas rester là et le voir mourir. Je ne peux pas, répliquai-je en secouant la tête et en pinçant les lèvres pour repousser le flot d'émotions. Je ne peux pas m'engager dans un truc pareil en redoutant la façon dont ça va finir.

—Personne ne sait comment ça va finir.

Ses doigts tremblaient d'une manière quasiment imperceptible.

—À ton avis, pourquoi t'ai-je fait venir ici aujourd'hui ?

Je haussai les épaules, et regardai toutes les familles qui attendaient, faisant un décompte de leurs derniers instants avant la fin de la mission.

—Pour apporter une sorte de résolution ?

Elle rit.

—Oh, doux Jésus, non. Tout ce que tu as toujours vu de notre vie était ses mauvais côtés. Tu as vu les au revoir, les déménagements, l'éloignement. Tu m'as tenu la main pendant les missions et tu t'es occupée de ton frère et de ta sœur quand j'en étais incapable. Tu as vu les drapeaux repliés et tu as vu ton père être enterré, mais tu n'as jamais vu les hauts, ce qui se produit normalement à la fin d'une mission. Il faut que tu comprennes pourquoi ça en vaut la peine.

—Rien n'en vaut la peine, maman.

Un sourire espiègle se dessina sur ses lèvres.

—Je connaîtrai mon heure de maman-avait-raison dans moins d'une minute.

Comme s'il avait été de mèche avec elle, le haut-parleur retentit. C'était l'heure. Les familles bondirent dans un vacarme digne des matches de hockey de Josh, en plus passionné.

Ma mère et moi nous levâmes, nous étreignant mutuellement par la taille, un îlot de deuil au milieu d'un océan de joie déchaînée ; nous étions emportées par leurs vagues.

Les portes s'ouvrirent en grand et les soldats défilèrent dans la salle.

Des cris enthousiastes remplirent l'air, accueillant à la maison les héros comme des rockstars, le soulagement était tangible dans les glapissements étouffés. Les larmes qui menaçaient n'étaient pas dues au chagrin, mais à un besoin irrépressible d'expulser les émotions que je ne pouvais contenir : tristesse que ce jour ne soit pas le nôtre, bonheur pour la fillette qui battait des mains devant moi, gratitude que les amis et soldats de l'unité de mon père soient rentrés sains et saufs. C'était ce qu'il aurait voulu. S'il y avait un endroit où il voudrait être, ce serait ici et maintenant.

Il y avait deux places vides au premier rang de la compagnie, et ma mère esquissa un sourire en soupirant.

—Ils sont revenus à la maison avec eux dans leurs pensées.

Je fixai cet emplacement, et imaginai mon père l'occuper, droit et fier.

Après un discours qui sembla durer beaucoup plus longtemps que les trente secondes indiquées par la pendule, le général lança l'ordre :

—Rompez !

Les gradins se vidèrent comme si ç'avait été le dernier touchdown du Super Bowl, une ruée d'amour qui descendit en avalanche pour consumer le sol du gymnase dans une mêlée d'étreintes et de baisers.

Je n'avais jamais rien vu de plus beau de toute ma vie.

Ma mère serra ma taille, me pressant davantage.

—Voilà ce qu'il fallait que tu voies. Pas un seul instant, je n'ai regretté d'avoir aimé ton père. Même après l'avoir perdu. Si c'était à refaire, je signerais et le choisirais à nouveau, et ça n'a rien à voir avec vous, les enfants. Même si on ne vous avait pas eus, les années que j'ai pu passer avec lui valent largement le prix de cette souffrance.

Elle désigna les retrouvailles qui avaient lieu devant nous.

—Ces moments-là, ce sont ceux-là auxquels on s'accroche, parce que c'est peut-être douloureux de se séparer de lui, mais le retrouver compense tout. Cela te rend plus reconnaissante pour ce que tu possèdes, plus consciente que c'est précieux.

Elle se retourna vers moi, mon visage qui ressemblait tant au sien au creux des mains.

—Ne prends pas l'amour pour acquis.

—June ! s'écria la mère de Sam d'en bas, vêtue de l'uniforme.

—Sandra ! répondit maman.

Elle pressa ma main et descendit, me laissant seule sur les gradins tandis que des photos étaient prises et des étreintes, échangées devant moi.

Sam agita la main vers moi, mais resta sur la rangée d'en bas, pressentant d'une certaine manière que j'avais besoin d'être seule. Elle le comprenait.

Je m'assis et tirai mon sac contre moi, ouvris la boucle et en sortis l'enveloppe élimée qui m'était adressée. Je rompis délicatement le sceau et en extirpai la feuille simple au format cahier 17 × 22 couverte de l'écriture familière de mon père.

Oui, s'il y avait un endroit où sa présence se manifestait le plus sûrement, c'était ici, et j'étais enfin prête à écouter ce qu'il avait à me dire.

Oh ma magnifique December,
Lorsque ta maman t'a prénommée ainsi en cette nuit glaciale, cela t'allait si bien. Tu étais un bébé calme, patient, et tu étais douce comme la neige. Il ne m'a pas fallu longtemps pour m'apercevoir que tu étais habitée par un feu intense, et j'ai su que pour moi, tu serais toujours Ember, la braise couvant sous la neige.
Je ne vais pas prétendre que je sais ce que tu ressens, mais si je te manque autant que tu me manques, alors je suis désolé pour toi, ma chérie. Je n'ai jamais eu l'intention de te laisser ainsi. Je ne peux même pas commencer à m'excuser pour tout ce que je vais rater de ta vie. Mais il faut que je te dise quelques trucs.
Prends souvent ta mère dans tes bras, elle en aura besoin.

Ne passe pas ta vie à rendre les autres heureux ou à te conformer le mieux possible à ces plans d'avenir immaculés qui sont les tiens. Prends des risques. Si tu ne le fais pas pour toi, fais-le pour moi. Tu n'es pas née pour suivre une trajectoire toute tracée.
Vis, ma chérie. Ris, pleure, crie, et aime. Prends conscience que chaque instant que tu vis vaut la moindre goutte de sueur et de larme que tu peux y consacrer.
Puisque, manifestement, je suis mort, je pense que je peux me permettre de te dire ceci : débarrasse-toi de cet abruti. Tu crois peut-être aimer Riley, mais un jour, le véritable amour te tombera dessus. Passe à autre chose et trouve quelqu'un qui en vaille la peine.
Souviens-toi toujours que je t'aime, et que je t'ai aimée dès la minute où tu t'es frayé ton chemin vers nous.
Voilà, ma chérie. Tu as représenté l'une des plus grandes joies de ma vie, Ember. Je te jure que même si tu ne me vois pas, je suis toujours là, toujours impatient d'assister à ton mariage, à la remise de ton diplôme universitaire, et de te voir commencer ta vie. Je suis déjà si fier de toi, et je sais que je serai fier de ce que tu choisiras de faire de ta vie, quoi que ce soit. Tu es forte, tellement, tellement forte.
Merci d'avoir donné un sens à ma vie.
Je t'aime, December, sois courageuse.
Papa

Mes doigts tremblaient mais je réussis à replier la lettre et à la remettre dans l'enveloppe. Pendant quelques instants, j'observai les retrouvailles joyeuses, les visages souriants et les rires éclatants.

L'amour qui emplissait cette salle était digne des films et des légendes, comme les contes de fées qui finissent toujours bien. L'épilogue des histoires d'amour épiques.

Les histoires d'amour épiques impliquaient des amours épiques.

Qui étreindrait Josh quand il défilerait au retour d'une mission ? Qui lui donnerait un baiser d'au revoir et une bonne motivation pour rentrer à la maison ? Qui soulèverait-il et serrerait-il fort dans ses bras, empli de gratitude ?

Moi.

J'étais à lui et il était à moi. Et je n'avais plus peur.

Je me faufilai à la hâte en bas des gradins, jetant un coup d'œil à ma montre : 10 h 45. Zut.

—Sam ! m'écriai-je en me ruant vers elle.

—Waouh ! Qui est en feu ? dit-elle en riant. Cocotte, as-tu maté certains de ces soldats ? Ils n'ont pas vu de femme depuis un certain temps et je te parie que je pourrais…

—Sam ! la coupai-je en l'attrapant par les épaules. Pourrais-tu m'amener à Co Springs d'ici un quart d'heure ?

Un sourire envahit son visage.

—Aurais-tu l'impression que ta présence est requise pour une autre cérémonie ?

—Oui.

—Eh ben, putain, il était temps !

Nous nous précipitâmes vers la voiture, slalomant entre les poussettes et les sacs de matelot. Nous contournâmes des couples en train de s'embrasser et nous frayâmes un passage entre les véhicules garés prêts à ramener les soldats à la maison. La voiture de Sam était au beau milieu du parking, cernée.

—Merde ! hurlai-je, faisant sursauter le couple à côté de nous.

—Prends la mienne ! hurla maman qui courait à nos trousses, les clés à la main et en parfait équilibre sur ses talons hauts. Elle est là ! Prends-la !

Elle désigna l'emplacement de sa Yukon, tout devant. Il suffisait de la manœuvrer depuis le trottoir et nous pourrions partir. Je me retournai et la pris dans mes bras.

—Merci.

Elle me serra contre elle pendant une fraction de seconde avant de me repousser.

—Vas-y !

Sam et moi slalomâmes entre trois autres rangées de voitures et je déverrouillai les portières à distance tout en courant.

—Je conduirai plus vite ! cria-t-elle.

Je lui balançai les clés et bondis sur le siège du passager.

Elle avait allumé le moteur et passé la vitesse avant même que j'aie refermé la portière. Le véhicule tressauta sur le trottoir puis dans l'herbe avant de s'élancer sur la route.

Je bouclai brutalement ma ceinture de sécurité.

—Plus vite !

—Je dépasse déjà la vitesse autorisée de dix kilomètres et l'excès de vitesse sur un terrain militaire est un délit fédéral ! répliqua-t-elle en faisant marche arrière et en doublant illégalement un véhicule.

Une fois que nous eûmes franchi le portail et fûmes engagées sur l'autoroute, elle se mua en démon de la vitesse, poussant le compteur à des extrêmes qui auraient épouvanté ma mère. Je n'avais pas le temps de m'inquiéter de ma décision. J'étais bien trop occupée à repérer les flics et à prier pour rester en vie.

Sept minutes. Nous avions sept minutes et il nous en faudrait le double à une vitesse normale. Mais à vrai dire, je m'attendais à ce que Sam fasse un tonneau à tout moment. Elle s'engagea si rapidement dans le virage de sortie que j'agrippai la poignée de ma portière, persuadée que nous étions sur le point de basculer, et fermai les paupières de toutes mes forces.

—Tu crois vraiment que je ne maîtrise pas la situation ? railla-t-elle en insérant la Yukon dans la circulation.

—Sam, le feu est *rouge* !

Elle fonça à travers le carrefour, montant à tout berzingue le flanc de la colline jusqu'à la fac.

Elle leva les sourcils devant ma réaction choquée.

—Et alors ? J'ai regardé des deux côtés !

—Je n'y crois pas. Bordel, on va mourir avant même d'arriver !

Elle braqua le volant vers la gauche, coupant à travers le parking des résidents de la cité U pour atteindre l'immeuble où se tenait la cérémonie.

Les freins crissèrent et mon corps fut projeté vers l'avant, heureusement arrêté par la ceinture de sécurité, avant d'être plaqué en arrière contre le dossier.

—Sam ! hurlai-je.

—Il est 11 h 01 ! Magne-toi !

J'ouvris la portière à toute volée et piquai un sprint sur le bitume.

—Merci ! criai-je par-dessus mon épaule avant d'ouvrir les lourdes portes en verre. Le hall d'entrée était anormalement silencieux.

—Vous êtes ici pour les officiers de réserve ? demanda le gardien.

Je lissai mes cheveux qui partaient dans tous les sens et ajustai mon cardigan sur mes épaules.

—Oui, c'est ça.

Il pointa le doigt sur l'extrémité du hall.

—C'est dans la salle 114, mais vous êtes en retard.

Je hochai la tête en guise de remerciement et m'élançai, heureuse d'avoir mis des chaussures plates aujourd'hui. Ç'aurait été un carnage avec des talons hauts. Je dérapai devant la porte de la salle, vérifiai le numéro, et me glissai à l'intérieur, me fondant parmi les familles qui étaient en train de s'installer.

Je n'eus aucun mal à le repérer. Je n'avais jamais voulu voir Josh en uniforme, mais cette vision m'éblouit littéralement. Il semblait différent, presque austère, comme si, en endossant cet uniforme, il avait mûri de quelques années. Je chassai mon appréhension et ma réaction spontanée de fuir à toutes jambes. *Sois courageuse, Ember.* J'en étais capable. Je serais forte comme mon père et courageuse comme ma mère.

Au fond de la salle, le mur était troué d'une enfilade de fenêtres donnant sur les montagnes de Front Range, et la lumière du soleil était parfaite à cette heure de la journée. Je m'assis suffisamment loin dans la pièce, au septième rang environ, pour qu'il ne me remarque pas. Une surprise m'attendait également : j'aperçus Jagger en uniforme, un peu plus loin dans la rangée de Josh.

Les instructeurs rassemblèrent les seize diplômés et les alignèrent, avec les montagnes en arrière-plan. Ils requirent l'attention de l'audience et ouvrirent la cérémonie. J'étais trop occupée à regarder Josh pour écouter les discours. Il ne sourit pas une seule fois, et ne semblait pas heureux, contrairement aux autres étudiants qui se tenaient auprès de lui. À la place, il paraissait résigné, renfermé. Une pointe de culpabilité me transperça. Je lui avais gâché ce moment de bonheur, car il pensait que me perdre en était le prix.

Je ne restreindrais plus jamais les aspirations de cet homme.

Le serment d'engagement commença, les voix graves des diplômés juraient de défendre la Constitution des États-Unis contre tous les ennemis, étrangers ou intérieurs. C'était un serment magnifique, qui m'émouvait à chaque fois que je l'entendais. Une promesse altruiste, comme chaque visage le laissait transparaître.

Le maître de cérémonie, un lieutenant-colonel, décrivit le processus de remise de galons et expliqua que chaque diplômé avait choisi quelqu'un de spécial pour accrocher le sien sur les barres jaunes. « Les barres de beurre », comme les appelait papa. Josh était le troisième en partant de la fin et j'attendais fébrilement tandis que les autres diplômés recevaient leur galon. Zut. Je n'avais pas assisté à beaucoup de cérémonies de ce genre. Je ne me souvenais pas exactement où devait être placé le grade. Je poussai un soupir de soulagement perceptible quand je me rendis compte qu'ils utilisaient des épaulettes, et que je ne pourrais donc pas me planter sur l'emplacement du grade.

Je les observais, l'un après l'autre, recevoir leur galon, tandis que le nœud de tension croissait dans mon ventre à chaque seconde qui passait. Étais-je sur le point de me couvrir de ridicule ? Bonnet Blanc était-elle parmi l'assistance, prête à lui remettre son galon ? Josh n'avait aucune raison légitime de m'attendre. Après que je lui avais de nouveau brisé le cœur la semaine dernière, voudrait-il encore de moi ?

—Joshua Walker, appela le maître de cérémonie.

Josh s'avança et mon cœur fondit littéralement. Contrairement aux autres qui avaient généralement reçu leur galon en silence, il s'exprima.

—L'homme des mains de qui je voulais recevoir mon galon n'a pas pu être présent aujourd'hui. Il m'a sauvé la vie en Afghanistan il y a deux ans, et a succombé là-bas à Noël dernier. Je peux dire, très honnêtement, que sans son intervention, je ne serais pas ici.

Le maître de cérémonie se dirigea vers lui, s'apprêtant à lui remettre le galon.

C'était maintenant ou jamais.

—Sa fille le représentera.

Je me levai lentement et m'engageai dans l'allée, croisant le regard choqué de Josh. Je marchai avec soin vers lui, consciente que tous les yeux dans la salle étaient braqués sur moi. *Surtout ne pas trébucher, ce n'est pas le moment de t'étaler.*

Une fois que je l'eus rejoint, je tendis la main et il me donna son épaulette.

—De la part du lieutenant-colonel Howard, murmurai-je en replaçant l'épaulette gauche.

Je me hissai sur la pointe de mes pieds, regrettant maintenant de ne pas avoir mis de talons hauts ; il était tellement grand que je lui arrivais seulement aux clavicules.

—De ma part, murmurai-je en positionnant l'épaulette droite.

Je connaissais le protocole. Si j'avais été un homme, je lui aurais serré la main. À la place, je me hissai et déposai un baiser sur sa joue lisse rasée de près, m'attardant une fraction de seconde pour m'imprégner de son odeur délicieuse.

—Félicitations, lieutenant Walker.

Il esquissa un sourire ravi avant de le réprimer prestement, comme il seyait à son uniforme, et je me dégageai. Je ne pus m'empêcher de sourire en reprenant place sur mon siège. Je venais d'infliger à Josh Walker le choc de sa vie.

27

Tout le monde se leva et applaudit les lieutenants fraîchement promus à mesure qu'ils étaient proclamés. La cérémonie était finie. Maintenant commençait la vraie vie.

Les uniformes bleus se mêlèrent à la foule, étreints par les familles. On sortait des appareils photo, immortalisant l'instant, mais j'étais comme paralysée. Mon rythme cardiaque s'était tellement emballé qu'il semblait sur le point de décoller, déplaçant mon cœur de ma poitrine vers ma gorge.

Josh se fraya un chemin parmi la foule, son visage éclairé de détermination, d'émerveillement, et d'une légère inquiétude. Une impatience fébrile se tortilla dans mon ventre. Grands dieux, cet homme était tellement beau ! Beau, et à moi. Il me suffisait d'être assez courageuse pour m'accrocher à lui.

Il s'arrêta à quelques pas de moi, ne sachant s'il devait s'approcher davantage.

—December.

—Salut.

Ce fut tout ce que je pus prononcer ; j'étais en proie à trop d'émotions pour pouvoir former une pensée plus élaborée.

—Ne fais pas ça si tu…

Je le fis taire de ma bouche, enveloppant son cou de mes bras et déversant tout ce que je ressentais dans ce baiser. Pendant quelques secondes, comme il ne réagissait pas, je songeai que je venais de commettre une erreur monumentale.

Je passai la langue sur la jointure de ses lèvres, et il sembla reprendre vie, puis m'étreignit et me consuma dans son baiser.

—Walker ! cria Jagger.

Josh pivota pendant une fraction de seconde, juste assez pour que Jagger nous prenne rapidement en photo, puis il me porta, un bras sous mes genoux, l'autre derrière mon dos, hors de la pièce.

Je riais à en perdre haleine, le bonheur emplissait chaque cellule de mon être pour la première fois d'aussi loin que remontaient mes souvenirs.

—C'est tout à fait digne d'*Officier et Gentleman.*

—De quoi ?

Il baissa le regard sur ma bouche, m'indiquant qu'il n'avait pas la tête aux références cinématographiques.

Un sourire se dessina sur mon visage.

—Ça n'a aucune importance.

—Walker ! cria un autre lieutenant en riant de l'autre bout du hall. Pas de démonstrations d'affection en uniforme !

—Tiens-moi au courant quand tu perdras ta virginité, McAfee ! répliqua Josh du tac au tac en ouvrant une porte qui donnait sur un amphithéâtre.

Il se faufila à l'intérieur, me portant toujours, et verrouilla derrière nous. Il descendit les marches disposées bizarrement et ne s'arrêta pas avant de m'avoir déposée, assise, sur le bureau du professeur.

J'ouvris les genoux, et il se glissa entre eux, me serrant contre lui.

—J'aimerais savoir ce que ça veut dire, mais à cet instant précis, il y a plus important à faire qu'écouter ta réponse.

Il plaqua sa bouche contre la mienne, et grogna en sentant ma langue contre la sienne. Il tenait ma tête lovée entre ses mains, la positionnant dans un angle parfait pour m'embrasser de plus en plus profondément, jusqu'à ce que je perde toute notion de là où je finissais et là où il commençait. Cela m'avait tellement manqué !

—Bordel, marmonna-t-il contre ma bouche.

Ses muscles se contractèrent sous moi et il se dégagea lentement, laissant son front appuyé contre le mien.

—Josh ?

—J'ai beau dire que je me fiche de ce que ça signifie, je ne peux pas refaire un truc pareil. Je ne peux pas t'avoir dans les bras pour que tu me quittes ensuite. Depuis que tu es partie, je m'étiole à l'intérieur, et si tu recommences, ça m'achèvera.

Je pris son visage entre mes mains, me reculant assez pour le regarder, mais ne parvins pas à lire son expression dans ses yeux fermement clos.

—Regarde-moi.

Il ouvrit doucement les paupières. Il fronça les sourcils et ses lèvres se raidirent.

—Qu'est-ce qu'on va faire, December ? Je m'en vais dans deux jours.

—Sais-tu déjà où tu vas aller ?

Je détestais cet aspect de la vie militaire, mais c'était un prix négligeable à payer pour garder Josh.

—Fort Rucker, en Alabama. Je sais que c'est au milieu de nulle part, et très loin du Colorado.

Il ne cessait de cligner des paupières, et ses mains se crispèrent autour de ma taille, comme s'il s'attendait à ce que je lui échappe à tout moment.

—Je sais où je serai.

Ses yeux se plissèrent.

—Ah bon ?

Voilà, c'était l'heure de l'information qui allait nous unir ou nous détruire.

—Josh, j'ai reçu une lettre hier. J'ai été prise à Vanderbilt, pour un transfert. Je commencerai cet automne.

Il aspira une goulée d'air et l'expulsa dans un grand sourire.

—C'est génial ! Ton père serait tellement fier de toi.

—Ouais. Et il serait également très fier de toi, répondis-je en caressant ses pommettes de mes pouces. Fier de nous deux.

—Y a-t-il un « nous deux » ? s'enquit-il en esquissant un mouvement de recul, tandis que son sourire était balayé par une expression tendue. J'irais en enfer pour toi, mais il faut que je sache si tu es partante.

Je réduisis la distance entre nous, l'embrassai doucement jusqu'à ce que ses lèvres se décrispent sur les miennes.

—Je suis partante à 100 %, je suis à toi si tu veux encore de moi. Je supporterai la distance et l'attente.

—Je croyais que ce n'était pas ce que tu voulais ? Une vie d'attente ? À t'inquiéter ?

—Ce n'est pas vraiment une vie si tu n'en fais pas partie, de toute façon. Je m'inquiéterai pour toi, qu'on soit ensemble ou pas.

Ses lèvres se pincèrent à nouveau. *Allait-il me repousser ? Après tout ça ?*

Il fouilla mes yeux pendant un long moment puis sourit.

—Cette fois-ci, c'est moi qui t'attendrai. Tu vas aller à Vanderbilt, et moi j'irai là où ils m'enverront. J'attendrai que tu obtiennes ton diplôme. On va s'en sortir. Peu m'importe à combien de milliers de kilomètres tu es, du moment que je sais que tu es à moi et que je suis à toi.

—Nous pourrons y arriver, être ensemble.

Le dire à voix haute rendait la chose réelle, possible.

—Nous y *arriverons*. Je ne te perdrai plus jamais, December.

Il m'embrassa délicatement, en tirant ma lèvre inférieure d'un geste presque imperceptible. Il releva la tête, plongea le regard dans mes yeux, et ses pupilles se dilatèrent lorsqu'il les dévia vers mes lèvres. Elles s'entrouvrirent. Sa respiration fut suspendue pendant quelques secondes décisives avant qu'il attire ma bouche contre la sienne, m'embrassant avec la férocité qui m'avait tant manqué ces derniers mois.

Oui. Ici était ma place. Josh était ma maison. Je me fondis dans sa saveur, la sensation de sa peau contre la mienne, et m'abandonnai sans la moindre retenue. Ses mains s'enfoncèrent dans mes cheveux, les tirant juste assez pour incliner ma tête vers l'arrière. Il glissa sa bouche le long de mon cou, le léchant et le tétant à une cadence parfaite qui me fit perdre toute raison.

—Hé, haletai-je en prenant appui sur mes coudes. Pas de démonstrations d'affection en uniforme, tu as oublié ?

Sans perdre le contact avec ma peau, il arracha sa veste, en faisant voler les boutons. Puis ce fut au tour de sa chemise blanche amidonnée. J'agrippai sa cravate et la tirai contre moi, allongeant le dos sur le bureau. Il me tira sur le bord, tandis que ma robe remontait sur mes cuisses et que je me collais contre lui. Je laissai échapper un doux soupir : il avait envie de moi.

Je saisis son débardeur blanc, et le fis passer, avec la cravate délacée, au-dessus de sa tête. Ils allèrent rejoindre la pile de vêtements grandissante par terre. Après ce simple geste, il n'était plus le lieutenant Walker, mais était redevenu mon Josh, avec les tatouages en forme de flammes et tout le reste.

Il embrassa la peau de mon épaule.

—Bon Dieu, December, ça fait si longtemps.

Ses mains se glissèrent sous ma robe, laissant mes cuisses couvertes par le tissu.

—Enlève-la, le suppliai-je avec témérité.

—Non, quelqu'un pourrait te voir, et ça, c'est hors de question, grogna-t-il contre ma poitrine vêtue.

Chaque partie en moi palpitait de manière frénétique, ayant désespérément besoin de le sentir. Cela faisait tellement longtemps que je n'avais plus été près de lui, sans parler de le toucher ou d'être touchée par lui. Je mourais d'envie de Josh et j'étais incapable d'attendre une minute de plus.

—Je t'en prie…, fis-je en arquant les hanches contre lui, et en recevant un râle en guise de récompense.

Ses mains remontèrent ma robe, effleurant mes cuisses, avant de plonger entre elles. Il écarta ma culotte trempée et caressa l'endroit exact qui pulsait en moi. Je ne pus retenir le gémissement qui s'échappa de mes lèvres et résonna dans l'amphithéâtre.

—Oui, dit-il dans ma bouche, mouvant sa main contre moi.

Il s'arrêta et posa le front contre le mien, puis prit d'énormes inspirations saccadées.

—Zut, je n'ai pas de protection avec moi. Mais je n'ai rien. Je viens de faire un test médical pour le serment et…

—Et je suis sous contraception. Depuis que j'ai dix-sept ans.

J'ondulai des hanches contre sa main, désirant désespérément cette tendre pression qui me ferait décoller à coup sûr.

—Josh, si tu veux que je te supplie, je le ferai.

Une lueur qui évoquait presque de la colère surgit dans ses yeux, cet océan intense de brun et d'or, qu'il dardait sur les miens.

—Mais tu ne comprends donc pas ? Tu n'as pas besoin de me supplier pour quoi que ce soit. Je t'appartiens déjà.

Son baiser alluma un brasier en moi. J'entendis un déchirement et ma culotte tomba par terre. Pas trop tôt. Il déboutonna et défit suffisamment son ceinturon pour faire glisser son pantalon et son boxer sous son derrière si appétissant, puis se plaqua de nouveau contre moi avant que je puisse pleinement me délecter de cette exquise vision.

Tout en moi fourmillait et palpitait, dans mon désir lancinant de lui.

—S'il te plaît…

Il interrompit ma supplique d'un baiser et s'enfonça en moi d'un mouvement puissant, m'écartant au maximum.

—Oh putain, December. Je n'ai jamais… Fait… Sans… C'est… Génial. Tu es parfaite.

Il s'appuya contre ses coudes, son souffle accordé au mien.

Je fis courir mes mains le long de son dos, sentant sa peau douce comme de la soie, et calai les talons sur le rebord du bureau pour maintenir mon équilibre. Avec ce levier, je me pressai contre lui, l'enfonçant encore plus profondément en moi.

—Pas parfaite. Mais à toi.

La joie se diffusa entre nous, le sentiment si doux de deux cœurs qui se rencontraient, formant une âme. C'était tout simplement… évident. Je balançai mes hanches contre lui, et ses yeux devinrent encore plus ténébreux. Finis les discours. Il attrapa mes hanches, les plaqua contre lui tandis qu'il me pénétrait et m'embrassait avec une même ardeur.

Tout en lui me consumait, de sa bouche sur la mienne à son corps qui se mouvait en moi. La tension montait en spirales de plus en plus étroites jusqu'à ce que mes muscles se contractent et que je sois incapable de bouger. Il interrompit son baiser et me fixa droit dans les yeux, avec une respiration aussi rauque et hachée que la mienne. Il me martelait sans relâche en agrippant mes hanches pour que je ne glisse pas en travers du bureau.

—Josh ! criai-je, me sentant sur le point de basculer. Je… je… je…

Il m'embrassa doucement, sans cesser de bouger.

—Chhht. Je m'occupe de toi.

Il retint mon poids d'une main et insinua l'autre sous ma robe. Je gémis en sentant la pression sur mon clitoris. Il me caressait et je haletais, me cambrant sur le bureau jusqu'à ce que la délivrance explose en moi. Il couvrit mes cris de sa bouche et s'affala contre moi sur le bord du bureau, dans des vagues de spasmes intenses.

Pour ce qui me sembla être une éternité, quoique pas assez longue, nous restâmes étendus là, accrochés l'un à l'autre, absorbant ce que nous deux désirions depuis si longtemps.

Josh recouvra ses sens et croisa mon regard.

—Es-tu à moi ?

Je ne réprimai pas mon sourire satisfait.

—Oui.

—Redis-le.

Il y avait dans ses yeux une anxiété que je ne voulais plus voir.

—Je t'aime, Josh. Je suis à toi jusqu'à ce que tu ne veuilles plus de moi.

J'étais écorchée vive, chaque émotion était démultipliée.

Il m'embrassa tendrement.

—Tu crois vraiment que je te laisserais à nouveau partir ?

J'éclatai de rire.

—Il faudra bien que tu me laisses partir un tout petit peu avant que quelqu'un jette un coup d'œil à travers cette vitre.

Comme si j'avais dit que le diable en personne était en train de nous épier, il se dégagea en une seconde, rabaissa ma robe sur mes cuisses avant d'enfiler son uniforme. Une fois que nous fûmes à nouveau présentables, il se releva entre mes genoux et enfouit ma culotte déchirée dans sa poche avec un sourire malicieux. Il lui avait fallu quelques minutes pour remettre la main sur tous ses boutons éparpillés.

Il m'embrassa encore une fois, mais sans urgence ni désespoir. Il m'embrassa comme s'il l'avait fait depuis toujours et continuerait ainsi à jamais.

—Toi et moi, dis-je en cherchant ses lèvres une dernière fois tandis qu'il me déposait sur le sol. Contre le monde entier ?

Je n'avais pu m'empêcher de prononcer ce cliché.

Son sourire exprimait une joie sans faille.

—Pour l'éternité.

ÉPILOGUE

— Mais combien de fringues as-tu apportées ? demanda Josh alors qu'il gravissait, portant mon énorme valise, l'escalier de mon appartement au premier étage à Nashville.

Celui-ci était situé dans un quartier résidentiel agréable, à proximité de Vanderbilt, et ma mère avait déposé une somme considérable sur mon compte en banque pour les loyers. « C'est ce qu'aurait voulu papa », avait-elle dit pour se justifier.

—Ça devrait suffire, répliquai-je avec un sourire espiègle, les bras chargés de cartons, en ouvrant la porte d'un pied pour le laisser passer.

Sous la chaleur torride de la mi-août, de grosses gouttes de transpiration coulaient entre mes omoplates, et l'air conditionné nous offrit un soulagement immédiat. Josh s'effondra dans un mouvement théâtral sur mon canapé en renversant la tête.

—Je meurs. Je suis mort.

Eh bien, si ça, ce n'était pas une invitation. Je bondis à califourchon sur ses genoux et il sembla instantanément reprendre vie.

—Ça va mieux ?

Il effleura mon short et attrapa mes hanches d'une poigne malicieuse.

—Tu as trop de vêtements à mon goût. Je te préfère sans.

Il étouffa mon rire de son baiser puis me suivit pendant que je lui faisais les honneurs de l'appartement où j'habitais seule.

—Tu dois être rentré quand ?

—Demain soir.

Trop tôt. Je m'efforçai de ne pas montrer ma déception et, à la place, me remis à l'embrasser. J'aurais littéralement pu vivre des baisers de Josh.

—Ça veut dire que tu es là pour tout le week-end, susurrai-je d'une voix aguicheuse.

—Tout à fait, approuva-t-il en me serrant plus fort contre lui.

—Génial ! J'aime bien ranger ma penderie selon une combinaison météorolo-colorimétrique respectant la palette de l'arc-en-ciel.

Je déposai un baiser sonore sur sa joue et me dégageai de ses genoux, avant de me diriger vers la cuisine pour défaire les cartons.

Il grogna.

—On ne pourrait pas plutôt baiser pendant tout le week-end ?

—Bien sûr que si, du moment que tout est rangé…

Je ris aux éclats lorsqu'il enjamba d'un bond le dossier du canapé pour me pourchasser dans la cuisine. Il me souleva sur le comptoir et me chatouilla sans pitié.

Je me demandai si ce serait toujours ainsi entre nous ; des rires et une attraction physique torride, combinés à suffisamment d'âme pour me faire fondre. Je savais que tout ceci, tout ce qui nous connectait, serait largement suffisant pour l'avenir. Josh était ma maison, même s'il habitait à six heures de route, à Fort Rucker.

Encore deux années ici, et nous aurions fini en même temps ; lui avec l'école d'aviation, et moi avec l'université. Et nous y arriverions, pas parce que nous étions forts, ou déterminés, mais parce qu'il n'y avait pas d'alternative pour nous. C'était *nous*, tout simplement.

Il interrompit son attaque de chatouilles et m'embrassa, dérobant toute pensée de mon esprit avec cette bouche magique.

—Et si on profitait simplement du temps qu'on a ensemble ? demanda-t-il.

Voilà ce qui, indubitablement, constituerait le slogan de notre existence.

—Eh bien, je ne peux rien imaginer de mieux, comme programme.

—December, je ne peux rien imaginer de mieux que toi.

Je l'attirai contre moi, éblouie que cet homme incroyable m'appartienne, et lui volai un baiser avant de murmurer contre sa bouche :

— Je ne peux rien imaginer de mieux que nous deux.

REMERCIEMENTS

Merci mon Dieu pour cette vie magnifique, ta clémence et ta bénédiction que je ne mérite pas toujours.

Merci, Jason, de m'avoir choisie. Pour cette bonne douzaine d'années de mariage, et de n'avoir jamais douté que nous connaîtrions cet instant, où nous tenons ce livre à la main. Merci de plier le linge, de préparer les dîners, de m'approvisionner en caféine dans ma grotte éditoriale, et d'être là même quand tu n'es pas « là ». À nos enfants incroyables, je voudrais vous dire que je vous aime plus que ma vie. Vous avez supporté quatre missions, organisé les dîners, et entendu « Encore une minute » beaucoup trop souvent en cours de route, mais vous n'avez jamais refusé de me prendre dans vos bras ou de m'embrasser. Vous représentez tout ce qui est exquis dans cette existence.

Mes remerciements vont également à : mon agente rockstar Jamie Bodnar Drowley, pour être toujours prête pour moi dans cette existence dingue de militaires que nous vivons toutes deux. Merci d'avoir parié sur moi et concrétisé mes rêves. À Karen Grove et Nicole Steinhaus, mes éditrices extraordinaires – pour votre regard aiguisé et les commentaires fabuleux qui m'ont évité d'employer le mot « tirer » 232 fois. Vous, mesdames, me gardez les pieds sur terre dans les rires et la grâce. À l'équipe d'Entangled : je suis ravie au possible de la famille splendide que vous formez, en particulier Britanny et Sarah. À L. J. Anderson pour cette belle couverture. À mes collègues critiques et mes agences partenaires : Nola, Lizzy et Molly… pour nos conversations à minuit et vos milliers de paroles d'encouragement. Cette histoire n'aurait pas été la même sans vos retours et votre soutien. À Mindy, de laisser tout tomber pour mes relectures. Aux fabuleux Backspace Survivors : Sean, Monika, Malia, Alicia, Lauren, Michael et Ulana. Merci de me pousser au-delà de mes limites, autant dans le domaine de la littérature que dans celui de la cuisine coréenne, mais surtout, merci d'être mes amis. C'est une bénédiction de vous avoir. Merci à mes amis, qui tolèrent mes sautes d'humeur et mes manières d'ermite. Emily, merci d'être mon épaule compatissante depuis dix-sept ans, quel que soit mon lieu de résidence, et de me porter grâce à ta force quand je suis au plus bas. Christina, merci pour ton sens du timing phénoménal, pour ton altruisme et ta compassion. Tu es la meilleure compagne de lutte. Tami, merci de me rappeler qui je suis quand les missions me le font oublier. Thea, merci pour tes encouragements désintéressés et ton amitié inconditionnelle. Kierstan, merci de me procurer toujours un lieu sûr. Merci à mes consœurs épouses de militaires fantastiques, qui m'ont tenu la main au cours des quatre missions, et ont été là pour moi, avec leur amour indéfectible et leur loyauté. Merci à mes copines de Drum, à l'équipe de Rucker, aux filles d'Allemagne, et à mes princesses apaches ; je m'incline devant ce que vous endurez et je suis honorée d'être parmi vous.

À ma famille incroyable… à mes parents qui n'ont jamais cessé de me pousser à être celle qu'ils savaient que je pouvais être. À toi, maman pour Godzilla, et pour venir quand j'ai besoin de toi, et à papa, toi qui installes ton bureau dans ma salle de jeux, merci pour les road-trips improvisés en Allemagne, et de faire de moi ta priorité, toujours. À mes frères Chris, Matt et Doug pour leur enthousiasme inspirant, et, à jamais, à ma sœur Kate, qui est mon amie, ma confidente, ma coiffeuse spécialisée en matière d'anglaises. Merci d'avoir été toujours là pendant notre enfance de filles de militaires… Je t'aime, et je le pense vraiment.

Enfin, à Jason, encore une fois, parce que tu es mon commencement et ma fin. Du Colorado à Capri, tu es mon inspiration derrière chacun de mes héros, car tu seras toujours le mien. Je t'aime et vis pour toi.

Achevé d'imprimer en janvier 2024
sur les presses de la Nouvelle Imprimerie Laballery
58500 Clamecy
Numéro d'impression : 312591

Imprimé en France

La Nouvelle Imprimerie Laballery est titulaire de la marque Imprim'Vert®